Julia Wallis Martin

Auf Gedeih und Verderb

ROMAN

*Aus dem Englischen von
Friedrich Mader*

Diana Verlag
München Zürich

Die Originalausgabe erschien 2000
unter dem Titel *The Long Close Call* bei
Hodder and Stoughton, London

1 2 3 4 5   04 03 02 01 00

Copyright © 2000 by Julia Wallis Martin
Copyright © 2000 der deutschsprachigen Ausgabe by
Diana Verlag AG, München und Zürich
Satz: Filmsatz Schröter GmbH, München
Druck und Bindung: GGP, Pößneck
Printed in Germany

Die Verwertung des Textes, auch auszugsweise,
ist ohne Zustimmung des Verlags urheber-
rechtswidrig und strafbar

ISBN 3-8284-0042-6

Russ, dieses Buch ist für dich

JANUAR 1968

Du bist einen überwucherten Bahndamm entlanggelaufen, der seit langem nicht mehr benutzt wurde, Gräben zu beiden Seiten. Es gab keine Gleise mehr. Du bist nur der Strecke gefolgt, bis du zu einer Straße gekommen bist. Dort hast du dann gesessen, die Füße in der Gosse, und geweint.

Eine Frau in einem Auto hat angehalten. Sie hat gemeint, du seist verletzt, und gefragt, ob sie dir helfen kann. Sie hat dich mit nach Glasgow genommen, wo in der Nacht zuvor ein Sturm getobt hat, der Schornsteine heruntergerissen und sie wie Geschosse durch Dächer von Mietshäusern geschleudert hat. Die Straßen waren unpassierbar, und sie konnte dich nicht weiterfahren. Den Rest des Weges bist du gelaufen, vorbei an Leuten, die hilflos vor den Ruinen ihrer Wohnungen standen.

Du bist am Bahnhof angekommen und hast auf dem Bahnsteig gewartet, bis dich die Kälte in die Imbissstube getrieben hat. Drinnen war es dunkel, die Fenster trübe vom Schmutz. Die einzige Wärme ist von einem Boiler gekommen, und eine Servierin hat dich in der Nähe sitzen lassen, dir ein Cola und ein Sandwich gegeben und gefragt, ob du deinen Mantel verloren hast.

Du wolltest ihr sagen, dass du alles verloren hast, aber die Worte, die das Geschehene hätten beschreiben sollen, sind im Nichts zerronnen. Schließlich hat sie dich in Ruhe gelassen und du hast den durchwachsenen Schinken von *der harten Kruste genagt. Und als der Zug nach London gekommen ist, bist du eingestiegen, verfolgt von ihren Blicken. Du hast gewusst, dass sie sich an dich erinnern würde, wenn die Suche nach deinem Bruder anfing.*

Prolog

Ehe er an die Tür des düsteren, verfallenen Hauses klopfte, nahm Detective Inspector Jarvis die Umgebung in Augenschein. Dabei fand er keinen Hinweis darauf, dass dieser Teil von Nordlondon dreißig Jahre später zu einem schicken Viertel werden, dass jedes dieser Häuser mindestens dreihunderttausend Pfund wert sein und nur ein paar Blocks weiter sogar ein zukünftiger Premierminister wohnen würde.

Elsa öffnete die Tür, ihren neunjährigen Sohn neben sich. Es kam nur sehr selten in ihrem Leben vor, dass sie die Polizei aus freien Stücken in ihre Wohnung bat, und es war eine angenehme Abwechslung, dass ihr Mann nicht gerade versuchte, durch den Hintereingang zu fliehen.

Ihr Gesicht hatte etwas von einer vorzeitig gealterten Diva der Vierzigerjahre. Schon lange erinnerte sie Jarvis an die Filmschauspielerin Jane Russell, und immer wenn er mit ihr sprach, achtete er sehr darauf, dass seine Stimme nichts von seinen Gefühlen für sie verriet.

Sie führte ihn in ein spärlich möbliertes Zimmer. Ihr Junge ließ sich auf den Teppich fallen, durchwühlte die herumliegenden Legosteine und begann damit zu spielen. Er hatte ein Kästchen mit weißen Wänden und grünem Dach gebaut, und als er es hochhob, klapperte darin etwas. Sogleich hielt der Junge das Kästchen still und das Klappern hörte auf.

Jarvis hatte das Zimmer im Laufe der Jahre des Öfteren gesehen. Es lag erst einige Wochen zurück, dass er mit einer Gruppe von Beamten auf der Suche nach George McLaughlan, dem Vater des Jungen, vorgesprochen hatte. Einen Monat vor Weihnachten war das gewesen und Elsa hatte gerade Papiergirlanden an die Strukturtapeten gepinnt. Jetzt war es Anfang Januar und die Girlanden hingen noch immer an den Wänden. Die klebrigen Glieder waren mit einem Staubfilm bedeckt und die grellen Farben verblasst.

Als er diese schlichte, selbst gemachte Dekoration wiedersah, erinnerte sich Jarvis, dass Elsa ihrem Sohn beim Zusammenkleben geholfen und die Schnur gehalten hatte, während er die Glieder aneinander reihte. Und das war wohl so ungefähr ihr Weihnachten gewesen. Jarvis beschlich ein deutliches Mitgefühl. Normalerweise hatte er nichts übrig für die Frauen von Kriminellen, zumindest nicht für solche, die nach Entschuldigungen für ihre miserable Situation suchten. Aber Elsa hatte nie nach Entschuldigungen gesucht. *Wie man sich bettet, so liegt man, Mr. Jarvis.*

Er fand es sympathisch, wie sie sich ohne Ausflüchte zu ihrer persönlichen Verantwortung bekannte, aber er fragte sich, weshalb sie es als ihre Pflicht ansah, den Rest ihres Lebens in diesem Bett zu liegen. Einmal hatte er zu ihr gesagt: »Sie müssen nicht dabei bleiben, Elsa. Niemand könnte Ihnen ein Vorwurf machen, wenn Sie sich von George trennen und ein neues Leben anfangen würden.« Und dann hatte er sie gefragt, wie sie sich als Mädchen aus einer anständigen Arbeiterfamilie überhaupt mit einem Mann wie George hatte einlassen können, einem Mann, der zum Zeitpunkt ihrer ersten Begegnung bereits eine Haftstrafe wegen bewaffneten Raubüberfalls hinter sich hatte, der in den Gorbals aufgewachsen war und der aus ganz anderen Verhältnissen stammte als sie.

»Niemand hat mich dazu gezwungen«, sagte Elsa. »Ich wollte ihn. Ich habe eben gemeint, ich könnte ihn ändern.« Sie lächelte über ihre Einfalt. »Das haben Ihnen wahrscheinlich schon viele Frauen erzählt.«

Stimmt, dachte Jarvis, der wieder den Blick von den Girlanden nahm und sich auf Elsas Gesicht konzentrierte, aus dem ebenfalls alle Farbe gewichen schien, bis nur noch ein verwaschenes, vom Kummer gezeichnetes Grau übrig war. Oft hatte er sich gewünscht, ihrem Mann einmal die Meinung zu sagen. Was ihn davon abhielt, war die Gewissheit, daß George seinen Ärger darüber an Elsa auslassen würde. Außerdem würde er damit nur seine Zeit verschwenden. Ein paar einfache Wahrheiten konnten einen Mann, dem jedes Verantwortungsgefühl gegenüber seiner Familie fehlte, wohl kaum zu einem Gesinnungswandel bewegen. »Sie haben im Revier angerufen«, sagte Jarvis, »und gebeten, ich soll vorbeischauen.« Elsa antwortete: »Tam ist verschwunden. Er ist nicht zurückgekommen.« Sie sprach von ihrem älteren Sohn.

»Wohin verschwunden?«
»Nach Glasgow.«
»Wann?«
»Vor vierzehn Tagen.«

Vierzehn Tage, dachte Jarvis und Elsa fügte hinzu: »Am Tag vor dem Sturm ist er mit dem Zug hingefahren.«

Jarvis wusste, dass Glasgow von einem der schlimmsten Orkane seit Menschengedenken heimgesucht worden war, und seine Sorge wuchs. In den ärmeren Vierteln der Stadt hatte es Tote gegeben, als alte, verrottete Dächer auf die Bewohner von Miethäusern herabgestürzt waren. »Was hat er denn dort gemacht?«

»Er wollte seinen Dad finden.«

Viel Glück, dachte Jarvis, der George schon seit sechs Wochen suchte. »Hatte er einen besonderen Grund dafür?«

»Wir haben Geld gebraucht«, sagte Elsa schlicht. Auch

ohne weitere Ausführungen konnte sich Jarvis die Situation lebhaft vorstellen. Weihnachten war vorübergegangen und George war immer noch auf der Flucht vor der Polizei. Da war es nur verständlich, wenn Elsa oder Tam ihn unbedingt auftreiben wollten, um vielleicht etwas Geld aus ihm herauszuholen. »Hat er ihn gefunden?«, fragte er.

»Keine Ahnung«, sagte Elsa. »Er hat Robbie mitgenommen, aber der ist dann allein wiedergekommen.«

Jarvis wandte sich an Robbie. »Hat Tam deinen Dad gefunden, Robbie?«

Robbie hielt den Kopf gebeugt und steckte einen kleinen weißen Stein fest, ohne zu antworten.

Jarvis versuchte es noch einmal. »Warum ist Tam nicht mit dir zurückgekommen?«

»Sie verschwenden Ihre Zeit«, sagte Elsa. »Ich kriege kein einziges Wort aus ihm heraus.«

»Robbie?« Jarvis beugte sich tief nach unten und sprach mit leiser Stimme.

Er richtete sich wieder auf, als Elsa das Wort ergriff. »Was soll ich Ihrer Meinung nach machen – ihn als vermisst melden?«

Jarvis war sich nicht sicher. Tam war sechzehn, und wenn die Polizei keinen Grund zu der Annahme hatte, ihm sei etwas zugestoßen, würde sie es wahrscheinlich bei einigen flüchtigen Erkundigungen bewenden lassen. Bei den vielen Halbwüchsigen im Zentrum von London, die auf der Straße lebten, fiel einer mehr oder weniger für die ohnehin schon überforderten Behörden nicht weiter ins Gewicht.

»Es sieht ihm überhaupt nicht ähnlich«, sagte Elsa, und Jarvis, der Tam gut kannte, musste ihr Recht geben. Als Tam zwölf und Robbie fünf Jahre alt gewesen waren und die Familie nach London gezogen war, war Jarvis mit einigen Kollegen zu dem Haus geschickt worden, um nach gestohlenem Geld zu suchen.

Elsa hatte in einer Ecke gewartet, um jeden ihrer Söhne einen Arm gelegt. Robbie war noch zu jung, um zu verstehen, aber Tam war sichtlich schockiert über das brutale Eindringen der Polizei in ihre Wohnung.

In dem Zimmer stand ein Modellschiff. Tam hatte es aus Streichhölzern gebaut, die er im Rinnstein oder in Aschenbechern gesammelt hatte. Mit seiner feinen, komplexen Takelage und dem sorgfältig aufgetragenen Lack nahm es fast den ganzen Tisch ein. Ein Beamter zerriss die Leinen und rammte eine Faust durch den zierlichen Schiffsrumpf. Zu sehen, wie Tam zusammenbrach, als sein Schiff zertrümmert wurde, hatte Jarvis sehr mitgenommen. »Das ist nichts für die Jungs«, hatte er gesagt, »ich bring sie lieber hinaus.« Elsa hatte ihm zustimmend zugenickt, keines Wortes fähig, während George in einem Zimmer eine Treppe höher alles ohnmächtig über sich ergehen ließ und sich anhörte, wie ihn einer von Jarvis' Kollegen über seine Rechte aufklärte.

Eine Stunde später hatte er die Jungen zurückgebracht, den Mund voller Eiscreme, und am folgenden Tag war er mit Streichholzschachteln und Kleber auf der Schwelle erschienen. Zu ungeschickt, um zu helfen, sah Jarvis einfach nur zu, wie Tam das Modell wieder zusammensetzte, und als Jarvis später ging, murmelte Tam etwas wie: »Sie sind in Ordnung.«

Jarvis hätte ihm am liebsten erklärt, dass nicht alle Bullen darauf aus waren, anderen Kummer zu bereiten, dass sie nur leider eine Aufgabe zu erledigen hatten, die für alle Beteiligten oft ziemlich unangenehm war. Und er hätte am liebsten hinzugefügt, dass die Polizei nur deshalb Häuser erstürmen und auseinandernehmen musste, weil Männer wie Tams Dad es nicht unterlassen konnten, bewaffnete

Raubüberfälle zu begehen. Doch er behielt diese Gedanken lieber für sich.

Er dachte darüber nach, dass Elsa die Jungen trotz der widrigen Umstände als gesetzestreue und verantwortungsbewusste Menschen erzogen hatte. Sie hatte die Probleme mit ihnen nicht verdient, aber was die Leute verdienten und was sie bekamen, war oft nicht dasselbe. Trotzdem wäre er enttäuscht gewesen, wenn Tam auf einmal angefangen hätte, ihr Sorgen zu bereiten. Und auch überrascht, denn er glaubte genau zu wissen, welcher Sprössling eines Ganoven später Probleme bekommen würde. Seiner Ansicht nach waren die McLaughlan-Jungs aus anderem Holz geschnitzt.

»Und wenn ihm was passiert ist?«, fragte Elsa.

Darauf hatte Jarvis keine Antwort und deshalb stellte er ihr eine Gegenfrage, um praktische Informationen zu erhalten: »Wann ist Robbie wieder zu Hause eingetroffen?«

»Am Tag nach dem Sturm«, sagte Elsa.

»Und wie ist er zurück nach London gekommen?«

»Genauso wie nach Glasgow – mit dem Zug.«

Jarvis äußerte seine Verblüffung darüber, dass am Tag nach dem Unwetter überhaupt Züge von Glasgow abgefahren waren, und fügte hinzu: »Was hatten er und Tam an?«

Als er ihren Gesichtsausdruck sah, versicherte er ihr schnell, dass er das nur wissen musste, falls es nötig war, eine Beschreibung von Tam herauszugeben. Elsa schilderte die übliche Kluft aus Pullover, Jeans und Schuhen. Nichts daran war auffallend und nichts daran würde wohl mögliche Zeugen zu einer intensiven Gedächtnistätigkeit anregen, wenn eine Beschreibung im Umlauf war.

»Wie steht's mit Jacken und Mänteln?«, fragte Jarvis.

»Kann mich nicht erinnern.«

Jarvis beließ es fürs Erste dabei. »Wo wollten sie in Glasgow die Nacht verbringen?«

»Bei Iris.«

Das klang logisch. George war nach einem bewaffneten Raubüberfall, der fürchterlich schief gelaufen war, angeblich nach Glasgow geflohen, und für Tam lag natürlich die Vermutung nahe, dass seine Großmutter Iris Georges Aufenthaltsort kannte. Jarvis hatte ihr vor kurzem aus genau dem gleichen Grund einen Besuch abgestattet.

Es war seine erste Fahrt nach Glasgow gewesen, und Jarvis erinnerte sich an Frachtladungen am Dock, an clevere Möwen, die sich ihr Futter an einer Werft stahlen, und an eine Eisenbrücke über die Mündung des Clyde. Zu Fuß brauchte er fünf Minuten zu dem roten Sandsteingebäude, in dem Georges Mutter ihre mörderische Brut aufgezogen hatte. Als Jarvis die Nase in das kleinere der beiden Zimmer steckte, stellte er sich vor, wie George und sein Bruder Jimmy dicht gedrängt auf einem flohverseuchten Behelfsbett schliefen. Die Matratze war noch in situ und wimmelte vor Ungeziefer, als wäre sie lebendig, der Stoff blau-weiß gestreift wie bei einem Milchkrug.

Iris war eine große Frau und die entbehrungsreichen Jahre hatten ihre Gesichtszüge hart werden lassen. Jarvis befragte sie und fand schnell heraus, dass sie keine Angst vor der Polizei hatte. Zumindest hatte sie keine Angst vor Jarvis, der ihr im Vergleich mit manchen Ungeheuern in den Reihen von Strathclyde wahrscheinlich wie ein Weichei vorgekommen war. Jarvis reiste mit der Vermutung nach London zurück, dass sie Georges Aufenthaltsort kannte, aber auch in der Gewissheit, dass es ein härteres Kaliber als ihn brauchte, um sie zum Reden zu bringen.

Gerade wollte er Elsa fragen, ob George ihrer Meinung nach noch in Glasgow war, da redete sie weiter.

»Ich habe Tam gesagt, dass er seine Zeit verschwendet. Iris würde ihm nichts sagen, auch wenn sie etwas wüsste.«

»Warum nicht?«

»Sie hat Angst, dass es die Polizei aus ihm herauskriegen könnte.«

»Weiß sie, dass Tam nicht nach London zurückgekehrt ist?«

»Angeblich hat sie keine Ahnung.«

»Glauben Sie, sie sagt die Wahrheit?«

Elsa musste nachdenken. »Sie hat keinen Grund, mich anzulügen«, sagte sie. »Und warum hat er sich nicht gemeldet?«

Da war etwas dran, dachte Jarvis.

Elsa fügte hinzu: »Sie hat gesagt, dass sie die Nacht über bei ihr waren und früh am Morgen zum Zug gegangen sind.«

»Wie früh?«

»Um sechs rum.«

»Und wann fährt der Eilzug nach London?«

»Ungefähr um eins.«

Jarvis hakte nicht weiter nach. Von den Gorbals bis zum Glasgower Hauptbahnhof hatten sie bestimmt nicht länger als eine halbe Stunde gebraucht. Offenbar waren sie in den Stunden zwischen ihrem Aufbruch und der Abfahrt des Zuges, den Robbie ja erwischt hatte, irgendwo gewesen. Tam war nach Glasgow gereist, um seinen Vater zu finden, und daher lag es auf der Hand anzunehmen, dass sie am Vormittag nach ihm gesucht hatten. Ob sie ihn gefunden hatten oder nicht, war eine andere Frage.

Er wandte sich wieder dem immer noch auf dem Boden spielenden Robbie zu. Seit Jarvis gekommen war, hatte der Junge kein Wort gesagt. Er schien ungewöhnlich verschlossen. Es war der kälteste Januar in Glasgow seit Menschengedenken gewesen, und wenn Elsas Angaben über die Kleidung der Jungen zutrafen, waren sie für das Wetter nicht richtig angezogen gewesen. Kinder waren manchmal sehr verschlossen, wenn sie krank wurden, dachte Jarvis. Es hätte ihn nicht gewundert, wenn Robbie eine beginnende Lungenentzündung gehabt hätte. »Hat es bei Robbie seit seiner Rückkehr Anzeichen gegeben, dass er krank sein könnte?«

Elsa schien sich nicht sicher, worauf er hinauswollte, und er präzisierte seine Frage. »Hat er Fieber gehabt, oder musste er von der Schule zu Hause bleiben?«

Sie schüttelte den Kopf.

»Trotzdem würde ich mal einen Doktor nach ihm sehen lassen. Sicher ist sicher.«

Er ging vor Robbie in die Hocke und streckte die Hand nach dem Legokästchen aus. Das Klappern darin hatte seine Neugier geweckt. »Darf ich das mal sehen?«, fragte er. Ohne ihn anzublicken, reichte ihm Robbie das Kästchen.

Jarvis nahm es in die Hand und schüttelte es sanft. »Kann ich da auch reinschauen?«

Als er keine Antwort erhielt, machte sich Jarvis daran, den Deckel abzunehmen. Er saß fest auf den Legosteinen, und Jarvis musste einen Fingernagel unter das grüne Hartplastik schieben, um Halt zu finden. Er riss ein wenig heftiger als beabsichtigt und das Kästchen zerbrach ihm unter den Händen. Legosteine rutschten ihm durch die Finger und zwischen ihnen ein kleines goldenes Kruzifix.

Das war so ungefähr das Letzte, was er erwartet hatte. Jarvis beugte sich zum Teppich hinunter und hob das Kreuz auf. Es war alt und äußerst schlicht. Es war von feinster Qualität und fühlte sich an, als wäre es ...

Ein Wort kam ihm in den Sinn, ein Wort, für das er keinen passenderen Ausdruck fand. Es schien *gesegnet*. Wie auch immer, auf jeden Fall war das Kruzifix einiges wert, und plötzlich hatte er ein Bild vor Augen, wie es aus dem Schließfach in irgendeiner Bank fiel. George hatte die Gepflogenheit, Dinge zu behalten, die es ihm angetan hatten. Nicht nur einmal hatte sich diese Gewohnheit als folgenschwere Schwäche erwiesen, da die betreffenden Stücke den wachsamen Augen der Polizei nicht entgangen waren, obgleich sie in einem Versteck lagen, das nicht weniger raffiniert war als der Rumpf eines Modellschiffs.

Aus dem Kästchen war auch eine Kette geglitten, die Jarvis nun auch aufhob. Sie schien ihm zu schwach für die Größe und das Gewicht des Kreuzes, und sie war zerbrochen, was ihn nicht wunderte. Ein Ruck hatte bestimmt gereicht, um sie zu zerreißen. Jarvis überlegte, wie er im Hinblick auf das Kruzifix vorgehen sollte. Natürlich hatte er das Recht, es zur Überprüfung an die Experten auf dem Revier weiterzuleiten. Trotzdem gab er es Robbie zurück – er hätte nicht sagen können, warum. Vielleicht hatte er das Gefühl, der Junge könne etwas Gesegnetes in seinem Leben gebrauchen, damit ein wenig von dem Segen des Kreuzes auf ihn abfärbte und sein Schicksal erleichterte. In Elsas Augen sah er ein dankbares Aufblitzen dafür, dass er es dem Kind nicht abgenommen hatte. »Heb es gut auf«, sagte er. »Dass du es mir bloß nicht verkaufst, hast du gehört?«

Robbie nahm das Kreuz in Empfang. Ein Ausdruck zog über sein Gesicht, der Jarvis erschauern ließ, und auf einmal erkannte er, dass Tam etwas zugestoßen war.

»Robbie«, sagte Jarvis. »Wo ist Tam?«

Der Junge gab keine Antwort und Jarvis fragte sich, wie viele andere neunjährige Jungen jemals Grund gehabt hatten eine Miene aufzusetzen, die der Robbies glich. Es war, als wüsste er trotz der Maskerade mit dem Legospiel, dass seine Kindheit vorbei war, dass er ein Geheimnis in sich bewahrte, dessen Ungeheuerlichkeit ihn aus der Kindheit in die Welt der Erwachsenen katapultiert hatte, in der Geheimnisse kein Spiel, sondern tödlicher Ernst waren.

Er schloss die Finger um das Kreuz, als wollte er es sich in die Haut brennen und es für immer in seinem Inneren verbergen als etwas, das ihm in den bevorstehenden Jahren und Prüfungen Kraft verleihen sollte.

»Robbie?«, versuchte es Jarvis noch einmal.

Der Junge sah zu ihm auf, das Kreuz fest umklammert, aber er sagte kein Wort.

»Robbie?«

Nichts.

1. Kapitel

SEPTEMBER 1999

Das Haus, in dem Robbie McLaughlan vor über dreißig Jahren gewohnt hatte, hatte sich sehr verändert, seit er es zum letzten Mal gesehen hatte. Verschwunden war das triste Äußere und um die nagelneue Tür und die kürzlich eingesetzten Fenster glänzte ein sauberer Anstrich.

Nichts von dem Anblick passte zu seiner Erinnerung an das Leben dort, und er zweifelte nicht daran, dass die gegenwärtigen Bewohner keine Ahnung davon hatten, wie das Gebäude in den Sechzigerjahren ausgesehen hatte. Und natürlich konnten sie auch nicht wissen, dass er es trotz der luxuriösen Sanierung immer noch so sah wie damals als kleiner Junge.

Fast erwartete er, seine Mutter würde aus der Tür treten und mitansehen, wie Uniformierte seinen Vater aus dem Haus schleppten. Und dann sah er Tam – Tam, der immer noch sechzehn war, sein Bild erstarrt in der Zeit.

Tam war stets um das Haus herumgegangen und hatte es durch die Hintertür betreten, die direkt in die Küche führte. Er erinnerte sich mit solcher Deutlichkeit, dass er ein beklemmendes Gefühl in der Brust bekam. Und dann fiel ihm Jarvis ein, der nach Tams Verschwinden versucht hatte, ihm ein Vater zu sein. *Nicht alle Bullen sind darauf aus, anderen Kummer zu bereiten – denk daran.*

McLaughlan hatte daran gedacht.

Er hatte das Haus seit Jahren nicht gesehen und seine

Nähe hatte etwas Beunruhigendes für ihn. Es beschwor unangenehme Erinnerungen herauf, von denen er sich nicht ablenken lassen durfte, weil er nicht wegen des Hauses in die Gegend zurückgekehrt war, sondern wegen seiner Arbeit.

Er blickte durch das Fenster einer Wohnung, die gegenüber einer Filiale der Midland Bank lag. Früher hatte sie dem Mann gehört, der den Gemischtwarenladen unten führte. Jetzt gehörte sie jemandem, der sie freundlicherweise geräumt und der Polizei zum Zweck der Überwachung zur Verfügung gestellt hatte.

Als er den Blick von dem Haus nahm und sich seine Augen wieder an die Bank gewöhnten, rollte ein bewaffnetes Einsatzfahrzeug vorbei und verschwand in einer Seitenstraße.

Der Anblick dieses Fahrzeugs gefiel ihm überhaupt nicht und seinem Boss würde er bestimmt auch nicht gefallen. Leonard Orme hatte ein unauffälliges Vorgehen befohlen und erwartete von seinen Teams, dass sie sich an diese Anordnung hielten. Aus Gründen, die McLaughlan nicht nachvollziehen konnte, war das bewaffnete Fahrzeug vor den Augen der Leute, der Polizei und vielleicht sogar der Räuber an der Bank vorbeigefahren und gefährdete damit den ganzen Einsatz.

»Verdammte Scheiße«, sagte McLaughlan.

Er war nicht allein im Zimmer. Sein Partner Doheny, ein trügerisch schwächlich aussehender Mann, der früher bei einer Spezialeinheit der Armee gedient hatte, sprach im Halbdunkel. »Das darf doch nicht wahr sein.«

Die Männer in diesem bewaffneten Einsatzfahrzeug hatten Smith & Wesson-Pistolen, zwei Karabiner und genügend Munition dabei, um einen Aufstand in einem kleinen Dritte-Welt-Land niederzuschlagen. McLaughlan war nicht religiös, aber der Gedanke, dass aus diesen Waffen geschossen und dass das Feuer mit ebenso tödlichen Kanonen erwidert werden könnte, ließ ihn nach dem Kruzifix an seinem Hals greifen statt nach der Glock 17, die er seit dem frühen Morgen trug. Das Kreuz war unter einem marineblauen Pullover verborgen, der sich über einer kugelsicheren Weste bauschte. Massiv. Schwer. Schützend.

Er trug es seit dem Tag, an dem Jarvis es ihm zurückgegeben und ihn ermahnt hatte, es nicht zu verkaufen. Zuerst hatte er es in dem wieder zusammengefügten Legokästchen aufbewahrt. Als er ein wenig älter war, flocht er es in einen Lederriemen, den er sich um das Handgelenk band. Später hing es von einem goldenen Ohrring und jetzt trug er es schon seit langem an einer dicken goldenen Kette um den Hals.

Nur wenige seiner Kollegen hatten sich je dazu geäußert und dann von ihm erfahren, dass er es trug, weil er das Gefühl hatte, dass es ihn irgendwie schützte und dass er es nicht abnehmen durfte, weil sonst ...

Die meisten fanden das verständlich, da sie alle ihre kleinen Rituale und Toi-Toi-Toi-Tics hatten, um sich in Situationen, in denen alles passieren konnte, nicht so schutzlos zu fühlen.

Die Nachricht, dass vor der Midland-Filiale ein Geldtransporter überfallen werden sollte, war McLaughlan durch den Informanten Gerald Ash zugeflossen.

Es war nicht ungewöhnlich, dass Ganoven zu Spitzeln wurden, wenn sie wie Ash selbst zu alt für das Spiel geworden waren und das Geld allmählich knapp wurde. Wer über siebzig war, sah die Planung und Durchführung eines Raubüberfalls kaum noch als gangbare Alternative. Die Sache konnte immer in die Hose gehen und in diesem Alter schien die Aussicht auf einige Jahre hinter Gittern nur noch den wenigsten ein erträgliches Risiko. So profitierte

McLaughlan schon seit mehreren Jahren gelegentlich von Ashs Verzweiflung.

Sie hatten sich in einem Virgin Megastore in der Oxford Street getroffen. McLaughlan war froh gewesen, den überfüllten Gehsteig und den bereits dunkel werdenden Nachmittagshimmel hinter sich lassen zu können.

Er fand Ash, der gerade einen Ständer mit goldenen Oldies durchwühlte, und sein Anblick schockierte ihn. Es war erst wenige Monate her, seit McLaughlan ihn zuletzt gesehen hatte, aber in dieser kurzen Zeit war Ash stark gealtert. Seine Augenfarbe war nicht mehr das stählerne Grau seiner besten Jahre, sondern das bläuliche Grau eines Kleinkinds, das noch nicht den Blick auf etwas richten konnte, und seine Bewegungen hatten sich wie seine Sprache deutlich verlangsamt.

Er brauchte einige Zeit, um McLaughlan wahrzunehmen, und wandte sich dann wieder seiner Suche nach einem Gesicht aus der Vergangenheit zu. Elvis Presley. Little Richard. Roy Orbison. Diesen Leuten hatte er es zu verdanken, daß er nicht wahnsinnig geworden war in Gefängnissen, in denen Leute wie er ihre Zelle nur eine Stunde am Tag verlassen durften. *Ich kenne jedes Wort von jedem Stück, das sie je gesungen haben ...*

Er verriet McLaughlan, dass am kommenden Montag um elf Uhr bei der Midland-Filiale eine Geldlieferung mit einem Transporter geplant war. Als sich McLaughlan beklagte, dass ihnen nur wenig Zeit blieb, scherzte Ash, dass sie zwei volle Tage hatten und dass das Sondereinsatzkommando doch immer damit angab, bei jedem Banküberfall in London in höchstens fünf Minuten zur Stelle zu sein, warum also das Gejammer?

Aber nicht die Notwendigkeit, rechtzeitig zur Stelle zu sein und den Schauplatz vollkommen abzusichern, bereitete McLaughlan Sorgen. Das Problem war, dass die Räuber schon unter polizeilicher Überwachung stehen mussten, bevor die Sache losging.

Er fragte nach Namen in der Erwartung, Ash werde sich wie sonst an diesem Punkt zieren, um den Einsatz ein wenig hochzutreiben. Aber Ash steckte die fünfzig Pfund ein und machte nicht einmal den Versuch, mehr aus McLaughlan herauszuleiern. Dann sagte er den Namen *Swift* und McLaughlan traute seinen Ohren nicht. Entweder Ash täuschte sich oder er log.

Der sechsundfünfzigjährige Calvin Swift war ein berüchtigter Londoner Verbrecher. Angefangen hatte er als Laufbursche für eine bekannte Gang im East End, aber inzwischen hatte er es weit gebracht und weder er noch sein Bruder Ray hatten es nötig, sich die Hände mit einem Überfall auf einen Geldtransporter schmutzig zu machen. Diese Zeiten waren für die Swifts vorbei und McLaughlan wollte es nicht in den Sinn, dass sie sich auf einmal wieder einer Beschäftigung widmeten, die Calvin in den Achtzigerjahren eine längere Haftstrafe eingebracht hatte. Außer, das Geschäft lief schlecht, aber soweit McLaughlan wusste, boomte das Geschäft. »Wieso sollte Calvin eine Bank ausrauben?«

»Wer hat denn was von Calvin gesagt? Ich rede von seinem Sohn Stuart.«

Das leuchtete McLaughlan mehr ein. Doch er sagte: »Wenn Stuart Geld braucht, muss er doch nur seinen Pa anhauen.«

»Er hat Drogenprobleme«, erklärte Ash.

Wenn das stimmte, so war es McLaughlan bisher noch nicht zu Ohren gekommen. Mit aufrichtig ungläubiger Stimme fügte Ash hinzu: »Hab sogar gehört, er hat seinen alten Herrn bestohlen.«

Wie dumm von ihm, dachte McLaughlan. Es gab Leute, von denen stahl man einfach kein Geld, auch wenn man ihr geliebter einziger Sohn war. Und in diese Kategorie fiel auch Calvin. Niemand konnte ihn ungestraft ausnehmen. Sicher hatten es früher einige probiert und das erklärte auch das anhaltende Interesse der Abteilung Gewaltverbrechen an seiner Person, denn Leute, die ihm in die Quere kamen, zeigten eine Tendenz zum Verschwinden. Manche hatten es aus freien Stücken getan. Andere nicht. Aber Gerüchte waren eine Sache. Eine Leiche zu finden und Calvin einen Mord nachzuweisen war eine andere.

»Wer ist noch an der Sache beteiligt?«, fragte McLaughlan.

»Carl Fischer«, sagte Ash.

McLaughlan hatte den Namen noch nie gehört.

»Der Fahrer ist ein Kumpel von Fischer – Leach heißt er.«

Auch von Leach hatte McLaughlan noch nie gehört, aber das war völlig unerheblich. Es war nicht seine Aufgabe, jeden Ganoven von London beim Namen zu kennen, und es war auch nicht seine Aufgabe, zu entscheiden, wie man aufgrund der Informationen vorgehen sollte. Er hatte nur seinen unmittelbaren Vorgesetzten zu unterrichten und alles weitere lag dann bei Orme.

Orme kam vielleicht zu dem Schluss, dass Ash log oder falsch informiert war, und in diesem Fall würde das Sondereinsatzkommando höchstens ein Fahrzeug mit Bewaffneten in der Nähe der Bank bereitstellen, um zum angegebenen Zeitpunkt vor Ort zu sein. Oder aber er hielt eine umfassende Aktion für angemessen.

McLaughlan ließ sich von Ash Einzelheiten des geplanten Vorgehens beim Überfall auf den Geldtransporter schildern. Nach längerem Nachdenken sagte er schließlich bewusst unverbindlich: »Ich rede mal mit dem Chef.«

»Wie Sie meinen«, sagte Ash und entfernte sich, um andere Auslagen anzuschauen.

McLaughlan sah ihm nach und verliess den Laden. In den letzten zehn Minuten war es dunkel geworden und auf der Oxford Street drängten sich die Menschen, die einem britischen Winter ins Angesicht starrten. Die meisten schienen sich damit abgefunden zu haben. Alle schienen zu frieren.

Neben sich den schleppenden Verkehr, steuerte McLaughlan auf die U-Bahn zu und dachte darüber nach, was ihm Ash gerade eröffnet hatte. Falls Orme aufgrund dieser Informationen Massnahmen ergriff und sich die Sache als Ente herausstellte, würden sie alle wie Idioten dastehen. Ausserdem kosteten selbst kleinere Einsätze Geld und Orme musste sich dafür verantworten, wenn er Mittel für einen Einsatz bereitstellte, der sich als reine Zeitverschwendung erwies. Deshalb lag es im Interesse der Abteilung herauszufinden, ob die Informationen Hand und Fuss hatten. Und da der Überfall schon bald stattfinden sollte, konnten sie nur auf eine Analyse der Informationen bauen und hoffen, dass sie dabei nichts übersahen.

Das Dumme war, dass Informanten oft logen. Man wusste eigentlich nie, ob sie die Wahrheit erzählten, eine Teilwahrheit oder – um eine Lieblingswendung von Doheny zu benutzen – »eine komplette Schote«. Vielleicht war Ash das Geld ausgegangen, und wenn er es nicht so oft machte, dass er McLaughlans Vertrauen verlor, war das Weitergeben von Falschinformationen immer für ein paar Pfund gut. Aber schon zu diesem Zeitpunkt sagte ihm ein deutliches Gefühl, dass Ashs Tipp wahrscheinlich absolut zuverlässig war.

Orme wollte bestimmt wissen, was ihn zu dieser Ansicht bewog, und McLaughlan würde darauf hinweisen, dass Polizisten und Verbrecher auch Gemeinsamkeiten hatten. Wenn dein einziger Sohn Drogen nimmt, setzt du normalerweise alles daran, ihn davon abzuhalten. In Calvins

Fall hieß das, dass er es Stuart so schwer wie nur möglich machte, an Geld zu kommen. Wenn du dagegen der Drogenabhängige bist, tust du alles, um an Geld zu kommen, und für jemanden wie Stuart schien ein bewaffneter Raubüberfall wohl die natürliche Abhilfe gegen einen irritierenden Geldmangel. Er wusste genau, wo die Risiken lagen und wie er es anpacken musste. Er brauchte nur genügend Mumm, um die Sache durchzuziehen.

Ob er den Mumm hatte, konnte McLaughlan nicht sagen, aber unter den gegebenen Umständen und angesichts der Vorgeschichte der Familie würde er gegenüber Orme keinen Hehl aus seiner Vermutung machen, dass sich Stuart am kommenden Montag wahrscheinlich tatsächlich vor einer Midland-Filiale aufhalten würde. Er würde einem verängstigen Wachmann eine abgesägte Schrotflinte an den Kopf halten und drohen, ihm den Kopf runterzublasen. *Er wird nicht mal auf den Boden fallen, das garantier ich dir!*

Der Wachmann würde vernünftig sein und ihm alles Geld geben, was da war. Und wenn Stuart nicht völlig aus der Familie schlug, würde er den Wachmann trotzdem erschießen.

Aber niemand würde herausfinden, ob Stuart so bösartig war wie der Alte, denn das würde gleichzeitig sein erster und – so gut glaubte McLaughlan Orme zu kennen – letzter bewaffneter Raubüberfall sein.

2. Kapitel

McLaughlan stand nahe am Fenster, das trotz des Regens leicht geöffnet war. Das Wasser fand den schmalen Spalt und spritzte herein. Es lief als kalter, stetiger Strom über das Fensterbrett, tropfte an der Rückseite eines Heizkörpers hinunter und hinterließ Streifen an der Wand, bevor es den Teppichboden durchnässte.

Nachdem er am Morgen aufgewacht war, hatte er als erstes nach dem Wetter geschaut. Er hatte die Vorhänge zurückgezogen und sich über den dichten Regen gefreut, weil er vielleicht dafür sorgen würde, dass sich zum Zeitpunkt des Überfalls weniger Leute auf der Straße befanden.

Claire blieb in ihre Daunendecke gewickelt und schob sich als einziges Zugeständnis an den Wachzustand die Haare aus dem Gesicht und den Augen. Sie beobachtete, wie er sich in dem fast dunklen Zimmer anzog, weil sein Wunsch, sie nicht zu stören, größer war als die Notwendigkeit, seine Handgriffe zu sehen. Sollte sie seiner in sich gekehrten Miene angesehen haben, dass ein schwieriger Einsatz bevorstand, so hatte sie darauf verzichtet, ihn danach zu fragen.

Er war über blanke Stufen hinunter in die Küche gegangen. Dort wartete bereits die erstaunlich trockene Katze, die sich durch das Katzentürchen hereingeschoben hatte, und rief nach ihrer Mahlzeit. Er gab ihr Futter, und danach sauste die Katze wieder davon in ihr geheimes zweites Zuhause, das sie irgendwo gefunden hatte. In diesem Zuhause, so vermutete McLaughlan, bekam sie eine weitere Mahlzeit.

Er hatte vor, später im Revier zu essen, und begnügte sich mit Kaffee, aber er brachte Claire eine Tasse Tee und ging dann in Ockys Zimmer.

Sein Sohn schlief tief, wie es McLaughlan erwartet hatte, und McLaughlan, der nie gut geschlafen hatte, auch als Vierjähriger nicht, beneidete ihn darum.

Das Zimmer hatte keinerlei Ähnlichkeit mit den Zimmern, in denen McLaughlan als Kind geschlafen hatte. Die

Wände waren blau und grün gemustert, die Farben kräftig und klar. Es war ein himmelweiter Unterschied zu der fensterlosen Kammer, in der er und Tam schlafen mussten, wenn sie bei Iris waren, und es war auch völlig anders als ihr Zimmer in Islington. Dort waren die Wände champignonfarben, und das passte ganz gut, weil sie in der Feuchtigkeit oft von Schimmelpilz befallen wurden, die dem Gips einen bräunlichen Stich gaben. Seine Mutter kratzte den Schimmel mit dem Messer weg, klatschte Farbe auf den Fleck an der Wand und versprach ihnen, dass sie eines Tages in einem besseren Haus wohnen würden.

McLaughlan wusste nicht mehr, wann er erkannt hatte, dass sie nie in einem besseren Haus wohnen würden. Aber irgendwann hatte er sich geschworen, dass er seinem Sohn etwas Besseres bieten würde als einen feuchten Fleck an der Wand, den er vom Bett aus anstarren konnte.

Er ging wieder ins Schlafzimmer zu Claire. Sie hatte sich aufgesetzt und griff nach der Tasse Tee, die er ihr ans Bett gestellt hatte. Sie fragte nicht, wann er zurückkommen würde, und er war ohne Abschiedsgruß gegangen. Ein ausdrücklicher Abschied hätte zu sehr geklungen, als ahnte man, dass man nicht mehr wiederkehren würde.

Sie wusste es. Sie verstand es. Er war nicht der einzige Polizist, der einen Aberglauben pflegte. Die einen gingen nicht unter eine Leiter, während andere ihr Gegenstück zur guten alten Hasenpfote bei sich hatten. McLaughlan trug sein Kreuz und verabschiedete sich ohne Kuss und Gruß von seiner Frau und machte sich auf dem Weg zur Einsatzbesprechung auf der Tower-Bridge-Wache.

Die Einsatzbesprechung begann um sechs Uhr morgens und fand in einem Raum statt, der McLaughlan an ein Klassenzimmer einer Schule mit knappen Mitteln erinnerte. Der Boden war nicht der sauberste, und auch die Wände hätten einen Schuss Farbe vertragen können, um den vergilbenden Cremeton aufzufrischen.

Tische, die normalerweise als Schreibtische dienten, waren an die Wände geschoben worden und verschwanden fast unter den darauf liegenden Waffen. Plastikstühle waren in Reihen aufgestellt worden, sodass McLaughlan und seine Kollegen vor Leonard Orme sitzen konnten. Er stand mit seinem breiten Rücken vor einer noch breiteren Weißwandtafel mit einem Umgebungsplan der Bank, auf dem die Positionen seiner Leute für die Überwachung rot eingezeichnet waren.

Er zog eine Leinwand über die Tafel, auf die Fotos der Räuber projiziert wurden. Die Männer im Raum wussten ausnahmslos, wer Calvin war, und die meisten kannten auch Stuart schon. Dennoch wies Orme auf eines der Bilder und sagte: »Das ist Stuart, Calvin Swifts Sohn. Zweiundzwanzig. Heroinabhängig. Viermal verurteilt, dreimal wegen Einbruch, einmal wegen Drogenbesitz.«

Auf McLaughlan wirkte der ausgemergelte Stuart auf dem Bild, als hätte er gerade dringend einen Schuß gebraucht. Kein Wunder, dass sich sein Pa Sorgen um ihn machte. Stuart war ziemlich schlecht drauf.

Ein zweites Foto erschien auf der Leinwand. »Der Fahrer. Leach. Ende vierzig. Verheiratet, die Kinder sind anscheinend noch klein.«

»Was hat er auf dem Kerbholz?«, fragte Doheny.

»Einbruch, Autodiebstahl und Hehlerei«, antwortete Orme und deutete auf das dritte und letzte Foto. »Carl Fischer. Zehn Jahre älter als Stuart. Eine ganze Latte von Vorstrafen, die schwerste wegen bewaffnetem Raubüberfall. Zweimal verurteilt wegen Tätlichkeit gegen eine frühere Freundin.«

McLaughlan prägte sich nicht nur die Einzelheiten aus dem Strafregister der Männer ein, sondern auch ihr Erscheinungsbild. Wenn die Räuber erst ihre Kapuzen übergezogen hatten, waren sie nur noch aufgrund ihrer Statur zu unterscheiden.

Oft war es nützlich zu wissen, wer die einzelnen Personen waren, falls dies überhaupt möglich war, weil man dann zumindest eine Ahnung davon hatte, wie der Betreffende reagieren würde, wenn er von Polizei umstellt war. Ein Blick auf Leachs aufgedunsenes, kleines Gesicht mit den verschwollenen Augen zeigte McLaughlan, dass er fett und untrainiert war. Die meisten Räuber hielten sich fit. Ihre Freiheit konnte davon abhängen, dass sie gelegentlich einen Sprint einlegten. McLaughlan bezweifelte, dass Leach sich heftig zur Wehr setzen würde. Bei Fischer war das etwas anderes, wenn man von seinen Vorstrafen ausging. Stuart wiederum war nicht als gewalttätig bekannt, aber wenn er high war, würde er vielleicht eine Dummheit machen. Wäre vielleicht nicht schlecht, das zu wissen.

Orme teilte den Anwesenden mit, dass Stuart zur Zeit in Islington in der Nähe der Bank wohnte. Fischer lebte mit einer Frau in Romford und Vincent Leach hauste mit seiner besseren Hälfte in Elstree.

Sie waren ziemlich weit verstreut, dachte McLaughlan. Nicht dass das eine Rolle spielte. Die Polizei kannte ihre jetzige Adresse, und daher konnte man sie lückenlos überwachen von dem Augenblick, in dem sie das Haus verließen, bis zu dem Augenblick, in dem sie den Überfall versuchten.

Orme fragte, ob damit alle Klarheiten beseitigt waren, und nachdem er sich davon überzeugt hatte, dass alle wussten, was sie zu tun hatten, brachte er die Sprache auf einen Umstand, den er nicht verschweigen wollte. Calvin Swift war so etwas wie eine Legende und blickte auf eine Karriere zurück, in der Gewalt zur Tagesordnung gehörte. Er hatte sich seinen Weg durch zwei Generationen von Bankmanagern, Wachleuten und unschuldigen Opfern geschossen, gestochen, geschlitzt und geschlagen, und es hieß, dass er immer noch in der Schutzgeldbranche tätig war. Früher hatte er die Besitzer von Kleinbetrieben in und um das East End betreut. Heute waren es die Besitzer von größeren Konzernen in grünen Industrieparks in und um Essex. Aber eine Kombination aus den bestmöglichen Anwälten und der gnadenlosen Terrorisierung all jener, die sich zutrauten, gegen ihn auszusagen, hatte dafür gesorgt, dass er insgesamt nur zwölf Jahre im Gefängnis gesessen hatte. Sein Bruder Ray machte sich Calvins Ruf zunutze, aber er war das Geringere der beiden Übel.

Orme wies darauf hin, dass Familien wie die der Swifts nichts Ungewöhnliches waren. Unangepasst und asozial, gaben sich manche von ihnen den Anschein von Vornehmheit und Kultiviertheit. Ihre Kinder besuchten teure Privatschulen. Sie residierten in noblen Wohngegenden. Aber das alles zählte nicht. Wenn man drei Minuten mit einem von ihnen sprach, wusste man, woher sie kamen und was sie waren.

Barbaren.

»Denken Sie immer daran, mit wem Sie es zu tun haben«, sagte Orme. »Und ungeachtet der Selbsteinschätzung Calvins dürfen Sie nie vergessen, dass Stuart nicht Gottes Sohn ist. Er ist nur der Sohn eines traurigen Scheißers, der meint, dass er über dem Gesetz steht. Und das werden wir ihm auch klarmachen.«

Wir werden es ihm klarmachen, dachte McLaughlan, vorausgesetzt, er erscheint überhaupt auf der Bildfläche. Als er sich an Ormes Worte erinnerte, sah er einen Securicor-Wagen in die Straße einbiegen. Und er sah etwas anderes: ein silbernes Blitzen hoch über den Köpfen der Leute, die sich auf der Straße bewegten. Sie hielten den Oberkörper leicht gegen den Regen geneigt, und ihre Kleider waren so trist und feucht wie die Mauern der Häuser, an denen sie vorbeigingen. Viele strebten unbeirrt weiter, doch einige suchten Zuflucht an Orten wie dem Laden unter der Wohnung, um auf ein Nachlassen des Regens zu warten, ohne zu wissen, dass überall um sie herum in den Fenstern und Türen und Autos Männer mit öligen Fingern die schimmernden Läufe von Schusswaffen berührten. McLaughlan und Doheny hielten den Blick auf den Geldtransporter gerichtet, und als er vor der Bank stehen blieb, schlüpften sie lautlos aus dem Zimmer.

Nach wenigen Sekunden waren sie über die Treppe zur hinteren Seite des Ladens gelangt und liefen durch eine Gasse, die zum Gehsteig gegenüber der Midland-Filiale führte.

Den Rücken an die Ziegelmauer gedrückt, standen sie im Regen und warteten darauf, dass das Überfallauto vor dem Transporter anhielt. Sobald die Räuber die Wachen mit ihren Knarren bedrohten, würden sie von allen Seiten von bewaffneten Polizisten umstellt werden. McLaughlan wusste aus Erfahrung, dass die unbeteiligten Fußgänger, die dem Geschehen am nächsten waren, in ihrem Verhalten völlig unberechenbar waren. Einige würden sich vielleicht auf dem Boden zusammenkauern. Andere drehten sich vielleicht um und liefen davon. Aber wenn es das Unglück nicht wollte, dass sich einer von ihnen zum »Helden« aufschwang, würden die anderen einfach starr vor Schreck stehen bleiben und damit konnte McLaughlan leben. Er konnte weder mit Helden etwas anfangen noch mit Leuten, die sich an ihn klammerten und zusammenklappten. Aber es gab ja Männer im Team, die für solche Eventualitäten ausgebildet waren und geeignete Maßnahmen ergreifen würden. Die anderen würden sich ausschließlich um die Räuber kümmern.

Die hinteren Türen des Transporters öffneten sich und zwei Wachleute stiegen aus. Der Erste trug einen metallenen Geldkoffer und der Zweite schloss die Türen. Für die Polizei war es fester Grundsatz, die ausgewählten Opfer eines Überfalls – seien es Einzelpersonen, ein Sicherheitsdienst oder eine Bank – nicht zu informieren. Die Wachen wussten also nicht, was um sie herum vorging. Eine vorzeitige Warnung hätte sie vielleicht nervös gemacht und womöglich ein Verhalten provoziert, das ihr Leben noch mehr gefährdete.

Die Wachleute steuerten auf die Bank zu und noch immer war nichts von einem Überfallauto zu sehen. McLaughlan begann sich Sorgen zu machen. Wenn die Räuber nach den Tagen des Planens und Wartens ausblieben, war der Frust vorprogrammiert. So was war nicht gut für die Nerven und noch schlechter für die Moral. Gerade als er zu der Überzeugung kam, dass die Räuber eine Warnung erhalten haben mussten, bremste ein dunkelblauer BMW vor dem Transporter. Er stand noch nicht, als bereits die Türen aufflogen und der ausgezehrte Stuart und der etwas größere Fischer heraussprangen, die Gesichter unter Kapuzen verborgen.

Unmittelbar darauf bedrohten sie die Wachen mit ihren Waffen und aus dem Funkgerät an Dohenys Gürtel hörte McLaughlan Ormes Befehl zum Angriff.

McLaughlan und Doheny rannten über die Straße auf den Transporter zu und in diesem Augenblick sah McLaughlan wieder das silberne Blitzen. Vorher war es ihm wie eine Art Mond erschienen, der über der Straße dahinwippte. Er hatte es nicht für wichtig gehalten, aber jetzt erkannte er, wie sehr er sich geirrt hatte.

Er sah etwas anderes, etwas, das ihm einen kalten Schauer über den Rücken jagte. Die Männer, die im Umkreis der Bank gewartet hatten, hatten ihre Stellung verlassen und rannten auf die Räuber zu. Und wie er hielten sie mitten im Lauf inne, weil sie sahen, was er gesehen hatte.

Das silberne Blitzen kam von einem Luftballon. Er schwebte über dem Kopf eines drei- oder vierjährigen Jungen und war mit einem durchsichtigen Faden an seiner zarten, kleinen Hand befestigt. Während die bewaffneten Polizisten zum Tatort stürmten, war der Junge zu Stuart gelaufen. Jetzt deutete er auf die Waffe des Räubers und sagte »Peng«.

Eine Frau, wahrscheinlich die Mutter, lief hinter dem Jungen her. Als sie die Situation erfasste, erstarrte sie. *Braves Mädchen*, dachte McLaughlan, *braves Mädchen*. Im gleichen Moment nahm Swift seine Schrotflinte in eine Hand und packte mit der anderen den Jungen an der Schulter.

Nein, dachte McLaughlan. Dass ein Kind als Geisel genommen wurde, war so ungefähr das Schlimmste, was ihnen passieren konnte. Dann hörte er ein Geräusch, das er zuerst nicht erkannte. Es kam von der Mutter des Jungen, ein flehendes Winseln, das nicht menschlich klang. Sie fiel auf die Knie, und McLaughlan glaubte zunächst, sie sei in Ohnmacht gefallen. Doch dann begann sie auf ihren Sohn zuzukriechen.

Orme tauchte aus dem Nichts auf und rief: »Bleiben Sie, wo Sie sind!« Trotzdem kroch sie weiter und McLaughlan bekam Angst. Wenn sie nach dem Kind griff, konnte die Situation kippen. Plötzlich hatte er das Blutbad vor Augen, das Swift anrichten würde, falls er mit seiner abgesägten Schrotflinte herumballerte. Er musste schnell handeln, und deshalb tat er das Einzige, was ihm einfiel. Er rief Swift an und senkte dabei langsam die Waffe. »Du hast keine Chance – lass den Jungen in Ruhe.« Aber er sah nur ein Flackern der Angst in Swifts Augen. McLaughlan spürte Beklommenheit in sich aufsteigen, denn es war kein Geheimnis, dass ein verängstigter bewaffneter Räuber viel gefährlicher für sich und seine Umgebung war als ein kaltblütiger Killer. McLaughlan hatte keine Ahnung, wie Swift reagieren würde.

Wie Swift reagiert hätte, sollte niemand je erfahren, denn was als Nächstes geschah, übertraf selbst McLaughlans schlimmste Albträume.

Das Kind griff nach der Waffe.

Und Swift drückte auf den Abzug.

3. Kapitel

Der Regen ist angemessen, dachte Jarvis, der in einer Menschenmenge stand und zusah, wie ein Leichenzug vor einem Pub im East End anhielt. Die meisten Fahrzeuge, aus denen er bestand, waren gerammelt voll mit alternden Mitgliedern der kriminellen Zunft, die Jarvis von so mancher Begegnung in den Sechzigerjahren kannte.

Einigen Männern sah man ihr Alter inzwischen an. Langjährige Haftstrafen und der hemmungslose Genuss von Alkohol und Tabak, den sie ihrem Körper zugemutet hatten, hatten Spuren hinterlassen. Den Frauen, die zu ihren Männern gehalten hatten, schien es nach Jarvis' Ansicht kaum besser ergangen zu sein und die meisten von ihnen hätte er als »schludrig« beschrieben.

Es fiel schwer, die Frauen in ihrem jetzigen Zustand mit den Glamourgirls zu vergleichen, die in Nachtclubs gesungen, gestrippt und getanzt und schließlich ihre späteren Gatten kennen gelernt hatten. Nicht selten waren es die Besitzer solcher Etablissements, die mit den Erlösen aus Überfällen, Schutzgelderpressungen, Prostitution und Pornos erworben worden waren und später als Fassade für Geldwäsche gedient hatten.

Einige von ihnen liefen auch nach dreißig Jahren noch blendend, unbeeindruckt von wechselnden Zinssätzen, Regierungen und von übereifrigen Steuerbehörden – Faktoren, die denkbar nachteilige Folgen für ähnliche, aber »saubere« Kleinunternehmen hatten – und sie alle wurden von Typen wie dem verstorbenen Tommy Carter frequentiert, dessen Beerdigung gerade stattfand.

Nach altehrwürdiger East-End-Tradition wurde der Leichenwagen von zwei schwarzen Pferden gezogen und die Federbüsche zwischen ihren Ohren verliehen der Feierlichkeit etwas Theatralisches. Der Sarg lag verdeckt unter Kränzen, auf denen mit roten Nelken die Wörter *Dad* und *Tommy* geformt waren.

Jarvis hatte Tommy Carter gekannt, doch obwohl er einmal dazu beigetragen hatte, ihn hinter Gitter zu bringen, war er mit einigen seiner Kollegen, die den Verstorbenen ebenfalls schon seit Ewigkeiten kannten, gekommen, um diesem die letzte Ehre zu erweisen.

Die Nachricht, dass er friedlich im Schlaf gestorben war, war von den meisten schmunzelnd und von einigen mit Verärgerung aufgenommen worden. Doch Jarvis hätte Tommy nie etwas Böses gewünscht. Wenn es ein Leben nach dem Tode gab, würde Tommy einen Weg finden, irgendeinen Safe zu knacken, und nicht lange danach fragen, wem der Safe gehörte – ob Gott oder dem Teufel, das wäre ihm völlig egal. Jarvis hoffte nur, dass die Sicherheitsvorkehrungen im Fegefeuer besser waren als bei Parkhurst.

Tommy war in einer Zeit aktiv gewesen, als noch ein Hauch von Romantik damit verbunden war, durch ein Dach einzudringen und einen Safe zu sprengen. Tommy konnte niemandem ein Härchen krümmen, und obwohl er Seite an Seite mit einigen der heimtückischsten Verbrecher der Sechzigerjahre aufgewachsen war, hatte er sich immer an das gehalten, was er am besten beherrschte. Für ihn war es eine Kunst, und man konnte immer sehen, wenn Tommy am Werk gewesen war: Die Löcher, die er sprengte, waren immer vollkommen rund und vollkommen sauber.

Jarvis hatte ihn gemocht, und deshalb wartete er in der Menge vor Tommys Stammlokal auf den Leichenwagen, der zum Krematorium fuhr.

Er trug sonst keinen Hut, aber heute hatte er einen aufgesetzt und er zog ihn, als die Pferde anhielten. Die meisten der Versammelten kannte er noch. Einige von ihnen waren die Söhne und Töchter von Kriminellen wie Tommy Carter. Andere waren Nachbarn und Bundesgenossen. Die meisten der anwesenden Verbrecher trugen Importanzüge, bei deren Anblick er sich schlecht gekleidet fühlte. Auch Pearly Kings und Queens, Straßenverkäufer in Perlenkostümen, waren da und das hätte Tommy bestimmt gefallen. Das alles hatte den Charakter einer Show, das alte East End, wie es leibte und lebte. Ein Mann wie Tommy hätte es wahrscheinlich einen »saustarken Abgang« genannt. Besser als der, den ich kriegen werde, dachte Jarvis, während die Männer das Glas erhoben. »Auf Tommy Carter«, riefen sie.

Auch Jarvis hob sein Glas. »Auf Tommy Carter.«

Als er auf Tommys Andenken trank, fiel Jarvis ein, wie er einmal in dasselbe Pub gegangen war, um Carter unter vier Augen zu sprechen. Seit Tams Verschwinden waren mehrere Wochen vergangen, und da allgemein bekannt war, dass Tommy und George gelegentlich einen zusammen hoben, hatte Jarvis es für lohnenswert gehalten, Tommy zu fragen, ob er etwas Interessantes gehört hatte.

»Georges Sohn wird vermisst«, sagte er.

Tommy, dessen Haar im Stil der Zeit nach hinten geklatscht war, hatte sich zu einem Drink einladen lassen. »Habe ich läuten hören«, bekannte er.

»Was hast du läuten hören?«

»Er ist weg, um nach George zu suchen. Und nicht mehr zurückgekommen.« Tommy hielt inne und wirkte ein wenig nervös, als er hinzufügte: »Vielleicht hat er ihn gefunden.«

Aus seinem Tonfall erfuhr Jarvis alles, was er über Tommys Meinung von George wissen musste. Er war rücksichtslos, gewalttätig und durchaus fähig, sich gegen sein eigen Fleisch und Blut zu wenden, wenn er es für nötig hielt. »Danke, Tommy«, sagte Jarvis. An diesem Nachmittag suchte er seinen Chef auf.

Obwohl er sechs Jahre jünger war als Jarvis, hatte Don Hunter bereits den Rang eines Detective Chief Inspector erreicht, aber er respektierte Jarvis, der wie er selbst zum altmodischen Typus des East-End-Polizisten gehörte.

Es war das Jahr 1968, und auf den Straßen von London ermahnten sich Leute, die nicht viel jünger waren als Hunter, eine Blume im Haar zu tragen, wenn sie zufällig gerade auf dem Weg nach San Francisco waren. Doch Hunter führte Jarvis in ein Büro, dessen Ablagen, Stühle, Teppiche und Wände nicht nur der Farbe, sondern auch der Gestaltung nach deprimierend grau waren. Keine Blumen. Und auch nicht viele Haare, zumindest nicht an Hunter, der seine Arbeit für seine frühzeitige Kahlheit verantwortlich machte.

»Ich hab Ihnen doch von Georges Ältestem erzählt, der mit seinem jüngeren Bruder nach Glasgow gefahren und dann abgehauen ist.«

»Ja, was ist damit?«, fragte Hunter.

»Er ist noch immer nicht zurückgekommen.«

Wenn ihn jemand anders auf diesen Sachverhalt aufmerksam gemacht hätte, hätte Hunter vielleicht gefragt, ob die Sorge um den Burschen angesichts seines Alters und seiner Familienverhältnisse nicht ein wenig verfrüht sei. Aber er ließ sich die Sache durch den Kopf gehen, als Jarvis hinzufügte: »Der Junge ist nicht einfach von zu Hause ausgerissen. Ihm ist was zugestoßen.«

»War damals nicht gerade dieser Sturm in Glasgow?«

»Es war kein Sturm, der ihn umgeweht hat«, sagte Jarvis. Hunter wusste bestimmt, worauf er hinauswollte. Sechs Wochen vor Weihnachten hatten zwei Bewaffnete ein Wettbüro von Ladbrokes überfallen. Der Buchmacher in dem Laden war selbst eine Art Ganove und hatte als Zeuge ausgesagt, dass er in einem der Räuber George McLaughlan erkannt hatte. Deshalb konnte man mit hoher Wahrscheinlichkeit davon ausgehen, dass sein Komplize ein Glasgower war, der den Namen Crackerjack trug. Er und George waren ein eingespieltes Team. Ernie und Bert. Laurel und Hardy.

Zu sagen, der Überfall sei schief gegangen, wäre eine ziemliche Untertreibung. Der Buchmacher war mit einer Thompson-Maschinenpistole, die er sich als Souvenir aus dem Zweiten Weltkrieg aufgehoben hatte, aus der Hintertür getreten und hatte das Feuer eröffnet. Er beteuerte, er habe nur sich und seine Mitarbeiter schützen wollen – die Räuber hätten schließlich Schrotflinten bei sich gehabt. Er wollte Notwehr geltend machen, falls die Sache vor Gericht kam, und sie *würde* vor Gericht kommen, dachte Jarvis, denn in dem ganzen Chaos wurde einer der Räuber angeschossen.

Als die Polizei ankam, sah es in dem Büro nicht wie bei einem Buchmacher aus, sondern wie bei einem Fleischer und niemand, dachte Jarvis – *niemand* – konnte einen solchen Blutverlust überleben.

Er hatte alle Krankenhäuser alarmiert, aber bisher hatte er von keinem die Nachricht erhalten, dass sie einen Patienten mit Schusswunden, auf den die Beschreibung passte, aufgenommen hatten. Crackerjack musste irgendwo untergetaucht sein. Entweder das oder er war tot.

»Ich frage mich«, sagte Jarvis, »ob Tam etwas von dem Überfall wusste.«

»Was wäre dann?«

»Und wenn er versucht hat, seinen Dad zu erpressen, damit er seiner Mutter Geld gibt?«

»Es ist kaum anzunehmen, dass sein Dad ihn abgemurkst hätte«, sagte Hunter. »Nicht einmal George würde seine eigenen Kinder fressen.«

Jarvis schenkte sich jeden Kommentar. Er traute George so ziemlich alles zu. Geboren und aufgewachsen in den Gorbals, hatte George seine Ausbildung bei einer berüchtigten Gang der Sechzigerjahre gemacht, bevor ihn die Gier und der nackte Ehrgeiz nach Süden führten. In London hatte er sich schnell einen Namen als einer von jenen Glasgower Strolchen gemacht, die einer Bande im Streit um die ehemaligen Reviere der Richardsons und Krays sehr behilflich sein konnten. Und selbst wenn Jarvis im Zweifelsfall nicht von Georges Schuld ausging, bestand immer die Möglichkeit, dass einer seiner Komplizen Tam zum Schweigen gebracht hatte, um ein vermeintliches Problem aus der Welt zu schaffen.

»Was wollen Sie tun?«, fragte Hunter.

»Ich glaube, ich sollte nach Glasgow fahren und noch einmal mit Iris reden. Wenn sich herausstellt, dass sie sich keine Sorgen um Tam macht, können wir annehmen, dass sie ihn nach Robbies Heimfahrt gesehen hat.«

»Und wenn es nicht so ist?«

»Dann sollten wir sein Verschwinden wohl etwas ernster nehmen.«

Hunter dachte kurz darüber nach und sagte schließlich: »Dann sehen Sie zu, dass Sie rauf in die Gorbals kommen.«

Jarvis hatte auf diese Einwilligung gehofft. Aber Hunter war noch nicht fertig. »Sie brauchen bestimmt Unterstützung, ich werde entsprechende Anweisung geben.«

»Nicht nötig«, sagte Jarvis. »Ohne Verstärkung ist es sicherer für mich.«

Bei jedem anderen hätte Hunter versucht, ihn zur Vernunft zu bringen. Aber wenn Jarvis keine Unterstützung wollte, hatte er bestimmt seine Gründe, und Hunter ließ ihn gewähren. »Das müssen Sie wissen«, sagte er.

Als er den Gorbals District von Glasgow zum ersten Mal sah, hatte sich Jarvis nicht vorstellen können, dass dies einmal eine elegante Vorstadt und dass die roten Sandsteingebäude einmal das Heim von wohlhabenden Industriellen, Literaten und betuchten Müßiggängern war. Nach der Jahrhundertwende hatte das Viertel an Prestige verloren und war zur verwahrlosten Wohnstatt armer Einwanderer verkommen, die häufig aus Irland stammten. Auch nach der Umsetzung eines Sanierungsprogramms Ende der Sechzigerjahre waren von den Mietskasernen noch genügend übrig, um zu erklären, weshalb die Politiker schon seit langem behaupteten, die Gorbals seien der schlimmste und berüchtigtste Slum Europas.

Er betrat das Gebäude, in dem Georges Mutter wohnte, ging hinauf bis zu dem Korridor, auf dem sie seines Wissens ihr gesamtes Leben seit ihrer Heirat verbracht hatte, und hämmerte gegen die Tür.

Iris öffnete, und Jarvis fiel wieder auf, wie groß die Frau war. Die meisten Bewohner der Gorbals waren unterernährt und schwächlich und das ließ den McLaughlan-Clan mit seiner schieren Körperkraft umso bemerkenswerter erscheinen.

Jarvis konnte sich des Gedankens nicht erwehren, dass jeder, der Iris kannte und dann zufällig George erblickte, in ihr sofort seine Mutter erkennen musste. Wo sonst sollte George diese wuchtigen Schultern und die gewaltigen Unterarme herhaben? Sie war keineswegs dick, aber sie war riesig, und wie so häufig, wenn Jarvis Frauen ihres Typs sah, konnte er sie sich nicht im entferntesten als Kind vorstellen. Es schien ihm, dass nichts Weiches an ihr gewesen sein und dass sie selbst in der Wiege nicht gelächelt haben konnte. Bestimmt hatte sie schon damals gewusst, was ihr die Zukunft bringen würde, und hatte deshalb alle Gedanken für sich behalten und sich jedes Lächeln verkniffen.

Die Wohnungstür öffnete sich direkt in ein Zimmer, in dem das Sofa und die Sessel mit dem Rücken zu einer kombüsenartigen Küche standen. Seit dem letzten Mal, dass er hier gewesen war, hatte sich kaum etwas geändert. Außer dass es vor einigen Monaten gerochen hatte wie in jedem Zimmer eines solchen Mietshauses: nach einer Mischung aus feuchten Wänden, schmutzigen Toiletten und gekochtem Essen. Über dem Ganzen hatte eine Note von Paraffinöl gelegen, das vergeblich eingesetzt wurde, um das Ungeziefer aus Schränken, Wänden und Kleidern zu halten. Jetzt versank dieser Geruch in einem intensiven Mief nach abgestandenem menschlichen Schweiß. Der Gestank hätte Jarvis warnen müssen, aber er wusste nicht, was er zu bedeuten hatte.

Erneut ließ er den Blick durch das Zimmer wandern, nahm Einzelheiten wahr, die ihm vorher entgangen waren, und versenkte sich schließlich in die Betrachtung mehrerer schlecht gerahmter Fotografien. Sie hingen an der rückwärtigen Wand und einige davon zeigten George in jüngeren Jahren. Doch auf den meisten war sein Bruder zu sehen, Jimmy »No Hands«.

Beide Männer waren Amateurboxer gewesen, aber nur Jimmy hatte genügend Talent besessen, um sich die Gürtel zu verdienen, die er auf den Fotos trug. Es hatte etwas Grausiges, dass Jimmy auf all diesen Fotos dem Betrachter drohend seine Boxerhandschuhe entgegenhielt, wie um zukünftigen Generationen zu beweisen, dass es einmal eine Zeit gegeben hatte, in der er Hände gehabt hatte, wo heute nur noch Stümpfe waren.

Es gab keine Fotos von Iris' Mann. Das wenige, was Jarvis über ihn wusste, hatte er von Elsa erfahren. Sie hatte ihm gesagt, dass Georges Vater in den Dreißigerjahren in ein Arbeitslager gesteckt worden war. Dort war er gestorben, und Iris musste ihre Söhne allein erziehen, so gut es ging.

Von Elsa wusste er auch, dass Iris Vorstrafen wegen Prostitution hatte, die allerdings schon zwanzig Jahre zurücklagen. Jarvis konnte nicht recht glauben, dass die Frau vor ihm jemals genügend Attraktivität besessen haben sollte, um auch nur eine halbblinde Wasserratte zu bezahltem Sex zu verführen. Sie trug ihre frühere Profession wie ein Stigma, als hätte jede unerquickliche sexuelle Begegnung eine Falte in ihr Gesicht gegraben, damit sie nie vergaß, was sie alles hatte tun müssen, um ihre Söhne durchzubringen. Sie war eine gute Mutter gewesen, das wusste Jarvis, auch wenn manche das vielleicht nicht so sahen. Sie hatte sie ernährt, hatte sie behütet und hatte für sie gekämpft, und es hieß, dass sie der einzige lebende Mensch war, den George und Jimmy respektierten. So etwas durfte man nicht einfach vom Tisch fegen, auch wenn Jarvis' Auffassung in solchen Dingen oft nicht übereinstimmte mit der von Leuten, die glaubten, sie könnten die Welt so sauber, ordentlich und vollkommen machen wie die Löcher in einem von Tommy Carter geknackten Tresor.

»Was wollen Sie denn schon wieder hier?«, sagte sie und blickte hinüber zur Tür, die zu einem kleinen Schlafzimmer führte.

Jarvis wurde ein wenig nervös, ohne genau sagen zu können, warum. Vielleicht war es etwas in ihrem Gesicht oder vielleicht die Geräusche im ganzen Haus – die Schritte von jemandem, der die hallenden Betontreppen hinunterraste, eine Toilettenspülung im gleichen Stockwerk, das wimmernde, anhaltende Schreien eines Babys. Irgendwo in dem Gebäude stritten laut ein Mann und eine Frau, aber wegen des breiten Glasgower Akzents konnte er nicht verstehen, worum es bei dem Gebrüll ging. Ihre Stimmen drangen durch ein Fenster zu ihm herauf, das kein Glas hatte und nur mit Folie zugeklebt war. Trotz des Zugs, der durch die unzureichende Abdichtung kam, stank es in dem Zimmer.

»Ich hab gefragt, was Sie schon wieder hier wollen.«

Noch einmal blickte sie kurz in Richtung Schlafzimmer, und daraus schloss Jarvis, zumal sie auch die Stimme unnötig erhoben hatte, dass sie vielleicht jemandem eine Warnung zukommen lassen wollte. Plötzlich kam er auf die Idee, dass George vielleicht da drin war, und es dämmerte ihm, dass es vielleicht doch nicht so schlau gewesen war, allein hier anzutanzen.

Es bestand immer die Möglichkeit, dass George seine Mutter besuchte, daran hätte er denken müssen. Er hatte es für unwahrscheinlich gehalten, weil George bestimmt davon ausging, dass die Polizei die Wohnung rund um die Uhr bewachte, falls er doch auftauchen sollte. Wenn er wirklich da war, überlegte Jarvis, sollte er am besten alles unterlassen, was ihn gegen sich aufbringen konnte. Wenn Jarvis versuchte, ihn zu verhaften, würde ihm George ins Gesicht lachen und ihm sagen, er solle sich verpissen. Und wenn Jarvis vernünftig war, würde er ihm den Gefallen tun. Aber jetzt zu kneifen würde bedeuten, dass er sein Gesicht verlor. »George«, sagte er. »Bist du da drin? Ich bin allein und ich hab keine Knarre.«

Kein Geräusch drang aus dem Raum, aber Jarvis war sich seiner Sache inzwischen so sicher, dass er auf die Tür zusteuerte und klopfte. »Du kennst mich, George, und ich hab dich noch nie angelogen. Ich sag dir, ich bin allein und unbewaffnet, ehrlich, und jetzt komme ich rein.«

Iris warnte ihn mit leiser, eindringlicher Stimme: »An Ihrer Stelle würde ich da nicht reingehen, Mr. Jarvis.«

Jarvis hob einen Riegel, der mehr zu einer Toilettentür gepasst hätte, und trat in vollkommene Dunkelheit, denn das Zimmer war nicht größer als eine Abstellkammer und hatte kein Fenster. Mit den Schienbeinen stieß er gegen das heruntergeklappte Wandbett. Außer dem Metallrahmen des Betts und den klaustrophobisch engen Wänden war nichts zu sehen. Und dann erhob sich vom Boden eine Gestalt, die brüllend auf ihn zustürzte und ihn auf taumelnden Beinen durch die Tür zurück in das Zimmer stieß, in dem Iris stand.

Es dauerte einige Zeit, bis Jarvis seinen Angreifer erkannt hatte, und das Wissen, dass Jimmy ihn mit seinen rauhen, nackten Stümpfen an die Wand presste, war schlimmer, als in den Lauf einer Schrotflinte zu blicken.

Er hatte gehört, dass Jimmy von Prothesen nichts wissen wollte und dass er sich keine Mühe gab, die schrecklichen Armstümpfe zu verbergen. Aber nichts von dem, was ihm zugetragen worden war, hatte ihn auf diesen Anblick vorbereitet, denn die Hände waren mit solcher Brutalität abgerissen worden, dass es eines weiteren chirurgischen Eingriffs bedurft hätte, um die Überreste halbwegs sauber zu vernähen.

Jarvis wusste nicht, ob man Jimmy jemals eine solche Operation angeboten hatte. Er wusste nur, dass diese Stümpfe mit ihrer fleckigen, violetten Haut und den wulstigen, roten Narben grausiger waren als alles, was er sich in seiner Fantasie hätte ausmalen können. Aber es waren nicht nur diese Stummel, es war auch der Gestank des Mannes. Jimmys Ausdünstung war schlimmer als alle Gerüche, die aus den Mülltonnen unten im Hof aufstiegen. Aber trotz seines Ekels fühlte Jarvis Mitleid für den Mann. Wie sollte er sich denn waschen, wenn er keine Hände hatte? Was sollte er machen in einer Mietwohnung ohne Bad und Dusche? Wusch ihn seine Mutter von Zeit zu Zeit, obwohl er schon ein erwachsener Mann war?

Jarvis kannte die Antwort auf diese Fragen nicht. Er konnte nur von dem Geruch ausgehen, der ihn vermuten ließ, dass Jimmy mit seinen Händen jedes Bewusstsein seiner menschlichen Würde abhanden gekommen war. Er stank nicht nur, sondern auch das Haar hing ihm über den Rücken hinab, als wäre es seit zehn Jahren nicht mehr geschnitten worden. Und vielleicht war es so, dachte Jarvis. Vielleicht wollte Jimmy nach dem Verlust seiner Hände keine Klingen mehr sehen, gleich, wie sie aussahen oder wozu sie dienten.

Durch gelbe, stinkende Zähne sagte er: »Sie iss eine alte Frau, du Scheißkerl – lass sie endlich in Ruhe!« Jarvis versuchte ihm zu erklären, dass er wegen Tam gekommen war.

Jimmy glaubte ihm nicht. Er hob den längeren der zwei rohen Stümpfe und sein Arm wirkte wie ein langer, dünner Stock. Nach den Fotos an den Wänden zu urteilen, hätte Jimmy mit der Masse an Muskeln, die zu seiner besten Zeit um diese Knochen gelegen hatten, einem Pferd den Schädel einschlagen können. Jetzt waren die Muskeln ausgezehrt, und als wäre ihm plötzlich eingefallen, dass er nicht mehr die Kraft hatte, Jarvis zu töten, stieß ihn Jimmy schwer atmend von sich. Hilfesuchend sah er zu Iris, weil er nicht mehr weiterwusste, aber sie zündete nur eine Senior Service an. Sie hielt sie in einer großen, maskulinen Hand, die die Vorstellung, dass je ein Mann einen Ring auf einen ihrer Finger geschoben hatte, völlig absurd erscheinen ließ. Sie hielt die Zigarette an Jimmys Mund und er zog daran.

»Sie haben was von Tam gesagt«, bemerkte sie zu Jarvis, und er antwortete: »Er ist seit fast zwei Monaten verschwunden. Elsa macht sich allmählich Sorgen.«

»Er iss doch schon erwachsen«, meinte Jimmy unverbindlich, aber Jarvis fuhr unbeeindruckt fort: »Ich möchte gern wissen, ob sich sonst noch jemand von der Familie Sorgen macht.«

»Und wenn es so ist«, fragte Iris, »was dann?«

»Dann bitte ich Sie, ihn als vermisst zu melden. Nur so kann ich dafür sorgen, dass Strathclyde und auch die Metropolitan Police eine gründliche Suche in die Wege leiten.«

Kaum hatte er die Worte gesagt, fiel Jarvis ein, mit wem er es hier zu tun hatte. Bei Leuten wie den McLaughlans saß das Mißtrauen gegen jede Form von Behörden so tief, dass seine Bitte ziemlich lächerlich klingen musste. Zum einen glaubten sie bestimmt nicht, dass die Polizei ernsthaft nach einem vermissten Mitglied ihrer Familie suchen würde, zum anderen waren sie sicher der Meinung, dass die Polizei höchstens dann suchen würde, wenn es ihr in den eigenen Kram passte. Leider war ihr Misstrauen nicht ganz unbegründet, dachte Jarvis. Wenn die Polizei Maßnahmen ergriff, um Tam zu finden, dann nur mit dem Ziel, ihn auszuquetschen, falls er etwas darüber wusste, welche Rolle sein Vater bei dem Überfall auf das Wettbüro gespielt hatte. Jarvis konnte es seinen Kollegen nicht verübeln und auch er hatte Tam und Robbie nach Informationen ausgehorcht. *Hat Tam deinen Dad gefunden, Robbie? Warum ist er nicht mit dir zurückgekommen?*

Jimmy nahm wieder einen Zug von der Senior Service und brannte sie mit der Kraft seiner Lungen auf einen knappen Zentimeter herunter. Iris zerdrückte die glühende Kippe in der bloßen Hand und sagte etwas, was ihr bestimmt noch nicht oft über die Lippen gekommen war: »Ich mach mir Sorgen.«

Das wusste Jarvis bereits. Er hatte es vorher bemerkt, als sie wieder auf Tam zu sprechen kam. Die nächste Frage löste ein beunruhigtes Flackern in ihren Augen aus. »Was hatte er an dem Tag an, als er mit Robbie zum Bahnhof gegangen ist?«

Er bedauerte seine Worte sofort, weil sie viel zu sehr nach den Fragen klangen, die die Polizei stellte, wenn sie befürchtete, dass jemand zu Schaden gekommen war.

»Kann mich nich mehr genau erinnern.«

»Versuchen Sie es«, sagte Jarvis sanft, aber schon schaltete sich Jimmy ein: »Sie sagt doch, sie kann sich nicht erinnern.«

Iris wehrte ihren Sohn ab: »Jetzt hör wieder auf damit, Jimmy.« Zögernd bestätigte sie vieles von dem, was Jarvis schon von Elsa gehört hatte.

»Hat er irgendwie angedeutet, wo er hinwill, nachdem er Robbie zum Zug gebracht hat?«

»Kein Wort«, sagte Iris.

»Wollte er vielleicht nach seinem Vater suchen?«

Iris dachte über die Möglichkeit nach, als sei sie ihr völlig neu, und das konnte nur bedeuten, dass Elsa ihr nichts gesagt hatte und dass ihr Tam nicht erzählt hatte, was ihn nach Glasgow geführt hatte. »Ja«, räumte sie schließlich ein. »Das kann leicht sein.«

»Hätte er gewusst, wo er ihn finden kann?« fragte Jarvis.

Iris war sofort auf der Hut. »Vielleicht«, gab sie zu.

Jarvis wusste ganz genau, dass Iris George im Notfall jederzeit auftreiben konnte, und bedrängte sie nicht weiter. Es hatte keinen Sinn. »Elsa überlegt sich, ob sie eine Vermisstenanzeige wegen Tam aufgeben soll.«

»Er iss doch schon erwachsen«, wiederholte Jimmy, und Jarvis erwiderte, auch Erwachsene seien nicht davor gefeit, dass ihnen etwas zustieß.

Mit diesem Denkspruch ließ er sie allein und ging zum Glasgower Hauptbahnhof, um die Angestellten dort zu fragen, ob sich jemand an einen Sechzehnjährigen erinnerte, der mit einem neunjährigen Jungen auf dem Bahnsteig gestanden hatte.

Er hatte nicht die geringste Hoffnung, dass bei jemandem etwas hängen geblieben war, nachdem zwei Monate und Tausende von Leuten vorübergezogen waren, aber er irrte sich. Die Frau in der jämmerlichen Imbissstube erinnerte sich an einen Jungen, auf den Robbies Beschreibung passte. Der Junge hatte Schutz gesucht in der relativen Wärme eines Lokals, in dem dünner, milchiger Kaffee und lauer, bernsteinfarbener Whisky verkauft wurde, ein Lokal, das mit niedrigen, zerkratzten Tischen und mit hohen, verschmutzten Fenstern aufwartete.

Jarvis hatte gefragt: »Wie kommt es, dass Sie sich an ihn erinnern?«, und erfahren, dass Robbie wissen wollte, ob noch alte Sandwiches vom Vortag da waren, und wenn ja, ob er vielleicht eines billig kaufen könnte?

Die Frau hatte ihm ein Sandwich gemacht, ihm noch ein Cola dazu gegeben und hatte ihn in der Wärme sitzen lassen, bis der Zug nach London kam.

»Warum?«

»Er hatte doch nur den dünnen Pullover an. Und es war so hundekalt draußen. Aber es war nicht wegen der Kälte, es war auch, weil er ganz verschreckt ausgeschaut hat. Ich glaub, der Sturm hat ihm Angst eingejagt.«

Verschreckt war er vielleicht, dachte Jarvis. Aber es war nicht der Sturm, der ihm Angst eingejagt hatte. Er fragte: »War jemand bei ihm – ein älterer Junge oder so?«

Sie wies auf die Fenster, die schon seit Wochen nicht

mehr geputzt worden waren. Sie wiesen auf den Bahnsteig und ließen die Außenwelt noch dreckiger erscheinen, als sie es war. »Ich hab gesehen, wie er eingestiegen ist«, erklärte sie. »Er war allein, ganz sicher.«

Kein großer Bruder, der ihn hergebracht hat, dachte Jarvis. Nachdem sie die Wohnung von Iris verlassen hatten, musste Tam etwas zugestoßen sein. Die Frage war, warum Robbie keiner Menschenseele erzählen wollte, *was* passiert war.

Die naheliegende, die einzige Antwort war, dass er jemanden schützen wollte, und ein Kind würde wohl kaum den Mörder seines Bruders schützen, es sei denn, der Mörder war sein Vater.

Er sprach mit Hunter darüber, der meinte, seine Fantasie gehe mit ihm durch.

Aber das war, noch bevor unten am Hafen die Überreste eines Jungen gefunden worden waren.

Ein Geräusch, das man in den Sechzigerjahren kaum gehört hatte, das jedoch mittlerweile zum Alltag in der Stadt gehörte, riss Jarvis aus seinen Gedanken, und er hob den Blick zum Himmel, wo sich ein Polizeihubschrauber seinen Weg durch die Wolken bahnte. Einige der Leute neben ihm bildeten sich bestimmt ein, dass Tommy Carters Begräbnis für die Nachwelt aufgenommen wurde. Oder vielleicht filmte die Polizei die Menge vor dem Pub in der Hoffnung, gesuchte Straftäter zu entdecken.

Jarvis wusste es besser. Da ist was los, dachte er, und aus der Flugrichtung des Helikopters schloss er, dass sein Ziel in Nordlondon lag. Er sah ihm nach, bis er verschwunden war und das Motorengeräusch verdrängt wurde vom Hufeklappern der Pferde, die sich auf der Mile End Road in Bewegung setzten.

4. Kapitel

Zwei Schüsse wurden auf Swift abgefeuert, als seine Schrotflinte losging, und der Denimstoff seiner Jeans färbte sich dunkel vom Blut. Aber Swift bewegte sich nicht und hielt das Kind fest im Griff. Er muss high sein, dachte McLaughlan. Er weiß nicht mal, dass er angeschossen worden ist.

Wie alle anderen warf sich McLaughlan in Deckung, und als er sich hinter dem nächsten Auto verschanzte, sah er einen Teenager, deren magere Beine in ihren rot-gelb gestreiften Strumpfhosen wirkten wie Seeschlangen. Eben noch war sie über die Straße auf die Bank zugesteuert, aber seit die Schießerei begonnen hatte, stand sie einfach nur da, ein ideales Ziel für verirrte Kugeln.

Sie begann zu lachen, und Doheny verließ die Deckung, um sie zu packen und nach unten zu drücken, gegen die Räder eines Wagens, der dem Geldtransporter gefährlich nahe war. Zitternd vor Angst klammerte sie sich an ihn und er legte sich als menschliches Schild vor sie.

Aber es fielen nur diese beiden Schüsse und in der folgenden Stille blickte McLaughlan über die Kühlerhaube des Autos. Er sah einen Hubschrauber, der sich aus der Ferne näherte. Bald würde er über der Bank schweben und die Besatzung würde alle Einheiten über die Vorgänge auf dem Boden auf dem Laufenden halten. Und etwas anderes sah er: Swift hielt die Schrotflinte gegen den Hals des kleinen Jungen gedrückt.

Wenige Meter vor ihnen war die Mutter des Kindes zum Stillstand gekommen. Auf Händen und Knien verharrte sie auf dem Gehsteig, starr vor Schreck und glotzend, als könne sie nicht fassen, dass ihr Kind noch lebte.

Auch McLaughlan konnte es nicht fassen. Die Mutter wimmerte nicht mehr, aber dafür weinte jetzt der Junge. Er war voller Blut, und einen Augenblick lang dachte McLaughlan, er würde vor ihren Augen sterben, aber das Blut stammte von einer Verletzung an Swifts Bein.

Swift schien sie kaum zu registrieren. Er sah Fischer an, der mit dem Rücken zu McLaughlan stand und die Waffe gesenkt hielt. Dann machte Fischer etwas Seltsames. Er ließ die Waffe zu Boden fallen und hob die Hand, als wollte er um Schweigen bitten. Als er davon überzeugt schien, dass ihn alle aufmerksam beobachteten, senkte er wieder die Hand und ging ganz langsam auf die Bank zu.

Dort lehnte er sich an die Wand, die Handflächen flach gegen die Ziegelmauer. Er sah aus wie bei einer Durchsuchung. Dann begann er am ganzen Leib zu zittern.

Er kämpfte jetzt, kämpfte darum, auf den Beinen zu bleiben. Und dann sackte er zusammen. Nicht plötzlich. Nicht schwer. Langsam. Er sank zu Boden, als würde ihm durch einen Strohhalm das Leben ausgesaugt.

Er kam auf dem Rücken zu liegen, und als das Ausmaß seiner Verletzungen sichtbar wurde, wusste McLaughlan, dass er nicht von der Polizei getötet worden war. Fischer hatte die volle Ladung der abgesägten Schrotflinte abbekommen.

Sein Brustkasten klaffte weit auseinander, von seinem Hemd und Pullover waren nur noch blutige Fetzen übrig. Unter den Blutklumpen schimmerte das Leder seiner Jacke mahagonibraun wie das Fell eines edlen Rennpferds.

Er sah unglaublich tot aus, und dieser Eindruck entstand nicht deshalb, weil ihm zwischen den Rippen die Gedärme heraushingen. Seine Essenz war verschwunden, und kein noch so aufwendiger Einsatz von Technologie konnte ihn zurückholen, sein Herz wieder zum Schlagen bringen und seinem reglosen Gesicht wieder Leben einhauchen.

Der Junge weinte jetzt hysterisch und Orme rief Swift zu: »Stuart, du bist verletzt.«

Statt sich zu überzeugen, ob das stimmte, oder den Schaden zu begutachten, blickte Stuart unverwandt auf Orme. Die Schrotflinte war immer noch auf das Kind gerichtet und Orme versuchte es noch einmal: »Stuart – schau, das ganze Blut!«

Swift sah jetzt auf die Lache, die sich zu seinen Füßen bildete. Ihn schien der Anblick nicht zu stören, aber er störte den kleinen Jungen. Er hob die Füße, erst einen, dann den anderen und setzte sie behutsam wieder auf. Sein Weinen war leiser geworden.

»Du verblutest doch, Mann«, rief Orme. »Verdammte Scheiße, lass dir doch helfen!«

Plötzlich ging Swift in die Hocke, als hätten die Beine unter ihm nachgegeben. McLaughlan hatte den Eindruck, dass allmählich der Schock einsetzte, aber wenn er nicht vor ihren Augen starb, würde das keinen erkennbaren Unterschied machen: Noch immer hielt er die Waffe an den Hals des kleinen Jungen gedrückt.

Er sah zum Fluchtauto hinüber, das nicht stand, wo es hätte stehen sollen. Leach war in Panik geraten, hatte den Rückwärtsgang eingeschaltet und den Wagen über den Randstein an die Wand eines gegenüberliegenden Gebäudes gerammt.

Jetzt saß Leach hinter dem Steuer, den Kopf auf den verschränkten Armen, schlotternd und schluchzend wie ein Häufchen Elend. Er hatte nicht das Format seiner Komplizen, er war doch nur ein kleiner Autodieb und die Situation überforderte ihn total. Als Fahrer konnte er es sich nicht leisten, sich wie Stuart mit irgendwelchem Zeug hochzuputschen, und deshalb gab es nichts, was zwischen ihm und der Realität stand. Er musste wissen, dachte McLaughlan, dass er nicht ungeschoren davonkommen, dass er vielleicht sogar enden würde wie Fischer. Die Situation war so aussichtslos für ihn, dass McLaughlan einen Anflug von Mitleid spürte.

Da Swift das Kind immer noch mit der Schrotflinte bedrohte, gab Orme seinen Männern mit einem Wink zu verstehen, dass sie die Waffen senken und sich zurückziehen sollten. Er selbst legte seine Waffe nieder und trat hinter dem Geldtransporter hervor. »Komm schon, Stuart – sei nicht dumm.«

Ungefähr so weit war er mit seiner Ansprache gekommen, als Swift, vielleicht aus Furcht, vielleicht aber auch aus der Einsicht, dass sowieso alles vorbei war, hochschnellte und mit angelegter Waffe zu Orme herumfuhr. Von Polizeiseite fiel ein Schuß.

Swift stürzte zu Boden.

Ich hatte keine Wahl, dachte McLaughlan. Ich hatte keine andere Wahl.

Die Kugel hatte Swift exakt an der Stelle getroffen, auf die McLaughlan gezielt hatte – so weit wie möglich entfernt von dem Kind.

Genau zwischen die Augen.

5. Kapitel

Fahrzeuge mit Verstärkung kommen an und spritzen Wasser von der Gosse auf den Gehsteig, als sie am Randstein halten. Der Regen prasselt unablässig nieder und Doheny öffnet den Kofferraum eines Wagens. Er zieht wasserdichte Planen heraus und wirft sie über die Leichen, während andere Beamten Zeugenaussagen aufnehmen und die Straße absperren.

Du lehnst dich mit dem Rücken an den Geldtransporter und schaust ihnen zu, wie sie ihre Arbeit erledigen. Bald werden die Sanitäter eintreffen und auch Experten von der Spurensicherung. Gleich wird die Presse einfallen, und die Leute werden zusammenlaufen, wenn sie hören, daß hier etwas passiert ist.

Niemand bittet dich, etwas zu tun, und du bietest auch keine Hilfe an. Sie lassen dich in Ruhe, weil allgemein bekannt ist, dass jeder anders darauf reagiert, wenn er jemanden erschossen hat.

Orme führt die Mutter, die ihr blutverschmiertes Kind auf dem Arm trägt, zu einem wartenden Krankenwagen. Wie im Traum geht sie darauf zu, und ihr Sohn klammert sich an sie, die Hände in ihr Haar gekrallt. Er hat den Blick nach oben gerichtet, vielleicht auf den Hubschrauber, aber als du das Gesicht dem Regen zukehrst, siehst du keinen Helikopter mehr, nur den silbernen Luftballon, dem der Junge nachstarrt. Die Schnur hat sich am Logo der Bank verfangen. Der Ballon hängt dort wie ein Banner – wie eine einsame Kriegsflagge.

Swifts Leiche wird in einen Wagen geladen. Der Wagen sieht dem, den er ausrauben wollte, gar nicht so unähnlich. Orme sucht deinen Blick. »Sie sollten besser von hier verschwinden.«

»Nein«, sagst du zu ihm. »Noch nicht. Ich brauche ein paar Minuten, muss nur mal schnell die Straße rauf und wieder zurück, damit ich das Ganze auf die Reihe kriege.«

Du meinst schon, dass er es dir abschlagen wird, aber er nickt nur Doheny zu. »Sie gehen mit«, sagt er, »und bringen Sie ihn dann aufs Revier.«

Du möchtest lieber allein sein, aber du bist froh, dass es wenigstens Doheny ist, der dich begleitet. Er ist ein Mann, der auch sonst wenig Worte macht, und er wird keine dummen Fragen stellen.

Er geht mit dir die Straße entlang und bleibt neben dir stehen, als du vor dem Haus anhältst. Er weiß nicht, wonach du schaust, aber ihm ist sowieso völlig unklar, was in einer solchen Situation in dir vorgeht, also fragt er nicht. Und du stehst plötzlich vor dem Haus, in dem du früher gewohnt hast. Die Vorhänge sehen teuer aus, ganz anders als die Vorhänge deiner Kindheit, so viel steht fest.

Du hast nicht die Absicht, hier zu bleiben, du willst es nur sehen, das ist alles. Du willst sehen, wie sehr es sich verändert hat.

Eine Frau tritt aus dem Haus. Ihre Kleidung ist von schlichter Eleganz. Sie muss Geld haben, und du hättest nie gedacht, dass es in diesem Teil von London einmal betuchte Leute geben würde. Aber hier ist es, das Geld, als wäre die Vergangenheit aus dem Gedächtnis der Gegend gestrichen worden – als wären die Ereignisse von damals ein Produkt der Fantasie.

Aber diese Ereignisse haben stattgefunden. Vor dreißig Jahren hat dein Vater einen Sterbenden durch diese prächtige Eingangstür geschleppt. Er hat so viel Blut auf dem Anstrich hinterlassen, dass die Farbe bis aufs Holz abgezogen werden musste. Den blutbefleckten Teppich hat dein Vater aus dem Gang genommen und ihn in eine kleine Gasse unten am Markt geworfen. Und als die Bullen gekommen sind, habt ihr zusammengehalten wie eine Familie und geleugnet, dass er jemals da war.

Du greifst nach dem Kruzifix, das schwer und warm um deinen Hals hängt und dich immer an Jarvis erinnert, der etwas daran gefunden hat, etwas Gesegnetes vielleicht, und geglaubt hat, dass es seinen Träger beschützen konnte.

Du hast nie geglaubt, dass das Kreuz gesegnet ist. Und keiner weiß besser als du, dass von einer schützenden Wir-

kung nicht die Rede sein kann. Seinen Glauben in dieses Kreuz zu setzen war das Letzte, was Tam je getan hat, und es hat ihm nicht das Geringste genutzt.

»Wir sollten umkehren«, sagt Doheny, und du drehst dich folgsam um. Aber du gehst in die Hocke, die Hände am Kopf, weil dir schwarz vor Augen wird ...

Doheny ruft einen vorbeifahrenden Streifenwagen herbei wie ein Taxi, schiebt dich hinein und drängt sich neben dich auf den Rücksitz. »Tower Bridge«, sagt er. Er fragt nicht, was in dir vorgeht. Du bist ihm so wahnsinnig dankbar, dass du ihn am liebsten küssen würdest. Du willst nicht zugeben, dass du Angst hast.

Von allen Verbrechern, deren Sohn du hättest erschießen können, musste es ausgerechnet Swift sein.

Wenn er deinen Namen herausfindet, bist du so gut wie tot.

6. Kapitel

Als Orme im Revier eintraf, ging er gleich hinunter zu den Zellen, um Leach in Augenschein zu nehmen. Er heulte sich noch immer die Augen aus und hielt die Hände flach gegen die Wand, wie um die Haltung zu parodieren, die Fischer im Sterben eingenommen hatte.

Orme hatte bisher noch niemanden erlebt, der sich besonders gefreut hätte über die Aussicht auf eine Anklage wegen versuchten Raubüberfalls, aber trotzdem hatte er das Gefühl, dass Leach ein bisschen dick auftrug. Gürtel und Schnürsenkel hatte man ihm bereits abgenommen, zusammen mit der gefütterten Jacke, die er bei dem Überfall getragen hatte, und er zitterte, aber Orme konnte nicht erkennen, ob vor Kälte oder wegen des Schocks. »Bringen Sie ihm eine Decke«, sagte er zu dem Wachbeamten. Leachs Dankbarkeit für die Decke schien geradezu jämmerlich.

Er wickelte sich hinein, legte sich auf die Pritsche und schloss die Augen. Aber trotz seiner Erschöpfung fand er keinen Schlaf. Kein Wunder. Seit Wochen hatte Leach nicht mehr richtig geschlafen. Immer wenn er abdriftete, sah er sich in einer Klärgrube herumwaten. Sie war nach alter Art mit Ziegelwänden gebaut und in den Boden eingelassen und Leach hatte keine Ahnung, wie lange die letzte Leerung schon zurücklag. Er wusste nur, dass die Grube drei auf drei Meter groß war, dass sie auf Bodenhöhe mit einer Metallplatte abgedeckt war, dass über der Platte ein Rasenstück angelegt war, um die Grube völlig zu verbergen, und dass es unbeschreiblich nach menschlichen Fäkalien stank, sobald die Platte weggeschoben wurde.

Sie war nicht voll. Das war das einzig Gute, was man darüber sagen konnte. Kurz nachdem Calvin Swift das Anwesen gekauft hatte, hatte er neue Rohre im Haus verlegen und die Toiletten an ein modernes Kanalisationssystem anschließen lassen. Deshalb war die Grube nur zu einem Drittel voll und der Kot reichte nur bis zu den Oberschenkeln.

»Grab jetzt«, sagte Calvin.

»Bitte, Mr. Swift, ich möchte das nicht.«

»Es täte mir sehr leid, wenn ich dir Budgie vorstellen müsste«, antwortete Calvin, und obwohl Leach keine Ahnung hatte, wer oder was Budgie war, folgte er Calvins Befehl. Mit den Händen durchwühlte er die Grube, bis er auf einen Gegenstand von der Größe eines Fußballs stieß.

Der Ausdruck in Leachs Gesicht zeigte Calvin, dass er das Gewünschte gefunden hatte. »Gut, jetzt hol es rauf«, sagte Swift.

Dieses Ding an die Oberfläche zu heben war das Schlimmste, was Leach je gemacht hatte. *Scheiße, ach du Scheiße.* Er musste es wieder fallen lassen. Und als ihm Calvin befahl, es wieder aufzuheben, schüttelte er nur den Kopf wie ein störrisches Maultier.

Dann wurde Fischer dazu abkommandiert, ihm zu helfen. Zusammen holen sie etwas an die Oberfläche, das schon seit Jahren in der Grube lag.

Calvin zwang sie, das Ding zu einem Grab zu bringen, das bereits von der Polizei durchsucht worden war. Und danach ließ er sie nicht nur die Klärgrube sauber machen *(hier kommt ein schöner kleiner Garten hin)*, sondern er und Ray hielten ihnen Knarren an den Kopf und schärften ihnen ein, kein Sterbenswörtchen über die Sache verlauten zu lassen.

Leach rollte sich auf der Pritsche zusammen, die Decke um sich geschlagen. Was ihm Calvin geschworen hatte für den Fall, dass er redete, war schlimmer als jede Drohung, die ihm Orme an den Kopf werfen konnte. »Es täte mir leid, wenn ich dich noch mal zu so einer Arbeit bitten müsste, Vinny, aber wenn mir je zu Ohren kommen sollte, dass du das Maul zu weit aufgerissen hast, wirst du hier nach deiner Frau und deinen Kindern graben.«

Orme konnte sich im Moment nicht um Leach kümmern und ließ den haltlos Weinenden auf seiner Pritsche zurück. Das Dringlichste war für ihn jetzt ein kurzes Gespräch unter vier Augen mit McLaughlan. Dann musste er gleich nach Berkshire fahren, um Calvin Swift die Nachricht zu überbringen, dass sein Sohn erschossen worden war. Es war keine Aufgabe, auf die er sich besonders freute, aber sie musste erledigt werden, bevor Calvin über andere Quellen von den Ereignissen Wind bekam.

Er fand McLaughlan in dem Raum, in dem die Einsatzbesprechung stattgefunden hatte. Er nahm ihn mit in ein ruhiges Büro und fragte ihn, wie er sich fühlte.

»Gut«, sagte McLaughlan.

Orme wusste, dass er unter diesen Umständen kaum eine andere Antwort von seinem Beamten erwarten konnte. Hätte er eingeräumt, dass er auch nur ein wenig erschüttert war, konnte ihm dies als Schwäche ausgelegt werden. »Sie müssen mir nichts vorspielen«, sagte Orme.

»Mir geht's gut«, wiederholte McLaughlan und dachte an den Empfang, den ihm seine Kollegen bereitet hatten, als er Doheny in das Besprechungszimmer gefolgt war. Alle waren auf ihn zugestürzt, hatten sich um ihn gedrängt und ihn wissen lassen, dass er ein Glückspilz war und dass jeder von ihnen Swift liebend gern selbst erledigt hätte. Sie standen voll hinter ihm. »Mach dir keine Sorgen wegen der Presse, keine Sorgen wegen der Untersuchung. Du brauchst dir überhaupt keine Sorgen machen, Junge – du bist ein echter Held.«

Sie machten genau das, was auch er gemacht hätte, wenn einer von ihnen den tödlichen Schuss abgegeben hätte. Sie gaben ihm alle ihre Unterstützung.

Alle bis auf einen.

Er stand neben der Tischreihe, auf der am Morgen die Waffen ausgebreitet worden waren, und sagte: »Einen Stuhl für die wandelnde Leiche, bitte.«

Mit seinen Worten zollte er Calvin Swifts berüchtigtem Rachedurst Tribut. Genauso gut hätte er sagen können: »Wenn jemand seiner früheren Freundin einen zwanzig Zentimeter langen Nagel in den Kopf schlagen kann, weil sie ihn verlassen wollte, wie wird es da erst dem Mann ergehen, der seinen Sohn erschossen hat?«

Doheny packte den Kerl mit dem losen Mundwerk am Kragen und McLaughlan musste die Situation beruhigen. Er gab vor, dass ihm weder der Hinweis auf Calvins Vorliebe für blutige Vergeltung noch seine Gabe, dennoch auf freiem Fuß zu bleiben, Angst machte.

Die Freundin hatte es überlebt. McLaughlan hatte gesehen, wie sie von ihrer Mutter durch die Old King's Road geschoben wurde. In ihren Augen lag ein leerer Ausdruck, aber man hätte nicht erkannt, dass ein Teil ihres Gehirns Brei war. Auf McLaughlan hatte sie glücklich gewirkt, wie sie den vorbeifahrenden Autos zuwinkte und jeden mit einem fröhlichen Gruß bedachte, der sich ihr auf Rufweite näherte.

»Machen Sie sich Sorgen wegen Swift?«, fragte Orme.

»Nein«, antwortete McLaughlan und Ormes fehlende Reaktion bezichtigte ihn der Lüge.

»Ich möchte Ihnen was erklären ...«

McLaughlan ahnte, was Orme ihm erklären wollte: dass London einen Haufen von Verbrechern hervorgebracht hatte, die zu ihrer Zeit Legenden waren, dass ihnen aber auch viele Dinge nachgesagt wurden, die aus der Luft gegriffen waren.

Calvins Ruf war alles andere als aus der Luft gegriffen, dachte McLaughlan. Einbruch. Bewaffneter Raubüberfall. Mord. Aber wann hatte er, außer durch eine längere Freiheitsstrafe wegen bewaffneten Raubüberfalls, jemals einen Dämpfer erhalten? Wann hatte man ihm tatsächlich etwas nachweisen können? Und wie sollte das auch gelingen, wenn Zeugen und Spitzel entweder verschwanden, sich bei ihren Aussagen in Widersprüche verstrickten oder behaupteten, sie hätten sich getäuscht und in Wirklichkeit weder etwas gesehen noch etwas gehört?

»Soll ich Ihr Haus bewachen lassen?«

»Da können Sie mir ja gleich eine Zielscheibe auf die Stirn malen.«

Darauf wusste Orme keine Antwort. So erinnerte er McLaughlan nur daran, dass es sehr unwahrscheinlich war, dass Swift die Identität des Mannes herausfand, der auf seinen Sohn geschossen hatte. Er fügte hinzu: »Ich mach mich jetzt auf den Weg, um Calvin die Nachricht zu überbringen. Es kann passieren, dass wir ihn nachher mit aufs Revier bringen – hängt davon ab, wie es läuft.«

McLaughlan verstand die implizite Botschaft. Es konnte bestimmt nicht schaden, sich im Hintergrund zu halten, wenn Calvin aufs Revier kam. Der Mann war unheimlich. Er konnte einen ansehen und wusste, ob man ihm einen Schaden zugefügt hatte.

McLaughlan würde auf der Hut sein.

Orme hatte Calvin zuletzt vor eineinhalb Jahren gesehen. Er hatte ihn in einem Club getroffen, für den es weiß Gott kein Ruhmesblatt war, Strolche wie die Brüder Swift als Mitglieder aufgenommen zu haben.

»Calvin«, hatte Orme gesagt.

»Leonardo!«, antwortete Calvin, der schon lange die Gewohnheit hatte, Orme mit dieser Verzierung seines Vornamens zu sticheln. Statt weiterzugehen, wie es Calvin erwartete, schloss sich Orme kurz der Gesellschaft an und spendierte Calvin, seinem Bruder Ray und zwei Frauen, die ihm nicht vorgestellt wurden, Drinks.

Aus dem Gespräch mit Calvin hatte Orme nichts anderes erfahren, als dass Calvin anscheinend Sprechunterricht genommen hatte. Seinen East-End-Akzent würde er nie vollkommen loswerden, aber er klang nicht mehr so hart und seine Grammatik hatte sich erstaunlich verbessert. Orme konnte seine Belustigung kaum verbergen. »Sagen Sie das noch mal, Calvin. Hab ich richtig gehört?«

Ray fühlte sich durch Ormes Bemerkung beleidigt, und einen Moment lang sah es so aus, als wollte er handgreiflich werden. Langsam stand er auf, und Calvin streckte die Hand aus, um ihn zu besänftigen. »Schon gut, Ray.

Mr. Orme hat sich nur einen kleinen Spaß auf unsere Kosten erlaubt. Und wir verstehen Spaß, nicht wahr, Mr. Orme?«

»Ich halte Sie schon seit langem für einen Spaßvogel«, bekannte Orme mit ernster Miene und Ray, der seinem berüchtigten Temperament nicht trauen durfte, ging hinaus, um frische Luft zu schnappen.

Wie Ray trug auch Calvin einen offensichtlich maßgeschneiderten dunkelgrauen Anzug. Einen Anzug wie diesen zu besitzen, hielt Orme nicht für erstrebenswert, aber er würde auch nie sein Haar so lang tragen wie Calvin und auf keinen Fall würde er es mit einem Gummi nach hinten binden. Man sah, dass Calvin seinem seidig und grau schimmerndem Haar teure Pflege angedeihen ließ, und trotzdem wirkte ein Pferdeschwanz an einem Sechsundfünfzigjährigen nach Ormes Auffassung unweigerlich unseriös. Von vorne sah er aus wie ein Industriemagnat. Von der Seite sah er aus wie der Mörder, für den ihn viele hielten.

Kurz vor dieser zufälligen Begegnung mit Orme hatten Calvin und Ray ein großes Landgut in Berkshire erworben. Die Diskrepanz zu ihren Wurzeln im East End hätte nicht größer sein können, aber das Anwesen war ideal für eine Familie, die sich am besten als weit verzweigt beschreiben ließ.

Soviel Orme wusste, hatten die Brüder immer zusammen gelebt, und im Lauf der Jahre waren verschiedene Verwandte dazugekommen. Einige gehörten wie Stuart und Rays Tochter Sherryl zum festen Inventar, aber gelegentlich waren auch die Mütter von Stuart und Sherryl zusammen mit Großeltern, Cousins und Cousinen und anderen, die auch nur eine entfernte Verwandtschaft glaubhaft machen konnten, eingezogen, bevor sie wieder auszogen, verstarben oder im Gefängnis endeten. Wenn Orme richtig informiert war, herrschte auf dem Gut zur Zeit relative Ruhe, da nur Calvin, Ray und Sherryl dort wohnten.

Es war nicht vorauszusehen, wie Calvin auf die Nachricht vom Tod seines Sohnes reagieren würde, und deshalb hatte Orme vorsichtshalber drei Leute mitgenommen, von denen zwei in einem anderen Wagen fuhren. Es war das erste Mal, dass sie das stattliche Landgut in Berkshire, das wahrscheinlich aus der ersten Hälfte des 19. Jahrhunderts stammte, zu Gesicht bekamen. Es war auch sehr abgelegen, und Orme war froh, dass er nicht allein gekommen war.

Er hielt vor einem schmiedeeisernen Flügeltor. Wie die Mauer um den gut einen Hektar großen Garten war das Tor modern und passte überhaupt nicht zum Haus. Die Flügel hingen an Säulen, die zu einer vier Meter hohen, stacheldrahtbewehrten Mauer gehörten. Die Kameras und eine Alarmanlage auf dem neuesten Stand der Technik waren nicht zu übersehen. Was für ein Witz, dachte Orme.

Wie viel die Hütte wohl wert war? Eine Million Pfund? Mehr? Die hohen, eleganten Fenster blickten auf einen Rasen hinaus, der nach Ormes Auffassung eigentlich nur in einer BBC-Saga über das 19. Jahrhundert existieren durfte. Das Grün wirkte künstlich und die Regency-Streifen konnten nur das Ergebnis sorgfältigster Pflege sein. Offensichtlich hatte Calvin einen brauchbaren Gärtner an der Hand, dachte Orme. Vielleicht war der im Kaufpreis für das Haus inbegriffen.

Auf einer Rampe ziemlich weit links stand ein Hubschrauber. Daraus konnte man mit ziemlicher Sicherheit auf die Anwesenheit Rays schließen, der am liebsten mit so einer Schaukel reiste, und die Aussicht, ihm gegenübertreten zu müssen, erleichterte Orme nicht gerade das Herz. Das machte seine Aufgabe nicht einfacher, so viel war klar.

Garantiert würde er alles andere tun, als seinen Bruder zu beruhigen und zu bremsen. In seiner Gegenwart konnten alle an sich vermeidbaren Probleme nur eskalieren.

Orme stieg aus dem Auto, ging zum Tor und drückte auf den Knopf der Sprechanlage. Sogleich warfen sich zwei riesige Dobermänner gegen das Tor und übertönten mit ihrem Gebell fast das Summen der Sprechanlage. »Calvin, hier ist Leonard Orme«, sagte er, und ein leises Surren lenkte seine Aufmerksamkeit auf eine Kamera, die ihn mit prüfendem Blick von oben bis unten musterte.

Kurz darauf brach das Bellen der Hunde ab, als hätten sie einen für menschliche Ohren unhörbaren Befehl vernommen. Als sich das Tor öffnete, rannten sie um das Haus herum. Orme kletterte wieder ins Auto und steuerte es eine makellos gekieste Auffahrt hinauf. Als er vor dem Haus anhielt, öffnete sich die elegante georgianische Tür und Calvin stand im Eingang. Er lächelte, als wäre Ormes Anblick eine unerwartete Freude. »Leonardo!«, rief er. »Was verschafft mir die Ehre?«

»Können wir reinkommen, Calvin?«

»Reinkommen, Leonard? Was möchten Sie denn in meinem Haus?«

»Wir müssen reden«, sagte Orme. »Und ich würde lieber drinnen reden.«

»Worüber müssen wir denn reden?«

»Drinnen«, sagte Orme.

Calvin ließ ihn eintreten.

Der Anblick des Raums, in den er geführt wurde, traf Orme wie ein Schock. Er war nicht gefasst auf ein großes, lichtes, Zimmer mit einem hochglanzpolierten Boden aus Ahornholz.

An den blütenweißen Wänden hingen abstrakte Gemälde, und Orme fragte sich, wer sie wohl ausgesucht hatte. Calvin bestimmt nicht. Ausgeschlossen, dachte er, obwohl er nicht genau wusste, warum er sich so sicher war. Es war ja immerhin vorstellbar, dass Calvin im Gefängnis das eine oder andere über Kunst gelernt hatte, aber wenn sich Orme richtig an Calvins Akte erinnerte, hatte er nicht das geringste Interesse an Kunst an den Tag gelegt. Vielmehr hatte er eine tiefe und anhaltende Neigung zum Rechtswesen entwickelt und es intensiv studiert, um jedem Richter, dem er in Zukunft begegnen würde, ganze Passagen wörtlich zitieren zu können.

Calvin war sichtlich verwundert über Ormes Erscheinen auf seiner Türschwelle, noch dazu in Begleitung von drei anderen Beamten. Trotzdem fragte er immer noch entspannt: »Erwarten Sie Probleme, Leonard?«

»Calvin«, sagte Orme, »Stuart hat heute Morgen versucht, einen Geldtransporter auszurauben.«

Calvin sah ihn an, als würde ihn Orme auf die Schippe nehmen. »Stuart?«, sagte er, und sein breiter Akzent kehrte plötzlich zurück, als er fortfuhr: »Von 'nem Geldtransporter weiß ich nix.« Misstrauisch blickte er Ormes Männer an und war sich anscheinend nicht sicher, ob sie ihm eine Falle stellen wollten. »Um was geht's hier?«

»Er ist von mehreren Schüssen getroffen worden«, erklärte Orme, und einen Augenblick lang sah Calvin aus wie jeder Vater angesichts schlechter Nachrichten über seinen einzigen Sohn. Er starrte Orme an.

»Getroffen?« Er klang ungläubig.

»Er ist tot«, sagte Orme. »Und Carl auch.«

Durch ein Fenster mit elfenbeinfarbenenen Seidenvorhängen fiel Licht herein. Die Seide wies keine Musterung auf, nur eine winzige Bewegung war zu sehen von einem Luftzug, der nicht zu spüren war. Calvin legte die Hand auf den feinen Stoff, um das sanfte Kräuseln zu unterbinden.

»Haben Sie gehört, Calvin? Haben Sie gehört, was ich gesagt habe?«

Calvin spielte mit dem Vorhang. Seltsam, dachte Orme. Er hatte einen Gewaltausbruch erwartet oder zumindest einen Wutanfall. Aber Calvin streichelte den Vorhang wie einen Hund. Immer wieder glitt er tröstend mit der Hand darüber. Völlig beherrscht.

»Calvin?«

»Ich will ihn sehen«, sagte er.

Im Moment, dachte Orme, lag Stuart auf einem Tisch und die Überreste seines Gehirns standen in einer Glasschüssel neben ihm. »Das wäre nicht ratsam«, sagte Orme. Er scheute sich weiterzusprechen, um Calvin nicht mit der Nase auf den Umstand zu stoßen, dass Stuart von einem Fachmann einbalsamiert werden musste, ehe ihn seine Familie sehen konnte. Jemand musste das Loch füllen, das die Kugel hinterlassen hatte, und für das umliegende Gewebe bedurfte es großer Kunstfertigkeit, um den Eindruck zu erwecken, dass der Verblichene keine Schussverletzung erlitten hatte.

Als er jemanden kommen hörte, sah Orme zur Tür und erkannte Ray, der mit einem Kugelschreiber in der Hand eintrat. Ormes Anblick war kein Anlass für ihn, seine Energie mit gespielter Höflichkeit zu verschwenden. Er drückte auf den Kugelschreiber, und nach dem Klicken der Mine kam das, was kommen musste: »Was soll der Scheiß hier?«

»Stuart ist erschossen worden«, sagte Calvin. Er sprach ganz ruhig, die Hand lag reglos auf dem blassen Seidenvorhang.

Es kam nicht gerade oft vor, dachte Orme, dass man jemanden sah, dem die Fähigkeit zu reagieren völlig abhanden gekommen war. Ray, der dafür berüchtigt war, dass er auf die kleinste Provokation hin sofort handelte, stand wie am Boden festgenagelt. Aber es war nur eine vorübergehende Lähmung. Nach kurzem Zögern stürzte er mit erhobenem Kugelschreiber auf Orme zu, um ihm die Augen auszustechen.

Ormes Leuten gelang es nur mit Mühe, Ray wegzureißen und auf den Boden zu drücken. Er schrie wie ein Stier – Orme verstand nicht was.

Beunruhigt durch den Lärm rannte Rays Tochter Sherryl in das Zimmer. Fassungslos betrachtete sie die Szenerie, bis ihr Vater sagte: »Stuart ist tot.«

Wie Ray konnte auch Sherryl einen Augenblick nicht auf das Gehörte reagieren, dann warf sie sich auf die Männer, die ihrem Vater Handschellen anlegten. Sie war dünn wie eine Bohnenstange, aber sie wußte, wie man sein ganzes Gewicht hinter einen Faustschlag legte. Orme konnte sich nicht überwinden, ihren Angriff zu erwidern, aber einer seiner Männer legte sich keine solche Zurückhaltung auf. Er schlug sie auf den Mund, sodass sie ins Strauchelen geriet. Dann packte er sie und hielt ihre Arme hinter ihrem Rücken fest.

Sie fing an zu jaulen. Keine Tränen. Als ihr Calvin sagte, dass auch Carl tot war, hörte das Geschrei mit einem Schlag auf, und sie begann wirklich zu weinen.

Mit ihrer aufgerissenen Lippe und dem Blut, das auf ihren hellblauen Kaschmirpulli tropfte, sah sie aus wie ein kleines, verirrtes Mädchen. Hoffentlich machte ihr Anwalt kein Foto von ihr, dachte Orme. Sie würden alle suspendiert werden.

Orme kannte sie schon seit langem und wusste, dass sie mit einem Akzent sprach, der nur die langjährigen Besucherinnen einer besonderen Art von Privatschule für Mädchen auszeichnete. Sie hatte in ihrem Leben nur das Beste gehabt. Ponys, Sportwagen, Designerklamotten – alles. Nicht dass es einen großen Unterschied gemacht hätte.

Sherryl war die Tochter ihres Vaters, daran konnte kein Zweifel bestehen.

Er befahl seinen Leuten, Ray ins Auto zu verfrachten und Verstärkung anzufordern. Wenn die kam, konnten sie Sherryl aufs Revier mitnehmen, wo sie beide eine Anzeige wegen versuchter Körperverletzung erwartete. Sie würden die Nacht in einer Zelle verbringen und dabei konnten sich die erhitzten Gemüter zumindest ein wenig abkühlen. Das war nicht das Schlechteste, denn Orme hätte es Ray in seinem jetzigen Zustand durchaus zugetraut, dass er alle Mitglieder der Familie zusammentrommeln würde, die er auftreiben konnte, um einen Bombenangriff auf die Tower-Bridge-Wache zu starten.

Nachdem Ray und Sherryl abgeführt waren, rief Calvin den Familienanwalt an. Er zog ein Handy aus der Tasche, auf dem er eine einzige Taste drückte, um zu Edward Bryce durchzuwählen.

Nicht viele Leute hatten die Nummer ihres Anwalts so schnell zur Hand, dachte Orme, aber Calvins Lebensführung brachte es eben mit sich, dass er ihn häufig brauchte.

»Edward«, sagte Calvin wieder mit sauberem Akzent. »Wir haben Gesellschaft – Leonard Orme.«

Kein Leonardo mehr, dachte Orme, der die plötzliche Respektbekundung und die Einsicht, dass es sich hier nicht um ein Spiel handelte, zu jedem anderen Zeitpunkt begrüßt hätte. Calvin hörte Bryces Erwiderung und unterbrach ihn schließlich: »Stuart ist tot.«

Der Klang seiner Worte gab keine Gefühle preis, aber der Ausdruck auf seinem Gesicht sprach eine ganz andere Sprache. »Ray und Sherryl werden aufs Revier gebracht ...« Er wandte sich um, um es sich von Orme bestätigen zu lassen.

»Tower Bridge«, sagte Orme.

»Tower Bridge«, fuhr Calvin fort. »Können Sie gleich hinkommen?«

Nach Ormes Berechnungen würde Bryce im Revier eintreffen, lange bevor er Ray und Sherryl dort abliefern konnte. Er hatte nur einen Katzensprung durch die Stadt. Und wenn er dort ankam, würde er keine Zeit verschwenden. Er würde Informationen über die Ereignisse sammeln und einen Antrag aufsetzen, um Rays und Sherryls Freilassung gegen Kaution zu erwirken. Eine Aufgabe wie diese konnte jeder kleine Anwalt übernehmen, aber Calvin gab sich nicht mit kleinen Anwälten ab. Als Barrister durfte Bryce vor höheren Gerichten plädieren und diese Arbeit war eigentlich unter seiner Würde. Aber solange Calvin die Rechnung bezahlte, würde ihm Bryce seine Bitten kaum abschlagen.

Calvin beendete das Gespräch und suchte in seinen Taschen nach den Autoschlüsseln. Als er sie gefunden hatte, starrte er sie an, als wäre ihm entfallen, wozu sie eigentlich dienten.

»Wo wollen Sie hin?«, fragte Orme. Er hatte Calvin noch nie so erlebt.

»Ich möchte ins Revier – Ray braucht mich vielleicht.«

Für Orme sah es eher so aus, als bräuchte Calvin Ray, und er wollte ihn in diesem Zustand nicht fahren lassen. »Ich nehme Sie mit«, sagte er.

7. Kapitel

Zurück im Revier erfuhr Orme, dass Bryce schon seit über einer Stunde da war. Zuerst hatte er nach Einzelheiten der Schießerei gefragt, und als ihm diese vorenthalten wurden, hatte er eine Unterredung mit einem von Ormes Vorgesetzten gefordert. Als ihm auch diese verweigert wurde, hatte er mit einer Presseerklärung gedroht, aber Doheny hatte ihn mit der Nachricht besänftigt, dass Orme schon unterwegs sei und dass er Bryce sogleich nach seiner Ankunft sprechen werde.

Orme wunderte sich nicht darüber, dass Bryce damit gedroht hatte, seinen Einfluss auf die Presse zu nutzen. Und dummerweise, dachte Orme, hatte er wirklich Einfluss. Tatsächlich konnte er keine Silbe von sich geben, ohne dass diese in die Schlagzeilen geriet. Das lag vor allem daran, dass er seit einigen Jahren mit der Verteidigung von schweren Kalibern wie den Swifts öffentliches Aufsehen erregte.

Von Anfang an hatte ihn die gesammelte Presse ins Herz geschlossen, weil er, der so offensichtlich dem Establishment angehörte, jeden Respekt für dessen Werte vermissen ließ. Orme konnte sich lebhaft vorstellen, wie eine Presseerklärung aus seinem Munde klingen würde: »Mein Klient, der ein angesehenes Mitglied der Gesellschaft ist und sich für zahlreiche wohltätige Projekte engagiert, musste heute mit tiefer Bestürzung vom Tod seines Neffen Stuart erfahren. Dieser wurde in der Nähe eines Banküberfalls als unbeteiligter Passant aufgrund einer Verwechslung von Polizisten erschossen.«

»Wo ist er jetzt?«, fragte Orme.

»Ich hab ihn in ein Verhörzimmer gesetzt und ein paar von unseren Leuten bei ihm gelassen – damit er auch dort bleibt.«

»Gut«, sagte Orme. »Wo ist McLaughlan?«

»Wir kümmern uns um ihn«, sagte Doheny, und Orme wusste, dass McLaughlan in guten Händen war. Seine Kollegen würden die Reihen um ihn schließen, ihn schützen, ihn beruhigen und ihm die Neugierigen, die Fiesen und die schlicht Bescheuerten vom Hals halten.

»Wo ist Calvin?«, erkundigte sich Doheny.

»Er wollte wegen Ray aufs Revier kommen, also hab ich ihn mitgenommen.«

Er folgte Doheny zu dem Verhörzimmer, in dem Bryce vor einiger Zeit der fürsorglichen Betreuung einiger Mitglieder des Sondereinsatzkommandos übergeben worden war. Doheny hatte sie angewiesen, ihn auf keinen Fall aus dem Zimmer zu lassen – auch wenn sie ihm die Beine brechen mussten, denn Doheny wusste, dass Bryce bei der geringsten sich bietenden Chance im ganzen Revier herumschleichen würde. Er würde die Nase in Akten mit vertraulichen Informationen stecken oder sich an die Jungen, Schwachen und Blöden heranmachen und ihnen die Sachen aus den Rippen leiern, die ihn zum Topvertreter seiner Zunft gemacht hatten.

Als Doheny die Tür öffnete, stand Bryce am Fenster. Es blickte auf eine einfache Ziegelmauer, und auch das Zimmer, dessen Anstrich der vergilbenden Cremefarbe im Besprechungsraum in nichts nachstand, war alles andere als einladend.

Bryce drehte sich nicht zur Tür um, als sie sich öffnete, aber er schien zu wissen, dass Orme eingetreten war. »Sie haben sich Zeit gelassen«, sagte er.

Orme wusste, dass Bryce nicht nur bei Gericht, sondern auch privat Schwarz trug. Der Anzug, die Schuhe, der Mantel, den er über eine Stuhllehne gelegt hatte – sie alle waren schwarz. Nur die Manschettenknöpfe waren aus reinem Gold.

Er stammte aus besten Verhältnissen, und Orme konnte sich nicht vorstellen, dass es ihm je an irgendetwas gefehlt hatte. Und jetzt fehlte es ihm nicht an Angriffslust: »Wenn Sie vernünftig sind, erstatten Sie keine Anzeige.«

»Die beiden haben mich und meine Leute tätlich angegriffen.«

»Im Lichte dessen, was sie gerade erfahren hatten, würde ein Gericht wahrscheinlich Verständnis für ihr Verhalten zeigen.«

»Nur mit einer Verwarnung wird das nicht vom Tisch sein«, sagte Orme und ließ keinen Zweifel daran, dass sein Standpunkt nicht verhandelbar war. Bryce wechselte das Thema. »Ich möchte Sie darauf aufmerksam machen, dass ich beauftragt bin, Leach zu vertreten. Ich habe schon mit ihm geredet.«

Orme blickte Doheny an, der mit einem unmerklichen Kopfschütteln andeutete, dass er davon nichts wusste.

»Wer bezahlt die Rechnung?«, fragte Orme.

»Das geht nur mich und meinen Klienten etwas an.«

Es muss Calvin sein, dachte Orme, wenn er es auch nicht verstand. Keiner der Swifts würde Bryce als Rechtsvertreter für jemanden engagieren, wenn sie nichts dabei gewinnen konnten. Es war zwecklos, Leach unter Druck zu setzen, damit er den Kopf für die Sache hinhielt. Stuart war tot und auch mit einer glimpflicheren Haftstrafe war ihm nicht mehr zu helfen. Und nur zum Wohle von Leach machten sie es bestimmt nicht, dafür war er ihnen zu unwichtig. Orme sagte: »Ich werde ihn nachher ins Verhör nehmen« und Bryce erwiderte: »Schön, dann fangen wir doch gleich damit an.«

Orme ließ Leach aus seiner Zelle heraufbringen und setzte ihn in ein Verhörzimmer. Er bekam seine Jacke zurück und durfte eine Zigarette rauchen. In Gegenwart der Beamten wurde das Verhör aufgezeichnet. Orme erkannte bald, dass ihnen Leach keine Schwierigkeiten machen würde. Statt aber auch nur ein Wort gegen Stuart oder Fischer zu sagen, zog er es aus unerfindlichen Gründen vor, zu behaupten, dass er den Überfall geplant und sowohl Stuart als auch Fischer zur Teilnahme angestiftet hatte.

Hinter dieser Taktik musste die Angst vor den Swifts stecken, aber Orme war nicht klar, was das Ganze sollte. Er sagte Leach auf den Kopf zu, dass Stuart den Überfall vorgeschlagen, dass Fischer ihn geplant und dass beide ihn als Fahrer ausgesucht hatten, weil sie ihn kannten und weil es für sie naheliegend war, ihn zu nehmen.

Leach leugnete.

»Wann haben Sie Stuart kennen gelernt?«

»Calvin hat Arbeiten an einem Haus machen lassen. Ich habe für die Baufirma gearbeitet, der er den Auftrag gegeben hat.«

»Was für Arbeiten haben Sie erledigt?«

Leach erinnert sich daran, wie es für ihn gewesen war, im Kot des Klärbehälters herumzuwühlen und etwas herauszuziehen, das schon seit Jahren dort verrottete, und wieder hörte er die Warnung: *Wenn du einem Menschen auch nur ein Sterbenswörtchen verrätst ...* Er sagte: »Nur so einfache Hilfsarbeiten.«

»Und wie haben Sie Fischer kennen gelernt?«

»Er hat für die gleiche Firma gearbeitet.«

Wahrscheinlich hätte Orme beeindruckt sein sollen darüber, dass Leach und Fischer einen richtigen Job gefunden hatten. Aber er hatte den Verdacht, dass sie wie viele Kriminelle, die nach einer Haftstrafe bei einer Baufirma anfingen, mehr daran gedacht hatten, die Häuser für einen späteren Raub auszubaldowern. »Was waren das für Arbeiten?«

»Meistens Reparaturen.«

»Okay«, sagte Orme. »Sie waren also beim Arbeiten auf der ›Ponderosa‹, und da kommt Stuart daher und sagt: ›Willst du dir wirklich den Rest deines Lebens für den Mindestlohn den Arsch abarbeiten? Ich weiß da ein Ding, da kommst du bestimmt auf deine Kosten.‹«

»Ich hab Ihnen doch gesagt, es war nicht Stuarts Idee.

Ich hab das Ding geplant und ich hab die anderen zwei zum Mitmachen überredet.«

»Ach kommen Sie, Vinny. Sie könnten ja nicht mal ein Picknick planen.«

»Glauben Sie mir doch, Mr. Orme. Ich hab die Sache geplant.«

»Und wahrscheinlich haben Sie Calvin angehauen, damit er das Geld für die Unkosten vorstreckt.«

»Was für Unkosten?«

Orme schüttelte den Kopf über Leachs mangelnde Basiskenntnisse. »Bewaffnete Raubüberfälle kosten Geld, Vinny. Denk doch an die Ausgaben. Klamotten. Totschläger. Autos. Ab und zu ein Hamburger. Das muss jemand vorschießen. Und ich würde sagen, Calvin war's.«

Die Vorstellung, Calvin könnte mit der Planung des Überfalls in Zusammenhang gebracht werden, ließ Leach auffahren: »Sie sind schuld, wenn ich umgebracht werde!«

»Beruhigen Sie sich, Vinny, niemand wird Sie umbringen.«

»Calvin hat nichts damit zu tun.«

»Und ich sage, er hat …«

»Außerdem hätte er sich mit Carl gar nicht abgegeben. Ray hat Carl nämlich klipp und klar gesagt, dass er ihn nicht mehr sehen will.«

»Warum das denn?«

»Er hat Sherryl gevögelt und das hat Ray nicht gepasst.«

Orme dachte an Sherryls Reaktion auf die Nachricht von Fischers Tod und wusste, dass das stimmte.

Leach fügte hinzu: »Ray hat gesagt, er soll sich nicht mehr blicken lassen.«

»Und was hat Fischer dazu gemeint?«

»Nicht viel«, sagte Leach.

Kann ich mir vorstellen, dachte Orme, obwohl Fischer unter normalen Umständen bestimmt vor nichts so leicht zurückgeschreckt wäre. Aber ein Wort von Ray hatte genügt, damit er den Schwanz einzog und sich trollte. »Hat er versucht, Sherryl wiederzusehen?«

»Nicht dass ich wüsste.«

Kluger Junge, dachte Orme. Auch wenn es langfristig keinen Unterschied gemacht hatte. Dem aufgebrachten Ray war er entgangen, nicht aber seinem aufgeputschten Neffen. Orme sagte: »Ich glaube, ich weiß, wie Sie da reingezogen worden sind, Vinny.«

»Was meinen Sie damit?«

»Stuart war drogensüchtig. Er hat Geld gebraucht. Er hat Sie und Carl zur Teilnahme an dem Überfall überredet, den er auch geplant hatte.«

Wieder leugnete Leach.

»Warum streiten Sie es ab, Vinny? Was wollen Sie denn damit erreichen?«

»Ich sag nur, wie's gewesen ist.«

Orme versuchte Leach wenigstens klarzumachen, dass er sich solche Geschichten vor dem Richter lieber sparen sollte, wenn er nicht noch eine längere Haftstrafe bekommen wollte, als sie ihm wahrscheinlich sowieso schon bevorstand. An diesem Punkt fühlte sich Bryce zum Eingreifen bemüßigt. »Wenn Sie meinen Klienten bedrängen, wird das Ihrer Sache vor Gericht nicht gerade förderlich sein.«

Orme erinnerte sich daran, dass das Tonband vielleicht vor Gericht abgespielt würde und dass seine Äußerungen als inakzeptabel aufgefasst werden könnten. Aber er konnte es nicht mitansehen, dass sich Leach eine noch tiefere Grube schaufelte als nötig, nur um der Swift-Familie irgendwie einen Vorteil zu verschaffen. Also versuchte er es mit einem anderen Ansatz. »Sie sind verheiratet?«, fragte er, obwohl er genau wusste, dass Leach Familie hatte.

»Ja.«

»Wie heißt Ihre Frau?«

»Moira.«

»Hat Moira gewusst, was Sie heute morgen vorhatten?«

Keine Antwort von Leach. Bryce sah aus, als wollte er jeden Augenblick wieder einschreiten.

»Weiß sie, dass Sie hier sind?«

Der Ausdruck auf Leachs Gesicht zeigte deutlich, dass Moira ein Schock bevorstand. Orme sprach wie mit einem Kind, einen Anflug von Verzweiflung in der Stimme. »Was sollen wir bloß mit Ihnen machen, Vinny?«

»Ich weiß nicht, was Sie meinen.«

»Sie sind doch nur ein kleiner Autodieb – Sie waren es wenigstens. Und jetzt haben Sie eine Riesendummheit gemacht und werden Ihre Frau und Ihre Kinder verlieren, verstehen Sie? Wenn Sie rauskommen, werden sie Sie nicht mal mehr erkennen.«

Wieder fing er an, sich die Augen aus dem Kopf zu heulen, und Orme schaltete das Tonband aus, bevor Bryces Einwände der Nachwelt überliefert werden konnten. Eigentlich hatte er warten wollen, bis sich Leach ein wenig beruhigt hatte, um mit dem Verhör fortzufahren, aber er sah schnell ein, dass es überhaupt keinen Zweck hatte. Leach verlor vollkommen die Beherrschung. Weinend und schluchzend flehte er Bryce um Schutz an.

»Wovor haben Sie denn Angst, Vinny?«, fragte Orme. »Carl ist tot. Stuart auch. Was Sie uns auch über die beiden erzählen, sie können Ihnen nichts mehr anhaben.« Aber Leach hörte ihn gar nicht, und als er vom Stuhl aufsprang und sich gegen die Tür warf, erteilte Orme – der sonst strikt dafür war, Kriminelle sich selbst zu überlassen, damit sie den Ernst ihrer Lage überdenken konnten – eine für ihn uncharakteristische Anweisung: »Schafft ihn zurück in seine Zelle und holt einen Arzt, damit er ihm ein Beruhigungsmittel gibt.«

8. Kapitel

Claire McLaughlan hatte sich die Mittagsnachrichten bei Capital Radio angehört. Dort war über den gescheiterten Raubüberfall berichtet worden, aber die Namen der beiden Erschossenen waren nicht genannt worden. Es war nicht einmal klar gesagt worden, ob es sich bei den Getöteten um Polizisten oder um Räuber handelte. Aber Claire vermutete, dass Robbie an dem Einsatz beteiligt gewesen war. Deshalb wartete sie schon den ganzen Nachmittag auf einen Anruf von ihm, weil er sie in solchen Fällen gewöhnlich wissen ließ, dass ihm nichts passiert war. Aber der Anruf war nicht gekommen, und Claire, die genau wusste, wie die Polizei bei der Übermittlung schlechter Nachrichten vorging, bekam allmählich Angst.

Schon lange lebte sie mit der Vorstellung, dass eines Tages ein ziviles Polizeifahrzeug vor dem Haus halten, dass es an der Tür klopfen und dass sie öffnen würde, um einem Kollegen ihres Mannes in Begleitung einer Polizeibeamtin gegenüberzutreten. Er würde sie beim Namen nennen, »Claire«, und sie würde an seinem Tonfall erkennen, dass etwas nicht stimmte. Er würde fragen, ob sie eintreten durften, und sie würde sie wortlos einlassen.

Wenn dieser Tag kam, so dachte sie, würde Ocky vielleicht gerade auf dem Teppich spielen. Die Polizistin würde ihn auf den Arm nehmen und aus dem Zimmer tragen, und dann würde sie erfahren, dass ihr Mann verletzt oder tot war.

Sie wusste über diese Dinge Bescheid, weil man ihr gesagt hatte, dass dies die übliche Prozedur war. Und das erste schlechte Zeichen war normalerweise ein Telefonanruf oder die Ankunft eines Autos.

Manchmal kam der Anruf oder das Auto wenige Minuten, nachdem der betreffende Beamte angeschossen und ins Krankenhaus gefahren worden war. Und wenn er in ein Krankenhaus gebracht wurde, war es eines mit einem Chirurgen, der an einem Ort ausgebildet worden war, an dem Krieg oder Bandenstreitigkeiten an der Tagesordnung waren. Dieser Chirurg verfügte über reiche Erfahrung in der Behandlung schrecklicher Schussverletzungen. Ob ein Mann auf einer Straße in London oder in einer Gasse in Beirut getroffen wurde, spielte keine Rolle, zerfetzt wurde er gleichermaßen.

Sie ertrug den Gedanken nur, weil sie sich einredete, dass die Operation wie am Schnürchen laufen und ihrem Mann bestimmt das Leben retten würde, auch wenn sie genau wusste, dass bei so manchen dieser Eingriffe alles furchtbar schief ging.

Ocky saß mit einem Spielzeug auf der Couch und ein unbekanntes Auto bog in die Einfahrt. Claire sah es nicht, sie hörte nur, wie es anhielt. Am Motorengeräusch erkannte sie, dass es nicht ihr Wagen war.

Als sie durch das Zimmer ging, um aus dem Fenster zu sehen, war es, als würde sie durch Sirup waten. Sie wusste nicht, wie lang sie vom Sofa zum Fenster brauchte. Dunkel und glänzend stand der Wagen da, ein großer, nicht gekennzeichneter Schlitten. Sie sah ihn, kaum dass sie die Jalousien geöffnet hatte, aber dann wandte sie den Blick ab und konzentrierte sich auf die gegenüberstehenden Häuser.

Der Verkehr, der sich manchmal in der Stoßzeit durch die Straße drängte, hatte nachgelassen. Die Straße schien jetzt stiller und gab diesem Teil von London einen Anschein von Normalität zurück. Dafür hatten sie gekämpft und gespart und geplant – kein Polizeihaus, sondern ein anständiges, eigenes Haus in einer anständigen Straße in einem anständigen Viertel von London. Vor vier Monaten war ihr Traum in Erfüllung gegangen, und da fiel es auch nicht ins Gewicht, dass das Haus alt, nicht modernisiert und ohne Heizung war. Das war das Haus, das sie gewollt hatten, das Haus mit Garten, das genau zu einer kleinen und wachsenden Familie passte.

Und jetzt?, dachte Claire. Was fange ich mit dem Ganzen an, wenn er tot ist? Was soll ich Ocky sagen, wenn wir in einer Sozialwohnung landen, wenn er keinen Vater mehr hat und wenn wir auf einmal an allen Ecken und Enden sparen müssen? Wie soll ich über seinen Verlust hinwegkommen?

Sie riss den Blick von den Häusern und sah den Wagen an. Doheny stieg gerade aus, sein Begleiter, den sie nicht erkennen konnte, saß noch auf dem Beifahrersitz. Und plötzlich hielt es Claire nicht mehr aus. Sie würde es nicht dulden, dass eine Polizistin Ocky hinaufbrachte, um ihn aus dem Weg zu haben. Sie wusste nicht, was sie tun sollte, und fummelte an der Jalousie herum. Würde Doheny wieder verschwinden, wenn sie nicht zur Tür ging?

Nein. Sie musste zur Tür gehen.

Ihre Schritte in den unteren Räumen hallten, weil es dort noch keine Teppichböden gab. Ocky protestierte schreiend, als Claire den Fernseher ausschaltete. Sie hob ihn von der Couch und trug ihn zur Eingangstür. Ocky klammerte sich an sie und schloss die Augen vor der grellen Birne, die die Diele erleuchtete.

»Claire«, sagte Doheny, genau wie sie es sich vorgestellt hatte, nur dass ihr Mann in der Einfahrt stand, als wüsste er nicht recht, ob dies sein Zuhause war.

Sie spürte ein überwältigendes Gefühl der Erleichterung und konnte sich nicht bewegen. Ein Teil von ihr wollte zu ihm laufen, aber der größere Teil, der mit einem längst vertrauten Zorn lebte, hielt sie in der Tür fest. *Wenn er nur wüsste, was ich ausstehe jedes Mal, wenn ich die Nachrichten einschalte oder einen Streifenwagen sehe, der langsam an unserem Haus vorbeifährt!*

Ocky streckte die Arme aus, und Claire gab ihn an seinen Vater weiter, als er und Doheny in das Haus traten und ins Wohnzimmer gingen.

Doheny stand vor einem Kamin, der noch nicht existierte. Hinter der Gipsplatte war ein riesiges Loch in der Wand. Eines Tages sollte es eine Umrahmung, ein Gitter und ein Feuer geben. Im Augenblick gab es nichts davon und das Zimmer wirkte kahl und kalt. Dennoch sagte Doheny: »Ihr habt viel gemacht hier, seit Marie und ich zum letzten Mal hier waren.«

Wenn er mit viel meinte, dass sie eine von einem früheren Besitzer herausgebrochene Wand wieder eingesetzt und damit nicht nur das Haus in seinen ursprünglichen Dimensionen wiederhergestellt, sondern auch allen Räumen eine Art Mittelpunkt gegeben hatten, so hatte er wohl Recht, dachte Claire. Aber es war noch so viel zu tun. Der Boden wartete darauf, versiegelt zu werden, und sie mussten neu tapezieren.

Die Möbel waren gut. Einige wenige, sorgfältig ausgewählte Stücke. »Uns ist das Geld ausgegangen«, erklärte sie schlicht. »Es wird so bleiben müssen, bis wir wieder etwas gespart haben.«

»Wir haben Jahre gebraucht«, sagte Doheny freundlich, aber Claire konnte sich gar nicht vorstellen, dass es Dohenys Haus je an Wärme und Komfort gefehlt hatte. Das hier war kaum mehr als ein Rohbau, ein Ort, der ihnen hoffentlich eines Tages ein Zuhause bieten würde und dessen einziges fertiges Zimmer das von Ocky war.

»Der gehört schon längst ins Bett«, sagte McLaughlan. »Ich bring ihn rauf.«

Als er verschwunden war, folgte Doheny Claire in die

Küche, in der Geschirr und Besteck in Pappkartons auf dem Boden aufbewahrt wurden. Statt der üblichen Einrichtung gab es nur einen alten Gaskocher, einen neueren Kühlschrank aus zweiter Hand und eine Waschmaschine. Verlegen plapperte sie etwas davon, dass sie die Küche herausgerissen hatten, weil sie unbrauchbar war, und dass es ihr peinlich war, ihm diesen Anblick zuzumuten. »Ich habe niemanden erwartet«, erklärte sie. Aber wann hatte sie je dieses Klopfen an der Tür erwartet? »Was zu trinken?«, fragte sie.

»Für mich nicht«, sagte Doheny. »Aber du kannst sicher was vertragen.«

Bestimmt war ihm klar, dass sie beim Anblick des Wagens das Schlimmste befürchtet hatte.

Sie schenkte sich ein Glas ein, und er erzählte ihr, was geschehen war. Die Einzelheiten ließ er unerwähnt und Claire war dankbar dafür. Sie wollte keine Einzelheiten hören. Sie wollte nicht wissen, wie knapp ihr Mann am Tod vorbeigeschrammt war.

»Wo ist unser Auto?«, fragte sie mit leicht hysterischem Unterton, als stünde sie kurz davor, ihn mit Vorwürfen zu überhäufen wie: »Warum muss er sich immer in gefährliche Situationen begeben? Er ist jetzt verheiratet. Wir haben einen Sohn. Warum kann er nicht einfach einen Schreibtischjob machen?«

»Claire«, sagte Doheny sanft. Ihre Tränen hatten ihn genauso überrascht wie sie selbst. Er riss ein Küchentuch von der Rolle, gab es ihr und wartete, bis sie die Beherrschung wiedergewonnen hatte.

»Wie wird sich das auf ihn auswirken – dass er jemanden getötet hat, meine ich?«

»Schwer zu sagen«, antwortete Doheny. »Aber so wie ich ihn kenne, kann ich mir nicht vorstellen, dass ihn das umhauen wird.«

Claire glaubte ihren Mann besser zu kennen und sagte nichts. Manchmal verschwand Robbie tagelang an Orte in seinem Kopf, zu denen nicht einmal sie Zugang hatte. Diese Orte hatten Türen, die nicht nur geschlossen, sondern verriegelt waren, und Fragen wie »Was heißt das, du hast mal einen Bruder gehabt? Wo ist er denn? Wie verschwunden? Was glaubst du, wo er ist?« blieben stets ohne Antwort.

Sie brachte Doheny zur Tür, und bevor er sich verabschiedete, schrieb er ihr seine Privatnummer auf einen Zettel und sagte: »Wenn es irgendwelche Probleme gibt, ruf einfach an.«

Ocky lag im Bett und drehte einen kleinen Spielzeugtraktor in den Händen, während McLaughlan die Daunendecke über ihn breitete. Claire trat ins Zimmer. »Geht's dir gut?«

Er nickte, ohne sie anzusehen. Mehr an Reaktion hatte sie nicht von ihm erwartet. Sie wusste, dass er ihr nicht zeigen würde, was in ihm vorging. Er behielt seine Gedanken und Gefühle für sich, so wie seine Vergangenheit.

Das Licht einer Straßenlaterne fiel auf die blau-grüne Musterung der Wand und warf einen karussellhaften Schatten durch die Jalousie, der als Galaxie von Sternen auf die dunkelblaue Zimmerdecke fiel. Claire beobachtete, wie ihr Mann die Jalousie ein wenig verschob und sich über Ockys Bett beugte, um den heruntergefallenen Traktor aufzuheben. Er gab das Spielzeug, das in seinen starken Händen so zerbrechlich wirkte, seinem Sohn zurück. Er sah Claire nicht an und sprach auch nicht. Sie kannte ihn gut genug, um zu wissen, dass es aussichtslos war, ihn aus seinem Schneckenhaus locken zu wollen. Sie gab ihrem Sohn einen Gutenachtkuss und verließ den Raum.

Ocky hatte Angst davor, mit der Sternengalaxie allein in seinem Zimmer zu sein, denn trotz der beruhigenden Blau- und Grüntöne gab es unzählige Orte, an denen sich der Schwarze Mann verstecken konnte – der Schwarze Mann, der ihn aus dem Bett zerren und hinaus in die Nacht schleppen wollte. Mummy und Daddy würden nach ihm suchen, aber sie konnten ihn nicht finden, weil der Schwarze Mann ihn umgebracht und seine Knochen in einer Grube voller Schmiere vergraben hatte!

McLaughlan wickelte Ocky noch einmal in die Decke und blieb noch eine Weile am Bett sitzen und hielt seine Hand, bis sein Sohn einschlief. Er hatte sich nie vor einem eingebildeten Schwarzen Mann fürchten müssen – sein Schwarzer Mann hatte menschliche Gestalt angenommen, als Jimmy nach London gekommen war. Iris hatte ihn geschickt, weil sie es einfach nicht mehr schaffte und ein wenig Ruhe brauchte.

Damals hatte ihr McLaughlan das übel genommen, aber später, als er erwachsen war, konnte er gut verstehen, warum Iris eine Atempause brauchte. Sie machte alles für Jimmy, weil es nicht anders ging, und wenn es ihr zu viel wurde, setzte sie ihn auf Georges Türschwelle ab. Dann übernahm sein Vater, wozu Iris vorübergehend nicht mehr in der Lage war. Er zog Jimmy an, fütterte ihn, zündete ihm seine Zigaretten an, wischte ihm den Hintern ab und stellte ihn mit Whisky und sonderbaren, traurigen Frauen ruhig, die er ins Haus brachte, »damit Jimmy nicht immer so allein sein muss«.

Elsa hatte immer wieder damit gedroht, das Haus zu verlassen, falls Jimmy kam, aber George wusste, dass sie weder das Geld noch den Mut hatte, um sich gegen ihn aufzulehnen, und so waren der Gestank und das Geschimpfe und das Gegreine von Glasgow heruntergekommen und manchmal wochenlang bei ihnen geblieben.

McLaughlan hatte sich nicht nur vor Jimmys Besuchen gefürchtet, sondern sogar vor der bloßen Erwähnung seines Namens. Und es waren nicht nur die Stümpfe. Jimmy spürte Robbies Angst, er nahm sie ihm übel und stellte ihm deswegen nach. Und wie er ihm nachgestellt hatte! Noch heute bekam McLaughlan eine Gänsehaut bei der Erinnerung. Es war ein Spiel, sagte Jimmy, nur ein harmloses Spiel, in dem er sich als Zombie verstellte und seine Arme ausstreckte, als wäre er tot und würde nach ihm *tasten*. Und wenn er Robbie fand, der sich unter der Treppe oder dem Bett versteckt hatte, umarmte er ihn. Immer wenn er hörte, dass Jimmy auf dem Weg zu ihnen war, bat er seine Eltern, ihn nicht mit ihm allein zu lassen.

Sie erklärten ihm, dass man nicht vor Menschen davonlaufen durfte, nur weil sie in irgendeiner Weise entstellt waren, und seine Mutter las ihm Geschichten vor, in denen es um die Leiden von Ungeheuern ging. Aber in diesen Geschichten waren die Ungeheuer nicht mitten in der Nacht betrunken in das Zimmer eines Kindes getorkelt, um sich mit klatschenden Stümpfen auf das Bett fallen zu lassen und mit nicht existierenden Fingern nach einem flach in die Matratze gedrückten Gesicht zu tasten.

McLaughlan hatte Jimmy gehasst. Hatte sich gewünscht, Jimmy wäre tot, doch gleichzeitig hoffte er auch, Jimmy möge ewig leben, denn dann konnte er sich nicht in jenen Ghul verwandeln, der um so viel schrecklicher sein würde als dieses atmende Monster von einem Mann.

Bitte lieber Gott, er darf mich nicht finden. Mein ganzes Leben werde ich brav sein, wenn du es nur nicht zulässt, dass er mich findet.

9. Kapitel

Lange nachdem sein Sohn eingeschlafen war, blieb er am Bett sitzen, drehte den metallenen Traktor in den Händen und dachte an die Ereignisse des Nachmittags.

Als ihn Doheny zurück ins Revier begleitet hatte, war die Schießerei bereits in aller Munde, und viele Leute wollten mit ihm sprechen. Manche hatten dafür einen Grund, aber es gab auch die, die aus purer Neugier fragten: *Wie fühlt man sich, wenn man jemand getötet hat, McLaughlan?*

Das hatte er herausgefunden, als er vor seinem ehemaligen Zuhause zusammengesunken war, und er hatte sich wohlweislich gehütet, seine Gefühle preiszugeben. Manche würden es als Schock auslegen. Die meisten würden es als Schwäche auslegen und als warnenden Hinweis, dass er vielleicht zu denen gehörte, die die Folgen ihrer Taten nicht verkraften. »Hätte nie gedacht, dass McLaughlan so zusammenklappt.« Er würde nicht zusammenklappen, wenn es sich irgendwie vermeiden ließ, aber als ihn Doheny zurück aufs Revier begleitet hatte, fühlte er sich benommen, als müssten die Befehle des Gehirns an den Körper erst die Genehmigung eines Dritten einholen, ehe sie Nerven und Muskeln erreichen konnten.

Doheny hatte seine eigenen praktischen Erfahrungen mit solchen Situationen. Er versicherte McLaughlan, dass seine Vorgesetzten zu ihm stehen würden. Gleichzeitig erinnerte er ihn aber daran, dass automatisch eine Untersuchung eingeleitet werden würde, um die Berechtigung seiner Handlungsweise zu prüfen. Die Untersuchung würde entweder von der internen Dienstaufsicht oder von einem externen Ausschuss durchgeführt werden. Bis seine Unschuld zweifellos erwiesen war, würde man ihn von allen bewaffneten Einsätzen suspendieren, nicht jedoch vom Dienst, weil eine Suspendierung vom Dienst von den Medien und der Öffentlichkeit häufig als Schuldeingeständnis missverstanden wurde. Hatte er verstanden?

McLaughlan hatte verstanden. Er hatte schon erlebt, wie andere Männer diese Prozedur über sich hatten ergehen lassen müssen. Aber was vor ihm lag, machte ihm ohnehin keine großen Sorgen. Sorgen machte ihm das Gefühl, dass alles um ihn herum sich verlangsamte. Es war normal, das wusste er. Vor solchen Polizeieinsätzen steigerte sich die Spannung immer ins Unermessliche und die Sache selbst wurde meist in höchstem Tempo erledigt. Deshalb wirkten die nachfolgenden, peinlich genauen Verfahren frustrierend zäh, als würde man selbst für die einfachsten Aufgaben ein ganzes Leben brauchen.

Es war allgemein bekannt, dass Polizeibeamte oft unberechenbar handelten, nachdem sie jemanden getötet hatten. Manche gingen direkt zu ihrem Vorgesetzten und quittierten den Dienst. Andere prügelten auf ihre Kollegen ein und warfen ihnen vor, nichts getan zu haben, um den Schusswechsel zu verhindern. Am schlimmsten waren die Fälle, in denen sich die betroffenen Polizisten an ihrer Frau und ihren Kindern abreagierten, und Doheny hatte die Hoffnung geäußert, McLaughlan werde sich nicht zu solch einer Dummheit hinreißen lassen. Dann hatte er betont, dass er wenn nötig jederzeit mit ihm reden konnte. Es gab zwar Beratungsdienste für Männer in seiner Lage, aber es herrschte auch ein tiefer Argwohn, dass jeder, der diese Dienste in Anspruch nahm, von den anderen schief angeschaut würde. Manchmal brauchte der Betreffende nur die Gewissheit, sich in vollstem Vertrauen an einen Kollegen wenden zu können. Die Gewissheit, dass keine schriftlichen Berichte auf dem Schreibtisch eines Vorgesetzten landen würden, dem nie etwas Traumatischeres widerfahren war als die Notwendigkeit, seinen Hund einschläfern zu müssen. Die Gewissheit, dass niemand dein Ringen mit den Nachwirkungen deiner Tat zu Studienzwecken missbrauchen wird.

Doheny hatte McLaughlan vorgeschlagen, sein Auto im Revier zu lassen und sich später von ihm nach Hause fahren zu lassen. Erst einmal sollte er die verfahrenstechnischen Angelegenheiten nach dem morgendlichen Einsatz über sich ergehen lassen, um den Kopf wieder freizubekommen. »Wär doch blöd, dass du eine abgesägte Schrotflinte überlebst, mit der dir einer vor dem Gesicht rumfuchtelt, nur um dich dann mit dem Auto um einen Laternenpfahl zu wickeln, weil du an was anderes gedacht hast.«

Das hatte McLaughlan eingesehen, aber jetzt, nachdem Doheny verschwunden war, wollte er mit Claire reden, um ihr zu gestehen, was er Doheny nicht hatte gestehen können: dass ihn, als er vor dem Haus zusammensank, ein Gefühl vollkommener Einsamkeit überwältigt hatte. Fast als hätte sich um ihn herum eine Plastikblase gebildet. Er konnte hinaussehen. Die Leute konnten hineinsehen. Er konnte erkennen, was sie sagten, indem er von den Lippen der Leute las. Aber die Worte ergaben keinen Sinn. Es war nicht das erste Mal, dass McLaughlan dieses Gefühl hatte. Nach Tams Verschwinden hatten Leute wie Jarvis monatelang den Mund bewegt und Worte geformt, die fragten: »Was ist mit Tam passiert?«

Er hatte die Frage verstanden. Sogar die Antwort hatte er gewusst. Aber er hatte nichts sagen können. Und jetzt, wenn er Ockys schlafendes Gesicht mit der Hand berührte, konnte er die Oberfläche seiner Haut nicht fühlen. Es war, als wären ihm die Nerven aus den Fingern gezogen worden, als spürte er das Gesicht seines Kindes durch den Film dieser Plastikblase.

Claire kam herein und redete ihn an. »Kommst du nach unten?«

Er sah, wie sich die Worte auf ihren Lippen formten. Er hörte sie sogar. Aber sie drangen nicht zu ihm durch.

»Stimmt was nicht?«

Er schüttelte den Kopf und folgte ihr die Treppe hinunter.

10. Kapitel

Bryce hatte den ganzen Vormittag im Gerichtssaal verbracht. In dieser Zeit hatte er einem Richter zugestehen müssen, dass es trotz mildernder Umstände nicht hinnehmbar war, dass eine Person einen Polizeibeamten angriff, indem sie mit einem Kugelschreiber nach seinen Augen stach. Aber er vertraute darauf, dass der Richter nach angemessener Erwägung des Falles ein verständnisvolles Urteil fällen würde, da seine Klienten ihr Verhalten bedauerten und sich bereits ausdrücklich bei den betroffenen Beamten entschuldigt hatten.

Sherryls Lippe war dunkelrot und geschwollen. Sie trug den Kaschmirpullover und den knielangen Rock vom Vortag. Sie und Ray in seinem maßgeschneiderten Anzug sahen aus wie anständige Mitglieder der Mittelschicht, denen großes Unrecht widerfahren war.

Nach eingehender Befragung der Beteiligten und unter Berücksichtigung der Umstände, die den Angriff heraufbeschworen hatten, ließ der Richter Milde walten. Sherryl wurde zu vierzig und Ray zu sechzig Stunden gemeinnütziger Arbeit verurteilt.

Sie waren glimpflich davongekommen.

Nicht dass sie sich besonders dankbar gezeigt hätten.

Manchmal war Bryce überzeugt davon, dass Ray keinen blassen Dunst davon hatte, was das Gesetz war und wie es funktionierte. Auf jeden Fall hatte er keinen blassen Dunst davon, was Bryce erreichen konnte und was nicht. Er war Anwalt und kein Zauberer. Vater und Tochter konnten von Glück sagen, dass man sie nicht eingesperrt hatte.

Eine halbe Stunde später war Vincent Leach vor einem ganz anderen Gericht und einem ganz anderen Richter erschienen. Auf Anfrage nannte er seinen Namen und bekannte sich schuldig, den ihm zur Last gelegten Raubüberfall begangen zu haben. Dann wurde er wieder in Untersuchungshaft genommen.

Als er wieder in seiner Zelle war, suchte ihn Bryce auf. Er fand ihn entspannt von den Beruhigungsmitteln, aber resigniert und tief deprimiert. Auch er zeigte eine Tendenz, Bryce als eine Art Magier zu betrachten, und Bryce wusste nicht, ob er verärgert oder gerührt sein sollte über den Glauben des Mannes an seine Fähigkeit, ihn irgendwie herauszupauken und ihm die unvermeidliche lange Haftstrafe zu ersparen. Im Gegensatz zu Ray und Sherryl war Leach äußerst dankbar dafür, dass ihn Bryce vertrat. Er war auch verwirrt, weil er wie Orme nicht verstehen konnte, was die Swifts davon hatten, ihm den rechtlichen Beistand zu bezahlen.

Auch Bryce hatte sich anfangs über das Ansinnen gewundert, dass er Leach vertreten sollte. Erst nach einer längeren Unterredung mit Ray war ihm klar geworden, welche Gegenleistung die Swifts von Leach erwarteten.

Er betrat die Zelle im Untergeschoss und stellte Leach eine einfache Frage: »Der Mann, der Stuart erschossen hat, wie hat der ausgesehen?«

Leach schüttelt nur den Kopf. »Woher soll ich denn das wissen?«

Bryce gab ihm mit einem Blick zu verstehen, dass er sich lieber ein wenig den Kopf zerbrechen sollte.

Leach dachte angestrengt nach und durchlebte noch einmal Ereignisse, die dank der Medikamente Jahrzehnte zurückzuliegen schienen. »Stuart hat das Kind mit der Schrotflinte bedroht«, sagte er. »Orme ist hinter dem Geldtransporter rausgekommen. Wollte ihn zur Vernunft bringen. Stuart ist herumgefahren und hat die Waffe auf Orme angelegt. Dann hab ich einen Schuss gehört, und Stuart ist hingefallen, und …«

Langsam, als würde er mit einem Schwachsinnigen sprechen, sagte Bryce: »Wer hat den Schuss abgegeben, der Stuart getötet hat?«

»Verdammte Scheiße, ich weiß es nicht!«

Gereizt erwiderte Bryce: »Ich erwarte nicht, dass du seinen Namen und seine Adresse kennst, sag mir nur, wie er ausgesehen hat.«

Leach schloss die Augen, wie um sich besser erinnern zu können. »Ich war im Auto«, sagte er. »Carl und Stuart waren tot …«

Bryce verlor die Geduld. »Du verschwendest meine Zeit, Vinny.«

»Ich brauch 'ne Minute«, sagte Leach.

Bryce gab ihm die Minute, bis Leach zögernd zu sprechen begann. »Ich weiß nur noch …«

»Du weißt nur noch was?«, unterbrach ihn Bryce.

»Er war groß. Sehr groß. Nach der Schießerei hat er neben dem Transporter gestanden. Orme hat mit ihm geredet, aber sonst haben ihn die anderen in Ruhe gelassen. Mehr kann ich nicht sagen. Dann haben sie mich schon aus dem Auto gezerrt und mir Handschellen angelegt. Mehr hab ich nicht sehen können.«

»Was meinst du mit groß?«, fragte Bryce.

»Noch größer als Orme.«

Bryce wusste, dass Orme fast eins neunzig war, und so viele größere Beamte konnte es im Sondereinsatzkommando kaum geben. »Noch was?«, fragte er.

»Das ist alles. An mehr kann ich mich nicht erinnern.«

Es war nicht viel, aber zumindest war die Auswahl damit eingegrenzt, dachte Bryce. Bestimmt gab es irgendwo einen Bericht über den Einsatz, in dem die Beteiligten namentlich genannt wurden. Bryce musste nur noch die Verbindung von einem dieser Namen zu einem Mann herstellen, der größer war als alle seine Kollegen.

Offiziell hatte er keinen Zugang zu diesem Bericht, aber wenn die Kohle stimmte, würde ihn Bryce auf die eine oder andere Weise zu Gesicht bekommen, und danach war es nur noch eine Frage der Beobachtung, die Identität des Mannes herauszufinden, der Stuart erschossen hatte.

»Sehr gut, Vinny«, sagte er. »Dann hoffen wir mal, dass du dich nicht getäuscht hast.«

11. Kapitel

Jarvis hatte nie geheiratet. Daran war er ganz allein schuld, das war ihm völlig klar. In einer wichtigen Phase seines Lebens hatte er eine falsche Entscheidung getroffen, und dafür musste er jetzt zahlen. Keine Frau, die seinen Ruhestand mit ihm teilte. Keine Tochter, die ihn besuchte und ihn ermahnte, dass er es in seinem Alter etwas ruhiger angehen lassen und ein wenig vernünftiger sein sollte; dass er früh ins Bett gehen, beim Ausgehen am Abend besser auf sich aufpassen und sich nicht mit jedem Dahergelaufenen abgeben sollte – ganz zu schweigen von der Gefahr, dass sich eine betrügerische Frau mittleren Alters an ihn heranmachte und ihn um seine jämmerlichen Ersparnisse brachte.

Wenn er sich in seiner Wohnung umsah, konnte er sich nicht vorstellen, dass sich eine Frau oberhalb des sozialen Status einer Stadtstreicherin die Mühe machen würde. Ihm war das Apartment gut genug. Es lag in einem dreistöckigen, Ende der Sechzigerjahre erbauten Wohnblock an einer Kreuzung in Crouch End. Sein Schlafzimmer ging nach hinten auf eine der beiden Hauptstraßen, aber das war in Ordnung. Wenigstens konnte er so im Bett den vorbeifahrenden Autos, den schreienden Leuten, die nach Geschäftsschluss aus den Pubs kamen, und dem Heulen der Sirenen zuhören, die ihn manchmal bis tief in die Nacht wach hielten.

Als er aus dem aktiven Dienst geschieden war, hatte er sich überlegt, aus der Stadt zu ziehen. Aber er war in London geboren und aufgewachsen, hatte bis auf zwölf Jahre sein ganzes Leben dort verbracht, und er hatte sich einfach nicht mit dem Gedanken anfreunden können, irgendwo an einem Fenster zu sitzen und auf den Dorfanger hinauszustarren. Auf dem Land mochte es ja ganz schön sein, aber das Leben – das wirkliche Leben – war hier. Es war undenkbar für ihn, an einem Ort zu wohnen, in dem das Dorffest Stoff für Schlagzeilen bot. Wenn man älter wurde, brauchte man seine Morgenzeitung, aber nur, wenn auch etwas Lohnenswertes drin stand.

Heute hatte die Morgenzeitung über einen fehlgeschlagenen Überfall und den Tod von zwei Räubern berichtet. Solche Nachrichten waren nichts Ungewöhnliches, aber in Jarvis ließen sie immer eine Saite anklingen. Wenn er sie las, musste er garantiert an die Vergangenheit denken. Das lag weniger daran, dass er früher ein höherer Polizeibeamter gewesen war, als vielmehr daran, wie er im Laufe der

Jahre erkannt hatte, dass jede Schilderung eines Überfalls unwillkürlich Bilder von Elsa in ihm wachrief.

Normalerweise hatte er die Vergangenheit gut im Griff, und er brauchte nur auf einen inneren Knopf drücken, um alle Erinnerungen an Elsa verschwinden zu lassen, aber solche Artikel beeinträchtigten diesen mentalen Abwehrmechanismus. Er versuchte, die in ihm hochsteigende Trauer zu verdrängen, indem er sich auf den unterschwelligen Inhalt des Artikels konzentrierte. Er war auf eine Weise verfasst, die nur den Schluss zuließ, dass sich die Polizei äußerst fahrlässig verhalten hatte. Erst beim zweiten Durchlesen wurde ihm klar, dass Swift einem kleinen Kind eine Waffe an den Hals gedrückt hatte.

Zu seiner Zeit hatte Jarvis von einigen Kollegen gehört, die sich ziemlich verabscheuungswürdig verhalten hatten, doch er bezweifelte, dass die Presse von der Öffentlichkeit wirklich Mitgefühl für die beiden Erschossenen erwartete. Aber es war die Tendenz des Artikels, die ihn zu einer guten Story machte. In den nächsten Wochen würden die Wortmeldungen selbst ernannter Schusswaffenexperten und vor allem jener, die der Polizei feindlich gesonnen waren, ganze Spalten füllen. Langsam, aber sicher würden sie die wenigen ihnen zugänglichen Informationen über die Ereignisse sezieren und zu der Erkenntnis kommen, dass die Polizei wieder einmal alles versaut hatte. Sie hätte besser dies, sie hätte besser jenes tun sollen. Was sie getan hatte, hätte sie auf keinen Fall tun dürfen.

Keiner der an dem Einsatz beteiligten Beamten würde eine Erklärung abgeben oder gar seine Handlungsweise verteidigen dürfen. Und die Mauer des Schweigens vonseiten der Metropolitan Police würde als Schuldeingeständnis, als Verantwortungslosigkeit und als ein weiteres Beispiel für Polizeiwillkür gewertet werden.

Er wandte sich von den sensationelleren Aspekten der

Geschichte ab und begann, zwischen den Zeilen zu lesen. Die Tatsache, dass das Sondereinsatzkommando auf der Lauer gelegen hatte, ließ nur den Schluss zu, dass die Räuber verpfiffen worden waren. Er fragte sich, wer wohl der Informant gewesen war und was er jetzt wohl dachte. Jarvis wollte nicht in seiner Haut stecken, wenn die Verwandten und Komplizen der Toten seine Identität herausfanden, und das brachte ihn auf den Gedanken, dass die Räuber ohnehin keine Chance mehr hatten, sobald ihre Identität bekannt war.

Wie die meisten Bullen und Kriminellen verachtete Jarvis Spitzel, aber es ließ sich nun mal nicht leugnen, dass sie der Polizei wertvolle Dienste erwiesen. Manchmal konnten sie einem aber auch einen Bärendienst erweisen. Das hatte er selbst bei einem Informanten erlebt, der ihm gesagt hatte, wo er die Überreste von Tam McLaughlan finden konnte. Der Mann hatte irgendwo läuten hören, Tam sei ermordet und seine Leiche in eine verlassene Lagerhalle in Glasgow geworfen worden.

Jarvis hatte Hunde eingesetzt, um die Leiche zu finden. Es war nicht schwer gewesen. Als die Hunde von der Leine gelassen wurden, verschwanden sie in der Tiefe eines roten Ziegelbaus, in dem vor einem Jahrhundert Tonnen von Getreide in riesigen Metallsilos gelagert worden waren.

Die Silos waren vollkommen durchgerostet und viele von ihnen sahen aus wie gigantische Blechdosen kurz vor der Auflösung. Durch eine Rutsche, über die das Getreide zum Verladen auf kleinere Behälter verteilt wurde, war die Leiche in ein Silo gestopft worden.

Die Kleidung des Verstorbenen schien Jarvis' schlimmste Befürchtungen zu bestätigen. Sie stimmte überein mit den Jeans und dem Pullover, die Elsa beschrieben hatte. Eine weitergehende Identifizierung der Überreste war nicht möglich. Die inneren Organe hatten sich verflüssigt und die Haut war durch den Druck der Flüssigkeit zuerst angeschwollen und dann geplatzt. Aber es war kein natürlicher Verwesungsprozess, der die Explosion im Brustraum verursacht hatte, dachte Jarvis. Wer der Junge auch sein mochte, seine Brust war vom Schuss einer Schrotflinte zerfetzt worden.

Jarvis hatte längst vermutet, dass Tam tot war, aber das hatte ihm die Vorstellung nicht leichter gemacht, dass dies möglicherweise alles war, was noch von ihm übrig war. Er hatte ihn gemocht. Er hatte ihm Streichhölzer und Kleber gekauft und ihm beim Reparieren seines Modellschiffs zugeschaut. Er konnte den Gedanken nicht ertragen, dass er so geendet haben sollte. Und er konnte den Gedanken nicht ertragen, wie Elsa die Nachricht aufnehmen würde.

In Ermangelung zahntechnischer Daten hatte ihm Hunter vorgeschlagen, Elsa einen Blick auf die Kleidung werfen zu lassen. Noch heute konnte sich Jarvis daran erinnern, wie schwer es ihm gefallen war, sie darum zu bitten.

Sie hatte ihn schon eine Weile nicht mehr gesehen, und trotzdem schien sie bei seinem Anblick in der Tür gar nicht auf den Gedanken zu kommen, dass er vielleicht schlechte Nachrichten brachte. Nicht einmal die Tatsache, dass er in Begleitung einer Kollegin erschienen war, hatte sie alarmiert. Sie führte ihn einfach in das hintere Zimmer und als erstes sah Jarvis die Papiergirlanden. Es war schon nach Ostern, aber sie hatte sie immer noch nicht abgenommen. Die Farben waren inzwischen völlig verblasst und die Verbindungsglieder waren grau.

Robbie schlug gegen die Girlanden, und seine Mutter rief, er solle damit aufhören. Aber im Gegensatz zu Elsa wusste Robbie, warum Jarvis gekommen war, und ließ sich nicht abbringen, bis ihn Elsa anschrie: »Hör endlich auf mit dem Scheiß!«

Er lief zu ihr, so wie Jarvis es gern getan hätte, legte die Arme um sie, wie um sie zu beschützen, und Elsa sagte: »Verlangen Sie nicht, dass ich ihn anschaue, das kann ich nicht. O Gott, wo ist George?«

Jarvis versicherte ihr, dass sie sich nur die Kleidung ansehen sollte, dass niemand von ihr verlangte, die Leiche zu identifizieren. Und dann sagte er etwas ziemlich Dummes: »Zu identifizieren gibt's da leider sowieso nicht mehr viel.«

Sie fing zu weinen an und Jarvis dachte: du blöder Hund, du saublöder Hund.

Er brachte sie beide aufs Revier, weil Robbie sich geweigert hatte, mit der Polizistin in der Wohnung zu bleiben. Es war wohl weniger die Furcht, allein gelassen zu werden, als das Bedürfnis, sich um seine Mutter zu kümmern.

Er wollte auch die Kleidung identifizieren, aber er war noch ein Kind – und obwohl Jarvis alles getan hätte, um Elsa zu schonen, das konnte er nicht zulassen. Also saß Robbie vor dem Zimmer, in dem die Kleider auf einem Tisch ausgebreitet waren. Und Elsa betrat zusammen mit Jarvis den Raum.

»Lassen Sie sich Zeit. Es hat keine Eile. Und Sie müssen auch nichts berühren – wenn Sie nicht wollen.«

Er hatte Leute gesehen, die die Kleider eines Vermissten packten und ans Gesicht drückten, ohne den Geruch des Todes zu beachten. Aber Elsa tat nichts dergleichen. Sie ging einfach aus dem Zimmer, zog Robbie an sich und hielt ihn eng umschlungen. »Es sind nicht seine Sachen.«

Jarvis fuhr sie nach Hause und unterwegs stieg der Zorn in ihm auf. Wo war eigentlich George, da sie ihn doch so dringend brauchte? Wie konnte er sie einfach sich selbst überlassen, ohne Geld und ohne jede Unterstützung?

Seit er das Haus kannte, war es trist dort, aber als sie es

jetzt betraten, war es auch kalt. Jarvis hatte den Elektroofen angeschaltet, aber die Heizstäbe blieben kühl.

»Hast du noch Geld?«, fragte er, und sie bekannte, dass nichts im Haus war. Kein Essen. Kein Geld. Nicht einmal für den Münzzähler der Heizung.

Jarvis stopfte alles Kleingeld, das er bei sich hatte, in den Zähler und lief dann zum Supermarkt, um Essen zu besorgen. Er kam mit Brot und Milch und geräuchertem Schinken zurück, und Robbie machte sich darüber her, als hätte er seit einem Monat nichts mehr gegessen. Kurz darauf schlief er auf der Couch ein und Jarvis trug ihn hinauf, zog ihn aus und breitete die Bettdecke über ihn.

Heutzutage, dachte Jarvis, würde man es als erwachsener Mann nicht mehr wagen, einen Zehnjährigen auszuziehen. Damals war es noch anders. Die Leute dachten sich nichts dabei. Es wäre Jarvis gar nicht eingefallen, dem Jungen nicht mit einem Handtuch Gesicht und Hände abzuwischen oder ihm nicht in den Schlafanzug zu helfen. Robbie war so müde gewesen, dass er fast gar nichts mitbekam. Nur einmal fragte er: »Wo ist mein Dad?« Verdammt gute Frage, dachte Jarvis, der schon seit drei Monaten nach ihm suchte und immer mehr zur Zielscheibe von Hunters Spott wurde. »Ich weiß ja, dass Sie einen Blick auf seine bessere Hälfte geworfen haben, Mike, aber ihn haben Sie immer noch nicht zur Strecke gebracht, oder?«

Als er hinunterging, stand Elsa mit tränennassem Gesicht in der Küche und Jarvis legte die Arme um sie – um sie zu trösten, wie er sich einzureden versuchte.

Und dann erzählte sie ihm, dass ihr in den letzten Wochen etwas nicht mehr aus dem Kopf gegangen war. »Robbie hat doch aus Glasgow dieses Kruzifix mitgebracht.«

»Was ist damit?«

»Erst hab ich mir nichts dabei gedacht, dass Robbie es hat, aber je mehr ich es mir überlege ...«

Jarvis wusste nicht, worauf sie hinauswollte. Erst bei ihren nächsten Worten dämmerte es ihm. »Es ist nicht gestohlen. George hat es von seinem Vater zur Erstkommunion gekriegt. George hat es Tam gegeben und Tam hätte es an seinen Sohn weitergegeben. Wenn Tam Robbie das Kreuz gegeben hat, hat das was zu bedeuten. Er muss gewusst haben, dass ihm was passieren wird.«

»Das kann man nicht mit Sicherheit sagen.«

»Er ist tot, Mike.«

»Sagen Sie das nicht. So was dürfen Sie nicht mal denken.«

Lange blieben sie so stehen. Elsa hatte den Kopf an seine Schulter gelehnt und Jarvis hatte den Arm um ihre Hüfte gelegt. Und als sie ihn bat, nicht zu gehen, dachte er, dass er es nicht so weit kommen lassen durfte. Jeder Bulle, der sich mit der Frau eines Verbrechers einließ, verlor seinen Job. Und dennoch zog er sie noch fester an sich.

»Ich gehe nirgendwo hin«, sagte Jarvis, und als sie ihn in ein Schlafzimmer führte, in dem Georges Kleider als Haufen auf einer Korbtruhe lagen, weil es keinen Schrank gab, wusste Jarvis auf einmal, dass er sie für sich wollte. Er wollte um sie kämpfen und alles tun, um sie George wegzunehmen. Er würde Robbie ein guter Vater sein. Was es ihn auch an Mühe und Überwindung kosten mochte, er würde ihn behandeln wie sein eigenes Kind. Für Elsa würde er zu vergessen versuchen, dass Robbie der Sohn von George McLaughlan war, und Robbie würde ihn lieben. Er würde erkennen, was Jarvis für sie getan hatte, und ihn als den Vater betrachten, der George niemals für ihn war.

Er hatte sich alles zurechtgelegt und in den folgenden Stunden existierte George McLaughlan gar nicht mehr für Jarvis. Aber für Elsa existierte er sehr wohl. Und wie so oft galt ihr erster Gedanke George. »Er darf uns nicht so finden.«

»Überlass George ruhig mir«, sagte Jarvis. »Ich werde schon mit ihm fertig.«

»Du kennst ihn nicht.«

»Ich werde mit George fertig«, wiederholte Jarvis.

12. Kapitel

Was Frauen anging, hatte Edward Bryce einen erlesenen Geschmack. Besonders fühlte er sich von jenen angezogen, die das klassische Chanel-Kostüm – die Jacke mit den schlichten Linien, den Rock über dem Knie – mit makelloser Anmut zu tragen wussten.

Margaret Hastie war das völlige Gegenteil seines Ideals. Sie saß ihm gegenüber in einem Restaurant, das für seine Beleuchtung fast genauso berühmt war wie für seine Speisen und das ebenso wenig zu ihr passte wie Bryce. Sie wirkte nervös, als fühle sie sich deplatziert, und ihr Unbehagen entbehrte nicht einer gewissen Grundlage: Ihr dunkelblaues Kostüm war wie ihr mittellanges Haar billig und schlecht geschnitten.

Mit einer Stimme, so dünn und zerbrechlich wie ihre Wangenknochen, erinnerte sie ihn daran, dass sie um drei wieder im Büro sein musste. Bryce bezahlte die Rechnung und führte sie hinaus zu einem wartenden Taxi.

Sie stiegen ein, und Bryce nannte dem Fahrer die Adresse seiner Wohnung in Kensington, wo er kurz darauf vor einem Spiegel stand, der pflichtschuldigst Margaret Hasties Hintern wiedergab. Das Spiegelbild sagte ihm, dass dieser einst hoch und fest gewesen war, dass er aber wohl Anfang vierzig jede Hoffnung aufgegeben hatte, seine Position zu bewahren. Er hatte kaum Fett angesetzt. Wie der

Busen einer verhungernden Frau hing die faltige Haut nach außen, die eine Backe ein wenig tiefer als die andere.

Er setzte sie aufs Bett, und als sie ihm beim Ausziehen zusah, trug sie den Gesichtsausdruck, den er aus Erfahrung mit Angeklagten verband, die sich des Ausgangs ihres Verfahrens nicht sicher waren. »Du liebst mich doch, Eddie?«

Er legte ihr einen Finger auf die Lippen. Sie küsste seine eleganten und gebräunten Hände und sagte: »Ich weiß nicht, was ich täte, wenn du mich im Stich lassen würdest.«

»Ich lass dich doch nicht im Stich, Maggie. Wie kommst du drauf, dass ich so was tun könnte?«

Sie gab keine Antwort, aber das war auch nicht nötig. Sie hatten schon öfter über ihre Ängste gesprochen, als es Bryce lieb war. Der Altersunterschied machte ihr Sorgen – mit ihren siebenundvierzig war sie neun Jahre älter als Bryce. Sie war bestimmt keine Schönheit und sie hatte kein nennenswertes Vermögen. Was fand er nur an ihr, wo er sich doch nur eine der vielen jungen, gut aussehenden Frauen mit akademischer Bildung auszusuchen brauchte?

Er erinnerte sie an etwas, was er ihr schon viele Male gesagt hatte: dass er reife, intelligente und interessante Frauen vorzog, Frauen mit Charakter, die etwas mit ihrem Leben angefangen hatten. Jüngere Frauen waren hübsch, aber auch dumm. Er mochte keine dummen Frauen. Aber er mochte auch keine klugscheißerischen, karrieresüchtigen Mannweiber und auch keine verzogenen, launischen Fratzen, die keinerlei Lebenserfahrung besaßen.

Er gab ihr auch zu bedenken, dass sich verliebte Menschen manchmal gar nicht vorstellen konnten, was ihr Partner in ihnen sah. Er fragte sich auch oft, was sie eigentlich in ihm sah. Aber was spielte das denn alles für eine Rolle? Sie liebten einander und sie hatten eine Zukunft. Und das war das einzige, was zählte.

Mitunter allerdings konnte sie sich trotz all seiner Beteuerungen ihrer nagenden Zweifel nicht mehr erwehren. Dann sehnte sie sich nach dem absoluten Beweis seiner Liebe. Dieser ließ sich nur durch die Heirat erbringen, doch fürs Erste begnügte sie sich damit, dass sie mit seinem Einverständnis in seine Wohnung zog. Vor einigen Wochen hatte ihr Bryce einen Antrag gemacht und ihr dabei einen Ring zum Geschenk gemacht, der, wie er sagte, einmal seiner verstorbenen Mutter gehört hatte. Er hatte geglaubt, mit diesen Absichtsbekundungen ihre Ängste beschwichtigen zu können, aber Maggie war in letzter Zeit nur noch drängender geworden. »Eine schöne Wohnung, Eddie, aber es fehlt die Hand einer Frau.«

Er hatte sie daran erinnert, dass sie ihre Arbeit verlieren würde, wenn jemand herausfand, dass sie kurz vor der Heirat mit einem prominenten Rechtsanwalt stand.

»Aber warum?«

»Deine Vorgesetzten kämen bestimmt bald auf die Idee, dass du mir vielleicht irgendwelche geheimen Dinge erzählen könntest. Deswegen solltest du besser niemandem sagen, dass wir ein Paar sind.«

»Dann schmeiß ich die Arbeit eben hin. Das hatte ich eigentlich sowieso vor, wenn wir heiraten. Ich muss mich um dich kümmern, muss als Gastgeberin für deine Freunde auftreten – das ist ein Fulltimejob.«

»Alles zu seiner Zeit, Maggie. Ich muss erst noch einige Dinge erledigen, bevor wir Nägel mit Köpfen machen.«

Er zog sich nicht ganz aus. Sie mochte es, wenn er das Hemd anließ. Sie mochte das Gefühl der Baumwolle auf ihrer Haut, mochte den Gegensatz zwischen seiner Bräune und dem frischen Weiß des Stoffs. Manchmal berührte sie ihn durch das Hemd, und Bryce fühlte sich daran erinnert, wie ihn früher der alte Labrador seiner Mutter zwickte.

Wie immer war sie scharf auf ihn. Aber jetzt kam der schwierige Teil der Übung. Er besaß viele verschiedene Talente, aber es fehlte ihm an der kreativen Fähigkeit zur Erzeugung lebhafter sexueller Fantasien, mit denen er den Klang ihrer Stimme und den gequälten Ausdruck einer Frau hätte verdrängen können, die tief in ihrem Innersten wusste, dass irgendetwas nicht stimmte.

Im Allgemeinen hielt er sich gar nicht so schlecht, vorausgesetzt, sie blieb still. Kaum machte sie jedoch den Mund auf, um »O ja, o ja, mach's mir« zu rufen, löste sich die verlockende Schönheit, die er in seiner Vorstellung gerade beglückte, in Luft auf, und er fand sich in Maggies spindeldürren Armen wieder. Das ärgerte ihn, aber mehr noch ärgerte ihn die Gefahr, die Frauen wie Maggie für die nationale Sicherheit darstellten. Manche staatlichen Behörden beschäftigten ledige Frauen in einem bestimmten Alter, und es war durchaus schon vorgekommen, dass feindliche Agenten eine Scheinehe mit solchen Frauen eingingen, um an Informationen zu gelangen. Diese Frauen hatten einmal gut ausgesehen, und dank dieser Attraktivität herrschte in ihrem Leben kein Mangel an Männern. Die letzte wichtige Beziehung endete für sie häufig, wenn sie Anfang vierzig waren. Danach gab es meistens noch einige sexuelle Beziehungen, aber keine mit Männern, die eine feste Bindung zu einer einsamen, nicht mehr ganz jungen Frau mit Torschlusspanik eingehen wollten.

Er hielt seine Erektion lang genug, um Maggie zu befriedigen, und glitt immer noch steif aus ihr heraus. Kondome konnte er nicht leiden, und er dachte gar nicht daran, in ihr zu kommen. Irgendwie war ihm die Vorstellung zuwider, dass sie etwas von ihm mit in ihr Büro oder in ihr schreckliches kleines Apartment in Camden Town nahm. Außerdem traute er ihr nicht. In ihrer Verzweiflung schreckte sie vielleicht nicht einmal vor einer Schwangerschaft zurück, und ihre Erklärung, dass sie die Menopause schon hinter sich hatte, hatte ihn nicht im Geringsten überzeugt.

»Ich muss zurück ins Büro. Sonst glauben sie noch, ich bin gekidnappt worden.«

Bryce fiel ein, dass allein schon der Verdacht, Maggie könnte entführt worden sein, die Belegschaft in ihrer Arbeit zu Begeisterungsstürmen hinreißen würde. Nicht dass sie verhasst war, sie galt nur allgemein als Bürodrachen. Die Frauen kicherten hinter ihrem Rücken. Die Männer machten sich offen über sie lustig. Und Maggie war nicht dumm. Sie wusste, was die Leute über sie dachten. »Ich mach nur meine Arbeit, Eddie. Auch wenn es manchmal den Anschein hat, dass ich die Leute nur so zum Spaß trieze – es ist einfach wichtig, dass alles reibungslos klappt.«

Bryce konnte Maggie nur beipflichten: Es war ungemein wichtig für sie, dass alles reibungslos klappte. Sie arbeitete als Angestellte für New Scotland Yard und war für die Zusammenstellung und Archivierung vertraulicher Informationen zuständig.

Er warf einen verstohlenen Blick auf eine Umhängetasche aus braunem Segeltuch, die am Fuß des Betts lag. Sie war groß genug, um die lederne Dokumentenmappe zu verbergen, die sie im Büro eingesteckt hatte, bevor sie zu ihrer Verabredung gegangen war.

»Fast hätt ich's vergessen«, sagte Bryce. »Hast du diesen Bericht aufgetrieben?«

Margaret Hastie mühte sich in ihren Rock. Die Bluse war zugeknöpft, die Strumpfhose über das Höschen gezogen. Eilig schlüpfte sie in ihre flachen Schuhe und hob die Tasche auf. Sie nahm die Dokumentenmappe heraus und gab sie ihm. »Du treibst es noch so weit, dass sie mich erschießen.«

Am liebsten hätte ihr Bryce offen ins Gesicht gesagt,

dass der Inhalt der Mappe vielleicht wirklich jemandem das Leben kosten würde, dass aber, wenn sie nicht plötzlich damit anfing, den Mund zu weit aufzureißen, nicht sie diejenige war, die mit einer Kugel zu rechnen hatte. »Was täte ich nur ohne dich?«, sagte er, und in einem Anfall seltener Einsicht antwortete sie: »Du würdest auch ohne mich gut zurechtkommen – du würdest eine andere finden, die die schmutzige Arbeit für dich macht.«

Auf solche Bemerkungen folgte normalerweise ein Protest, aber in diesem Fall reagierte Bryce nicht. Manchmal ging ihm das alles einfach am Arsch vorbei.

Sie bemerkte, dass die beruhigenden Worte ausblieben, und zog sich schweigend weiter an. Doch bevor sie das Schlafzimmer verließen, wandte sie sich ihm zu, die Augen dunkel wie graue Kiesel: »Wenn ein anderer den Bericht in die Hände kriegt, wissen sie sofort, von wem du ihn hast.«

»Hat schon mal jemand was gefunden, was du mir gegeben hast?«

»Nein«, räumte sie ein.

»Also entspann dich«, sagte Bryce.

Er führte sie ins Wohnzimmer, bestellte ein Taxi und machte ihr eine Tasse Tee. Während sie trank, erzählte sie von einer Frau im Büro, die im Sommer heiraten wollte. Bryce hatte die Kunst des Abschaltens schon lange perfektioniert, aber als die Worte »Korfu« und »fahren schon zum zweiten Mal, die beiden« durch seinen Panzer drangen, floh er in den Vorraum.

Sie folgte ihm, und er wurde bombardiert mit Bruchstücken von Sätzen wie »Kosten für Essen und Getränke heutzutage« und »im vierten Monat und glaubt allen Ernstes, dass man es ihr nicht ansieht«.

Dank Selbstbeherrschung und jahrelanger Übung schaffte er es, ihr lächelnd zuzunicken, als sie von dem Kleid erzählte und von der Firma, die die Autos bereitstellte, von der kleinen Kirche in Hammersmith und von den Vorteilen von weißem Porzellan gegenüber Geschirr mit gelber Verzierung, das aber wiederum gut zu den Platzgedecken aus Leinen passte. Dann hielt ein Taxi vor der Wohnung und Maggie machte sich zögernd auf den Weg zur Tür. Sie ging ungern. Sie ging *immer* ungern.

»Wann sehe ich dich wieder?«

»Wie wär's mit Freitag, zum Abendessen. Üblicher Ort?«

Sie war einverstanden. Wie immer. Und er würde absagen. Wie immer. Er würde ihr gerade genug geben, um sie bei Laune zu halten, bis er Ersatz für sie fand. Aber er vermutete, dass er sie noch einige Zeit am Hals haben würde, weil Frauen in Maggies Position nicht so leicht zu finden waren. Er fragte sich, ob sie die Besonderheit ihrer Stellung und ihre potentielle Macht kannte. »Entweder du heiratest mich, Eddie, oder ich werde ein bisschen über das Geheimnis deines beruflichen Erfolgs plaudern.«

Wenn es je so weit kam, würde Bryce einen Freund um einen Gefallen bitten müssen. Welcher Freund, spielte keine Rolle. Ein Rechtsanwalt seines Schlags brachte es mit der Zeit auf viele Freunde, die sich der Maggies dieser Welt annehmen konnten, sollte sich jemals die Notwendigkeit drastischer Maßnahmen ergeben.

Er begleitete sie hinaus und sah, wie ihr der Wind den Rock an die Beine presste, als sie auf das Taxi zustrebte. Schnell schritt sie auf ihren flachen Sohlen aus, den Kopf weit nach vorn gebeugt, eine Schulter niedriger als die andere, als würde sie das Gewicht der Umhängetasche nach unten ziehen.

Mit einem Lächeln winkte sie ihm zu und kletterte in das Taxi. Er sah das Auto wegfahren ...

Und dann war er frei!

Er duschte, warf sich in einen Trainingsanzug und nahm die Dokumentenmappe mit ins Arbeitszimmer. Er setzte sich an den Schreibtisch, zog die Papiere heraus und begann sie zu lesen.

Jede Seite trug das Emblem der Metropolitan Police und den Vermerk, dass der Bericht streng vertraulich war. Er fand es geradezu liebenswert, dass die Dokumente den Stempel top secret erhalten hatten. Das war so typisch britisch, so vertrauensvoll, dass er fast weiche Knie bekam. Beim Durchlesen musste er daran denken, dass sich Maggie, die gesetzlich zur Geheimhaltung verpflichtet war, mit dem Diebstahl und der Weitergabe dieses Dokuments an ihn des Verrats schuldig gemacht hatte. Wenn sie ertappt wurde, wartete eine lange Haftstrafe auf sie, denn Geheimnisverrat wurde immer streng geahndet, auch wenn er von einer Person mit bislang makellosem Leumund begangen wurde. Aber das war nur gerecht, denn die potentielle Gefahr für Maggie war nichts im Vergleich zu der Gefahr, die für bestimmte Personen aus den entwendeten Dokumenten entstand.

Bryce überflog die Seiten und erfuhr, dass Orme zwei Teams des Sondereinsatzkommandos verwendet hatte. Alle Beteiligten hatten Waffen getragen. Des Weiteren entnahm er dem Bericht, dass während des versuchten Überfalls drei von Ormes Beamten Schüsse abgegeben hatten, dass Fischer jedoch zahlreichen Verletzungen erlegen war, die ihm Swift mit einem Schuss aus seiner abgesägten Schrotflinte zugefügt hatte.

Kurz nach dem tödlichen Schuss auf Fischer hatten zwei Beamte jeweils einen Schuss abgegeben. Eine Kugel war in die Mauer der Bank eingedrungen. Die andere hatte Swift am Bein getroffen und eine Arterie durchschlagen.

Bryce las weiter und erfuhr, dass Orme die Waffe auf den Boden gelegt und mit Swift gesprochen hatte in der

Hoffnung, dieser werde 1) das Kind freigeben und 2) die medizinische Betreuung in Anspruch nehmen, die er offenkundig dringend benötigte.

Daraufhin hatte Swift die Waffe vom Hals des Kindes weggerissen und auf Orme gezielt. Ein Beamter namens McLaughlan hatte sofort reagiert und Swift erschossen.

Der Name McLaughlan sagte Bryce etwas. Er blätterte zurück zum Anfang des Berichts und fand einen weiteren Namen: Gerald Ash war der Spitzel, der der Polizei den Tipp zu dem bevorstehenden Überfall gegeben hatte.

Laut Bericht war Ash ein bekannter Informant. Im Lauf der Jahre hatte er zahlreiche Informationen an die Polizei weitergegeben und er hatte viel Kontaktleute. In diesem Fall war der Kontaktmann niemand anders gewesen als besagter McLaughlan, der später Swift erschossen hatte.

Gerald Ash, dachte Bryce. Er hatte noch nie von ihm gehört, aber er hätte darauf gewettet, dass Calvin und Ray den Spitzel kannten. Was sie mit ihm machten, wenn sie von seinem Verrat erfuhren, war ihre Sache. Wie McLaughlan musste Ash die Sache wohl auf sich zukommen lassen, dachte Bryce, aber da er Calvin kannte, glaubte er nicht, dass etwas Gutes auf die beiden zukam.

13. *Kapitel*

Für die Pendler war es etwas Normales, auf dem Motorway 4 im Stau zu stehen, aber es kam nicht alle Tage vor, dass der Verkehr schon um sechs Uhr früh zum Stillstand kam.

Sie waren von der Polizei aufgehalten worden, nachdem ein Autofahrer mit dem Handy den Notdienst angerufen hatte. Dieser hatte die Information an die Verkehrspolizei weitergegeben, die ihrerseits den Streifendienst verständigt hatte. »Vielleicht sollten Sie sich mal diese Brücke ansehen. Der Anrufer war sich nicht sicher, was er gesehen hat, aber er klang ziemlich verstört.«

Die nächste Autobahnstreife brauchte keine sechs Minuten bis zu der fraglichen Brücke, und da sich der Himmel in diesen Minuten deutlich gelichtet hatte, sahen die Streifenpolizisten schon viel mehr als der Anrufer.

Und sie sahen etwas anderes. Autos, die gerade noch mit hoher Geschwindigkeit gefahren waren, bremsten plötzlich gefährlich ab, Scheinwerfer blinkten und die Fahrer wiesen gestikulierend auf die Brücke. Jeden Augenblick konnte ein Unfall passieren, dachte einer der Uniformierten.

Er schaltete die Sirene ein. Die Autos auf allen drei Fahrbahnen fuhren im Kriechtempo und blieben schließlich ganz stehen. Einige Sekunden später war der Rückstau schon einen Kilometer lang.

Nachdem der Verkehr zum Erliegen gekommen war, stiegen die Bobbys aus dem Dienstwagen und gingen in Richtung Brücke. Sie waren nicht die Einzigen. Überall fielen nun Autotüren zu und Leute liefen auf die Brücke zu. Aber niemand sprach. Die Leute schlugen die Hände vor den Mund und wandten sich ab. Manche liefen auf das Gras neben dem Seitenstreifen und übergaben sich in die Büsche.

Eine Frau sprang aus ihrem Wagen und rannte die Fahrbahn entlang. Anscheinend wollte sie nichts wie weg von der Brücke, und weil er fürchtete, dass sie direkt in ein herankommendes Auto laufen könnte, stürzte ihr einer der Uniformierten nach und hatte sie auch bald eingefangen, konnte sie jedoch nicht beruhigen. Sie schüttelte wild den

Kopf, wie um die Erinnerung an das loszuwerden, was sie gerade gesehen hatte. »Schon gut, ist ja schon gut ...«

Sein Kollege lief zum Auto zurück, um Verstärkung anzufordern. Sie würden mehr als nur einen Streifenwagen brauchen, um die Autobahn zu sperren und Verkehrshütchen für die Umleitung aufzustellen. Aber er forderte nicht nur Verstärkung an. »Verständigen Sie bitte auch die Mordkommission«, sagte er.

Einem Sozialversicherungsausweis, der bei der Leiche gefunden wurde, konnte Detective Inspector Tarpey von der Mordkommission einen Namen entnehmen: Gerald Ash. Auch Ashs Geburtsdatum und Adresse standen in dem Dokument.

Der Polizeicomputer spuckte aus, dass Ash früher Krimineller und jetzt Spitzel war, dass sein derzeitiger Kontaktmann ein Beamter des Sondereinsatzkommandos namens McLaughlan war und dass McLaughlans Vorgesetzter Orme hieß.

Tarpey wollte zunächst mit McLaughlan sprechen, erfuhr aber, dass er Urlaub hatte, und benachrichtigte deshalb Orme.

Als Orme eine Stunde später eintraf, war die Brücke mit Planen abgeschirmt. Der Verkehr war umgeleitet worden und in beiden Richtungen war die Autobahn leer.

Er stand neben Tarpey auf dem Mittelstreifen und starrte hinauf zu Ash. Auf den ersten Blick war es wohl durchaus verständlich, dass die Vorbeifahrenden gedacht hatten, er habe sich erhängt. Aber das konnte nicht sein. Wenn sich jemand erhängte oder auch wenn jemand erhängt wurde, brauchte er dazu einen Hals. Von Ashs Hals war fast nichts mehr übrig. Er hatte ihn verloren, zusammen mit dem Kopf, der daran befestigt gewesen war. Und dennoch baumelte seine Leiche von einem Seil an der Brücke.

»Was hält ihn dort fest?«, fragte Orme, und wie zur Antwort drehte sich die Leiche langsam und gab den Blick auf den Fleischerhaken frei, der in Ashs Rücken geschlagen worden war. Er hing dort wie eine Rinderhälfte, und seine Kleider waren so mit Blut durchtränkt, dass man die ehemals beige Farbe seines Regenmantels kaum noch erkennen konnte. An seinem Mantel war ein Stück Karton befestigt, auf dem in großen Blockbuchstaben das Wort »Spitzel« stand. »Wer hatte ein Interesse an seinem Tod?«, fragte Tarpey.

Orme fiel ein, dass Ashs Tipp an die Polizei wegen des Überfalls auf den Transporter noch lange nicht heißen musste, dass Swift hinter der Sache hier steckte. Er sagte: »Ash hat mit seinen Hinweisen schon einige Leute hinter Gitter gebracht, aber wenn ich Sie wäre, würde ich bei Calvin Swift anfangen. Ash hat Stuart verpfiffen.«

Der Name Swift schien Tarpey zu beeindrucken. Stuart war vor zwei Tagen in Tower Hamlets begraben worden und die Art seines Todes und die zweifelhafte Berühmtheit seiner Familie hatte das Fernsehen angelockt. Orme vermutete, dass Tarpey die Beerdigung in den Nachrichten gesehen hatte.

Dem Anblick von Stuarts Sarg, der von sechs bekannten Unterweltgestalten hinuntergelassen wurde, fehlte es nicht an Melodramatik, zumal Calvin in pechschwarzem Anzug und einem Lamamantel um die Schultern neben dem Grab stand. Obwohl es regnete, trug er eine Sonnenbrille.

Ray und Sherryl waren nicht weniger imposant gekleidet, und genau das war ja auch der Sinn der Sache, dachte Orme – ein Hauch von *Der Pate II*. Calvin wusste, dass die Medien erscheinen würden, und er wollte einen Auftritt als unbeugsamer Unterweltkönig hinlegen, dessen Sohn von der Polizei ermordet worden war.

Es war ein Nachrichtenbeitrag, der die Einschaltquoten

in die Höhe trieb, und so wurden später am Abend noch zwei Sondersendungen gebracht. Die eine berichtete über die Familienreviere der Sechzigerjahre, und die andere zeigte, was aus einigen der alten Londoner Erzgauner geworden war.

Der Beitrag ließ durchblicken, dass es die meisten zu etwas gebracht hatten und dass einige sogar ehrlich geworden waren. Orme wusste es besser. Die meisten endeten bestenfalls in der Sozialhilfe, schnorrten Drinks von jüngeren Kollegen und langweilten sie zu Tode mit den immer gleichen Erzählungen über ihre Heldentaten aus den Sechzigern, die eine erstaunliche Ähnlichkeit mit einer bestimmten Art von Kriegsgeschichten hatten. Manche warteten auf ihren Tod im Gefängnis, wo sie fast die Hälfte ihres Lebens verbracht hatten, um für Straftaten zu büßen, bei denen kaum etwas rausgesprungen war. Und einige wenige endeten wie die beiden großen Posträuber Edwards und Wilson: Der eine wurde erhängt in einer Garage gefunden und der andere in seinem Haus in Spanien erschossen.

Der Pathologe bat ein paar von Tarpeys Männern, die Leiche heraufzuziehen, damit er auf der Brücke eine erste flüchtige Untersuchung vornehmen konnte. Sie machten sich mit merklichem Widerwillen daran, was ihnen Orme auch nicht verdenken konnte. Einer von ihnen hatte die undankbare Aufgabe, die Arme um Ash zu legen und ihn über das Geländer zu hieven. Dabei würde er sich unweigerlich die blutigen Fleischfetzen, die noch von Ashs Hals übrig waren, ins Gesicht drücken.

Orme bemerkte, dass sich Ash Karton in die Schuhe gestopft hatte, und es kam ihm in den Sinn, dass die Verbrecher, die am Tag von Stuarts Beerdigung im Fernsehen gezeigt worden waren, besser ihre Füße in die Kamera gehalten hätten. Das hätte bestimmt eine abschreckendere

Wirkung gehabt als die Politik der so genannten Nulltoleranz, deren Einführung in England gerade erwogen wurde.

Als er ihn so sah, konnte Orme kaum glauben, dass Ash früher als gefährlich gegolten hatte. Jetzt sah er jedenfalls nicht mehr gefährlich aus. Eigentlich hatte er schon seit Jahren nicht mehr gefährlich ausgesehen. Aber Ash war genau die Art Krimineller, die die Fernsehjournalisten für ihre Sendungen suchten, denn auf oberflächliche Betrachter wirkte es immer noch glamourös, dass er es früher einmal auf die Liste der meistgesuchten Verbrecher geschafft und damit zu den Männern gehört hatte, die als öffentliche Gefahr galten. Doch wenn Ashs Leiche in die Leichenhalle gebracht und ihrer Kleider entledigt wurde, da war sich Orme sicher, würde der Assistent des Pathologen schmutzige und abgetragene Unterwäsche finden. Seine Hosen hatten bestimmt Löcher und vielleicht sogar Flicken, waren dreckig und verschlissen wie Ash selbst. Ash, ein Mann ohne Skrupel und Freunde, war verarmt und von der Hand eines Mörders gestorben. Das sollten sie im Fernsehen zeigen, dachte Orme. Damit die Leute sehen, was aus Männern wie Ash und den Frauen, die sie heiraten, letztlich wird.

Er wollte den Pathologen nicht stören, bevor dieser seine erste Untersuchung von Ashs Leiche beendete, aber als es so weit war, traten Orme und Tarpey auf ihn zu. »Ich weiß, es ist noch früh«, sagte Orme, »aber sobald Sie mir etwas über die Todesursache sagen können …«

Die Antwort des Pathologen überraschte ihn. »Das kann ich Ihnen gleich sagen. Der Tod wurde durch Erhängen verursacht.«

Orme blickte unsicher, wollte aber nicht ausdrücklich erwähnen, dass das Opfer keinen Kopf mehr hatte. Der Pathologe fuhr fort: »Wenn eine Person mit großer Heftigkeit erhängt wird, besteht immer die Möglichkeit einer Enthauptung.«

Orme grübelte, was er wohl mit heftigem Erhängen meinte. Er konnte sich nicht vorstellen, dass man jemand auf eine Weise erhängte, die nicht heftig war. Er hoffte, dass Ashs Kopf entdeckt wurde, bevor ihn eine alte Dame in eine Mülltüte gewickelt in ihrem Garten fand. Mit etwas Glück würde er, mit Gewichten beschwert, in der Themse verrotten, oder er war auf andere Weise entsorgt worden, so dass kein Unschuldiger Monate und vielleicht Jahre lang an Albträumen leiden musste. »Kennen Sie zufällig seine Witwe?«

Orme hatte sie tatsächlich schon ab und zu getroffen und es war nie ein besonders angenehmes Erlebnis gewesen. Aber, fuhr Orme fort, wenn Tarpey meinte, sie würde die Nachricht von Ashs Tod besser aufnehmen, wenn sie aus seinem Munde kam, war er gern bereit, sie ihr zu überbringen.

»Den Rest übernehme ich«, sagte Tarpey. »Und es versteht sich von selbst, dass ich Sie auf dem Laufenden halten werde.«

Das erinnerte Orme daran, dass Tarpey für die Ermittlungen im Mordfall Ash zuständig war. Und offen gestanden beneidete er ihn nicht um diese Aufgabe. Wer den Swifts etwas nachweisen wollte, der hatte alle Hände voll zu tun.

Hilda Ash erkannte die Männer auf ihrer Türschwelle sofort als Polizisten. »Was hat er gemacht?«, fragte sie. Sie klang resigniert, als hätte sie sich längst damit abgefunden, was es auch sein und wie die Konsequenzen auch aussehen mochten.

»Es ist nicht, was Sie glauben«, sagte Orme. Sie musterte die Polizisten nur, wie um ihnen zu verstehen zu geben, dass sie sich nicht einbilden sollten, zu wissen, was sie glaubte.

Sie war bestimmt über siebzig, dachte Orme, der sich manchmal fragte, wie es diese alten Frauen aushielten, ein Leben lang mit einem Kriminellen verheiratet zu sein. Sie war der kleine, zähe, drahtige Typ, mit einem roten Schlitz als Mund in einem Gesicht, das durch viele Schichten Puder wie zerknitterter Samt wirkte.

»Er sollte endlich vernünftig werden in seinem Alter«, bemerkte sie, ohne die Tür freizumachen. Orme versicherte ihr noch mal, dass es nicht darum gehe, und fragte, ob sie nun bitte eintreten dürften.

Sie führte sie in ein Zimmer, in dem sie und Gerald Ash wohl die meiste Zeit zusammen verbrachten. Zwei Heizstäbe eines Elektroofens glühten in der Nähe von zwei Ohrensesseln mit Dralonbezug, von denen einer von einem schlafenden Terrier besetzt war.

Sie forderte sie nicht auf Platz zu nehmen und fragte auch nicht, was sie wollten. Sie wartete einfach darauf, dass ihr einer den Grund ihres Besuchs nannte.

Normalerweise hatte Orme eine besondere Methode, wenn er schlechte Nachrichten überbringen musste. Doch unter den gegebenen Umständen wurde ihm klar, dass seine Technik ziemlich von der Kooperation der Person abhing, der die Nachricht überbracht wurde. Die meisten Leute machten sich sofort Sorgen, wenn die Polizei in der Tür stand. Sie stellten einen Haufen Fragen. Dadurch bot sich dem betreffenden Beamten die Chance, zu sagen, dass tatsächlich etwas geschehen war, und dann behutsam zur Sache zu kommen. Aber Hilda Ash war so abgestumpft gegen Polizeibesuche, dass sie alle Symptome eines überarbeiteten Richters an den Tag legte. »Rücken Sie schon raus damit«, sagte sie, »ich hab schließlich nicht den ganzen Tag Zeit.«

»Mrs. Ash«, begann Orme, »sagt Ihnen der Name Calvin Swift etwas?«

Sie schnaubte verächtlich. »Ja.« Sie sparte sich jeden weiteren Kommentar, sodass Orme fragen musste, woher sie Swift kannte.

»Kommen Sie mit.« Sie folgten ihr hinüber in die Küche. »Schauen Sie sich um«, erklärte sie, »und sagen Sie mir, was Sie sehen.«

Orme bemerkte nichts Ungewöhnliches und auch Tarpey schien nichts aufzufallen. »Eine nette Küche«, sagte er vorsichtig.

»Von wegen. Eine Scheißküche ist das.«

Sie grub ihren Absatz in eine der Bodenfliesen. »Schauen Sie sich das an«, sagte sie, und Orme senkte den Blick. Es waren ganz normale Bodenfliesen mit einem grün-weißen Muster. Er wollte sich gerade in diesem Sinne äußern, als ihm etwas ins Auge sprang. Das Muster passte nicht zusammen. Er erwähnte es und wusste immer noch nicht, ob sie das gemeint hatte. Hilda Ash knurrte bestätigend, öffnete eine Schranktür und bat Orme, sie wieder zu schließen.

Orme versuchte es und stellte fest, dass die Tür leicht verzogen war. Wahrscheinlich war das Resopal auf zu kurz abgelagertes Holz aufgetragen worden. Wie auch immer, die Tür ließ sich nicht schließen. »Viertausend Pfund haben wir für die Küche gezahlt«, sagte sie.

Zu jeder anderen Zeit hätte Orme wohl gefragt, woher Gerald Ash viertausend Pfund hatte, aber jetzt spielte es keine Rolle mehr. Hilda fuhr fort: »Wir haben ihm gesagt, dass wir mit der Arbeit nicht zufrieden sind.«

Plötzlich wurde Orme klar, wovon sie sprach. Die Swift-Brüder besaßen reguläre Unternehmen, mit denen sie Geld wuschen. Und eines dieser Unternehmen war anscheinend ein Küchenausstatter.

»Calvin hat die Küche nicht selbst eingebaut«, erklärte Mrs. Ash, »sondern jemand, der für ihn arbeitet. Auf jeden Fall hat er sich das hier persönlich angeschaut und zugegeben, dass es nicht in Ordnung ist, und dann hat er versprochen, dass wir einen Teil von unserem Geld zurückkriegen.«

Plötzlich hatte Orme das deutliche Gefühl zu wissen, warum Gerald Ash Stuart Swift verpfiffen hatte. Der Satz »Stiehl nie von einem Dieb« fiel ihm ein. »Und hat er sein Versprechen gehalten?«

»Einen Scheiß hat er«, sagte sie. »Zwei Jahre ist es schon her, und keinen müden Penny haben wir gesehen. Dieser Verbrecher.«

Orme konnte sich ein Lächeln nicht verkneifen, aber dann erinnerte er sich an den Grund ihres Besuchs. »Und was hat Gerald dazu gemeint?«

In Hilda Ashs Augen blitzte eine Andeutung des stählernen Willens auf, mit dem sie die langen Gefängniszeiten ihres Mannes durchgestanden hatte. Auch die Tatsache, dass sie von nun an völlig ohne ihn auskommen musste, würde sie nicht umhauen, dachte Orme. »Wir lassen uns von keinem verarschen«, sagte sie. »Wenn man mal so alt ist wie wir, weiß man, dass irgendwann garantiert die Gelegenheit zum Zurückschlagen kommt. Man muss nur lang genug warten.«

Und die Gelegenheit war gekommen, dachte Orme, als Ash von dem geplanten Überfall auf den Geldtransporter hörte. Orme ging aufs Ganze. »Hilda«, sagte er, »ich möchte die Karten auf den Tisch legen. Gerald hatte ein paar gute Freunde bei uns.«

Hilda Ash wusste sofort, dass von der Neigung ihres Mannes die Rede war, der Polizei gelegentlich einen Tipp zukommen zu lassen, wenn er in Geldnöten war. »Gerald ist kein Spitzel«, verteidigte sie ihn.

»Er ist tot«, sagte Orme. »Heute Morgen hat man seine Leiche gefunden. Sie hing von einer Autobahnbrücke in der Nähe von Heathrow.«

Die Farbe wich aus den zerknitterten Samtwangen, und Orme führte Mrs. Ash zurück in das Zimmer, in dem unbeeindruckt von allem der Hund schlief, ohne zu ahnen, dass seine Herrin dieses eine Mal froh war, sich auf den Arm eines Bullen stützen zu können. Orme fragte: »Hat Gerald etwas von dem fehlgeschlagenen Überfall erzählt, der vor ungefähr einer Woche verübt worden ist?«

Er sagte ihr nicht, welcher Überfall, da er ihr keinen Hinweis geben wollte. Hilda Ash erwiderte: »Er hat mir erzählt, dass Calvins Sohn von der Polizei erschossen worden ist.«

»Glauben Sie, dass er vielleicht mit jemand anderem darüber geredet hat?«

Sie war ziemlich mitgenommen und Orme musste ihr ein wenig Zeit geben. »Kann ich mir nicht vorstellen«, sagte sie. »Er ist doch immer so vorsichtig.«

Alles andere war auch schwer denkbar. Alles andere wäre gleichbedeutend mit Selbstmord gewesen. Orme sagte: »Wissen Sie, wo Gerald letzte Nacht hingegangen ist oder mit wem er sich vielleicht getroffen hat?«

Hilda schüttelte den Kopf. »Ich habe ihn seit Tagen nicht gesehen. Seit fünfundfünfzig Jahren sind wir verheiratet, und von Anfang an hat er gemacht, was ihm gepasst hat.« Der rote Schlitz in ihrem Gesicht war fast nicht mehr zu sehen. »›Du siehst mich, wenn du mich siehst‹, hat er immer gesagt.« Sie weinte jetzt, und Orme gab Platitüden von sich, wie das alle Polizisten in solch einer Situation taten. Gerald Ash war ein abgefeimter Verbrecher gewesen, gewalttätig und gefährlich. Die Welt konnte froh sein, dass er abgetreten war, aber Ashs Witwe wollte Orme das nicht unbedingt unter die Nase reiben.

14. Kapitel

Seit der Tötung von Swift hatte McLaughlan Urlaub, und Orme, der schon früher versucht hatte, ihn telefonisch über Ashs Tod zu informieren, wählte erneut seine Nummer.

Claire meldete sich, und als Orme McLaughlan verlangte, sagte sie, er sei nach Norden gefahren, um Verwandte zu besuchen.

»Wie geht es ihm?«, fragte Orme.

»Gut«, sagte sie, und mehr war nicht aus ihr herauszubringen. Mit Claire war es schon immer schwierig gewesen. Orme hatte das Gefühl, dass sie McLaughlan im Hinblick auf seine Berufswahl nicht unterstützte. Das war nichts Ungewöhnliches. Frauen und Freundinnen machten sich oft Sorgen, und da ihre Bedenken vollkommen berechtigt waren, verschwendete Orme keine Zeit auf Beruhigungsversuche.

»Bestellen Sie ihm, er soll mich anrufen«, sagte er.

»Natürlich«, sagte Claire, und Orme hatte das Gefühl, dass er der Letzte war, mit dem sie im Moment sprechen wollte. Aber das war McLaughlans Problem. Er dachte gar nicht daran, den Eheberater für seine Männer zu spielen. Er hatte schon alle Hände voll damit zu tun, sie im Dienst zu schützen, damit sie lang genug am Leben blieben, um in den Genuss ihrer Rente zu kommen.

Das Telefon war ein Imitat, das Claire in einem Laden in der High Street gefunden hatte. Sie mochte das Gewicht des Hörers, das Art-déco-Design und die Tatsache, dass sie nicht so recht wusste, ob sie das Ding hässlich fand.

Sie legte auf und wandte sich Robbie zu. Ocky saß still

neben ihm und hielt seine Hand. »Daddy fühlt sich nicht gut.«

Claire war sich nicht sicher, ob Daddy krank war oder einfach nur sauer. Sie wusste nur, dass er seit dem Tag, an dem er Stuart Swift erschossen hatte, kaum mehr ein Wort zu ihr oder zu Ocky gesagt hatte. Sie hatte es aufgegeben, ihn zu fragen, ob etwas nicht stimmte, so wie sie es aufgegeben hatte, ihn zu berühren. Wenn sie die Arme um ihn legen wollte, wich er zurück. Aber eigentlich war es weniger das als vielmehr seine Körpersprache, sein Schweigen, seine Art, das Zimmer zu verlassen, sobald sie es betrat. All diese Dinge schrien ihr die Botschaft entgegen: *Du verstehst nicht, was ich durchmache.*

Seit der Schießerei hatte er jede Nacht schlaflos neben ihr gelegen, kalt und unzugänglich. Doch sie konnte damit fertig werden, was er mit ihr machte. Das Schlimme war, was er mit Ocky machte. »Warum mag mich Daddy nicht mehr?«

»Daddy liebt dich, mein Schatz – er ist nur im Moment nicht so glücklich.«

»Warum nicht?«

»Er hatte ein Problem in der Arbeit.«

»Ist jemand böse zu ihm?«

»Er ist eher böse zu sich selbst.«

»Warum?«

Wenn ich das nur wüsste, dachte Claire.

Fast die ganze letzte Woche hatte er auf dem Bett gelegen und zur Decke gestarrt, ohne ein Wort oder eine Bewegung, und hatte nicht einmal reagiert, wenn sie oder Ocky das Schlafzimmer betraten. Er aß nichts, aber er trank auch nicht, und das war wenigstens ein kleiner Trost. Nicht dass er je viel getrunken hätte. Sie wusste, dass er einmal einen Onkel gehabt hatte, der Alkoholiker gewesen war. Der Onkel hatte irgendeine Behinderung gehabt, eine Verletzung der Hände – so genau wusste sie es nicht. Robbie hatte ihr nie genau erklärt, was das für eine Verletzung war, aber er sprach ja auch so gut wie nie über seine Familie. Sie wusste, dass er sich mit seinem Vater entzweit hatte. Aber auch zu seinem Stiefvater, der ihn mehr oder weniger großgezogen hatte, hielt er keinen Kontakt. Und ansonsten wusste sie nichts, außer dass ihm die Vorstellung, einmal zu enden wie sein trunksüchtiger Onkel, das Trinken völlig verleidet hatte. Wie auch immer, er trank nur selten, und daran hatte sich auch seit dem Tod von Stuart Swift nichts geändert, auch wenn sich damit anscheinend so ziemlich alles andere geändert hatte.

An diesem Morgen hatte Ocky auf dem Küchenboden Milch verschüttet und Robbie war regelrecht explodiert. »Mein Gott, Claire, kannst du nicht besser auf den Jungen aufpassen?«

Die Tränen waren nicht gleich geflossen, aber später hatte sie Ocky in seinem Zimmer zusammengerollt mit seinem Lieblingsspielzeug in einer Ecke gefunden. Tiefe, lautlose Schluchzer hatten ihn geschüttelt, und als sie das sah, rastete sie aus. Sie nahm Ocky auf den Arm und lief mit ihm hinaus zum Wagen. Robbie kam ihnen nach, um sie mit Entschuldigungen zum Bleiben zu bewegen. Er versprach ihr hoch und heilig, sich zusammenzureißen und wenn nötig sogar Hilfe zu holen. Sie hatte nachgegeben, aber fing schon wieder an, ihre Entscheidung zu bedauern.

»Das war Orme.«
»Dachte ich mir.«
»Ich hab gesagt, du bist nach Norden gefahren.«
»Hab ich gehört.«
»Er möchte, dass du ihn anrufst.«
»Kann ich nicht.«

Sie setzte sich vorsichtig neben ihn, als wäre er ein Invalide, als könnte ihn bei der leisesten Bewegung ein höllischer Schmerz durchzucken. »Du kannst ihm doch nicht immer aus dem Weg gehen. In ein paar Tagen musst du wieder zum Dienst.«

»Ich geh nicht mehr hin«, sagte er in einem Ton, der keinen Zweifel daran ließ, dass sein Entschluss feststand.

Die Medien ergehen sich in euphemistischen Beschreibungen von Ashs Leiche. Seiner Witwe wurde davon »abgeraten«, ihn zu identifizieren, so wie deiner Mutter abgeraten wurde, die Leiche aus der Lagerhalle zu identifizieren. Das Bild, wie sie aus dem Zimmer gekommen ist, hat sich dir eingeprägt – wie sie dich gepackt hat und wie sie zusammengebrochen ist, als sie sagte: »Das sind nicht seine Sachen.«

Claire setzt dir wieder zu: »Warum willst du mir nicht sagen, was los ist?« Du wünschst dir nichts sehnlicher, als ihr die Wahrheit sagen zu können, als zugeben zu können, dass du der Sohn eines vorbestraften Schwerverbrechers bist, als ihr zu schildern, wie Tam ums Leben gekommen ist. Und dann über Jarvis zu sprechen, der deinem Leben den einzigen Halt gegeben hat, den du als Kind je gekannt hast. Aber du bist unsicher. Du weißt nicht, wie sie es aufnehmen wird.

Vielleicht würde sie eine naheliegende Frage stellen: »Warum hat euch Jarvis verlassen?« Du bezweifelst, ob du jemals eine Antwort auf diese Frage finden wirst. Du weißt nur, dass Jarvis in einer Blechdose herumgesucht hat, in der etwas war. Und als er das gesehen hat, ist er weggegangen.

Du hast den Deckel von der Dose gerissen und hineingeschaut, aber es waren nur Büchereiausweise, Geburtsurkunden und Impfscheine drin – und ein Foto von Tam bei der Erstkommunion in einer Glasgower Kirche. Das war alles. Es war nichts in der Dose, was einen Mann dazu be-

wegen konnte, einfach die Familie aufzugeben, die er zu seiner eigenen gemacht hatte – aber Jarvis ist nie mehr zurückgekommen.

Monate später hast du ihn in einer kleinen Wohnung in London aufgespürt und bist bei ihm auf der Schwelle erschienen. Aber Jarvis wollte dich nicht sehen. »Nichts für ungut, Robbie, es ist nicht deine Schuld ...« Du wolltest ihn nicht so einfach davonkommen lassen. Du hast auf einer Erklärung bestanden. Aber du hast keine bekommen.

Wie sollst du diese Dinge einer Frau verständlich machen, die aus so völlig anderen Verhältnissen stammt? Claire würde mehr wissen wollen. Sie würde fragen, warum dich die Sache nach Swifts Tod auf einmal wieder eingeholt hat. Aber sie hat dich ja nicht eingeholt – sie war immer bei dir. Du hast nur irgendwie Techniken entwickelt, um damit umzugehen. Nachdem du Swift erschossen hast, sind diese Techniken eingestürzt wie ein Kartenhaus, und dich hat es wieder in deine einsame Plastikblase verschlagen. Sie würde nicht verstehen, dass die Blase keine Metapher ist, dass sie real ist, dass du sie berühren kannst, dass du spürst, wie sie dich umschließt, und dass du dich nicht aus ihr befreien kannst. Aber du sehnst dich danach, den gigantischen Sprung zu wagen und ihr von deiner Vergangenheit zu erzählen.

Sie möchte wissen, was du damit meinst, dass du nicht mehr hingehst. Du antwortest ihr, dass du genau meinst, was du gesagt hast – du gehst nicht mehr zurück.

Ocky legt dir die Arme um den Hals. Er stellt die Frage, die Claire nicht zu stellen wagt: »Heißt das, du bist jetzt kein Polizist mehr?«

Du unterdrückst den Impuls, ihn fest an dich zu ziehen, und sagst, du weißt es nicht, du weißt es einfach nicht.

15. Kapitel

Tommy Carter war die Art von Verbrecher, die selbst ein abgebrühter Bulle einfach ins Herz schließen musste. Man verhaftete ihn, weil er einem gar keine andere Wahl ließ. Er hatte ein Ding gedreht, so sauber und ordentlich, dass nur er es sein konnte. Also ging man ins Pub, lud ihn zu einem Pint ein und teilte ihm mit, dass man ihn einbuchten musste, so sehr man das persönlich bedauere. Tommy nahm es immer wie ein Gentleman. »Tut mir leid, dass ich Ihnen immer so viele Scherereien mache, Mr. Jarvis, aber Sie wissen ja, wie es ist …«

Ash hingegen hatte keinerlei gute Seiten aufzuweisen, und es passte dazu, dass er noch im Tod Schlagzeilen machte. Nach der Lektüre dieser Zeitungsartikel fand Jarvis es nicht verwunderlich, dass Ash ermordet worden war. Er war verschlagen. Er war ein Lügner. Er war ein Spitzel. Und jetzt war er tot.

Dabei hatte Jarvis ihn noch bei Tommys Beerdigung gesehen. Davor waren sie sich seit wer weiß wie vielen Jahren nicht mehr begegnet. Obwohl Ash Jarvis' Blick in seine Richtung bemerkt hatte, hatten sie nicht miteinander gesprochen. Der Ausdruck von Verachtung auf Ashs Gesicht gab Jarvis deutlich zu verstehen, dass Ash keinen gesteigerten Wert auf eine Begrüßung durch ihn legte.

Jarvis hatte es dabei bewenden lassen. Eigentlich schade, dachte Jarvis. Dabei hätten sie doch nur aufeinander zugehen und die Vergangenheit auf sich beruhen lassen müssen. Aber Ash gehörte nicht zu denen, die die Vergangenheit auf sich beruhen ließen, das wusste Jarvis. Ash war der Typ, der einen Groll gegen jemanden hegte und auf die Gelegenheit wartete, um abzurechnen, um es dem

Betreffenden heimzuzahlen und um die eigene Ehre wiederherzustellen. Vielleicht hatte ihn das letztlich den Kopf gekostet.

Anscheinend wollte der Täter mit dem Mord an Ash anderen Informanten ein klares Signal geben. Das erinnerte Jarvis an einen ähnlich brutalen Mord vor dreißig Jahren.

Der Tatort war eine Sporthalle in der Bolan Street gewesen, nahe dem Herzen der Gorbals. Heute stand der Name für Büroblocks und eine Luxus-Frauenklinik, aber früher war die Bolan Street ganz anders gewesen. Niemand, der seine fünf Sinne beisammen hatte, wagte sich auch nur in die Nähe dieser anrüchigen Straße, die allein Drogenhändlern, Prostituierten, Kriminellen und Leuten wie Eoin Kerr vorbehalten war. Kerr war sechzehn, hatte aber den Körperbau eines Achtjährigen.

Die Bolan Street lag in einer Dunkelheit, wie man sie nur in Straßen fand, in denen jede einzelne Laterne zerschlagen worden war, und Kerr, der später vor den Beamten von Strathclyde eine Aussage machte, hatte den Blick von den Schatten in einem Dutzend verfallener Hauseingänge und von den wenigen struppigen, an der Kälte sterbenden Bäumen abgewandt.

Obwohl es erst sechs Uhr morgens war, standen bereits Leute in den Hauseingängen und unter den Bäumen. Einige waren obdachlos. Andere waren Frauen, die auf einem Feld tätig waren, das die besseren Huren für die Nacht bereits geräumt hatten. Aber weder vor den Pennern noch vor den Nutten hatte Kerr Angst. Er fürchtete nur die Dealer und das, was sie mit ihm anstellen würden, wenn sie auf die Idee kamen, er hätte etwas Verbotenes gesehen.

Er konnte nicht viel zu seiner Verteidigung tun, denn selbst gemessen am Standard der Gorbals war er klein. Er war nur eins vierzig groß und Muskeln waren an seinem mageren Körper Mangelware.

Sein Kopf war leicht eiförmig, als hätte seine Mutter bei der Geburt in letzter Sekunde die Abmessungen seines Schädels umgestalten müssen, um ihn durch ein walnussgroßes Becken zu pressen. Statt Haaren hatte er steife, rötliche Stoppeln, die die Hässlichkeit seines Schädels noch unterstrichen.

Ein weniger entschlossener Junge hätte sich vielleicht damit abgefunden, ein Leben lang von seinen Kameraden schikaniert zu werden. Aber Kerr hatte schon vor längerer Zeit den Trainer der Sporthalle um einen Schlüssel gebeten, damit er heimlich seine Kraftübungen machen konnte, wenn niemand da war und ihn also auch niemand verspottete.

Er steckte den Schlüssel ins Schloss und stellte fest, dass die Tür bereits offen war. Das war nichts Neues und so dachte er sich nichts dabei. Er stieß die Tür auf und es war dunkel.

Er musste sich wie gewöhnlich an der Wand entlang zum Lichtschalter tasten, da der Eingang zur Sporthalle früher zur Cumberland Street geführt hatte. Als er den Schalter betätigte, blieb es dunkel.

Wieder dachte er sich nichts dabei, weil es der Trainer öfter nicht schaffte, die verschiedenen Rechnungen zu bezahlen, und so tastete er einfach nach dem Schalter für das Notlichtsystem. Er hatte keine Ahnung, wie dieses System funktionierte. Er wusste nur, dass es mit einer Art Batterie lief.

Das einsetzende Licht war sehr schwach und warf solche Schatten auf die vor ihm liegende Szenerie, dass er zuerst nicht glauben konnte, was er sah. Und dann merkte er, dass es nicht am Licht und auch nicht an seinen Augen lag, sondern daran, dass er es nicht glauben wollte.

Ein umgekippter Stuhl lag neben der Vitrine für Trophäen, deren Glas mit einem Film wie von einer trüben Soße bedeckt war.

Einige Meter von dem Stuhl entfernt lag ein Mann auf dem Boden, und obgleich die Art seiner Verletzungen eine Identifizierung im üblichen Sinne unmöglich machte, wusste Kerr sofort, wer der Tote war. Er hatte keine Hände und seine Arme waren wie Stöcke.

Die Nachricht von Jimmys Ermordung wurde von Strathclyde nach London weitergegeben, und Jarvis machte sich schon innerhalb der nächsten Stunde auf den Weg, um Elsa zu verständigen. Sie sahen sich bereits seit fast einem Jahr regelmäßig und in dieser Zeit hatte Elsa im Gedanken an Tam gute und schlechte Tage gehabt.

Die wenigsten Leute konnten sich in die Lage der Verwandten eines Vermissten hineinversetzen, dachte Jarvis. Sie waren emotional völlig labil und das nicht nur über Wochen und Monate, sondern über Jahre hinweg. Der Gedanke an das Schicksal eines geliebten Menschen wurde zur Obsession. Es verging kein Tag, seit er und Elsa sich näher gekommen waren, an dem sie nicht darüber sprach, wo Tam wohl gerade war und was er gerade machte.

Das waren die guten Tage.

An schlechten Tagen wollte ihn Robbie nicht ins Haus lassen und er fand ein heilloses Durcheinander vor. Elsa lag oben im Schlafzimmer mit weit aufgerissenen Augen auf dem Bett. Sie sah aus, als hätte sie sich umgebracht. Wie oft hatte er sie mit pochendem Herzen an der Schulter gepackt, geschüttelt, damit sie sich bewegte!

Und sie bewegte sich. Wie eine Besessene fuhr sie hoch und schrie, er wisse längst, dass Tam tot sei, und schweige nur, damit sie nicht verrückt würde. Es war nicht immer leicht, ihr diese Vorstellung auszutreiben, zumal er tatsächlich von Tams Tod überzeugt war. »Selbst wenn ich es wollte, Elsa, könnte ich dir so was nicht verheimlichen. Das kann niemand.« Aber nicht einmal das entsprach der Wahrheit. Denn er hatte den Verdacht, dass Robbie genau das konnte und ihnen allen Tams Tod verheimlichte. Ein- oder zweimal konfrontierte er ihn direkt damit: »Was sagst du dazu, Robbie? Hat deine Mutter Recht?«

Seltsam, dachte Jarvis, dass ein kleiner Junge so alt und niedergeschlagen aussehen konnte und trotzdem kein Wort sagte. Und es war weniger, dass er nicht darüber redete, was Tam zugestoßen war, sondern vielmehr, dass er überhaupt kaum ein Wort sagte.

Des Öfteren sprach Jarvis Elsa darauf an. »Er redet kaum. Ein Junge in seinem Alter, das ist doch nicht normal ...«

Elsa hatte zu viele eigene emotionale Probleme, um sich auch noch um die eines anderen kümmern zu können, selbst wenn dieser andere ihr einziger verbliebener Sohn war. Daher hatte sie überhaupt keine Vorstellung davon, dass sich Robbie merkwürdig benahm. »Er war schon immer so still.«

Jarvis war anderer Meinung. Er erinnerte sich noch gut daran, was für ein mitteilsamer, frecher Junge Robbie gewesen war. Still war er erst nach Tams Verschwinden geworden und das machte Jarvis Sorgen.

In der Regel gelang es ihm, Elsa zu beruhigen, aber einfach war es nie. Noch schwieriger allerdings waren die Phasen tiefster Depression, die sich auch durch Medikamente nicht lindern ließen. Demgegenüber standen Phasen fast manischer Zuversicht, nachdem sie festgestellt hatte, dass die Kleider, um deren Identifizierung man sie gebeten hatte, nicht von Tam waren. Sie sah es als gutes Omen. Tam ging es gut. Nach einiger Zeit würde er schon wieder den Weg nach Hause finden. Bestimmt hatte er eine Dummheit gemacht – vielleicht war er zum Hafen gegangen und als blinder Passagier aufs Meer hinausgefahren. »Wahrscheinlich ist er inzwischen in Australien.«

Jarvis hätte liebend gern geglaubt, dass Tam bis zum Hals in Eukalyptusbäumen steckte, aber er zweifelte daran. Robbie wusste es und George war irgendwie daran beteiligt. Deshalb konnte er nur darauf hoffen, dass George bald geschnappt wurde, dass er gestand, was Tam passiert war, und dass Elsa die Scheidung einreichte, sobald man ihn ins Gefängnis gesteckt hatte.

Einstweilen tat Jarvis, der seinen Job riskiert hätte, wenn er bei Elsa eingezogen wäre, alles in seinen Kräften Stehende, um sie gut zu versorgen. Er gab ihr Geld fürs Essen, bezahlte Miete und Strom und machte das Haus so sicher wie möglich. Dabei bewegte ihn weniger die Furcht vor Einbrechern als vielmehr der Gedanke, dass es George durchaus zuzutrauen war, sich mit Gewalt Zutritt zu verschaffen, wenn ihn Elsa nicht einließ. Er ließ jedes Fenster mit einem Riegel ausstatten, und die Türen nach vorn und hinten waren mit so vielen Schlössern gesichert, dass Elsa oft eine halbe Minute brauchte, um ihn einzulassen.

An dem Tag, an dem er ihr die Nachricht von Jimmys Ermordung überbringen wollte, brauchte sie sogar mehrere Minuten, weil sie den Schlüssel zu einem der Schlösser verlegt hatte.

Wenn ihr Anschluss bei seinen Versuchen, sie telefonisch zu erreichen, nicht ständig besetzt gewesen wäre, hätte Jarvis vielleicht geglaubt, sie sei nicht da. Er erhielt keine Antwort auf sein wiederholtes Klopfen, bis er schließlich durch ein Fenster in die Küche schaute. Er sah sie in der Nische, die als Speisekammer verwendet wurde, und fast hatte es den Anschein, als wollte sie sich verstecken. Er fühlte sich wie ein Narr bei dem Gedanken, dass sie ihm vielleicht aus dem Weg gehen wollte.

Auch als sie die Tür öffnete, wurde er den Eindruck nicht los, dass er sie bei irgendwas ertappt hatte. »Du schneist doch sonst nicht einfach so herein.«

»Du hast eine Stunde lang telefoniert!«

»Ich habe mit einer Freundin gesprochen.«

»Hast du mein Klopfen nicht gehört?«

»Das Radio war an.«

Tatsächlich plärrte das Radio in der Küche. Jarvis schaltete es aus und bat sie sich zu setzen, weil er schlechte Nachrichten für sie hatte. *Der Ausdruck auf ihrem Gesicht!* Sie wirkte zu Tode erschrocken, und ihm wurde klar, dass sie meinte, George sei tot. Als ihr Jarvis sagte, dass es Jimmy war und nicht George, konnte sie ihre Erleichterung nicht verbergen. Aber Jarvis hatte auch keine Erschütterung von ihr erwartet. Elsa hatte sich vor Jimmy geekelt und deshalb vergoss sie auch keine Tränen um ihn. Doch sie nahm die Nachricht von seinem Tod auch nicht völlig ungerührt auf und erzählte zu Jarvis' Überraschung zum ersten Mal überhaupt über Jimmys frühere Zeit. »Du hättest ihn nett gefunden, Mike – es war immer so lustig mit Jimmy. Und er war auch gut aussehend, ob du es glaubst oder nicht.«

Es waren nicht die rührseligen, reuetriefenden Reminiszenzen von jemandem, dem es leid tat, zu seinen Lebzeiten nicht mehr für einen Verstorbenen getan zu haben. Es war die Erinnerung an echte Sympathie und an gute Zeiten, die man zusammen erlebt hat. Jarvis war bewegt. Und dann verdarb sie alles, als sie George auf eine Weise erwähnte, dass er vor Eifersucht fast erstickt wäre. »George wird völlig durchdrehen, wenn er das hört.«

Eigentlich hatte sie etwas anderes sagen wollen, aber sie hatte es hinuntergeschluckt. Jarvis konnte sich trotzdem ausmalen, was ihr auf den Lippen gelegen hatte: dass sie sich danach sehnte, in einer solchen Situation für George da sein zu können.

Es kam zum ersten Streit überhaupt zwischen ihnen. Jarvis sagte, sie solle doch abhauen zu George, wenn sie sich solche Sorgen um ihn mache, und Elsa versuchte ihn zur Vernunft zu bringen: »Was ist daran so schlimm, wenn man ein bisschen Mitleid zeigt? Jimmy war sein Bruder. Auch George hat Gefühle. Er ist doch kein Unmensch.«

»Nur schade, dass sich sein Mitleid nicht auf dich und Robbie erstreckt.«

»Er kümmert sich auf seine Weise.«

»Ihm ist doch alles scheißegal!«

Er stürmte aus dem Haus, und Elsa rief ihm nach, er könne gleich ganz verschwinden. Aber natürlich kam er zurück. Schon nach einer Stunde war er wieder da, um sich zu entschuldigen und seine Eifersucht zuzugeben.

Das Dumme war, dass Georges Name nur erwähnt werden musste, um seinen Blutdruck in den roten Bereich hochzujagen. Er konnte ihn nicht abschütteln, das war das Problem. Immer wenn er bei Elsa war, tauchte irgendwann im Gespräch Georges Name auf. »Was glaubst du, wo er ist, Mike?«

Das wüsste ich auch gern, dachte Jarvis. Und zu allem Überfluss setzte ihm auch noch Hunter mit kleinen Sticheleien zu, die ihn auf die Palme brachten. »Das muss man ihm lassen, er ist ein ganz schönes Schlitzohr. Kein Wunder, dass Sie ihn nicht finden können, Mike – er ist einfach zu raffiniert für Sie.«

Jarvis war schmerzlich bewusst, dass ihm George immer eine Nasenlänge voraus war, so wie ihm auch bewusst war, dass Elsa Recht hatte: Es war bestimmt ein schwerer Schlag für George, wenn er von Jimmy hörte …

… und daraus ergab sich die Möglichkeit, Jimmys Tod als Köder zu benutzen, um George zur Strecke zu bringen.

Als Jarvis in Glasgow eintraf, hatte sich ein Eisfilm wie Glas über die Stadt gelegt. Er ging vom Hauptbahnhof zur Sporthalle in der Bolan Street, die seit dem Morgen abgesperrt war.

An der Absperrung stellte er sich Detective Whalley vor, der die Ermittlungen in diesem Fall leitete. Whalley sah ihn mit einem Nord-Süd-Blick an, wie es Jarvis später bezeichnete – ein Blick voller Argwohn gegen jeden, der aus einer anderen Polizeieinheit stammte und noch dazu ein »englisches Arschloch« war. Er würde Jarvis das Leben nicht unbedingt schwer machen, aber er würde ihn auch nicht gerade mit offenen Armen in Glasgow empfangen. »Den Fall hier kann Strathclyde auch allein lösen, Mr. Jarvis.«

»Ich bin nicht hier, weil ich Ihnen einen Rat geben will. Ich bin hier, weil ich Rat suche«, antwortete Jarvis. Er streckte die Hand aus. Whalley war zwar das Zögern anzumerken, als er einschlug, aber seine Stimme klang nicht mehr ganz so eisig.

Whalley stellte ihn seinen Leuten vor. Die meisten von ihnen waren in den Gorbals geboren und aufgewachsen, und einige von ihnen kannten Jimmy noch aus der Zeit, als er noch kein Monster, sondern ein Kämpfer war. Deshalb herrschte eine Atmosphäre der Empörung, und Zorn lag in Whalleys Stimme, als er die Szenerie beschrieb, die der Junge vorgefunden hatte.

Die Sporthalle war in einer kleinen, verlassenen Fabrik, die zwischen schlampig gebauten Wohnhäusern stand. Von der Decke hingen Asbestfetzen und die elektrischen Leitungen sahen kriminell aus. Es war kalt in dem Raum, und in der Luft hing ein fauliger, widerwärtiger Gestank, den Jarvis kaum ertragen konnte. Auch ohne den Namen des Opfers zu wissen, hätte er Jimmy gleich erkannt.

Er unterdrückte das Verlangen, die Hand vor den Mund

zu legen, und wandte den Blick von einem Blutfleck, der sich wie eine grausige Landkarte auf der Wand abzeichnete. Unter der Decke liefen Träger, an denen einmal irgendwelche Maschinen gehangen hatten. Jetzt trugen sie sechs schwere Sandsäcke, zwischen denen jeweils kaum ein Meter Abstand war. In der Ecke standen Hanteln und in einer anderen lag zusammengerollt wie eine Schlange ein Hüpfseil auf dem schmutzigen Boden.

Nach Aussage von Whalley hatte Jimmy die Gewohnheit, in der Sporthalle zu schlafen. Jarvis hatte nicht verstanden, dass Jimmy oder irgendein anderer Mensch an einem so kalten und ungemütlichen Ort schlafen wollte – zumal er ein eigenes Bett hatte, und sei es auch nur ein behelfsmäßiges Lager in einer heruntergekommenen Wohnung in den Gorbals.

»Hat er sich nicht ausgesucht«, sagte Whalley und erzählte, dass Jimmy fast jede Nacht einen in der Krone hatte. Keiner der hiesigen Wirte ließ ihn in seinem Pub trinken. Die meisten bedienten ihn nur, wenn er zum Hintereingang kam. Dort erhielt er Gratisdrinks – vorausgesetzt, er blieb dort.

Die reinste Bestechung. Man konnte es den Wirten nicht verdenken, dachte Jarvis. Wenn Jimmy ein Pub betrat, liefen alle anderen Gäste garantiert fluchtartig hinaus an die frische Luft, fort von dem Ungeheuer, in das sich der ehemalige Lokalheld verwandelt hatte. Jimmy mit Gratisdrinks zu versorgen, um ihn aus dem Weg zu haben, war für die Wirte wahrscheinlich das vergleichsweise kleinere Übel.

Whalley erklärte, dass Jimmy manchmal bis zur Besinnungslosigkeit trank, und da man ihn nicht einfach jämmerlich erfrieren lassen wollte, nahmen es einige seiner früheren Freunde auf sich, ihn aus der Kälte herauszuschaffen. In die Mietshaussiedlung wollte ihn keiner hinaufschleppen, aber die Sporthalle lag in der Nähe der Pubs und Jimmy hatte einen Schlüssel. Oft war es dann so, dass jemand den Schlüssel bei Jimmy fand und ihn, nachdem aufgesperrt war, samt Schlüssel hineinbeförderte.

»Der Trainer hat ihm also erlaubt, die Halle als Notbleibe zu benutzen«, sagte Jarvis.

Whalley erwiderte, dass Jimmy nur noch wenige Zufluchtsorte hatte, dass er aber bei seinem früheren Trainer immer willkommen war. »Der Trainer war ihm verpflichtet«, sagte Whalley. »Jimmy hat ihn doch erst bekannt gemacht. Jimmy war ein Champion, der Erste, den er je trainiert hat.«

Jimmy war ein Schwergewichtsboxer gewesen, ein echter Wettkämpfer mit großem Potential, dachte Jarvis, und es ehrte seinen früheren Trainer, dass er Jimmys Leistungen nicht vergessen hatte.

Auf dem Boden lag ein Stuhl, dessen Holzrücken von Schrotkugeln durchlöchert war. Jarvis fiel die Ähnlichkeit zu dem Stuhl auf, auf dem Jack Profumos Geliebte Christine Keeler vor einigen Jahren für die erste Seite der Times posiert hatte. Damals gab es viele solche Stühle, deren feminine Kurven und enge Taillen durchaus passend schienen für eine Person von Christine Keelers Ruf, aber nicht für die eines Boxers.

Jimmy war von hinten erschossen worden und die Schrotladung hatte ihn zusammen mit dem Stuhl umgeworfen. Der Boden, die Wände, der Trophäenschrank, sie alle waren mit Blut besprizt. Jarvis überlegte gerade, warum ihn sein Mörder vor den Schrank gesetzt hatte, da sagte Whalley: »Wahrscheinlich wollte sein Mörder, dass er als Letztes die Zeitungsausschnitte sieht.«

Jarvis interessierte sich im Augenblick mehr für den Stuhl als für Whalleys Vermutungen. Eine Kreidemarkierung führte um ihn herum, und eine weitere Linie zeigte, wo man Jimmys Leiche gefunden hatte. Mittlerweile lag er längst in der Leichenhalle, aber der Stuhl war noch da, und Experten der Spurensicherung untersuchten den Platz, auf dem er gestanden hatte.

Dort war das Blut in schwärzlichen Pfützen eingetrocknet. Andere Spritzer verdeckten fast vollkommen das Innere der Trophäenvitrine. Sie war an die Wand genagelt und enthielt kleine Zinnpokale, Fotografien und Zeitungsausschnitte, von denen viele Jimmy zeigten.

In seiner Glanzzeit musste Jimmy ein nahezu perfektes Exemplar der Gattung Mann gewesen sein. Schon sein Hals war breiter gewesen als Jarvis' Kopf und selbst die Zeitungsbilder legten beredtes Zeugnis von der schieren Körperkraft des Mannes ab.

»Ich glaube, da ist eine offene Rechnung beglichen worden«, sagte Whalley. »Sieht aus wie das, was man manchmal mit Spitzeln macht, obwohl ich mir nicht vorstellen kann, dass Jimmy jemanden verpfiffen hat.«

Auch Jarvis konnte sich das nicht vorstellen.

Die Strenge der Bestrafung von Informanten hing gewöhnlich von dem Ausmaß des angerichteten Schadens ab. Die meisten Glasgower Spitzel erhielten als Denkzettel einen Rasiermesserschnitt vom Mund zum Wangenknochen, aber manche wurden auch ermordet. Wenn dies geschah, war es unweigerlich ein brutaler Mord. In dieser Hinsicht passte Jimmys Ermordung allerdings auf jeden Fall ins Bild.

Das Thema kam auf George McLaughlan, und Jarvis hatte Gelegenheit, den eigentlichen Grund seines Kommens zu enthüllen. »Ich brauche Ihre Hilfe«, sagte er, und Whalley zeigte sich zusehends aufgeschlossener. Jarvis war zwar Engländer und aus einer anderen Truppe, aber anscheinend gehörte er nicht zur normalen Sorte arroganter englischer Arschlöcher.

»Wobei?«

»George wird bestimmt auftauchen. Vielleicht sogar bei der Beerdigung.«

»Glaub ich nicht«, sagte Whalley. »Da müsste er schön blöd sein.«

Blöd war George sicher nicht, dachte Jarvis. Das war ja das Schlimme. »Vielleicht haben Sie Recht«, räumte er ein. »Aber wenn er irgendwann auftauchen sollte, wäre Jimmys Beerdigung die Gelegenheit.«

»Sie wollen, dass wir die Wohnung von Iris überwachen, ja?«

»Ich werde sie mit Ihnen überwachen«, sagte Jarvis. »Ich werde wachen und warten.«

»Da können Sie vielleicht lang warten«, meinte Whalley. »George ist ein schlauer Hund.«

Jarvis hatte schon genug darunter gelitten, dass ihm Elsa und Hunter ständig damit in den Ohren lagen, was für ein schlauer Hund George McLaughlan war, da brauchte er es nicht auch noch von Whalley zu hören. »Ich warte, solange es sein muss.«

Bei seiner Rückkehr nach London hörte er, dass die *Times* eine große Geschichte über Korruption bei der Polizei gebracht hatte. In dem Artikel wurde behauptet, dass einige Beamte der Metropolitan Police Geld annahmen und als Gegenleistung Anklagen fallen ließen, Beweisstücke für Gerichtsverhandlungen zurückhielten und Kriminelle ungehindert arbeiten ließen.

Unter dem Druck der Öffentlichkeit beauftragte das Innenministerium einen früheren Polizeipräsidenten von Cumberland mit der Untersuchung der Korruptionsvorwürfe und in den folgenden Monaten gerieten eine Reihe von Jarvis' Kollegen ins Rampenlicht des Medieninteresses. Einige von ihnen würden sich letztlich auf der Anklagebank im Old Bailey wiederfinden, und zu diesen gehörte auch Hunter, der offensichtlich von einigen der bedeutendsten Kriminellen der Zeit Bestechungsgelder angenommen hatte.

Die Untersuchung von Hunters Verfehlungen brachte einen für Jarvis erschreckenden Sachverhalt ans Licht. Man hatte schon lange vermutet, dass George jedes Mal einen Tipp erhielt, wenn die Metropolitan Police oder Strathclyde seinen Aufenthalt entdeckte, aber die Nachricht, dass Georges Kontaktmann kein anderer als Hunter war, traf Jarvis wie ein Schock. Er konnte es nicht glauben. Er wollte es nicht glauben und nicht nur, weil er Hunter gemocht und ihm vertraut hatte. Er hatte schon lange das Gefühl gehabt, dass Hunter von seinem Verhältnis zu Elsa wusste. Und jetzt stellte er sich natürlich die Frage, wie viel Hunter George erzählt hatte. Außerdem war sich Jarvis klar, dass ihn Hunter jederzeit hochgehen lassen konnte, und wenn er das tat, dann konnte Jarvis seine Karriere bei der Polizei vergessen. Aber es war weniger die Sorge um seine Stelle als die Sorge um Elsas Sicherheit, die ihn letztlich zu Hunters Haus führte, um ihm ein paar offene Fragen zu stellen.

Hunter stand im Eingang seines Hauses mit vier Schlafzimmern, das sich Jarvis mit seinem Gehalt nie hätte leisten können. Hunters Frau Doreen hielt sich im Hintergrund und sah um einiges mitgenommener aus als Hunter, der einfach nur schicksalsergeben wirkte. Ihre Stimme war an ihm vorbeigedrungen, das kleinlaute Flehen einer Frau, die Angst vor ihren Nachbarn hat: »Wer ist es, Don? Sag ihm, er soll uns in Ruhe lassen.«

»Geh wieder rein«, sagte Hunter. Sie gehorchte sofort und hörte deshalb nicht, wie er fortfuhr: »Es ist nur ein Kollege von mir oder sollte ich sagen ein früherer Kollege?« Er wusste ganz genau, dass er ins Gefängnis musste, dachte Jarvis. Bevor er den Grund seines Besuchs ansprechen konnte, sagte Hunter: »Sind Sie gekommen, um mir ins Gesicht zu spucken?«

»Nein«, sagte Jarvis gelassen. »Kann ich einen Moment reinkommen?«

»Lieber nicht«, sagte Hunter. »Von Bullen hab ich fürs Erste genug.«

Jarvis dachte nicht daran, unverrichteter Dinge wieder umzukehren. »Ich möchte etwas wissen.«

»Sagen Sie mir nicht, Sie wollen wissen, warum ich es getan habe.«

»Nein«, antwortete Jarvis, der sich ziemlich genau denken konnte, warum er es getan hatte – aus dem gleichen Grund wie jeder andere. Wenn einem ein Verbrecher mit einem dicken Bündel Scheine vor der Nase herumwedelte, fiel das Neinsagen schwer. Rechnungen hatten die Tendenz, sich anzuhäufen. Frauen sehnten sich nach Urlaub, um aus der täglichen Tretmühle in der Vorstadt herauszukommen. Kinder brauchten immer irgendetwas – Kleider, neue Schuhe, Geld für den Schulausflug zu einem gottverlassenen Berg. Jarvis entschied sich, nicht lange um den heißen Brei herumzureden. Der Blick in Hunters Gesicht – der Jarvis zu verstehen gab, dass er um keinen Deut besser war – sagte ihm, dass Hunter ohnehin alles wusste.

»Ich muss wissen, ob Sie George von mir und Elsa erzählt haben.«

»Das würde ich nie tun, Mike. Das möchte ich nicht auf dem Gewissen haben.«

Jarvis fand keine passende Antwort. Peinlich berührt stand er vor Hunter und trat von einem Fuß auf den anderen. Er fühlte sich wie der letzte Idiot. Hunter war noch nicht fertig: »Hören Sie, Mike, ich bin der Letzte, der momentan einen Rat geben sollte, aber trotzdem kann ich Ihnen nur sagen: Lassen Sie sie sausen.«

»George macht mir keine Angst.«

»Warum stehen Sie dann bei mir auf der Schwelle und gucken aus der Wäsche, als könnten Sie eine Bluttransfusion brauchen?«

»Ich muss darauf gefasst sein, das ist alles.«

»Sie sind bescheuert«, sagte Hunter. »Nichts – und damit meine ich *nichts* – kann Ihnen helfen, wenn George das herausfindet. Und er wird es herausfinden.«

»Aber Sie haben ihm nichts gesagt.«

»Kein Wort«, beteuerte Hunter. »Ich mache mich doch nicht zum Komplizen in einem Mordfall.«

Mehr wollte Jarvis nicht hören. »Viel Glück«, sagte er nur noch zu Hunter.

Hunter schnaubte verächtlich. »Glück? Sie sind derjenige, der Glück braucht. Ich gehe ins Gefängnis. Aber ich komme wieder raus und dann kann ich mein Leben weiterführen. Doch für Sie ist die Uhr schon abgelaufen.«

16. Kapitel

Nicht lange nach Ormes Anruf trat Claire ins Wohnzimmer und fand ihren Mann in einigem Abstand von einem Fenster stehend. Er drehte sich nicht um, als sie hereinkam, und gab auch keine Antwort, als sie fragte, ob etwas nicht stimme.

Sie fragte noch einmal und diesmal antwortete er. »Wir werden beobachtet.«

Den Bruchteil einer Sekunde lang glaubte ihm Claire. Doch dann blickte sie aus dem Fenster über den kurzen Gehsteigabschnitt in Richtung Straße. Sie sah nur Fußgänger und Fahrzeuge, die sich bewegten. Niemand stand herum oder starrte von einem der gegenüberliegenden Häuser herüber. Nichts Verdächtiges.

Das Geräusch von großen und kleinen Spielsachen, die einen Stock höher aus einem Karton geschüttet wurden, wirkte fast abstrakt in der Stille, die das Haus seit der Schießerei überflutet hatte. Danach hörten sie Ocky die Treppe herunterkommen, mit vorsichtigen und langsamen Schritten, wie sie es ihm beigebracht hatten.

Ebenfalls mit vorsichtigen und langsamen Schritten ging Claire auf das Fenster zu in der Absicht, zu fragen, was genau ihn darauf brachte, dass sie beobachtet wurden. Aber sie kam nicht weit. Mit zwei riesigen Sätzen durchquerte McLaughlan den Raum, packte Claire am Arm und riss sie zu Boden.

Sie machte sich frei und rollte herum, als Ocky in der Tür erschien. Sofort erkannte er, dass an dem elterlichen Tableau vor ihm etwas nicht in Ordnung war, und er sagte mit leiser, fragender Stimme: »Mummy?«

Immer noch benommen schüttelte sie den Kopf in Richtung Robbie. »Bitte mach so was nicht mit mir.«

»Sie könnten bewaffnet sein.«

Sie hatte davon gehört, dass es anderen so ergangen war. Jungen Männern. Starken Männern. Männern wie Robbie, die einfach nicht damit zurechtkamen, dass sie dem Leben eines anderen Menschen ein Ende gesetzt hatten. Jede greifbare Bedrohung hätte sie dieser Alternative vorgezogen, und so kroch Claire in eine Ecke und stand auf, um hinaus auf die Häuser und die Straße starren zu können.

Mit aller Kraft wünschte sie sich eine Gefahr herbei, aber sie sah niemanden. Nur ein paar Passanten und vorbeifahrende Autos. Nichts Ungewöhnliches. Nichts, was man als Bedrohung auffassen konnte.

Ocky begann zu weinen. Es war die automatische Reaktion eines Kindes, das spürte, dass seine Eltern Angst hatten.

Er lief zu Claire und sie nahm ihn hoch und ließ ihn auf ihrer Hüfte sitzen. »Schon gut, Ocky, alles ist gut.« Robbie versuchte sie durch die Versicherung zu beruhigen, dass es die heimlichen Beobachter nur auf ihn abgesehen hatten.

Claire hätte ihm am liebsten gesagt, dass sie keinen eingebildeten Scharfschützen fürchtete, dass niemand dort draußen lauerte und dass nur er es war, der ihr Angst einjagte, weil er plötzlich keine Ähnlichkeit mehr hatte mit dem besonnenen, ausgeglichenen Menschen, den sie bisher gekannt hatte. Aber sie hatte keine Ahnung, wozu jemand in seiner Verfassung fähig war, und weil sie fürchtete, mit einer falschen Bemerkung eine gewalttätige Reaktion auszulösen, blieb sie stumm.

»Ich muss weg«, sagte er. »Verstehst du? Mach keinem die Tür auf. Keinem!«

Claire starrte ihn nur hilflos an.

»Versprochen?«, fragte McLaughlan, und Claire, die ihm in diesem Augenblick alles versprochen hätte, nickte. »Und mach die Jalousien nicht zu. Sie dürfen nicht wissen, dass ich sie bemerkt habe.«

Das waren die Worte eines Wahnsinnigen, eines Mannes, der den Kontakt zur Wirklichkeit verloren hatte, dachte Claire. Und dann ging er. Ohne Abschied. Kein Wort der Erklärung dazu, was er vorhatte. Er ging einfach zur Tür hinaus.

Sie beobachtete, wie er den Wagen im Rückwärtsgang aus der Einfahrt steuerte, und als er außer Sichtweite war, lief sie zum Telefon und wählte Dohenys Nummer. Er war zu Hause.

Doheny bremste sie mit einer Gelassenheit, die auf sie abfärbte. »Noch mal von vorn. Fang beim Anfang an.«

Sie erzählte ihm, was geschehen war, und sah sich genötigt, ihre Angst mit weiteren Argumenten zu rechtfertigen. »Wenn er wirklich glaubt, dass er beobachtet wird, dann muss er sich doch an dich oder Orme wenden, wenn er vernünftig denkt. Aber er hat es nicht gemacht, weil er tief in sich drinnen genau weiß, dass niemand da draußen auf ihn lauert. Warum wäre er sonst hinausgegangen, wenn er so fest davon überzeugt ist? Das ergibt einfach keinen Sinn.«

Doheny konnte ihr nicht widersprechen. Er stand am Telefon, und sein Jüngster angelte gerade mit flinken und leichten Fingern nach den Schlüsseln, die tief in seiner Tasche steckten. Für einen sechsjährigen Jungen zeigte er außerordentliches Talent zum Taschendiebstahl und ein anderer Vater hätte seiner Zukunft vielleicht mit großen Erwartungen entgegengesehen.

Doheny holte sich die Autoschlüssel zurück und gab ihm einen liebevollen Klaps. »Und was soll ich jetzt tun?«

Claire hatte nicht so weit vorausgedacht, aber das war genau der Punkt. »Ich weiß es nicht«, bekannte sie.

»Hast du dir schon mal überlegt, was es heißt, wenn du mit Orme sprichst?«

Sie hatte noch keine Zeit zum Nachdenken gehabt und wusste nur, dass sie sich Sorgen machte und dass sie Rat brauchte. Auf die Idee, dass ihre Bitte um Rat ungünstige Konsequenzen nach sich ziehen könnte, war sie gar nicht gekommen. Erst als Doheny sagte, sie solle es sich genau überlegen, bevor sie Orme verständigte, dämmerte es ihr allmählich. »Es kann durchaus vorkommen, dass sich Leute beobachtet fühlen, wenn sie unter Stress stehen«, schloss Doheny.

»Er hat mir solche Angst eingejagt ...«

»Claire«, sagte Doheny, »wenn du Orme erzählst, was du mir gerade erzählt hast, wird er Maßnahmen ergreifen.

Er hat gar keine andere Wahl. Und damit kommt eine Reihe von Ereignissen in Gang, die auch Orme nicht mehr aufhalten kann. Es geht hier um etwas, was Robbie seine Stelle beim Sondereinsatzkommando und vielleicht sogar bei der Polizei überhaupt kosten kann.«

»Du warst ja nicht dabei ... Du weißt nicht, was er ...«

»Viele Männer machen so was durch, nachdem sie jemanden erschossen haben.«

»Ich habe solche Angst«, wiederholte sie.

»Das kann ich gut verstehen«, sagte Doheny. »Aber vielleicht fragt er sich im Moment gerade, wie er nur auf die verrückte Idee kommen konnte, dass er beobachtet wird, und vielleicht hat er panische Angst, dass du mit jemand darüber reden könntest.« Er hatte schon erlebt, fügte er hinzu, dass Männer viel Schlimmeres getan hatten. Claire konnte noch von Glück sagen. »Sei nicht ungeduldig mit ihm«, sagte er. »Es ist noch früh. Du darfst ihm nicht seine Zukunft verbauen.«

»Aber ...«

»Er würde es dir nie verzeihen, Claire.«

Sie kämpfte mit widersprüchlichen Gefühlen. Einerseits wollte sie Orme anrufen, aber Dohenys Warnung war nicht spurlos an ihr vorübergegangen. Und wenn sie Unrecht hatte? Wenn die Krise vorbei war und Robbie zurückkam, sich entschuldigte für ein Verhalten, das sich niemals wiederholen würde? War es nicht ein wenig voreilig, Orme zu informieren, wenn sie Robbie damit demütigte, seiner Karriere schadete und vielleicht sogar ihre Ehe daran zerbrach?

»Wenn du willst«, sagte Doheny, »kann ich selbst mit Orme reden.«

»Nein«, sagte Claire. »Ich will erst noch abwarten, was passiert.«

Sie beendete das Gespräch und legte auf. Draußen auf

der Straße bremste ein Auto und fuhr langsam am Haus vorbei. In ihrem jetzigen Zustand fiel es ihr nicht schwer, sich einzubilden, dass der Beifahrer zum Haus herübergestarrt hatte. Und wenn sie sich so etwas einbilden konnte, um wie viel leichter musste es da erst für Robbie sein?

Ocky verzog das Gesicht, den Tränen nah. »Fehlt Daddy etwas?«

Alle Instinkte sagten Claire, dass es so war, aber Dohenys Warnung zwang sie, diese Instinkte nicht zu beachten. »Nein«, erwiderte sie. »Daddy geht es gut. Daddy muss sich zur Zeit nur viele Gedanken machen.«

17. Kapitel

Die Frau hinter der Ladentheke erinnert sich an dich. Sie sagt dir, dass sie nie ein Gesicht vergisst und dass du einer der Männer bist, die die Bank beobachtet haben.

Sie fragt, was du willst, und weist dich darauf hin, dass sie schon eine Aussage vor einem uniformierten Beamten gemacht hat. Sie hat alles gesehen. Das Kind. Den Ballon. Die Schießerei. In der Zeitung hat sie von dem Mann gelesen, der an einer Brücke gehangen hat.

Sie fragt, ob du ihn gekannt hast, und du siehst sie an, um ihr zu verstehen zu geben, dass du gar nichts weißt – du weißt nicht einmal mehr, wer du bist. Sie spürt, dass etwas an dir nicht ganz in Ordnung ist. Du siehst, wie sie daran kaut. Aber schließlich bist du ja ein Bulle und dann wird schon alles in Ordnung sein.

Du bist in den Laden gegangen, um herauszufinden, ob dir jemand folgt, aber das erzählst du ihr nicht. Du schaust dich ein bisschen um, scheinbar fasziniert vom Obst in den topmodernen Auslagen. Doch du siehst dir nicht das Obst an, sondern die Leute auf der Straße. Die meisten gehen einfach vorbei, aber einige hängen herum, und du versuchst dich zu erinnern, ob du ihre Gesichter schon einmal gesehen hast.

Die Frau hinter der Theke stellt keine Fragen mehr. Heimlich behält sie dich im Auge, und sie sehnt sich danach, dass ein anderer Kunde eintritt, obwohl sie gar nicht weiß, warum sie solche Angst hat; sie weiß nur, dass sie Angst hat.

Du nimmst dir einen Apfel aus der Auslage. Du gibst ihn ihr, bezahlst und beißt hinein, als du hinaus auf die Straße trittst. Er schmeckt wie Pergament. Die Haut ist gewachst und das Fruchtfleisch ist saftlos. Du lässt ihn auf den Boden fallen. Er ist weich und rollt nicht weiter. Er landet mit einem widerlich dumpfen Geräusch, verbreitet sich wie ein Selbstmörder nach dem Sprung vom Dach und endet unter deinen Füßen, als du auf das Haus zutrittst.

Du erinnerst sie daran, dass ein paar Häuser weiter vor einer Woche ein Geldtransporter überfallen worden ist. Einer der Räuber hat ausgesagt, dass dieses Haus früher für kriminelle Zwecke benutzt worden ist. Du musst die Geschichte überprüfen, würde es ihr also etwas ausmachen, wenn du den Keller durchsuchst?

»Woher soll ich wissen, dass Sie der sind, für den Sie sich ausgeben?«

Du zeigst ihr deinen Ausweis, und sie überfliegt ihn nicht nur, sondern nimmt ihn dir aus der Hand und gibt ihn dir erst zurück, nachdem sie auch das Kleingedruckte gelesen hat.

»Ja, ich weiß nicht so recht ...« Sie ziert sich. Sie hat die Augen einer türkischen Hure und möchte, dass sie mädchenhaft wirken. »Was soll denn da mein Mann denken?«

Sie wird dich einlassen. Du weißt es. Sie weiß es. Aber jetzt spielt sie erst einmal dieses Spiel. Es erregt sie. Ihr Vormittag ist gerettet. Sie ist so unendlich gelangweilt, dass sie sich darüber amüsiert, dich aufzuziehen und dich in der Kälte warten zu lassen.

Sie steht in einem elfenbeinfarbenen Kimono in der Tür und ihre Stimme ist fast so gepflegt wie der Holzfußboden. »Und außerdem dachte ich, dass Polizisten immer zu zweit herumlaufen wie Frauen, die aufs Klo müssen.«

Die Geringschätzung in ihren Worten geht dir auf den Geist. Am liebsten würdest du ihr eine knallen, aber du darfst dich von ihr nicht von deiner Absicht abbringen lassen. Sie ist noch nicht fertig mit dir. »Woher soll ich wissen, dass ich Ihnen vertrauen kann?«

Sie sagt es auf eine Weise, die keinen Zweifel an ihrer Hoffnung darauf lässt, dass sie dir keinen Zentimeter über den Weg trauen kann. Du gibst keine Antwort. Du kannst sagen, was du willst, sie wird eine sexuelle Anzüglichkeit aus deinen Worten herauslesen, und Sex ist wirklich das Letzte, woran du im Augenblick interessiert bist. Wahrscheinlich ist sie so gnadenlos frustriert, dass sie dich vielleicht schon mit dem Schwachkopf vergleicht, den sie wegen seines Geldes geheiratet hat. »Ich weiß wirklich nicht, ob ich Sie überhaupt hereinlassen soll…« Kaum hat sie es gesagt, öffnet sie die Tür. Und jetzt lässt sie dich herein, weil Frauen wie sie nicht nur eitel sind, sondern auch dumm. Sie glauben, dass ihr Reichtum eine Barriere zwischen ihnen und den unangenehmen Seiten des Lebens darstellt. Bestimmt enden nicht wenige Frauen ihres Schlags als Mordopfer. Und sie ist schlimmer als jede Nutte: Nutten tun es für Geld, Frauen wie sie tun es wegen der Macht.

Sie steht in der Tür, sodass du sie im Vorbeigehen berühren musst. Ihre Brustwarzen unter dem Seidenkimono sind so hart, dass du sie sogar durch deine Lederjacke spürst.

Aber du denkst nur an die Diele, in die du trittst. Sie ist dir so vertraut und doch so ganz anders als in deiner Erinnerung. Früher waren es kahle Gipswände. Jetzt haben sie Bernstein- und Rottöne und eine warme Struktur, und du fragst dich, wie der Holzboden diese seidige Patina bekommen hat.

Du behandelst sie kühl und das macht sie an. Sie sieht dich als räuberischen Eindringling. Aber es ist sehr wichtig für sie, dass die Gefahr nur eine Illusion ist. Du darfst nur so aussehen. Sie weiß nicht, dass du auch so bist, dass sie dich nicht einfach ausschalten kann wie einen beunruhigenden Dokumentarfilm. Sie hat dich eingelassen, weil sie sich für eine Menschenkennerin hält. Dabei hat sie keinen blassen Schimmer, was in deinem Kopf vorgeht und was es für dich bedeutet, hier in der Diele zu stehen, in der Crackerjacks Gedärme auf den Teppich gequollen sind.

Du fragst sie, wie lang sie schon hier wohnt, und sie erklärt dir bereitwillig, dass ihr Mann das Haus vor sieben Monaten gekauft hat. Du sagst ihr, dass einer der Räuber Zugang zu dem Haus hatte, bevor sie darin gewohnt hat, und dass vielleicht eine Waffe im Keller versteckt ist.

»Eine Kanone? Wie aufregend!« Ihre Worte klingen drollig, vor allem weil sie gleichzeitig die Gelangweilte mimt.

Sie sagt, dass sie den Keller fast vergessen hat. Aber du hast ihn nicht vergessen. Du hast nicht den Ort vergessen, an dem du dich so oft vor Jimmy versteckt hast, den Ort, an dem Crackerjack seinen Schusswunden erlegen ist.

Die Angeln der Kellertür sind übermalt worden. Die Farbe bekommt Risse, als du die Tür öffnest, und Brösel fallen auf den polierten Boden.

Du stehst auf der obersten Treppe und greifst automatisch nach der Schnur, mit der man früher einen Lichtschalter an der Decke betätigt hat. Die Schnur ist verschwun-

den, und sie sagt, sie holt eine Taschenlampe und ist gleich wieder da.

Du wartest, und während du wartest, sagst du dir, dass es verrückt von dir war, herzukommen, und dass sie vielleicht gerade telefoniert, um dich überprüfen zu lassen. Aber nach wenigen Sekunden kommt sie mit einer Taschenlampe zurück und hält sie ein wenig länger als notwendig, als sie sie dir gibt. Sie berührt dich, als du die Lampe in die Hand nimmst. Zu jeder anderen Zeit hättest du ihr Verhalten als bewusste Einladung gesehen. Im Moment siehst du es nur als plumpe Belästigung.

Du sagst ihr, dass sie nicht hier unten im Keller bleiben muss, aber sie tritt nur ein wenig zurück, ohne zu gehen. Sie steht auf der Holztreppe und der Saum ihres Kimonos berührt den Dreck. Du sagst ihr, dass es ihr bestimmt kalt wird, und sie antwortet, dass du sie ja später wärmen kannst. Du schaltest die Taschenlampe ein und leuchtest durch den Keller.

Dir fällt gleich auf, dass sich nichts verändert hat. Der Boden unter deinen Füßen ist festgetretene Erde und auf die gekalkten Wände fällt Licht durch ein Fenster auf Gehsteighöhe. Du gehst hinüber zu dem Fenster und betrachtest die Ziegelmauer darunter. Du ziehst zuerst einen und dann einen zweiten Ziegel heraus und tastest weit hinunter in den Hohlraum. Du holst einen versteckten Gegenstand heraus. Allein die Berührung erinnert dich schon an deinen Vater. Das letzte Mal, als du diese Schrotflinte gesehen hast, hat sie neben Crackerjack gelegen und nichts auf dieser Welt konnte die Blutung stillen. »Wie schlimm ist es?«

»Schlimm.«
»Lass mich nicht sterben, George.«
»Du stirbst nicht, keine Angst.«
Der Anblick der Waffe macht sie an. Mit lockenden, spie-

lenden Fingern streichelt sie den Lauf. Sie hat keine Ahnung, dass die Waffe vielleicht geladen ist und dass der Mann, der sie versteckt hat, gern für jeden Notfall gerüstet sein wollte. Du achtest darauf, dass ihre Finger dem Abzug nicht zu nahe kommen.

Es kommt der Augenblick, den du längst vorausgesehen hast, an dem ihre Finger vom Lauf gleiten. Ihre rosig lackierten Nägel verfangen sich im Stoff deiner Jeans. Sie sucht nach einer Erektion, und da du ihr den Gefallen nicht getan hast, deutet sie an, dass du vielleicht einer von diesen Männern mit einem Problem bist. Sie fängt zu lachen an und du packst sie und drückst ihr die Schrotflinte so heftig an den Hals, dass sie wimmert. Du hebst sie hoch und sagst ihr, du bist nicht von der Polizei. Du kannst sie ficken, wenn sie unbedingt will, aber erst, wenn sie tot ist.

Du lässt sie los, als du das Platschen von Urin auf dem Kellerboden hörst, und sie stampft mit den Füßen, während sie gleichzeitig schreit wie am Spieß. Sie sagt, dass sie alles tun wird, aber bitte, bitte tu ihr nicht weh, und du fragst dich, wie viele Frauen es wohl schon mit einem solchen Handel probiert haben.

Noch nie in deinem Leben hast du eine Frau geschlagen, aber jetzt bleibt dir keine andere Wahl. Sie muss mit dem Schreien aufhören und deshalb scheuerst du ihr eine. Du erklärst ihr, dass es ihr Glückstag ist. Genauso gut hätte sie die Tür einem Mörder öffnen können.

McLaughlan zog den dunkelblauen Pullover über eine kugelsichere Weste, die größer und unförmiger war als die, die er normalerweise trug. Diese Weste war älter und schwerer konzipiert. Aber das spielte keine Rolle, solange sie ihre Aufgabe erfüllte. Solange die beiden anderen Westen zu seinen Füßen ebenfalls ihre Aufgabe erfüllten.

Er hatte sie in einem Laden erstanden, der ausrangierte

Waffen hauptsächlich an Kriminelle verkaufte, die sie nach einigen kleineren Anpassungen wieder ihrer ursprünglichen Verwendung zuführten.

»Robbie, was machst du denn da?«

Er wandte sich von seinem Spiegelbild ab und sah Claire in der Schlafzimmertür, zusammen mit Ocky, der neben ihr stand wie ein kleiner, unsicherer Fremder. Er hatte seinen Daddy schon öfter in solchen Kleidern gesehen, aber nie hatte das Ding unter seinem Pullover so dick ausgesehen.

Er bückte sich und hob die anderen beiden Westen auf. »Eine ist für dich. Die andere für Ocky.«

»Robbie ...«

Kopfschüttelnd wich sie zurück, und Ocky sah aus, als würde er gleich zu weinen anfangen.

»Zieh sie an«, sagte McLaughlan. Er packte sie, zog sie zurück ins Schlafzimmer und zwängte sie in die Weste. Dann riss und zerrte er an den Klettverschlüssen, bis sie passten. »Wir schlafen heute Nacht zusammen«, erklärte er. »Alle im gleichen Zimmer und in einem Bett.«

Und dann sah sie die Waffe. Sie wusste nichts über Schusswaffen. Aber sie wusste, dass die Polizei keine abgesägten Schrotflinten an ihre Beamten ausgab. Und das war eine abgesägte Schrotflinte. Sie war alt. Sie war schmutzig. Sie lag auf dem Bett. Sie wandte den Blick davon ab.

»Ocky«, sagte McLaughlan, »komm her. Zieh das an.«

Ocky blieb in der Tür stehen und McLaughlan hob ihn hoch. Er legte ihn neben das Gewehr aufs Bett und schnallte ihm die kleinste Weste um, die der Laden auf Lager gehabt hatte. Ocky verschwand förmlich darunter und versuchte, sie abzuschütteln. Claire flehte ihn an: »Mach, was Daddy dir sagt, Ocky – mir zuliebe, mein Schatz.«

18. Kapitel

Dass er Ash zum letzten Mal in Tommys Stammkneipe gesehen hatte, brachte Jarvis auf die Idee, dort vorbeizuschauen. Er verließ seine Wohnung und ging zu Fuß, um in Übung zu bleiben.

Die Kneipe hatte große Ähnlichkeit mit Pubs wie dem British Lion und dem Elephant and Castle, die so typisch britisch waren, dass sie fast aussahen, als stünden sie an der Costa del Sol.

Wie in vielen anderen Pubs gab es an der Decke Balken und Messingbeschläge und ein Bild der Queen hing über der Bar.

Im Lauf der Jahre hatte Ihre Majestät auf einige der schwersten Jungs der britischen Kriminalgeschichte herabgeblickt, die allesamt stramme Patrioten waren. Deshalb steckte eine Reihe von Union Jacks in Löchern, die ein Kugelhagel in die Wand geschlagen hatte.

Angeblich hatte der frühere Besitzer diese Kugellöcher machen lassen – gut fürs Geschäft, gut für die Touristen und immer gut für einen Witz bei den Stammgästen.

Ob dieses Gerücht stimmte, konnte Jarvis nicht sagen. Die Löcher waren wahllos verteilt, und das sprach dafür, dass sie von jemandem stammten, der nicht im Umgang mit einer Schusswaffe geübt und zu Tode erschrocken war, als das Ding losballerte.

Es war dunkel im Pub, obwohl draußen noch graues Tageslicht herrschte. Die Fenster waren mit schweren, braunen Vorhängen verdeckt und die einzige Beleuchtung stammte von den goldbefransten Wandlampen.

Jarvis blieb in der Tür stehen, um sich kurz umzuschauen. Es war nicht immer eine gute Idee, solche Lokale aufzusuchen. Es gab viele Verbrecher wie Ash in diesen Pubs, Verbrecher, die wie manche Polizisten ein langes Gedächtnis und ein nachtragendes Wesen hatten. Er ließ den Blick über das Nebenzimmer gleiten, aber an den Tischen mit den abgenutzten Kupferplatten saßen zumeist Leute, denen er bei Tommys Beerdigung ohne Probleme begegnet war. Er ging also hinüber zur Bar, bestellte ein Bitter vom Fass. »Genehmigen Sie sich auch eins«, sagte er zu der Bardame, die ein paar Pfund in die Trinkgeldkasse aus Acrylglas steckte und sich dann anderen Gästen zuwandte.

Hinter dem Tresen waren Glasregale, auf denen Schnapsflaschen aufgereiht waren. Vor allem eine davon hatte es Jarvis angetan: eine Flasche Advocaat. Sie faszinierte ihn, weil er sicher wusste, dass diese Flasche schon seit der Eröffnung des Pubs dort stand. Niemand bestellte den Likör. Wahrscheinlich klebte die Flasche auf dem Regal und war seit dem Krieg nicht mehr heruntergenommen worden. Jarvis konnte sich lebhaft vorstellen, dass das gesamte Pub samt Inhalt eines Tages im British Museum landen und die Flasche Advocaat eine eigene Vitrine erhalten würde.

Die Bardame räumte Gläser von den Tischen, und ihre Kleider erinnerten ihn an die Klamotten, die man zu Tommys Zeiten getragen hatte. Lag wohl daran, dass die Mode wiederkam, dachte Jarvis. Ihr PVC-Minirock schien eine Nummer zu klein zu sein, die weißen, kniehohen Stiefel eine Nummer zu groß und unter ihren Augenbrauen schimmerte ein schwerer, türkisfarbener Lidschatten. Für Jarvis sah sie ungefähr wie vierzehn aus und er fand sie nicht im Entferntesten erotisch. Sie bewegte sich ohne die Anmut, die ihn an Elsa so angezogen hatte. Aber einige Frauen hatten eben von Geburt an Stil. Es spielte keine Rolle, in welchen Verhältnissen sie aufwuchsen. Grace Kelly. Lauren Bacall. Rita Hayworth. Das waren sinnliche

Frauen. Sie hatten es nicht nötig gehabt, sich in einen PVC-Fummel zu quetschen und sich mit Makeup vollzukleistern, um einen Mann auf Touren zu bringen. Bei ihnen reichte ein Blick. Und dieser Blick war durchaus nicht immer einladend. Manchmal blitzte darin etwas Eigenwilliges auf, das dem männlichen Betrachter zeigte, dass diese Frau nicht zu zähmen war.

In Elsas Augen hatte es aufgeblitzt, als ihr Jarvis ohne Erklärung sagte, dass sie nicht zu Jimmys Beerdigung fahren sollte.

Er hätte ihr verraten können, dass Iris überwacht wurde und dass sie in eine brenzlige Situation geraten konnte, falls George auftauchte. Aber es war seine bisher beste Chance, George zu schnappen, und so sehr er Elsa auch liebte, dieses Chance wollte er sich auf keinen Fall verscherzen. Er durfte ihr nichts sagen, damit Elsa nicht auf die Idee kam, Iris zu warnen. Elsa sah nicht ein, warum sie nicht fahren sollte, und sie bestand sogar darauf, Robbie mitzunehmen. Auch Jarvis' Hinweis, dass das Begräbnis eines Mordopfers vielleicht nicht der geeignete Ort für einen Zehnjährigen war, konnte sie nicht umstimmen. Sie setzte sich über all seine Bedenken hinweg und fuhr am Tag vor dem Begräbnis nach Glasgow. Am Abend zuvor fragte sie Jarvis, ob ihm zufällig etwas zu Ohren gekommen sei, dass Strathclyde Iris vielleicht überwachte.

Sie flocht die Frage nebenbei ins Gespräch ein und Jarvis antwortete genauso beiläufig: »Nicht dass ich wüsste.« Es war das erste Mal in ihrer Beziehung, dass er sie anlog, und es war kein gutes Gefühl für ihn. Aber er musste immerzu an den Tag denken, an dem er ihr die Nachricht von Jimmys Tod überbringen wollte, und daran, wie lang sie gebraucht hatte, um ihm zu öffnen. Er wurde die Idee nicht los, dass George im Haus gewesen war, obwohl es keinen Sinn ergab. George hätte sich doch nicht versteckt, wenn er gewusst hätte, dass Elsa einem anderen Mann die Tür aufmachte. Und wo hätte er sich verstecken sollen? Im Schlafzimmer? Im Keller?

Den Keller des Hauses kannte er schon lange. Weiß Gott, er und seine Kollegen hatten ihn im Lauf der Jahre oft genug durchsucht. Man betrat ihn durch eine Tür vor der Küche und die Stufen waren aus Holz und nicht die sichersten.

Düster war es dort unten und in dem schimmligen Geruch hielt man unwillkürlich die Luft an, aber man konnte einigermaßen sehen. Es gab ein Fenster auf Gehsteighöhe, das früher einmal vergittert gewesen war. Jemand – George wahrscheinlich – hatte das Gitter herausgerissen, um im Notfall durch dieses Fenster fliehen zu können.

Im Nachhinein bedauerte es Jarvis, dass er nicht in den Schlafzimmern und im Keller nachgesehen hatte. Doch Elsa hätte sich ihm bestimmt in den Weg gestellt und gefragt: »Vertraust du mir nicht?«

Und diese Vorstellung hatte in ihm einen wunden Punkt berührt. Jarvis liebte Elsa. Er sah nur das Beste in ihr. Aber alles in allem traute er ihr nicht über den Weg. George McLaughlan übte noch immer einen starken Einfluss auf sie aus – so sah er es. An sich war Elsa so vertrauenswürdig wie jede andere Frau, doch George zwang sie zu manchen Dingen. Wahrscheinlich war er völlig unvermutet aufgekreuzt, und um ihn nicht aufzubringen, hatte ihn Elsa eingelassen und so getan, als wäre alles zwischen ihnen in bester Ordnung. Dann war Jarvis gekommen, und sie hatte George erklärt, ein Bulle stehe vor der Tür, er solle sich schnell im Keller verstecken. Dennoch war Jarvis auf der Hut, als Elsa fragte: »Und was machst du, während ich in Glasgow bin?«

»Hab noch gar nicht drüber nachgedacht. Warum?«, erwiderte er.

»Nur so. Aber du bist hier in London?«
»Wo soll ich denn sonst sein?«
»Nur so«, sagte sie noch einmal.

Alle waren überrascht, wie viele Leute zu Jimmys Beerdigung kamen. Glasgow vergaß seine Helden nicht, und so erleichterte das dichte Gedränge am Grab Whalleys Beamten die Aufgabe, nach George Ausschau zu halten.

Jarvis sah sich später die Fotos an, die von einigen Trauergästen gemacht worden waren. Iris und Elsa waren leicht zu finden, doch Robbie verschwand vollkommen in der Menge, unter die sich auch ein Vertreter aus der Welt des Profiboxens und mehrere Reporter gemischt hatten.

George hatte sich nicht gezeigt, aber andere Mitglieder der Familie waren erschienen, die nach Elsas Auskunft auf die eine oder andere Art mit Iris verwandt waren. Manche wirkten erstaunt über die Zahl der Trauergäste. Andere machten einen desinteressierten Eindruck, als würden sie sich fragen, warum sie überhaupt gekommen waren. Nach der Beerdigung trafen sie sich auf einen Drink in Iris' Wohnung und nach acht Uhr waren alle verschwunden.

Nachdem die letzten Verwandten gegangen waren, setzte sich Jarvis neben Whalley in einen alten Ford, der in der Nähe der Wohnung geparkt war. Elsa war noch oben, und er überlegte, wie sich wohl fühlen würde, wenn sie wüsste, dass er sie angelogen hatte, dass er nicht in London saß, sondern hier, keine zweihundert Meter weit von dem Zimmer, in dem sie und Robbie bald auf diesem verlausten Behelfsbett schlafen würden.

Er hasste die Vorstellung, dass sich die beiden in diesem Elend zurechtfinden mussten und dass sie von bewaffneter Polizei umstellt waren. Wenn George aufkreuzte, konnten die Dinge sehr schnell eine sehr unangenehme Wendung nehmen.

Er beruhigte sich mit dem Gedanken, dass George schon längst aufgetaucht wäre, wenn ihm daran gelegen hätte, Iris Beistand zu leisten. Jetzt noch zu überlegen, ob er Iris eine Schulter zum Ausweinen bieten sollte, war ein bisschen spät. Das hatte er Elsa überlassen, so wie er ihr alles andere überlassen hatte – dass sie mit Tams Verschwinden fertig wurde und dass etwas zu essen auf den Tisch kam. Und so zornig es ihn auch machte, wie George Elsa behandelte, es behagte ihm in gewisser Weise auch, denn umso besser war die Gelegenheit für ihn zu tun, was George nie getan hatte: für seine Frau und sein Kind zu sorgen.

Er hatte sich schon damit abgefunden, dass heute Nacht nichts Aufregendes mehr passieren würde, als einer von Whalleys Männern per Funk eine Nachricht durchgab: »Sie sind unterwegs.«

Whalley bat um eine nähere Erklärung und erhielt die Auskunft, dass Iris, Elsa und Robbie das Wohnhaus verlassen hatten und auf die Bolan Street zugingen. Kurz darauf stiegen sie in ein Taxi, das in einer Seitenstraße auf sie gewartet hatte.

Eine Zivilstreife folgte dem Taxi, das mehrmals zurückfuhr, in kleine Seitengassen einbog, auf Parkplätzen stand und wieder losfuhr. Das Taxi brauchte eine gute halbe Stunde, um eine Strecke von fünf Minuten zurückzulegen. Zuletzt hielt es vor einer Pension unten am Hafen.

Während der Polizeiwagen dem Taxi folgte, sagte sich Jarvis, dass Elsa wahrscheinlich die Vorstellung einer weiteren Nacht auf dem verkommenen Bett unerträglich gefunden und dass sie es vorgezogen hatte, mit Robbie in einer Pension abzusteigen. Er malte sich Iris' Reaktion aus: »Ich will nicht allein hier bleiben.« Aber er wusste, dass das alles nur Fantasien waren. Wenn Elsa in einer Pension hätte übernachten wollen, dann hätte ihr Iris nicht widersprochen. Sie hätte nicht versucht, sie zum Bleiben zu bewegen, aber sie hätte sie auch nicht begleitet. Die ganze Geschichte – von der Tatsache, dass sie die Wohnung zusammen verlassen hatten, bis hin zu der Tatsache, dass der Taxifahrer offensichtlich Vorkehrungen getroffen hatte, etwaige Verfolger abzuschütteln – konnte nur eins bedeuten: Sie fuhren zu einem Treffen mit George.

»Sie sind so still«, sagte Whalley.

»Mir geht viel durch den Kopf«, erwiderte Jarvis, dem auf einmal klar wurde, dass Strathclyde vor einem taktischen Problem stand. Vielleicht befand sich George schon in der Pension. Vielleicht aber auch nicht. Herausfinden ließ sich das nur, wenn sie mit dem Eigentümer sprachen und ihn fragten, ob eine Person anwesend war, die Georges Beschreibung entsprach. Aber wenn sie das taten und wenn der Eigentümer ein Freund von George war, gingen sie das Risiko ein, dass er George vor der Polizei warnte.

Anscheinend waren Whalleys Gedanken in eine ähnliche Richtung gegangen, denn er fragte: »Was meinen Sie? Sollen wir lieber reingehen oder lieber warten?«

Kaum hatte er das gesagt, als George direkt an ihrem Auto vorbeiging. Er war von hinten gekommen und weder Jarvis noch Whalley hatten ihn gesehen. Jarvis war nicht erstaunt über Georges Fähigkeit, plötzlich aus dem Nichts aufzutauchen. Das war typisch George. Außerdem fiel ihm auf, mit welchem Selbstvertrauen sich George in seinem heimischen Revier bewegte. Die meisten Leute machten nachts einen weiten Bogen um den Hafen, und wer es nicht tat, war zumindest so schlau, dass ihn eine gewisse Nervosität beschlich und dass er sich fragte, was er hier überhaupt verloren hatte. George steuerte auf die Pension zu und klingelte. Als sich die Tür öffnete, sagte Whalley: »Also los.«

»Was haben Sie vor?«

»Zuschlagen.« Whalley griff zum Funkgerät, um seinen Leuten entsprechende Anweisungen zu erteilen, aber Jarvis hielt ihn zurück. »Nein«, sagte er, »noch nicht.« Als Whalley nach dem Grund fragte, antwortete Jarvis mit einer Lüge. Er sagte, dass es nach seiner Auffassung unzulässig war, dass bewaffnete Polizisten in ein Haus eindrangen, in dem sich ein zehnjähriger Junge aufhielt.

Es war ein guter Vorwand und dennoch nur ein Vorwand. Jarvis wollte nicht, dass Whalleys Leute das Haus stürmten, weil ihm hier im Auto plötzlich etwas klar geworden war. Er hatte Elsa nicht daran hindern können, nach Glasgow zu fahren, und Iris hätte sie nicht dazu zwingen können, zur Pension zu fahren, sei es wegen Robbie oder wegen jemand anderem. Sie hatte gewusst, dass George in die Pension kommen würde, und sie war nur aus einem Grund hingefahren: Sie wollte ihn sehen.

Er blickte der bitteren Tatsache ins Auge, und trotzdem suchte er verzweifelt nach einer Möglichkeit, sich vom Gegenteil zu überzeugen. Und das konnte er nur, wenn er George McLaughlan beim Verlassen der Pension beobachtete. Wenn George die Pension innerhalb einer Stunde wieder verließ – wenn er nicht die Nacht mit Elsa verbrachte, dann konnte sich Jarvis an einen letzten Funken Hoffnung klammern, an die Hoffnung, dass Elsa George nicht mehr liebte. Er sagte zu Whalley: »Geben Sie ihm Gelegenheit, seine Familie zu sehen, dann kommt er vielleicht wieder raus. Wir sollten ihn lieber auf der Straße stellen und nicht dort drinnen, wo der Junge ist, weil wir nicht ausschließen können, dass geschossen wird.«

Whalley schien anderer Meinung, sagte aber trotzdem: »Wir geben ihm eine Stunde«.

Für Jarvis wurde es die längste Stunde seines Lebens. Sie befanden sich in der schlimmstmöglichen Position, in der ein bewaffnetes Polizeiaufgebot sein konnte. In der Pension war ein Junge, und was sie auch taten, es konnte schief gehen. Wenn Whalley das Haus stürmen ließ, konnte Robbie verletzt werden. Und für den Fall, dass er wartete, war damit zu rechnen, dass George Robbie als Geisel nahm, sobald er sich umstellt sah. In beiden Fällen konnte Robbie das Leben verlieren. George wäre nicht der erste Verbrecher, der seinen Sohn benutzte, um seine Haut zu retten. *Nicht einmal George würde seine eigenen Kinder fressen.*

Jarvis war sich da nicht so sicher.

Er wünschte sich, George würde herauskommen, er wünschte sich, Elsa würde mit Robbie die Pension verlassen. Weder das eine noch das andere geschah. Wie er es vorhergesehen hatte. Als die Stunde vorbei war, stiegen er und Whalley aus dem Auto und gingen hinüber zur Pension.

Sie wollten George nicht durch ein Klingeln warnen und Whalley klopfte ziemlich leise an die Tür. Der Besitzer öffnete. Anscheinend erwartete er zu dieser späten Stunde höchstens noch Betrunkene auf seiner Schwelle.

Whalley und Jarvis zeigten ihre Ausweise, während von allen Seiten geräuschlos bewaffnete Polizisten in die Pension drängten. »Wo ist der Hinterausgang?«, fragte Whalley, und der Besitzer zeigte auf einen Durchgang, der zur dahinter liegenden Küche führte.

Whalley nickte einem seiner Leute zu, der die Türen öffnete, um noch mehr Polizisten einzulassen. Dann zeigte Whalley dem Besitzer der Pension ein Foto von George und sagte: »Sie haben diesen Mann hier vor ungefähr einer Stunde reingelassen. In welchem Zimmer ist er?«

Der Besitzer traf Anstalten, sie zur Treppe zu führen, aber Whalley hielt ihn zurück und forderte ihn auf, ihnen nur die Zimmernummer zu sagen. »Zimmer drei und vier«, sagte der Besitzer. »Im ersten Stock.«

Jarvis stieg vor Whalley und seinen Leuten die Treppe hinauf und klopfte an die Tür von Zimmer drei. Iris öffnete und hinter ihr sah Jarvis Robbie in einem großen Doppelbett. Verschlafen blinzelnd setzte er sich auf, doch Jarvis dachte in diesem Moment nur an die Reaktion von Iris. Kaum hatte sie die Treppe voll von Whalleys Beamten gesehen, schrie sie: »George – Polizei!«

Fast gleichzeitig mit ihrer Warnung gab Whalley mit dem Kopf ein Zeichen. Zwei Polizisten traten die Tür des Schlafzimmers gegenüber ein und Jarvis hatte einen freien Blick auf den Raum.

George sprang vom Bett auf und bückte sich nach einem Gegenstand auf dem Boden. Whalleys Leute bedrohten ihn mit gezogenen Waffen und er erstarrte. Aber George sah nicht Whalley oder die Pistolen an, er blickte auf Jarvis.

Jarvis hatte nur Augen für Elsa. Er hätte sie fast nicht erkannt. Aber er hatte sie ja auch noch nie in Halbschalen-BH, Netzstrümpfen und Tangaslip aus billigem Polyester gesehen. Whalleys Leute bekamen was geboten. Aber das machte Jarvis weniger aus als das, was sie und George getan hatten, als sie die Tür aufbrachen. Das allein ließ einen Zorn und eine Eifersucht in ihm hochsteigen, dass es ihm fast den Atem verschlug. Er stürzte sich auf George und begann auf ihn einzuprügeln. Und George McLaughlan lachte ihn aus. Das war das Schlimmste daran. Im automatischen Reflex eines trainierten Boxers hatte er die Arme hochgerissen, um sich zu verteidigen, aber er hatte nicht zurückgeschlagen. »Mike«, sagte er beschwichtigend, »du wirst dir noch weh tun.« Whalleys Männer hatten Jarvis zurückgehalten und Whalley starrte ihn fast ehrfürchtig an. Er kannte niemanden, der mit bloßen Fäusten auf George McLaughlan losgegangen wäre. Ihm war völlig schleierhaft, was Jarvis dazu bewegt hatte. Aber zum ersten Mal, seit sie sich kennen gelernt hatten, sah Jarvis Respekt in Whalleys Augen. »Den Rest erledigen wir, Mike.« Seine Leute legten George Handschellen an und führten ihn ab.

Er hatte sich vergleichsweise friedlich verhalten, aber das Haus schien voller Geschrei, das zum größten Teil von Iris und Robbie kam, der sich an seine Großmutter klammerte und sie anflehte, dass die Polizisten bitte nicht seinen Dad verhaften sollten.

Jarvis erkannte in diesem Moment, dass das Sprichwort »Blut ist dicker als Wasser« mehr bedeutete, als man gemeinhin glaubt. Seit er Robbie kannte, hatte er an dem Jungen nie auch nur das leiseste Anzeichen von Zuneigung zu seinem Vater wahrgenommen, doch jetzt brach sie hervor. Und als George nach unten geführt wurde, wandte sich Robbie nicht an Jarvis und auch nicht an Elsa, sondern an Iris. »Sie nehmen meinen Dad mit.«

Jarvis hatte gedacht, dass er sich wieder im Griff hatte, dass er sich mit den Schlägen in Georges Gesicht abreagiert hatte, aber als er Robbie weinen sah, loderte der Zorn fast wieder genauso heftig in ihm auf wie vor wenigen Augenblicken und er schrie Elsa an: »So was macht man nicht!«

»Was?«, fragte Elsa, und plötzlich stand er dicht vor ihr, deutete auf Robbie und brüllte vor Wut. »Man lässt einen zehnjährigen Jungen nicht im selben Bett schlafen wie ...«

»Sag es. Komm schon. Sag es!«

Jarvis versuchte sich zusammenzureißen. Er war so kurz wie noch nie davor, eine Frau zu schlagen, und er rückte noch näher, als Elsa rief: »Man lässt einen zehnjährigen Jungen nicht im selben Bett schlafen wie eine alte Hure. Das wolltest du doch sagen.« Jarvis stritt es nicht ab und sie fuhr fort: »Diese alte Hure ist seine Großmutter. Sie liebt ihn. Und außerdem geht es darum überhaupt nicht, sei doch ehrlich. Du platzt hier herein und beschimpfst mich, weil ich Robbie mit Iris in einem Bett schlafen lasse, aber am liebsten würdest du mich doch zusammenscheißen, weil ich mit George schlafe.«

»George ist ein Verbrecher.«

»George ist mein Mann«, sagte Elsa. »Du bist der andere. Du bist der, der in der Nacht herumschleicht aus Angst, dass seine Vorgesetzen was rausfinden, aus Angst vor George.«

»Ich hab keine Angst vor George.«

»Warum redest du dann ständig davon, dass er sich endlich zur Ruhe setzen soll?«

»Wenn ich mir überlege, wie lange sie ihn wahrscheinlich verknacken, dann hat er sich gerade zur Ruhe gesetzt.«

Das saß. »Scheißkerl«, sagte sie.

Jarvis ließ sich nicht beirren. »Er war im Haus, als ich dir die Nachricht von Jimmy überbracht habe, stimmt's?«

Sie stritt es nicht ab.

»Im Keller?«, fragte Jarvis.

Wieder keine Antwort.

»Das dachte ich mir.«

Jetzt weinte sie. Der Schock, dachte Jarvis. Robbie kam herein und legte die Arme um sie. Sie bildeten ein gekränktes Paar, als hätte er ihr Leben ruiniert, und das empfand er als so unfair, dass er sie am liebsten gewürgt hätte. »Er wird sich nie besssern«, sagte er. »Das weißt du ganz genau.«

»Lass meine Mum in Ruhe.«

»Er wird sich nie ändern«, sagte Jarvis. »Er wird immer ein Krimineller bleiben. Aber du willst es ja nicht anders …«

Selbst da hätte er noch eingelenkt, wenn sie ihm irgendein Zeichen – nur das kleinste Zeichen, dachte Jarvis – gegeben hätte. Er hätte sich neben sie auf das Bett gesetzt, hätte sie in den Arm genommen und ihr erklärt, dass er sie verstand, dass es natürlich nicht einfach für sie war, sich vom Vater ihrer Kinder zu lösen, da sie doch eine gemeinsame Geschichte hatten und ihre Kinder ihn noch liebten. Aber Elsa sagte nichts. Kein Wort. Sie saß auf dem Bett und weinte um George und Jarvis überließ sie ihrer Trauer.

Er schob sich an Iris vorbei, die auf der Treppe stand und sich eine Senior Service anzündete. Draußen angelangt, beobachtete er, wie George zu einem Wagen geführt wurde.

Er überragte die Männer, an die er gefesselt war, obwohl auch sie nicht klein waren. Sie wirkten nervös, als hätten sie Angst, George könnte davonlaufen und sie einfach hinter sich her zerren. Es würde ihnen nicht viel anderes übrig bleiben, als mitzulaufen. So sah es zumindest aus. In Wirklichkeit konnte nicht einmal George zwei erwachsene Männer weiter als einige Meter mit sich schleppen. George wurde nicht nur von zwei Beamten zu beiden Seiten begleitet, sondern auch von einem Dritten hinter ihm. Er wurde mit vorgehaltener Waffe zum Wagen geführt.

Kurz bevor man ihn hineinschob, blieb er stehen wie ein Pferd, das plötzlich beschlossen hat, dass es um nichts auf der Welt in den Stall will. Fasziniert beobachtete Jarvis, wie die Männer um ihn herum erstarrten, aber Georges Zögern war nur vorübergehend, nur der Widerwille gegen einen dunklen, verschlossenen Raum, aus dem es kein Entrinnen gab.

Die Straße war hell erleuchtet, und Jarvis sah deutlich, dass die Schläge, mit denen er ihm zugesetzt hatte, nicht die leiseste Spur in seinem Gesicht hinterlassen hatten. Genauso gut hätte er ein Kissen nehmen und es durchs Zimmer werfen können. Kein Wunder, dass George ihn einfach ausgelacht hatte.

Die Männer an seiner Seite zerrten wie an einer Kette,

die einen Elefanten hielt, aber George rührte sich nicht vom Fleck. Er würde erst in den Wagen einsteigen, wenn er dazu bereit war.

Mit seiner Beharrlichkeit gab er allen deutlich zu verstehen, dass er sich nur hätte wehren müssen, und zwei Drittel von Whalleys Männern wären im Krankenhaus gelandet, bevor sie ihn überwältigt hätten. Mit einem Mal musste sich Jarvis etwas eingestehen, dem er sich noch nie gestellt hatte: Für Elsa war er im Vergleich zu George ein Nichts. Er war gewöhnlich und nicht nur das, er war auch langweilig. Elsa sehnte sich zwar nach finanzieller Sicherheit und emotionaler Geborgenheit, aber nicht so sehr wie nach der Dramatik und sexuellen Erregung, die ihr die Beziehung zu einem Mann wie George garantierte. Auch wenn sie unter den Folgen zu leiden hatte. Auch wenn sie nie wusste, wo der nächste Penny, die nächste Mahlzeit herkommen sollten. Auch wenn sie einen Sohn verloren hatte und der andere so verstört war durch das, was seinem Bruder zugestoßen war, dass er kaum sprechen konnte.

Jarvis machte auf dem Absatz kehrt und ging.

19. Kapitel

Doheny wusste, wie sehr es einem nach einer Schießerei die Wahrnehmung verschieben konnte. Und mochte der Schuss noch so gerechtfertigt gewesen sein, manche Leute redeten sich trotzdem ein, dass ein anderer das Leben verloren hatte, weil sie selbst in Panik geraten, ihre Anweisungen falsch verstanden, nicht richtig zugehört hatten.

Oft stellten sich niederschmetternde Schuldgefühle ein, dicht gefolgt von der Furcht vor einer Disziplinaruntersuchung, die dazu führen könnte, dass sie ihre Arbeit verlieren, beschämt und geächtet von ihren Kollegen, ihrer Familie und der Presse. Sie bildeten sich ein, dass ihre Nächsten sie nicht mehr liebten und sie nie geliebt hatten, dass ihre Kinder nicht von ihnen waren, dass ihre Verwandten sie verachteten, dass sie verfolgt wurden, dass ihnen jemand nach dem Leben trachtete.

McLaughlan hatte nicht behauptet, dass ihm jemand nach dem Leben trachtete. Doch Doheny machte sich Sorgen um ihn, auch wenn er Claire eindringlich vor einer Panikreaktion gewarnt hatte, die sie vielleicht später bereuen würde. Von der Angst vor eingebildeten Verfolgern war es nur ein kleiner Schritt bis zu der Vorstellung, dass irgendwo dort draußen ein Killer lauerte.

Doheny hielt es für angebracht, Claire noch einmal anzurufen, bevor er ins Revier fuhr. Wenn McLaughlan ans Telefon ging, konnte er ihn zu einem Drink einladen. Wenn Claire antwortete, konnte er sie fragen, wie die Dinge standen.

Er wählte McLaughlans Nummer und ließ es läuten, bis klar war, dass niemand abnehmen würde. Das Klingeln wurde auch von keinem Anrufbeantworter unterbrochen und Doheny legte auf. Er würde es später noch einmal probieren.

Als er mit dem Mantel über dem Arm zur Tür ging, beschlich ihn ein Unbehagen. Er sah auf die Uhr: acht Uhr. McLaughlan musste erst morgen wieder zum Dienst antreten und Claire war Hausfrau.

Wo mochten sie nur sein?

Er ignorierte die Wiederwahlfunktion und tippte die Nummer mit der Hand ein – falls sich beim ersten Mal irgendein Fehler eingeschlichen hatte. Diesmal hatte er sicher die richtige Nummer gewählt und wieder läutete es scheinbar endlos. Doheny konnte sich nicht vorstellen, wo sie um diese Tageszeit sein sollten, es sei denn, sie hatten außer Haus geschlafen. Vielleicht hatten sie Freunde besucht und waren über Nacht geblieben. Möglich war es.

Aber unwahrscheinlich, dachte Doheny. Claire hatte bei ihrem Anruf nicht unbedingt geklungen, als hätte sie große Lust darauf, unter Leute zu gehen.

Es war wie ein Schock, als plötzlich eine Stimme aus dem Hörer drang. Doheny hatte schon auflegen wollen und sich vorgenommen, auf dem Weg zum Revier noch schnell bei Claire vorbeizuschauen. Als er sie hörte, wusste er sofort, dass etwas nicht stimmte. »Claire?«, sagte er.

»Bitte hilf mir!«, wimmerte sie.

Doheny hätte fast in den Hörer geschrien. »Claire?«

»Er hat ein Gewehr.«

Der Anschluss wurde unterbrochen und Doheny stand wie angewurzelt. Schon oft hatte er gehört, dass einem das Blut in den Adern gefror, und hatte sogar geglaubt, es selbst schon erlebt zu haben. Doch jetzt wusste er, dass der Adrenalinstoß vor einem Einsatz weit entfernt davon war, diese Wirkung zu erzielen. Zum ersten Mal in seinem Leben machte er wirklich die Erfahrung, dass ihm das Blut in den Adern gefror.

Nun gab es keinen Zweifel mehr, wie er zu handeln hatte. Er wählte einen Anschluss, der Tag und Nacht erreichbar war. Schon das erste Läuten wurde von einem Beamten in der Tower-Bridge-Wache unterbrochen.

»Verbinden Sie mich mit Orme«, sagte Doheny.

McLaughlan erschien an ihrer Seite. Er trug die kugelsichere Weste nicht mehr unter, sondern über dem Pullover und hielt die schmutzige abgesägte Schrotflinte in der Hand.

Claire hatte ihn noch nie zuvor mit einer Schusswaffe gesehen. Sie wusste zwar, dass es zu seiner Arbeit gehörte, und konnte sich auch vorstellen, wie er mit einer Waffe aussah, aber ihn mit einer Schrotflinte in der Hand im Wohnzimmer zu sehen, war etwas völlig anderes.

Der Lauf der Waffe wirkte wie die Schnauze eines Pitbullterriers am Körper eines Windhundes. Das Silber war mit kunstvollen Bildern von Fasanen verziert, die aus dem Laubwerk aufflogen. Das Metall war fast tintenschwarz angelaufen, und Claire hatte den Verdacht, dass die dunklen Flecken am Schaft von Blut stammten.

Solch eine Flinte war früher bestimmt regelmäßig gereinigt und zusammen mit ähnlich erlesenen Waffen in einem Schrank aufbewahrt worden. Aber irgendwann war sie gestohlen worden. Natürlich wusste Claire das nicht sicher, aber sie konnte sich nicht vorstellen, dass jemand, der eine so schöne Flinte derart verunstaltete, zu diesem Zweck eine neue kaufen würde. Diese Waffe hatte den Besitzer in einer Bar, auf einem Parkplatz oder in einem Hotelzimmer gewechselt.

Ocky saß auf ihrem Arm, die Beine eng um ihre Taille geklammert, die Arme eng um ihren Hals geschlungen. Er war kein Kind, das überallhin getragen werden wollte, aber sein Instinkt sagte ihm wohl, dass er so nah wie möglich bei seiner Mutter bleiben sollte. Stumm beobachtete er seinen Vater aus weit aufgerissenen, intelligenten Augen. Nicht einmal die Schrotflinte entlockte ihm eine Bemerkung. Anscheinend wusste er, dass seine Mutter schreckliche Angst hatte und dass er deshalb ebenfalls schreckliche Angst haben sollte. Er sah die Waffe nicht einmal an.

»Du hast deine Weste ausgezogen.«

»Ich kann sie nicht anhaben und auch noch Ocky tragen.«

»Dann setz ihn ab.«

»Er will nicht.«

McLaughlan ging auf sie zu und Ocky wandte sich

erschrocken ab. »Er hat Angst vor dem Gewehr«, sagte Claire. Sie wunderte sich, dass ihre Stimme so gelassen klang. In ihr schrie alles, aber sie musste daran denken, wie viele Frauen nur deshalb überlebt und sich und ihre Kinder gerettet hatten, weil sie äußerlich ruhig geblieben waren.

»Ich glaube, ich habe das Telefon gehört.«

»Stimmt.«

»Wer war es?«

»Doheny«, sagte Claire.

»Du hast mich nicht geholt.«

»Du hast doch gesagt, du möchtest mit niemand reden.«

»Bei Doheny ist es etwas anderes.«

»Und wenn er Orme erzählt, dass er mit dir gesprochen hat, nachdem ich ihm erst gestern gesagt habe, dass du weggefahren bist?«

Daran hatte er nicht gedacht. Sie sah, wie er über ihre Worte nachdachte und sie schließlich akzeptierte.

Das Zimmer war fast völlig abgedunkelt, da die Jalousien vom Abend vorher noch nach unten gezogen waren. Draußen war es inzwischen hell, und McLaughlan hatte sich dafür entschieden, die Jalousien fürs Erste unten zu lassen. Eine schob er einen Millimeter zur Seite und suchte die Außenwelt nach Anzeichen auf die lauernden Verfolger ab. »Wenigstens die Jalousien könnten wir hochziehen,« sagte Claire.

»Sie bleiben unten.«

»Gestern hast du gesagt, sie sollen oben bleiben – damit sie nicht wissen, dass du sie bemerkt hast.«

»Ich hab es mir anders überlegt.«

Mit einem Mann, der ein Gewehr in der Hand hielt, konnte man nicht streiten. Er zeigte damit hinauf zur Decke und sagte: »Rauf.«

»Wozu?«

»Ich möchte euch beide sehen können.«

»Warum?«

»Damit ich euch schützen kann.«

Claire ging ihm voraus, Ocky saß auf ihrem Arm. »Wohin gehen wir, Mummy?«

Sie wusste es nicht. Ins Schlafzimmer? Ockys Zimmer? Speicher?

»Ins Bad«, sagte McLaughlan, und Claire fügte sich, als wäre es das Normalste von der Welt, dass sie zu dritt ins Bad gingen und von innen die Tür verriegelten.

Die gusseiserne Badewanne stammte noch aus Vorkriegszeiten und stand neben einem Waschbecken, das nur noch locker an seinem Sockel hing. Die Wanne nahm die Länge einer Wand mit dem einzigen Milchglasfenster ein, durch dessen morschen Rahmen ein ständiger kalter Luftzug hereinkam.

Es war wahrscheinlich das kälteste Zimmer im ganzen Haus. Aber auch das sauberste, dafür hatte Claire gesorgt. Es würde noch einige Zeit dauern, bis sie sich ein neues Bad leisten konnten, und deshalb hatte sie den Raum blank geschrubbt und desinfiziert, damit man ihn überhaupt benutzen konnte. Als einen kleinen Luxus hatte sie sogar durchgesetzt, dass die alten Chromwasserhähne über der Wanne herausgerissen und ausgetauscht worden waren. An einer Halterung über den Hähnen hing ein Duschschlauch, und Claire hatte eine Schiene an die Decke geschraubt, an der ein behelfsmäßiger Vorhang befestigt war.

McLaughlan zog sich aus und nahm eine Dusche, zog den Vorhang aber nicht zu, weil er Claire und Ocky im Auge behalten wollte.

Die beiden traten so weit wie möglich zurück und Claire versuchte Ocky nach Kräften vor dem sprühenden

Wasser zu schützen. Dennoch waren sie bald völlig durchnässt.

Ocky weinte jetzt und seine Stimme war leise wimmernd über dem zischenden Wasser zu hören. Obwohl das Wasser warm war, zitterte er, aber vor allem aus Angst.

Auch Claire zitterte vor Angst, doch sie verbarg es. Als McLaughlan fragte: »Alles okay mit dir?«, nickte sie.

So war das also, dachte Claire, wenn man es mit einem Geisteskranken zu tun hatte. Bisher war sie immer der Meinung gewesen, dass die Leute mehr Verantwortung für die ihnen nahe stehenden Menschen übernehmen sollten. Jetzt wurde ihr mit einem Schlag klar, was es bedeutete, vierundzwanzig Stunden am Tag mit merkwürdigem Verhalten konfrontiert zu sein. Ohne Hilfe. Ohne Geld. Und ohne Medaille als Auszeichnung dafür, dass man die eigene Lebensqualität opfert, um einem anderen das Leben ein wenig zu erleichtern.

Ihre Mutter hatte ihr einmal gesagt, dass eine Frau erst dann heiraten sollte, wenn sie ihr Glück kaum fassen konnte, und bis zu der Schießerei hatte es Claire wirklich nicht fassen können, dass jemand wie Robbie sie hatte heiraten wollen. Dabei war es weniger ihre fehlende Selbstachtung, die sie an ihrem Glück zweifeln ließ, als eine nüchterne Einschätzung der Tatsachen. Er war nach allen Maßstäben intelligent und gut aussehend, während ihr Aussehen, ihre Intelligenz und ihre Fähigkeiten höchstens durchschnittlich waren. Das hatte sie ihm sogar gesagt, wie um ihn aus seiner Fantasiewelt herauszuholen, in der er sie für viel interessanter hielt, zurück in die Realität, in der sie ziemlich gewöhnlich war. Doch er hatte nur geantwortet: »Du hast nichts Gewöhnliches an dir, Claire. Es gibt nichts Gewöhnliches an einer aufrichtigen Frau, die die Bedeutung von Loyalität und Treue kennt und die immer für andere da ist.«

Es war ihr fast maßlos erschienen, neben der Freundschaft und Geborgenheit auch noch Leidenschaft zu fordern, aber als sie sah, wie er sich die Seife aus dem Haar, aus dem Gesicht und von der Haut wusch, erinnerte sie sich an die gar nicht lang zurückliegende Zeit, als die Leidenschaft beim gemeinsamen Duschen wie Wasser aus dem Hahn zu fließen schien.

Jetzt erschien ihr diese Leidenschaft, diese Vertrautheit wie eine ferne Erinnerung. Nie wieder würden sie das miteinander teilen, dachte Claire. Alles Vertrauen zu ihm war verschwunden. Stattdessen gab es nur noch Furcht und den Verdacht, dass sie ihn nie gekannt hatte.

Das Gewehr lehnte neben den Hähnen mit dem Schaft auf dem glitschigen Boden der Wanne, der Lauf zeigte zur Decke. Wenn es umfiel, wenn es losging …

Robbie drehte den Hahn zu und griff nach dem Gewehr. Er trat aus der Wanne und schnappte sich seine feuchten Kleider. Mühsam zwängte er sich hinein und sagte etwas, das durch die Akustik im Bad mehr nach einem Befehl als nach einer Bitte klang. »Mach die Tür auf.«

Sie ließ Ocky wieder auf den Arm klettern und schob den Riegel zurück. Er war so schwach, dass ihn sogar ein Kind spielend hätte herausreißen können. Als sie die Tür öffnete, hielt er sie zurück. »Ich gehe zuerst«, sagte er. »Für alle Fälle …«

Für alle Fälle? dachte Claire. Es war doch niemand da. Niemand auf der Straße, im Garten, im Haus. Was erwartete er denn auf dem Gang? Einen maskierten Killer?

Sie öffnete die Tür und McLaughlan trat hinaus. Als nächstes sah sie, wie ihm das Gewehr entrissen wurde und wie er mit dem Gesicht nach unten auf den harten Holzboden geworfen wurde. Sie hörte eine Stimme, die sie als die Dohenys erkannte: »Ganz ruhig, McLaughlan«, und die eiligen Schritte von Leuten auf der Treppe.

Mit Ocky auf dem Arm stand Claire in der Tür, und die Tränen, die sie bisher zurückgehalten hatte, liefen ihr übers Gesicht. Er sagte kein Wort. Er lag mit dem Bauch auf den Holzbohlen und sah sie einfach nur an.

Sie schüttelte den Kopf. »Es tut mir leid ...« Plötzlich war sie von Leuten umringt, einige von ihnen Frauen, alle bewaffnet. So war das also, dachte sie. So war es für die Frau eines Verbrechers, die für ihre Kinder kämpft, wenn von allen Seiten Leute in Kapuzenmützen in das Haus eindringen. Und wer sie sind, spielt für den Jungen auf ihrem Arm überhaupt keine Rolle. Er sieht nur, dass Mummy weint, dass die Männer Waffen haben und dass sie alle Masken tragen. Einem Vierjährigen kann sie nicht erklären, dass die Männer von der Polizei sind, dass sie auf ihrer Seite sind und dass niemand sie umbringen will.

Ocky lag stocksteif in ihren Armen. Er klammerte sich an sie und hatte bisher nicht einmal ein Wimmern von sich gegeben. Jetzt begann er zu schreien und diese Schreie konnte McLaughlan nicht ertragen. Er stemmte sich hoch und zog Doheny mit sich. Erst in diesem Moment wurde Claire vollkommen klar, was für Kräfte er besaß. Er schüttelte die Männer, die ihn hielten, fast mühelos ab und brachte einen anderen mit einem Schulterstoß zu Fall. Mehrere von Ormes Männer rangen ihn wieder nieder. Sie zogen ihn nach unten und hielten ihn auf den Boden gedrückt.

Es war Orme, der ihnen schließlich befahl, ihn loszulassen. Claire hatte ihn vorher nicht bemerkt. Sie hörte seine Stimme und ihr Blick ging in Richtung von Ockys Zimmer. Er stand dort und hielt die abgesägte Schrotflinte in der Hand.

Nachdem McLaughlan nach unten geführt worden war, wollte Orme beruhigend den Arm um Claire legen. Sie wich vor dem Gewehr zurück und er sagte: »Es ist nicht mehr geladen.« Aber das machte keinen Unterschied. Sie wollte es nicht sehen, wollte es nicht in ihrer Nähe haben und Orme übergab es einem seiner Männer, der es wegschaffte. »War das die einzige Waffe?«

»Ich glaube schon«, schluchzte sie. »Ich weiß nicht ...«

»Wir werden das Haus durchsuchen«, sagte Orme.

Er überließ sie der Betreuung einer Polizeibeamtin, die fragte, ob man sie irgendwohin bringen sollte – vielleicht zu ihrer Mutter oder zu einer Freundin?

Claire war sich nicht sicher, wohin sie wollte. Sie wusste nur, dass sie nicht in dem Haus bleiben konnte. Seit Robbie mit dem Gewehr wiedergekommen war, war das Haus zum Gefängnis geworden. Kein Licht, keine Musik, kein Lachen. Nur der blanke Terror. Das Haus musste verkauft werden. Sie würde nicht mehr hier leben können.

»Jetzt besorgen wir für Sie und Ocky erst einmal trockene Kleider«, sagte die Beamtin. »Dann können Sie sich überlegen, wohin wir sie ...«

»Und was ist mit meinem Mann?«

Orme antwortete ihr vom Fuße der Treppe. »Keine Sorge. Wir kümmern uns schon um ihn.«

20. *Kapitel*

Orme war sich darüber im Klaren, dass McLaughlan alle klassischen Symptome eines posttraumatischen Stresssyndroms an den Tag legte. Das erklärte sein Verhalten, aber es erklärte nicht, wie er an eine abgesägte Schrotflinte gekommen war.

Er saß mit ihm im Fond eines zivilen Polizeifahrzeugs und wies ihn darauf hin, dass er ihn mit aufs Revier nahm, um ihm einige Fragen zu stellen. Seine Antworten würden letztlich über seine Zukunft bei der Polizei entscheiden. Deshalb wollte Orme ihm etwas raten. »Wenn Sie offen mit mir reden, kann ich Ihnen vielleicht helfen. Aber wenn Sie mich verarschen, werde ich persönlich dafür sorgen, dass Sie wegen unerlaubten Waffenbesitzes drankommen.«

McLaughlan schien völlig fassungslos über das Eindringen der Polizei in sein Haus. Vielleicht, dachte Orme, sah er es als Verrat. Er hatte keine Ahnung, was in McLaughlans Kopf vorging, und fragte auch nicht. Sein leeres Starren auf die vorüberziehenden Vororte ließ keine vernünftige Antwort erwarten.

Auf der Wache führte ihn Orme in den Raum, den er als sein Büro betrachtete. Es handelte sich hier um eine inoffizielle Vernehmung. Er machte keine Notizen und traf keine Entscheidungen. Im Moment wollte er nur mit ihm reden und herausfinden, was eigentlich los war. Er ließ Doheny mit ihm allein, um kurz mit einem Psychologen zu telefonieren.

Levinson, mit dem Orme sprach, verfügte über große Erfahrung in der Arbeit mit komplizierten Vorfällen im Zusammenhang mit dem Gebrauch von Schusswaffen. Doch zu Ormes Überraschung wollte ihn McLaughlan nicht hinzuziehen. Orme hatte den Psychologen bereits verständigt und musste ihm nun mitteilen, dass er nicht gebraucht wurde.

Levinson wertete McLaughlans Weigerung insgesamt als schlechtes Zeichen. Verständlich, dachte Orme. Niemand lässt sich gern erklären, dass seine Dienste nicht benötigt werden, dass jemand offensichtlich keinen großen Respekt vor seiner Arbeit hat. Dohenys Geschichte über einen Psychologen fiel ihm ein, der ihn zusammen mit seinem Team nach einem besonders traumatischen Vorfall getestet hatte. Die meisten Männer erzielten ein Ergebnis, das ihnen in etwa die Stresswerte von kleinen Jungs im Sandkasten bescheinigte. Nur das Ergebnis des Psychologen, der sich aus Interesse selbst untersucht hatte, war völlig aus dem Rahmen gefallen. Orme lächelte über die Erinnerung. Aber das Lächeln erstarb auf seinen Lippen, als er daran dachte, wie es Claire in den letzten Stunden ergangen war.

Er hatte noch vor Augen, wie sie in der Badtür gestanden hatte, und fragte sich unwillkürlich, ob er gleich einen Mann vernehmen würde, der bald erfahren würde, dass seine Ehe der Vergangenheit angehörte.

McLaughlan und Doheny standen auf, als Orme das Büro betrat.

Orme bat sie mit einer Geste, wieder Platz zu nehmen, zog einen Stuhl heran und legte los. »Wo haben Sie die Waffe her, McLaughlan?«

Wo hast du die Waffe her? Du bist auf diese Frage vorbereitet, seit sie dich aufs Revier gebracht haben. Dir ist nichts anderes eingefallen, als ihnen zu sagen, dass du dich nicht erinnern kannst. Und vielleicht werden sie, ob mit oder ohne deine Einwilligung, einen Psychologen zu Rate ziehen und ihn fragen, ob so etwas möglich ist. Kann ein Mensch etwas tun, ohne zu wissen, dass er es getan hat? Kann er sich eine Waffe beschafft haben, ohne sich daran zu erinnern, wo er sie her hat und dass er sie noch hat?

Die Antwort des Psychologen wird stark davon abhängen, ob er ein Arschloch ist. Wenn er der Typ ist, der ehrlich darauf hofft, dass der Patient seine Gefühle mit der Person zu seiner Linken teilt, wird er sagen, ja, es ist möglich. Im Zweifelsfalle für den Angeklagten. Wenn er aber einer von diesen dickschädeligen Scheißern ist, die nicht glücklich sterben können, wenn sie nicht jeden kleinen Ganoven diesseits des Flusses wegen Gemeingefährlichkeit in Sicherheitsverwahrung gebracht haben, dann wird er Nein sagen.

Und Recht hat er. Weil das Ganze einfach Bockmist ist. »Sagen Sie mir, was in Ihrer Kindheit passiert ist, und ich kann Ihnen helfen.« Aber dir könnten sie nur helfen, wenn dein Bruder wieder zurück ins Leben gerufen würde. Du steckst schon tief genug in der Scheiße, da willst du dich nicht auch noch mit einem Spinner herumschlagen, der noch mehr Probleme hat als Freud.

Wo haben Sie die Waffe her, McLaughlan? Dir fällt auf, dass er dich mit dem Nachnamen anspricht. Normalerweise würde Orme dich Robbie nennen. Aber heute nicht. Heute musste er ein Team einteilen, um in dein Haus einzubrechen und deine Frau und deinen Sohn vor dir zu retten. Dabei muss doch jedem, der dich kennt, klar sein, dass du ihnen nie etwas zuleide tun würdest.

Du wolltest sie nur retten. Du sagst es ihnen und Orme sieht dich an wie einen Geistesgestörten.

Vor wem retten?

Vor Swift.

Hast du gesehen, dass Swift dein Haus beobachtet hat?

Nein, aber du hast seine Leute gesehen.

Wie haben sie ausgeschaut?

Alle verschieden. Nie derselbe Mann zweimal.

Du scheinst sehr sicher, dass dich diese Leute beobachtet haben und dass Swift sie geschickt hat.

Ein sechster Sinn vielleicht.

Und wenn es nicht stimmt? Wenn niemand da war?

Sie waren da.

Bei deinen letzten Worten spürst du, wie sich Doheny neben dir anspannt. Er glaubt, du bist durchgeknallt, und du kannst ihm keinen Vorwurf daraus machen. Er fühlt sich zum Teil verantwortlich. Nein. Er fühlt sich sehr verantwortlich, weil er maßgeblich daran beteiligt war, dich zur

Schusswaffenausbildung zu bewegen. Alle Leute im Sondereinsatzkommando hatten sich um die Ausbildung an der Waffe beworben, nur du nicht. Du hast dich nicht beworben und Doheny hat es keine Ruhe gelassen. Er wollte den Grund wissen.

Er hat dich gefragt, ob du ein Problem mit Schusswaffen hast, und du hast gesagt, nein, Schusswaffen interessieren dich einfach nicht, das ist alles.

Das ist gut, hat Doheny gesagt, und du wolltest wissen, warum. Er hat dir erklärt, dass die Psychos draußen schon reichen, dass die Polizei nicht auch noch in den eigenen Reihen Psychos braucht, und er hat dich persönlich aufgefordert, dich zu bewerben.

Trotzdem hast du abgelehnt. Er konnte es nicht glauben. Und war nur noch entschlossener, dein Potential als Schütze zu testen. Männer wie dich braucht die Polizei, hat er gemeint.

Du hast ihm noch einmal gesagt, dass dich Schusswaffen nicht interessieren, aber den Grund hast du ihm nicht genannt. Du hast ihm nicht erzählt, dass Knarren ein alter Hut für dich sind, dass du sie schon als Kind gehalten, gereinigt und geladen hast. Du hast sie in Schubladen gefunden, in denen du nach Buntstiften gewühlt hast, du hast sie aus Schränken gezogen, in denen du nach Kleidern und Spielsachen gesucht hast, du hast sie von der Couch geworfen, als du im Fernsehen Blue Peter *anschauen wolltest. Schusswaffen waren für dich ungefähr so interessant wie das Messer und die Gabel beim Essen. Aber Doheny hat nicht locker gelassen, und bevor du dich umgesehen hast, warst du in Lippett's Hill bei der Ausbildung.*

Was das Schießen anging, konnten sie dir nicht viel beibringen. Von Anfang an warst du ein begnadeter Schütze und alle haben dich beneidet ... Also bist du in das nächste Ausbildungsstadium gekommen, wo man dich auf jede nur erdenkliche Situation vorbereitet hat, die sich die Experten ausmalen konnten.

Sie haben dich gut ausgebildet. Aber keine Ausbildung der Welt hätte dich darauf vorbereiten können, wie du dich jetzt fühlst und was du tun musst, sobald du hier herauskommst.

21. Kapitel

Diese Tageszeit konnte Jarvis am wenigsten leiden. Die Sonne hatte sich von der Vorderseite zur Rückseite der Wohnung bewegt und das Wohnzimmer war in die übliche Depression des mittleren Nachmittags getaucht.

Jarvis' Stimmung folgte diesem Beispiel und hellte sich auch beim Anblick der Gebäude gegenüber nicht auf. Die in dem Häuserkomplex untergebrachten Einzimmerapartments, die kleinen Büros und das Tanzstudio wirkten nicht gerade inspirierend, um das Mindeste zu sagen. Aber sie waren bei weitem nicht so uninspirierend wie der Anblick, der sich George McLaughlan in der Nacht seiner Verhaftung geboten hatte.

Die Zellen auf dem Revier, auf das ihn Whalley gebracht hatte, waren für Männer gebaut, die wenig oder gar keine Neigung zum Bleiben verspürten. Sie waren kleiner als eine durchschnittliche Zelle und die durchschnittliche Zelle in einem britischen Gefängnis war weiß Gott klein genug, dachte Jarvis. Diese Spezialzellen waren zwei Meter fünfzig lang und einen Meter breit. Der Platz reichte kaum für die Pritsche, die als Schlafstatt diente.

Jarvis hatte in dieser Nacht bei George vorbeigeschaut und die Bedingungen waren ihm unmenschlich erschienen. Aber vielleicht war es George gar nicht aufgefallen. Das Zimmer, in dem er in seiner Kindheit ein Bett mit seinem Bruder geteilt hatte, war nicht größer, und auch dort war das Bett kaum mehr gewesen als eine Pritsche. Wenigstens hatte er jetzt das Bett für sich allein.

Whalley fragte, ob Jarvis ihn noch in der Nacht verhören wollte, doch zu Whalleys Überraschung lehnte Jarvis ab. »Ich möchte ihn mir lieber in London vornehmen.«

Mit einem Blick gab Whalley Jarvis zu verstehen, dass er genau wusste, was gespielt wurde. Am folgenden Tag sollte George zum Verhör von Glasgow nach London überstellt werden. Whalley nahm an, dass Jarvis warten wollte, bis kein Beamter von Strathclyde mehr zugegen war, bevor George mit Schlägen dazu gezwungen wurde, den Überfall auf das Wettbüro zu gestehen. »Sie können hier genauso zur Sache gehen wie in London«, sagte er. Trotzdem zog es Jarvis vor, das Verhör erst im heimischen Revier durchzuführen.

Whalley drang nicht weiter in ihn. Er ging davon aus, dass Jarvis seine Gründe hatte. Und Whalley hatte Recht, dachte Jarvis, auch wenn Whalley diese Gründe sehr überrascht hätten. Nach Hunters Suspendierung war Jarvis einem Detective Chief Inspector unterstellt worden, der für ihn ein völlig unbeschriebenes Blatt war. Deshalb hatte Jarvis auch keine Ahnung, wie sein neuer Vorgesetzter reagieren würde, wenn er ihm mitteilte, dass er George nicht selbst verhören wollte.

Natürlich kam es dem DCI merkwürdig vor, dass Jarvis George mit großem persönlichen Einsatz ein Jahr lang gejagt hatte, um ihn zu fassen, und jetzt anscheinend keine Lust darauf hatte, ihn zu vernehmen. »Da müssen Sie mir einen guten Grund sagen«, bekam Jarvis zu hören, der einen ausgezeichneten Grund zu haben glaubte und auch eine gute Ausrede parat hatte.

»Es ist ja inzwischen zweifelsfrei erwiesen, dass mein früherer Vorgesetzter George Informationen zukommen ließ. Wenn ich ihn vernehme und bei einer Anklageerhebung keine Verurteilung herauskommt, besteht immer die Möglichkeit, dass jemand mit dem Finger in meine Richtung zeigt.«

Es klang wie ein vernünftiger Grund, aber es war nicht die Wahrheit und hatte auch nicht die geringste Ähnlichkeit mit der Wahrheit.

Es war einfach so, dass er sich der Sache nicht gewachsen fühlte. George hatte ihn ausgelacht und das hatte Jarvis noch nicht verwunden. Einen Verbrecher wie George konnte man nicht knacken, wenn man von ihm nicht respektiert wurde. Selbst wenn man ihm eine Heidenangst einjagte, war es schwer genug.

Hunter sah es immer gern, wenn sich die Ganoven vor ihm in die Hosen machten, und gelegentlich ließ er es sich nicht nehmen, in eine Zelle zu marschieren, die Tür hinter sich zu verschließen und den Betreffenden bewusstlos zu schlagen, um ihm zu verklickern, dass er sich nicht hinhalten ließ. Nicht dass er bei George mit so etwas durchgekommen wäre, aber bei George hätte er es auch gar nicht probiert. Hunter war nicht nur klar, dass ihn George umgebracht hätte, sondern er mochte George auch und hatte sogar ein fast freundschaftliches Verhältnis zu ihm. Auf jeden Fall hatten sie eine Art Übereinkunft und respektierten einander. Und wenn Jarvis eines sicher wusste, dann war es, dass George keinerlei Achtung vor ihm hatte. Er hatte die Arme zur Abwehr hochgerissen und ihm einfach ins Gesicht gelacht. Wie sollte man einen Verbrecher verhören, der einen so wenig ernst nahm, dass er nicht einmal zurückschlug, wenn man ihm eine knallte?

Der DCI akzeptierte Jarvis' Erklärung und zog ihn von dem Fall ab. Die Vernehmung von George übernahm ein anderer Beamter. Aber bei Georges Prozess war Jarvis im Gerichtssaal.

Auch Elsa war anwesend. Sie trug ein makelloses Leinenkostüm und war kaum wieder zu erkennen. Seit Georges Verhaftung hatten sie keinen Kontakt mehr, und obwohl sich Jarvis sagte, dass die Trennung unwiderruflich war, empfand er ihre Nähe vor allem angesichts der Umstände als sehr schmerzlich. Er wusste nicht, ob sie ihm die Schuld an Georges Festnahme gab. Auf jeden Fall würdigte sie ihn keines Blickes.

Die meiste Zeit sah sie George an oder den Richter, als wollte sie ihn milde stimmen. Aber Georges Verhalten war der eigenen Sache nicht gerade förderlich. Er erklärte sich für nicht schuldig, obwohl er eindeutig als einer der beiden Räuber identifiziert worden war, und auch die Tatsache, dass Crackerjack seit dem Tag des Überfalls von keiner Menschenseele mehr gesehen worden war, ließ sich nicht leugnen.

Einmal nahm der Staatsanwalt kein Blatt vor den Mund und forderte George auf zu gestehen, dass sein Freund und Komplize den während des Überfalls erlittenen Schusswunden erlegen war, weil George ihm die nötige medizinische Versorgung vorenthalten habe. George bemerkte darauf nur, dass sie ihn am Arsch lecken sollten, wenn sie keine Leiche vorweisen konnten. Alles in allem war also kaum anzunehmen, dass Elsa mit ihren flehenden Blicken zum Richter viel bewirken würde.

Dennoch war die Härte des Urteils gegen George überraschend. Im selben Gericht waren nur fünf Jahre zuvor berühmtere Räuber wegen ihrer Beteiligung am großen Postraub zu bis zu dreißig Jahren verurteilt worden. Jetzt verhängte ein anderer Richter ein Urteil von fünfzehn Jahren. Die Strenge des Richterspruchs ließ ein Ächzen durch den Gerichtssaal gehen.

Die Zuschauer auf der Galerie waren empört. Nicht einmal Jarvis konnte die Härte dieses Urteils fassen. Er konnte sich nur vorstellen, dass der Richter Georges Haltung missbilligte und deshalb ein Exempel an ihm statuiert hatte.

Elsa schien dem Zusammenbruch nahe, doch George sah nur kurz zu Iris hinüber. Sie erwiderte seinen Blick mit einem unbeugsamen Starren, und keiner von beiden zuckte mit der Wimper, als der Richter sagte: »Abführen!«

George konnte in Berufung gehen, dachte Jarvis, aber damit würde er nicht weit kommen. Das Urteil war ein Zeichen der Zeit und ein Omen für die Zukunft. Schwerverbrechen waren auf dem Vormarsch, und nach der Abschaffung der Prügelstrafe und des Erhängens setzte sich bei den bürgerlichen Klassen immer mehr die Auffassung durch, dass die durchschnittlichen Gefängnisstrafen alles andere als ausreichend waren.

Den ganzen Weg von der Anklagebank zur Treppe, die zum Zellentrakt führte, ließ George Jarvis nicht aus den Augen.

Jarvis saß am Fuß der Treppe und nur ein Geländer aus Rosenholz trennte ihn von George. Er lehnte sich vor, um George bei seinem langen Abstieg besser beobachten zu können, doch plötzlich packte ihn George am Arm.

Sofort rissen ihn die Wachleute weg, aber George hatte genügend Zeit gehabt, um etwas zu sagen, was Jarvis nie vergessen würde.

»Halt sie mir warm, Mike.«

Der Schock über diese Bemerkung saß tief. Jarvis fragte sich, seit wann George es wusste. Nicht dass das einen großen Unterschied machte, dachte Jarvis. Wer Georges Frau auch nur anschaute, dessen Schicksal war besiegelt.

Und dass George gerade eine fünfzehnjährige Haftstrafe antrat, war ein geringer Trost. Es bedeutete nur, dass George jetzt fünfzehn Jahre Zeit hatte, um sich eine besonders heimtückische Rache auszudenken.

In weniger niedergeschlagenen Momenten überlegte sich Jarvis, dass er alles, was er in seinem Leben noch machen wollte, besser in den nächsten fünfzehn Jahren verwirklichen sollte, denn wenn George erst auf freiem Fuß war, würde er Jarvis so durch die Mangel drehen, dass er danach höchstens noch zwinkern konnte, um Ja oder Nein zu sagen.

Aber das Ganze war überhaupt nicht komisch. Irgendjemand war ihm auf die Schliche gekommen. Wenn George Bescheid wusste, dann dauerte es vielleicht nicht mehr lange, bis auch seine Vorgesetzten auf dem Laufenden waren. Und was dann? Er konnte abstreiten, je ein Verhältnis mit Elsa gehabt zu haben, aber das würde ihm wahrscheinlich nicht viel nützen, wie er aus seiner jahrelangen Erfahrung wusste. Denn es war durchaus möglich, dass irgendein kluges Kerlchen ein Foto aus dem Hut zauberte, das bei der Überwachung von Elsas Haus entstanden war, und dann würden sie aufzählen, wie oft er im Lauf der Monate dort gewesen war. Sie würden ihm sagen, wie lang er geblieben war, was er gegessen hatte und vielleicht sogar welche Gutenachtgeschichten er Robbie vorgelesen hatte. Vielleicht würden sie ihm sogar erzählen, wie oft und wie lang er und Elsa in Georges Bett miteinander geschlafen hatten.

Die Vorstellung war ihm unerträglich. Aber er konnte es sich nicht leisten, den Gedanken daran einfach von sich zu schieben. Wenn es so weit kam, dass er vor einen Vorgesetzten geschleift wurde, würde er es zugeben. Aber er würde ihm gleichzeitig sagen, dass es aus war, und auf das Beste hoffen.

Mit ein wenig Glück, dachte Jarvis, würde er erst nach Georges Freilassung wieder etwas von ihm hören. Und eigentlich war er sogar ziemlich zuversichtlich, dass es so kommen würde. Aber er hatte die Rechnung ohne Crackerjacks Witwe gemacht.

Zuletzt hatte er sie vor über einem Jahr gesehen. Kurz nach dem Raubüberfall hatte er sie in der Hoffnung befragt, etwas über Crackerjacks Aufenthalt in Erfahrung zu bringen. Damals hatte sie sogar geleugnet, dass sich ihr Mann und George kannten. Als man Jarvis mitteilte, dass eine Mrs. Crowther auf dem Revier nach ihm verlangte, hatte er das unbestimmte Gefühl, dass ihm ein interessantes Gespräch bevorstand.

Sie war alles andere als gut aussehend. Sie hatte schlechte Haut, und nichts schadete nach Jarvis' Meinung dem Äußeren einer Frau so sehr wie eine Haut, die ständig dem Wind eines gewaltigen, grausamen und bitterkalten Flusses ausgesetzt war, wie es der Clyde war. Zu ihrer Beschreibung fiel ihm nur ein Wort ein, das er sonst selten gebrauchte: Sie war räudig.

Ihr kleines Kind auf den Armen, war sie mit dem Zug aus Glasgow angereist, um Jarvis zu erzählen, dass sie Schwierigkeiten mit Strathclyde hatte und dass sie deswegen nach London gekommen war. »Ich sag denen immer wieder, dass ich nix mehr von Les gehört hab, seit er nach London gefahren is zu der Verabredung mit George McLaughlan. Seit einem Jahr hat keiner mehr was von ihm gehört!«

Sie hat es sich also anders überlegt, dachte Jarvis, aber bevor er sie nach dem Grund fragen konnte, fügte sie hinzu: »Also ehrlich, Mr. Jarvis, ich glaub, er is tot.«

Ihr Kind, ein eineinhalbjähriger Junge, begann zu schreien. Sie nahm ihn auf den Schoß und steckte ihm ein schnullerförmiges Karamellbonbon in den Mund, während sie fortfuhr. »Aber meinen Sie, die Scheißkerle von Strathclyde forschen mal nach, wohin er verschwunden is? 'n Furz machen die.«

Jarvis konnte gut verstehen, warum die Strathclyde Police nicht gerade darauf erpicht war, in diesem Fall offizielle Nachforschungen einzuleiten. Solange George nicht redete, war die Wahrscheinlichkeit gering, dass man Crackerjacks Schicksal aufklären konnte.

Jarvis fragte: »Weshalb ist es für Sie so wichtig, den Tod Ihres Mannes zu beweisen?«

»Meine Kinder wollen was essen, Mr. Jarvis. Und da is die Sache mit der Versicherung.«

Jarvis begriff, aber ihm war immer noch nicht klar, warum sie ausgerechnet zu ihm gekommen war. »Wenn Sie wollen, dass ich Strathclyde unter Druck setze, damit sie nach ihm suchen, muss ich Ihnen leider sagen, dass Sie meinen Einfluss überschätzen.«

»Ach, scheiß doch auf Strathclyde«, fuhr sie auf. »Die können mich doch alle. Ich möchte, dass Sie George fragen, wo die Leiche is.«

»Wieso sollte er mir das sagen?«

Sie erklärte ihm, dass es zu den üblichen Anstandsregeln zwischen Gaunern gehörte, die Frauen, Freundinnen und Kinder ihrer Komplizen nicht nur wahrheitsgemäß über den Stand der Dinge zu informieren, sondern auch falls irgend möglich dafür zu sorgen, dass sie finanziell einigermaßen über die Runden kamen. George hatte sich nicht besonders angestrengt, seine eigene Familie zu ernähren, und so würde er sich jetzt wohl kaum um sie kümmern, aber wenn er wenigstens zugab, dass Crackerjack tot war, und der Polizei sagte, wo sie seine Leiche finden konnte, wäre das eine große Hilfe für sie.

Das klang vernünftig, und Jarvis erklärte sich bereit, einen Versuch zu unternehmen. Mehr konnte er ihr nicht versprechen, auch wenn er durchaus einräumen musste, dass George nach Abschluss des Prozesses gegen ihn nichts mehr zu verlieren hatte und ruhig die Wahrheit sagen konnte.

Zufrieden mit Jarvis' Zusicherung ging sie, und erst als sie den Raum verlassen hatte, kamen Jarvis Bedenken. Die Worte »Halt sie mir warm, Mike« raubten ihm nachts noch immer den Schlaf, und je mehr er darüber nachdachte, desto weniger wollte er George McLaughlan persönlich gegenübertreten. Eines Tages würde man ihn entlassen, und wenn dieser Tag kam, wollte ihn Jarvis finden, bevor George ihn fand. Zunächst würde er versuchen, vernünftig mit ihm zu reden. Und wenn das nicht funktionierte, würde er mit ihm kämpfen wie ein Mann. Das ließ sein Stolz nicht zu. Er war ein Mann und er war ein Bulle. Und auch wenn er dann wahrscheinlich ein toter Mann und ein toter Bulle war, als Feigling wollte er nicht sterben. Er würde George die Wahrheit sagen – dass ihm Elsa etwas bedeutet und dass er sie geliebt hatte, dass die Liebe zu ihr der größte Fehler seines Lebens war, aber nicht, weil er dafür sterben musste, sondern weil sie ihn verraten hatte und weil er nicht wusste, ob er jemals wieder einer Frau vertrauen würde.

Er malte sich Georges Reaktion darauf aus und sah kurz ein Bild von sich selbst, wie er in einer kleinen Gasse unten am Hafen lag. George würde ihm die Stahlkappe seines Stiefels in die Seite bohren. *Sie werden meine Frau nicht mehr ficken, Mr. Jarvis.*

Aber versprochen war versprochen. Also fand sich Jarvis damit ab, schon bald in einem geschlossenen Raum einem Mann gegenüberzusitzen, der ihn am liebsten tot gesehen hätte.

George verbüßte seine Strafe in Barlinnie, einer trostlosen, deprimierenden Anstalt, die schon lange zu den härtesten Gefängnissen des Landes zählte. Eine knappe Woche nach dem Besuch von Crackerjacks Witwe fuhr Jarvis hin.

Aus Erfahrung wusste er, dass viele Männer eine Art Trauerprozess durchmachten, bevor sie sich in eine langjährige Haftstrafe fügten. Es war so ähnlich wie bei Leuten, die erfuhren, dass sie unheilbar krank waren. Zuerst kam das Leugnen. Dann der Zorn. Dann die Depression. Zuletzt akzeptierten sie ihr Schicksal. Aber es gab auch große Unterschiede und nicht alle fanden sich so leicht mit dem Tod ab, nicht alle fanden sich so leicht mit einer langen Gefängnisstrafe ab. Manche kamen nie aus der Phase des Leugnens heraus. Manche wurden zunehmend gewalttätig. Manche drehten durch und erholten sich nicht mehr.

Die Phase des Leugnens übersprang George, er hielt bloßen Zorn für ein angesichts der Umstände schwächliches Gefühl und entschied sich daher für ununterbrochenes, methodisches, gewalttätiges Wüten. Für den daraus entstehenden Krawall hatte er mehrfach Prügel bezogen und man hatte ihn außerdem in den Spezialtrakt von Barlinnie verlegt. Jarvis fragte sich, wie ihm die Sonderbehandlung bekam.

Das Treffen fand in einem Raum statt, der mit Tischen und Stühlen voll gestopft war. Es stank nach Desinfektionsmittel und der Gefängnislärm bildete eine ferne, aber gleichbleibend beunruhigende Kulisse.

Jarvis wusste nicht, worauf er gefasst sein sollte, aber George spielte weder auf seine Äußerung im Gerichtssaal noch auf Elsa an.

Jarvis war das ganz recht und er konzentrierte sich im Gespräch ganz auf den Grund seines Kommens.

Das Gespräch verlief sehr einseitig, da fast nur Jarvis redete. Nachdem er erklärt hatte, warum sich Crackerjacks

Witwe an ihn gewandt hatte, schloss Jarvis: »Tu ihr den Gefallen, George – auf deine Strafe wirkt sich das sowieso nicht mehr aus, aber wenn die Leiche gefunden wird, kann sie wenigstens ihre Kinder ernähren.«

Jarvis hatte eine Packung Senior Service mitgebracht. Er schob sie George zu, der die Schachtel aufmachte und eine herausnahm. Wahrscheinlich war es die erste anständige Zigarette seit seiner Verhaftung und George rauchte sie ganz langsam. Der Geruch erinnerte Jarvis an die Wohnung in Glasgow und an Iris, die Jimmy die Zigarette an die Lippen hielt.

»Ich brauch Papier«, sagte George.

Jarvis bat einen der Wärter um Papier und einen Kugelschreiber. Das Papier wurde gebracht, aber ein Kugelschreiber wurde als potentielle Waffe betrachtet und George musste sich mit einem stumpfen Buntstift behelfen.

Er rammte den Buntstift in das Papier und zeichnete die Karte einer Gegend, die am Clyde lag und nach seiner Beschreibung eine Stunde mit dem Bus vom Glasgower Hauptbahnhof entfernt war. »Ich mach das für Crackerjacks Alte und das is der einzige Grund – kapiert?«

Schließlich schob er das Papier Jarvis zu, der es in die Hand nahm und studierte.

Beim Betrachten der Karte fiel Jarvis ein, dass jeder andere George die naheliegende Frage gestellt hätte, warum er Crackerjacks Leiche zurück nach Glasgow gebracht hatte, statt sie irgendwo in der Nähe von London loszuwerden.

Jarvis machte sich nicht die Mühe. Nicht nur weil George eisern geschwiegen hätte, sondern weil er sich ziemlich sicher war, dass er sich die Sache auch allein zusammenreimen konnte. Crackerjack war mit einer Thompson-Maschinenpistole angeschossen worden. Danach hatte George ihn weggeschafft und ihn an einen relativ sicheren Ort gebracht.

Als sich immer deutlicher abzeichnete, dass Crackerjack sterben würde, hatte George vor einer schrecklichen Wahl gestanden. Wenn er ihn in ein Krankenhaus brachte, würde man sie beide schnappen und einsperren. Wenn nicht, würde Crackerjack sterben.

George hatte sich eindeutig für die zweite Möglichkeit entschieden. Kein Wunder, dass er sich nicht über das Wieso und das Wo verbreiten wollte. Er musste mit der Tatsache klarkommen, dass Crackerjack vielleicht überlebt hätte, selbst wenn er ihn nur vor dem Eingang eines Londoner Krankenhauses abgeladen hätte. Jarvis sagte nur: »Anscheinend war er schwer verletzt. Vielleicht hätte er es sowieso nicht überstanden, auch wenn du anders gehandelt hättest.«

Er hatte keine Erwiderung erwartet, aber George überraschte ihn wie so oft: »Ich wollte ihn überreden, dass ich ihn ins Krankenhaus fahre. Aber er wollte nicht überleben und dann in so 'ner Scheiße landen wie ich hier. Hat gesagt, da lässt er's lieber drauf ankommen.«

Er war nicht in der Scheiße gelandet, sondern auf einer Industriebrache einige Kilometer außerhalb von Glasgow. Bei dem Gedanken daran, wie lang Crackerjacks Überreste schon dort lagen, fuhr Jarvis unwillkürlich zusammen. Ein Spaziergang würde die Bergung der Leiche bestimmt nicht werden.

22. Kapitel

Orme vertrat seit Jahren die Auffassung, dass jeder, der mit einer Schusswaffe, einem Messer oder einem anderen tödlichen Werkzeug gefasst wurde, so lange hinter Schloss und Riegel gehörte, bis ein Richter oder ein Psychiater seine Entlassung für unbedenklich hielt.

Aber obwohl er mit einem Einsatzteam in McLaughlans Haus eingedrungen war, ihm ein Gewehr abgenommen und ihn zur Vernehmung aufs Revier gebracht hatte, konnte er ihn nicht festhalten. Er musste ihn auf freien Fuß setzen, wenn nicht heute, dann morgen. Und in der Zwischenzeit musste er sich überlegen, ob er Anzeige gegen ihn erstatten oder ihn in Krankenurlaub schicken sollte.

Trotz McLaughlans Behauptung, er könne sich nicht an die Herkunft der Schrotflinte erinnern, entschied sich Orme für den Krankenurlaub. Die andere Möglichkeit hätte McLaughlans Entlassung aus dem Dienst zur Folge gehabt und Orme wollte in diesem Stadium noch keine vollendeten Tatsachen schaffen. Er kannte ihn als tüchtigen Polizeibeamten. Es war das erste Anzeichen von Labilität und manche Männer waren schon aufgrund von weit weniger traumatischen Ereignissen zusammengebrochen als McLaughlan. Außerdem hatte sich McLaughlan die Waffe mit der erkennbaren Absicht besorgt, seine Frau und sein Kind zu schützen. Nichts hatte darauf hingedeutet, dass er sie oder sich selbst verletzen wollte. Er war krank, auch wenn er das im Moment nicht einsehen wollte, und Orme wollte ihm auf jeden Fall noch eine Chance geben.

McLaughlan war nicht der erste, erklärte ihm Orme, der schlecht damit zurechtkam, jemanden getötet zu haben, und möglicherweise stand er sogar kurz vor einem Nervenzusammenbruch. Er wies ihn darauf hin, dass er jederzeit das Revier verlassen konnte, da keine Anzeige erstattet worden war. Orme riet ihm jedoch dringend, sich von einem Psychologen testen zu lassen, bevor er nach Hause ging. Das würde sich gerade bei der späteren Disziplinaruntersuchung gut machen, denn eine Untersuchung war unvermeidlich. Orme würde das Vorgefallene möglichst herunterspielen. Die Anfertigung eines genauen Berichts war nicht zu umgehen, aber die Beschreibung der Ereignisse nach Dohenys Telefongespräch mit Claire konnte den Ausschlag dafür geben, ob McLaughlan bei der Polizei bleiben durfte oder entlassen wurde.

Bisher hatte er alle davon überzeugen können, dass McLaughlans derzeitige emotionale Verfassung vielleicht falsch verstanden worden war, dass die Dinge wohl schlimmer klangen, als sie tatsächlich waren, und dass Orme nur zur Vorsicht ohne Genehmigung in sein Haus eingedrungen war, um ganz sicherzugehen, dass McLaughlans Frau und Kind wohlauf waren, und das waren sie ja tatsächlich.

Doheny brachte McLaughlan nach Hause.

Nachdem die beiden aufgebrochen waren, las Orme die zusätzlichen Informationen durch, die ihm die Abteilung Gewaltverbrechen gefaxt hatte. Orme hatte mehr über Stuart Swifts Werdegang und seinen möglichen Geisteszustand am Tag des Raubüberfalls wissen wollen. Der vor ihm liegende Bericht war vom Sozialamt auf Anordnung des Richters erstellt worden, vor dem Stuart als Jugendlicher erschienen war.

Orme wusste nicht, wie nützlich der Bericht noch werden sollte, aber er enthielt auf jeden Fall interessanten Lesestoff. Stuarts Kindheit war von finanzieller und emotionaler Verarmung geprägt gewesen. Calvin hatte die meiste Zeit im Gefängnis gesessen und Stuart hatte bei seiner Mutter in einer Wohnung in Soho gewohnt.

Sie war eine Art Schauspielerin, die in ein paar Werbespots im Fernsehen aufgetreten war, aber mehr nicht. Sie hieß Barbara Sheldon und hatte Calvin Anfang zwanzig geheiratet.

Es war keine glückliche Ehe, und Barbara verschwand spurlos, kurz nachdem sie die Scheidung eingereicht hatte. Natürlich schöpfte die Polizei Verdacht, konnte aber keine handfesten Beweise finden. Die Akte blieb offen. Wenige Monate nach Barbaras Verschwinden wurde Calvin wegen bewaffneten Raubüberfalls zu zehn Jahren Gefängnis verurteilt. Bis zu Calvins Entlassung kam Stuart in Rays Obhut.

Es war ein denkbar ungünstiges Arrangement, bei dem Stuart immer wieder ausriss, während ihm Ray seine Kumpane nachschickte, um ihn wieder nach Hause zu holen. Zum ersten Mal seit dem Überfall sah Orme Stuart nicht nur als einen Verbrecher, der bekommen hatte, was er verdiente. Kein Wunder, dass er als Fixer geendet hat, dachte Orme. So oder so war es erstaunlich, dass er so lang am Leben geblieben war.

Eins stand für Orme auf jeden Fall fest. Wohin Barbara Sheldon auch verschwunden war, sie lebte nicht mehr.

Du kommst heim und findest eine Nachricht auf dem Anrufbeantworter. Sie ist mit Ocky zu ihrer Mutter gefahren und bleibt erst einmal dort – ein Klischee, wie es im Buche steht! Du bist enttäuscht und fühlst dich von ihr im Stich gelassen, als hättest du es lieber gesehen, wenn sie mit einem Typen davongelaufen wäre, von dem du bis jetzt keine Ahnung gehabt hast.

Sie betont, dass sie dich nicht verlassen hat. Nur im Moment ist ihr das alles einfach zu viel. Sie braucht ein Stück Normalität, jemand zum Anlehnen. Du nimmst das Telefon und wählst die Nummer ihrer Mutter.

Aber dann legst du auf und lässt sie in Ruhe. Sie brauchte Abstand. Jetzt hat sie ihn. Außerdem ist es auch für dich eine Erleichterung. Du weißt etwas, was weder sie noch Orme noch Doheny wissen: Als du das Revier verlassen hast, bist du beschattet worden. Sie haben Dohenys Auto bis hierher verfolgt. Und jetzt sind sie dort draußen und beobachten das Haus. Wenn du sie nicht abschütteln kannst, werden sie dir auch folgen, wenn du mit Doheny einen trinken gehst.

23. Kapitel

Der Clyde entsprang als Bergbach in den Lowther-Hills und floss danach durch eine herrliche schottische Landschaft. Doch die Industriebrache, über die Jarvis den Blick schweifen ließ, hatte überhaupt nichts Herrliches an sich.

Das Areal war ein Flickenteppich aus Fundamenten, die zum Teil noch die Formen der um die Jahrhundertwende erbauten Lagerhallen erkennen ließen. Irgendwann in den letzten fünf Jahren hatte die Glasgower Baubehörde die Lagerhallen einreißen lassen, um auf dem Gelände Häuser zu errichten. Vielleicht würden diese Häuser eines Tages gebaut werden, Jarvis wusste es nicht. Zur Zeit erstreckte sich, so weit das Auge reichte, nur kahles Land neben einem breiten, schwarzen Fluss. Die Ebbe legte klebrige Schlammflächen frei, die für Jarvis' Empfinden etwas Tödliches ausstrahlten.

Er versuchte die Größe des Geländes zu schätzen, aber es gelang ihm nicht. Es dehnte sich bis weit in die Ferne aus und wurde der Länge nach von einem Kanal durchtrennt, der parallel zu einer Gleisstrecke verlief. Die Gleise waren abgebaut worden oder so überwuchert, dass nichts mehr davon zu sehen war außer dem Bahndamm und den Gräben zu beiden Seiten.

Der Luftzug vom Fluss legte sich Jarvis wie ein eiskaltes Tuch über das Gesicht. Überall um ihn herum schlugen Hundeführer von Strathclyde die Krägen ihrer schweren Mäntel über die Ohren, während die Hunde das auf Georges Karte gezeichnete Gelände absuchten.

Einige Hunde strebten zum Fluss. Andere liefen die Uferböschung entlang, hüpften über den Treidelpfad des müllübersäten Kanals oder sausten unter eine gewölbte Brücke, der es an jeglichem Zauber fehlte.

Besonders ein Hund weckte Jarvis' Aufmerksamkeit. Er unterschied sich von den anderen, bei denen es sich ausnahmslos um Schäferhunde handelte. Dieser Hund war größer und erreichte eine Schulterhöhe von gut fünfundsiebzig Zentimetern. Seine Größe hatte er vor allem den langen Beinen zu verdanken, deren Pfoten so mächtig wie die eines Wolfshundes waren. Er hatte eine lange, dünne Schnauze und einen breiten Schädel. Aber vor allem durch seine Farbe und sein Fell hob er sich ab. Die anderen Hunde waren schwarz-braun und hatten ein gepflegtes, kurzhaariges Fell. Dieser Hund jedoch war grau und langhaarig.

Er stand da und hob die Schnauze in den Wind, als würde er die ganze Gegend betrachten und sich eine geeignete Strategie überlegen. Dann rannte er auf dem Bahndamm in Richtung Fluss. Er blieb einige Zeit aus, aber sein Führer machte sich keine Sorgen.

»Anscheinend ein guter Hund«, sagte Jarvis.

»Der beste in ganz Glasgow. Der beste«, erwiderte der Mann. »Aber tätscheln oder so was sollte man ihn lieber nicht – da ist ganz schnell die Hand weg.«

Jarvis schauderte. Die Worte erinnerten ihn daran, was mit Jimmy passiert war.

Nach fünfzehn Minuten schlug der Hund an.

Es war ein seltsamer Zug, der dem Hund die Gleisstrecke entlang folgte. Die anderen Männer nahmen ihre Hunde an die Leine, nur dieser eine Hund lief voran. Immer wieder blieb er stehen, bis sie aufgeschlossen hatten.

Der Hund führte sie unter der Brücke durch und weiter am Bahndamm entlang. Einen knappen Kilometer weiter stürzte er sich plötzlich hinunter in einen der Gräben, gefolgt von Jarvis und dem Hundeführer.

Verstreut im Gras lagen Knochen – Arme, Beine und Rippen.

Jarvis wusste, was Crackerjack an dem Tag des Raubüberfalls auf das Wettbüro getragen hatte, und betrachtete die Jacke, die in der Nähe lag.

Der Mann fragte: »Haben Sie eine Ahnung, warum George ihn hier abgelegt hat, statt ihn einfach in den Fluss zu schmeißen?«

Jarvis kannte die Antwort. Wie jeder Fluss wurde auch der Clyde so manchem zum Verhängnis, aber die meisten, die er in die Tiefe riss, spuckte er am Eingang zur Stadt wieder aus. Wenn George Crackerjack in den Clyde geworfen hätte, wäre seine Leiche schon nach wenigen Stunden wieder aufgetaucht. Die Tatsache, dass er von Kugeln aus einer Thompson-Maschinenpistole durchsiebt war, hätte der Polizei den unumstößlichen Beweis an die Hand gegeben, dass ihn der schießwütige Buchmacher getroffen hatte. Die Staatsanwaltschaft hätte sich gute Chancen ausrechnen können, nach einer Anklageerhebung gegen George auch seine Verurteilung zu erreichen.

Aber Georges Vorkehrungen waren alle vergeblich. Er konnte nicht wissen, dass ihn der Buchmacher in seiner

Aussage als einen der beiden Räuber identifiziert hatte, und letztlich war es gerade Crackerjacks spurloses Verschwinden, das die Geschworenen von seinem Tod überzeugte.

Georges Weigerung, den Verbleib der Leiche preiszugeben, hatte den Richter verärgert, der, so vermutete Jarvis, wohl die Auffassung vertrat, dass Crackerjack mit medizinischer Hilfe vielleicht überlebt hätte. Das würde auf jeden Fall erklären, weshalb er ein solch strenges Urteil gegen George verhängt hatte.

Aus dem Mund des Hundeführers klang es wie ein Widerhall auf diese – nach Jarvis' Ansicht – private Meinung des Richters. »Wenn er ihn nicht im Stich gelassen hätte, wäre er heute vielleicht noch am Leben.«

»Kann ich mir nicht vorstellen«, sagte Jarvis. »Er war bestimmt schon tot, als ihn George hier abgelegt hat.«

»Woher wollen Sie das so genau wissen?«

Jarvis' Eifersucht gegen George saß tief, aber das hielt ihn nicht von der Erkenntnis ab, dass George durchaus Ehrgefühl besaß. Er und Crackerjack waren zusammen aufgewachsen, hatten als Kinder zusammen gespielt, hatten bei den gleichen Banden Seite an Seite gekämpft, hatten zusammen im Knast gesessen. Zwischen Menschen, die eine solche Kindheit gemeinsam verbracht hatten, bestand ein starker Zusammenhalt. George mochte zu vielem fähig sein, aber er hätte Crackerjack nie allein sterben lassen.

»Sie waren Freunde«, sagte Jarvis nur.

24. Kapitel

Bloomfields Arbeitszimmer ging auf die grünen Spielfelder, die sich von der Rückseite des Schulhofs bis zur Galopprennbahn von Berkshire erstreckten.

Es herrschte gerade Ruhe in der Schule, denn es waren die eher schwierigen Stunden zwischen der Erledigung der Hausaufgaben und dem Abendessen, in denen die Internatsschüler sich selbst überlassen blieben und sich hoffentlich mit Lesen, Malen oder dergleichen amüsierten.

Als altgedienter Lehrer vertrat Bloomfield eine Auffassung von Pädagogik, die von der des gemäßigt fortschrittlichen Rektors stark abwich, und er wusste aus Erfahrung, dass man Jungen unter keinen Umständen sich selbst überlassen durfte, weil sie sich sonst in geheime Ecken des Gebäudes verstreuten, um sich an sich selbst oder zumindest an anderen zu vergehen.

Diejenigen, die sich nicht zu solchen Schandtaten hinreißen ließen, gaben sich dafür gewöhnlich dem Vergnügen hin, jüngere Schüler zu quälen. Daher schöpfte Bloomfield sofort Verdacht, als er sah, wie Figgis und Devereaux mit einem kleineren Jungen die Spielfelder überquerten.

Der Junge war in der ersten Klasse. Watkins hieß er oder Simpkins oder so ähnlich. Simpkins, dachte Bloomfield. Jetzt war er sich fast sicher. Der Junge hieß Simpkins.

Auf jeden Fall wurde er zu einer Baumlinie geführt, die die Grenze des Schulgeländes markierte, und es war sein deutliches Zögern, das Bloomfield an die Möglichkeit denken ließ, dass er nicht aus freien Stücken mitging. Figgis packte ihn einmal am Arm, ließ ihn aber wieder los. Doch dann zog er ihn mit oder schob ihn weiter.

Devereaux blickte immer wieder ängstlich über die Schulter, ob sich vielleicht von hinten ein Lehrer näherte.

Die Mühe hätte er sich sparen können, dachte Bloomfield. Die einzige, der sich seine Kollegen von hinten näherten, war die attraktive und völlig inkompetente Assistenzschwester. Sie hatte heute ihren freien Nachmittag, und drei Viertel des Lehrkörpers war in einen Zermürbungskrieg verwickelt, weil sie sich nicht entscheiden konnte, mit wem sie als nächstes schlafen wollte.

Er verließ das eichengetäfelte Arbeitszimmer, das die Belohnung für vierzig Jahre Lehrdienst darstellte, und steuerte vom Schulhof aus auf das Spielfeld zu.

Als er dort ankam, war das Trio verschwunden, aber er war fest entschlossen, ihnen nachzuspüren und Figgis und Devereaux auf frischer Tat zu ertappen, worin diese auch bestehen mochte. Bevor er jedoch weiterging, kam Simpkins aus dem Waldstück herausgelaufen.

Figgis und Devereaux folgten ihm, sie hatten es aber nicht eilig. Sie jagten ihn nicht, bemerkte Bloomfield. Sie sahen ihn nur davonrennen.

Simpkins lief direkt an ihm vorbei, und Bloomfield rief ihn beim Namen, aber Simpkins schenkte ihm keine Beachtung. Bloomfield drehte sich um und sah, wie der Junge zum Schulhof hetzte.

Er verschwand durch einen Torbogen, der den Eingang vom Schulhof zu den Spielfeldern bildete. Dann wandte sich Bloomfield wieder den älteren Schülern zu.

Figgis amüsierte sich so über die panikartige Flucht von Simpkins, dass er Bloomfield völlig übersah. Erst ein Rippenstoß von Devereaux machte ihm klar, dass hier möglicherweise Schwierigkeiten im Anrollen waren, und das Grinsen in seinem Gesicht war wie weggewischt.

Noch aus einigen Metern Entfernung rief ihnen Bloomfield zu: »Was habt ihr mit Simpkins gemacht?«

Figgis, der gern angeborene Dummheit vortäuschte, nahm sogleich den Ausdruck eines zutiefst und völlig zu Unrecht gekränkten Unschuldslamms an. »Ich, Sir? Nichts, Sir.«

»Und warum ist er dann davongelaufen?«

»Weiß nicht, Sir.«

»Ihr habt ihn in das Waldstück geführt.«

»Ich doch nicht.«

»Ich hab dich gesehen, Figgis. Leugnen hat keinen Zweck.«

»Ich habe nichts geleugnet, Sir.«

»Und widersprich mir nicht.«

»Ich hab doch nicht ...«

»Du, Devereaux, was hast du dort zwischen den Bäumen gemacht – und was zum Teufel hast du da in den Augen?«

Devereaux war französisch-nordafrikanischer Abstammung und seine Hautfarbe glich der von Bloomfields Stiefeln. Aber seine dunkelbraunen Augen leuchteten gerade grellgrün, da er Kontaktlinsen fürs Theater in die Finger bekommen hatte. »Ich Sir? Nichts, Sir. Meine Augen waren schon immer so.«

»Du siehst absolut lächerlich aus. Wie siehst du aus?«

»Absolut lächerlich, Sir.«

»Wo hast du sie her?«

»Ausgeliehen, Sir.«

»Von wem?«

»Kann mich nicht erinnern, Sir.«

»Nimm sie raus, und zwar auf der Stelle.«

»Kann ich nicht, Sir. Sie kleben an den Augen, Sir.«

»Morgen um fünf Uhr Nachmittag in meinem Arbeitszimmer – beide – und bringt die Querfeldeinausrüstung mit. Und jetzt ab mit euch.«

Sie stöhnten, blieben aber stehen, als erwarteten sie

noch Strafmaßnahmen, und Bloomfield fühlte sich plötzlich ganz kraftlos. »Ach, verschwindet endlich.«

Vorsichtig schoben sie sich an ihm vorbei, und Devereaux fingerte sich in den Augen herum, um die Linsen loszuwerden, bevor ihn der Rektor sah.

Bloomfield stand mit dem Rücken zu den Bäumen und sah den beiden Jungen nach. Als sie die halbe Strecke zum Schulhof zurückgelegt hatten, wollte er ihnen folgen. Und dann überlegte er es sich anders. Er war sich nicht sicher warum. Eigentlich hatte er die Absicht gehabt, in die Ruhe seines Arbeitszimmers zurückzukehren und vor dem Abendessen noch eine Pfeife zu rauchen. Aber Simpkins schien so verängstigt, und Bloomfield wollte es einfach nicht in den Kopf, dass ihm Devereaux mit seinen Alien-Augen solch eine Furcht eingejagt hatte.

Was war in dem Waldstück passiert?

Hatten sie ihn bedroht? Ihn geschlagen? Ihm weh getan?

Sie hatten doch gar nicht genügend Zeit gehabt, um etwas mit ihm anzustellen. Sie waren nur ein paar Sekunden in dem Waldstück gewesen, dann war Simpkins schon herausgerannt.

Aber er war nicht nur gerannt, dachte Bloomfield. Er war geflohen und nicht einmal stehen geblieben, als ihm Bloomfield zugerufen hatte.

Er wandte sich den Bäumen zu und folgte einem Pfad, den sich zahllose Generationen von heimlichen Rauchern gebahnt hatten.

Eigentlich war es auch um diese Jahreszeit, in der die Hälfte der Bäume kein Laub trug und der vom Regen voll gesaugte Boden die Schuhe durchnässte, recht angenehm hier.

Er spürte, wie die Feuchtigkeit durch das Leder kroch. Sein Blick senkte sich und folgte dann dem Pfad bis zu einer Kiefer. Neben den kleineren, jüngeren Eichen schien sie fehl am Platze, ein in den Himmel ragender Monolith. Sie war grün und voll und mit ihrer angenehm symmetrischen Gestalt ein fast vollkommener Weihnachtsbaum. An einem Ast in Höhe von Bloomfields Brust hing eine Art Dekoration.

Zuerst konnte er nicht so recht erkennen, worum es sich dabei handelte. Er sah nur, dass es rund und rot war. Er ging näher hin, um sich das Ganze anzusehen, und bemerkte plötzlich, dass irgendwelche körperliche Veränderungen in ihm vorgingen. Diese Veränderungen ließen sich nicht steuern und er konnte weder seinen Herzschlag verlangsamen noch seinen stoßweisen Atem beruhigen.

Als er näher trat, fragte er sich, wo das Ding herkam und wie es zwischen die Äste eines Baums geraten war. Und dann wurde ihm klar, dass es wahrscheinlich von einem Jungen – Figgis vielleicht oder Devereaux – an den Baum gehängt worden war, um den Effekt zu steigern.

Vielleicht war es derselbe Junge, der eine Brille um die Augenhöhlen und ein Hitlerbärtchen unter die Überreste der Nase gezeichnet hatte.

Jemand hatte mit großer Sorgfalt eine alte Schulmütze auf den Schädel gesetzt und den Schirm in die Stirn gezogen. Und um den Halsansatz war eine alte Schulkrawatte geschlungen, mit der der Kopf am Ast befestigt war.

Dann fasste er sich wieder. Es war der Kopf eines Mannes. Das Wenige, was vom Haar zu sehen war, war ebenso grau wie der Backenbart.

Bloomfield war sich darüber im Klaren, dass er ihn nicht berühren sollte. Dennoch fühlte er sich gezwungen, die Zigarette von den Lippen zu pflücken.

Die Lippen protestierten nicht, als Bloomfield die Zigarette zu Boden fallen ließ. Er wusste nicht, was ihn dazu veranlasst hatte, aber er wusste, dass er auf keinen Fall der

Versuchung nachgeben durfte, den Kopf von seinem Ast herunterzuschlagen, ihn zu begraben und so zu tun, als hätte es ihn nie gegeben.

Er machte auf dem Absatz kehrt und verließ das Waldstück. Er zwang sich, langsam zu gehen, gleichmäßig zu atmen und sich innerlich zu sammeln, bevor er sein Arbeitszimmer erreichte und die Polizei rief.

25. Kapitel

Doheny hatte mit Bedacht ein Pub ausgewählt, das in erster Linie von Polizisten besucht wurde. Hier und da verirrte sich auch mal ein Zivilist hinein, aber die meisten Leute an der Bar waren Bullen, die mit Frau oder Freundin oder auch allein gekommen waren, um sich in ihrer Freizeit mit Kollegen zu treffen. Da machte es auch nichts aus, dass sich die meisten den Kopf an niedrigen Türstöcken anschlugen, die noch aus einer Zeit stammten, als die Durchschnittsgröße der Menschen knapp über eins fünfzig lag.

Es war warm und behaglich. Und sicher. Jedes Mal, wenn sich die Tür öffnete, wurde der Neuankömmling von sechzig Augenpaaren taxiert. Wenn der Besucher kein Polizist war, blieben die Blicke an ihm haften, bis der Eindringling ausgetrunken und sich wieder verkrümelt hatte.

Als Doheny eintrat, sah er McLaughlan sofort, der offenbar zu früh gekommen war. Er stand mit einem unberührten Pint Bitter an der Bar und bestellte das Gleiche für Doheny, als er ihn erkannte.

Doheny schälte sich unterwegs aus einer Lederjacke, die der von Fischer am Tag des Überfalls fast aufs Haar glich, und hängte sie über eine Stuhllehne. Er wusste genau, dass dies wahrscheinlich das einzige Pub in Nordlondon war, in dem man sich so etwas erlauben konnte, ohne befürchten zu müssen, dass sie geklaut wurde. Normalerweise war er in McLaughlans Gesellschaft völlig entspannt. Aber jetzt hatte er das Gefühl, einen Fremden vor sich haben.

Doheny war bei dem Gespräch mit Orme dabei gewesen. In den kommenden Monaten würde noch manches Gespräch hinzukommen und McLaughlan würde in Begleitung eines Rechtsbeistands erscheinen. Wenn er vernünftig war. Doheny war sich nicht sicher, ob McLaughlan wusste, in was für einem Schlamassel er nach dem heutigen Tag saß.

Später würde er noch einmal versuchen, ihm die Bedeutung eines Berichts von einem Polizeipsychologen klarzumachen. Orme hatte ihn ja vor einigen Stunden schon darauf hingewiesen, dass ein günstiger Bericht seine Entlassung aus dem Dienst verhindern konnte. Allerdings würde man ihn mit Sicherheit nicht mehr in einer Abteilung arbeiten lassen, in der Schusswaffen zum Einsatz kamen. Sondereinsatzkommando, Raubdezernat, Mordkommission, Drogenfahndung waren für ihn passé. McLaughlan würde von nun an hinter einem Schreibtisch sitzen, Berichte ablegen und sich mit dem Verkehr befassen.

Es war keine Zukunft, der Doheny mit großer Begeisterung entgegengesehen hätte. Wahrscheinlich würde McLaughlan den Dienst quittieren. Trotzdem wollte er ihn dazu überreden, Ormes Rat zu befolgen. Dann hatte er nämlich immerhin die Chance, dass er seinen Rentenanspruch nicht verlor.

Es war merkwürdig, nach den Ereignissen des Tages mit McLaughlan in einer Bar zu sitzen. Doheny wusste nicht so recht, was er sagen sollte, und McLaughlan schien wenig interessiert an der Art von Smalltalk, mit der Doheny sonst den Übergang zu schwierigeren Themen bewerkstelligte.

»Auf dem Weg hierher bin ich beschattet worden.«

»Robbie«, sagte Doheny, »entspann dich ...«

Aber McLaughlan erhob nur die Stimme, als hätte ihn Doheny nicht verstanden. »Ich sag dir, ich bin beschattet worden.«

Doheny nahm McLaughlans Glas und sein eigenes und stellte sie auf den Tisch mit dem Stuhl, an dem seine Jacke hing. »Setz dich.«

McLaughlan nahm gehorsam Platz, ohne Doheny anzusehen, der plötzlich eine Packung Chips vor sich hatte, die er nicht bestellt hatte. Sie stammte von einer Frau an der Bar, die ihn schon seit Monaten damit rumkriegen wollte, dass sie sich an seine bevorzugten Getränke und seine Lieblingsmarke Chips mit den altmodischen Salzpäckchen aus dunkelblauem Papier erinnerte.

Doheny musste kurz nachdenken, bevor er antworten konnte. Um Zeit zu gewinnen, schob er seine Hand in die Chipstüte, um das Salzpäckchen herauszuholen. »Wenn du Ormes Rat befolgen und mit dem Psychologen reden würdest, würdest du schnell merken, dass sich Leute in deiner Situation oft verfolgt fühlen.«

»Was soll ich tun, damit du mir glaubst?«

»Es ist ein Syndrom«, sagte Doheny.

»Sie beobachten das Haus.«

Ach du Scheiße, dachte Doheny.

»Ich bin beschattet worden.«

Doheny hatte nicht die Absicht, McLaughlans Ängste einfach vom Tisch zu wischen, aber er wollte sie auch nicht schüren. »Robbie ...«

»Ein Mann auf einem BMX-Rad – ich hab ihn nicht abschütteln können.«

Seine Stimme klang manisch und wurde immer lauter,

er atmete hektisch. Andere Gäste schauten in ihre Richtung. Doheny packte McLaughlan am Arm und zog ihn hoch. »Lass uns frische Luft schnappen.«

Er führte ihn hinaus und leerte die Chips auf den Boden. Dann gab er ihm die Tüte und sagte: »Los, atme da rein.«

McLaughlan wusste, dass das dazu diente, das Hyperventilieren zu stoppen. Er versuchte es, aber er brauchte einige Sekunden, bis er es endlich schaffte. »Ganz ruhig«, sagte Doheny, und sie lehnten sich mit dem Rücken an die Wand des Pubs, so wie sie es in der Seitengasse vor der Midland-Bank getan hatten, bevor Orme den Angriffsbefehl erteilte.

McLaughlan atmete in die Tüte und saugte das Kohlendioxid ein. Die Augenblicke vergingen, und er spürte, wie sich sein Herzschlag verlangsamte und seine Gedanken allmählich klarer wurden.

Er nahm die Tüte vom Mund und beugte sich vor, die Hände auf die Knie gestützt. Doheny beobachtete ihn. »Wieder okay?«

McLaughlan wollte sprechen, wollte ihm zu verstehen geben, dass er sich das alles nicht nur eingebildet hatte. Aber wie sollte er es Doheny begreiflich machen, wenn er sich anhörte, als wäre er kurz davor, den Verstand zu verlieren? Und die Haut der Blase um ihn herum war wieder dicker geworden.

Dann durchdrang etwas diese Haut mit der Leichtigkeit einer Kugel. Ein BMX-Rad, der Fahrer ganz in schwarz.

Doheny sagte etwas, aber die Worte prallten von der Blase ab und McLaughlan konnte sie nicht erfassen. Er hatte noch einmal in die Tüte geblasen, aber als er das Fahrrad sah, atmete er nicht mehr ein. Er hielt die Tüte an der Öffnung zu, sodass die Luft nicht entweichen konnte.

Die Farbe der Tüte und ihre Folienbeschichtung erinnerten ihn an den silbernen Luftballon.

Er wollte Doheny warnen, aber es hatte ihm die Sprache verschlagen. Mit der Faust drosch er gegen die Tüte und diese platzte mit einem trockenen Knall.

Doheny sackte zusammen, eine Kugel hatte ihm den Schädel aufgerissen. Dann war das Fahrrad verschwunden und McLaughlan war allein.

Doheny hielt sich aufrecht auf den Knien, die Hände vor dem Gesicht, den Mund zu einem lautlosen Schrei aufgerissen, so gut wie tot. Dann fiel Doheny mit dem Gesicht nach vorn, als würde er zu Allah beten, und blieb reglos liegen.

26. Kapitel

Orme stand vor den Toren eines fürstlichen Landguts in Berkshire. Er und das Einsatzteam waren gekleidet wie für ein Feuergefecht.

Sie blockierten die Überwachungskamera, und Orme gab einigen Männern den Befehl, über die massiven schmiedeeisernen Tore zu klettern. Andere stiegen über die mit Stacheldraht bewehrte Mauer und sprangen hinunter in den Garten. Es würde Calvin Swift wahrscheinlich nicht sehr beeindrucken, dachte Orme, wenn seine Dobermänner erst drohend die Lefzen hochzogen und sich dann vor dem Schallgerät der Polizei davonschlichen – eine Art Hightech-Knute für störrische Tiere.

Die Hunde bellten, aber niemand sah nach, obwohl im Haus Lichter brannten. Orme überlegte. Er konnte die elegante georgianische Vordertür einschlagen oder er konnte anklopfen. Unter den Umständen lag es nahe zu klopfen, aber Dohenys Ermordung hatte ihn so schockiert und wütend gemacht, dass er Anweisung gab, die hydraulische Ramme einzusetzen.

Es brauchte drei Stöße mit der Ramme, um sie aus den Angeln zu heben, die sie seit über hundertfünfzig Jahren sicher festgehalten hatten. Auch von anderen Seiten – zwei Hintertüren und ein Fenster – drangen Männer ein und verteilten sich im Haus.

Alles war dunkel, doch plötzlich wurde die elegante Vorhalle von Neonröhren erleuchtet. Sherryl stand auf dem Treppenabsatz und blinzelte in das Licht. Es war zu sehen, dass sie geschlafen hatte, aber sie hatte ihre Verwirrung rasch überwunden. Ray wäre bestimmt stolz auf seine Tochter gewesen, dachte Orme. »Was fällt Ihnen ein, hier so einzudringen?«

Orme hätte ihr genau erklären können, was ihm alles eingefallen war. Er wollte die Swifts aufs Revier schleifen und sie dort so lange festhalten, wie es das Gesetz erlaubte. Und bei ihrem dortigen Aufenthalt würde er ihnen klipp und klar zu verstehen geben, dass er sie von hier bis zum Grab hetzen würde, um sie vor den Richter zu bringen, wenn ihm jemals auch nur die geringste Andeutung zu Ohren kommen sollte, dass sie in irgendeiner Weise für Dohenys Tod verantwortlich waren. Er würde ihnen keine Ruhe lassen und keine faulen Kompromisse eingehen. Und wenn es sein musste, würde er sie sogar umbringen lassen.

In drei langen Sätzen eilte Orme die Treppe hinauf. »Wo sind sie«?, fragte er.

Als würde es ihr nicht das Geringste ausmachen, dass bewaffnete Polizisten das Haus gestürmt hatten, erwiderte Sherryl mit süffisantem Unterton: »Sie sind nicht da.«

Am liebsten hätte er ihr mit einem Schlag auf den Mund

wieder die Lippe aufgerissen, aber er hielt sich zurück. Er zwang sich zur Selbstbeherrschung.

»Sie machen einen Kurzurlaub«, erklärte sie. »In Spanien. Sie sind vorgestern von Heathrow geflogen. Sie haben eine Schwäche für Spanien. Waren Sie schon mal in Spanien? Das Wetter um diese Jahreszeit ist einfach herrlich dort.«

Orme stieß sie zur Seite und lief an ihr vorbei, um mit einigen seiner Beamten die oberen Räume zu durchsuchen. Er wusste ganz genau, was eine Nachfrage in Heathrow ergeben würde. Immer wenn ein schwerwiegendes Verbrechen begangen wurde und alle Hinweise für eine Täterschaft der Swifts sprachen, konnten sie mit entsprechenden Dokumenten eindeutig belegen, dass sie zum Zeitpunkt des Verbrechens auf dem Kontinent waren. Es war ein einfaches und wirkungsvolles Alibi für jemanden, der es sich leisten konnte, Leute, die ihm ähnlich sahen, dafür zu bezahlen, dass sie mit seinem Pass ausreisten. Orme zweifelte keine Sekunde daran, dass sich die Swifts in England aufhielten. Aber er zweifelte auch nicht daran, dass er sie nicht zu Hause antreffen würde. Er hatte nicht erwartet, sie hier zu finden, doch der Versuch musste sein.

Er und seine Leute durchkämmten jedes Zimmer im Haus und noch mehr, und wenn sie es dabei für angebracht hielten, ein paar antike Möbel umzuwerfen und sie dabei ein wenig zu zerkratzen und anzuschlagen, so würde Calvin das unter den gegebenen Umständen bestimmt verstehen.

Sherryl stand in der Tür und sah ihnen zu. »Saukerle«, sagte sie, und Orme riet ihr, keine dicke Lippe zu riskieren. Er hatte die Drohung nicht wörtlich gemeint, aber sie fasste es so auf und hob die Hand zum Mund, um den Schorf zu betasten, den sie sich bei ihrer letzten Attacke auf ihn eingehandelt hatte.

Sie stolzierte aus dem Zimmer und Orme sah ihr nach, als einer seiner Leute fragte: »Was jetzt?«

Verdammt gute Frage, dachte Orme.

Die Nachricht von Dohenys Ermordung hatte ihn außerhalb seiner Dienstzeit zu Hause erreicht. Nachdem er direkt zum Tatort geeilt war, fuhr er zu Dohenys Haus, um seine Frau zu verständigen.

Schließlich überließ er Dohenys Frau und Kinder der Obhut von Verwandten und Freunden und fuhr ins Revier, um ein Team für die Durchsuchung von Swifts Anwesen zusammenzutrommeln. Aber das war im Grunde nur eine Kurzschlussreaktion. Er wollte etwas tun, er wollte ein Zeichen setzen, um die Swifts aus der Fassung zu bringen, obwohl er sich gut vorstellen konnte, dass sie die Unschuld vom Lande markiert hätten, wenn er sie zu Hause angetroffen hätte. *Ein Mord, Leonardo? Ein Polizist? Ach du meine Güte – wo soll das nur enden. Ich habe gute Lust, meinem Abgeordneten zu schreiben.*

Es gab noch einen anderen Grund für sein schnelles Handeln. Im ersten Schock und völlig ungläubig hatte ihm Dohenys Frau zwei sehr einfache Fragen gestellt. *Wer?* und *Warum?* Und Orme konnte ihr keine Antwort geben. Er hatte automatisch angenommen, dass die Swifts hinter dem Mord an Doheny steckten, weil er glauben wollte, dass es so war. Oder vielmehr weil er nicht an die einzige andere Möglichkeit glauben wollte, die darin bestand, dass Doheny von McLaughlan erschossen worden war. Dennoch musste er auch diese Alternative ins Auge fassen. Sie waren kurz vor dem Schuss zusammen gewesen, und eine ganze Reihe von Polizisten außer Dienst hatten berichtet, dass sie die beiden im Pub gesehen hatten. Dieselben Polizisten hatten auch bezeugt, dass Doheny McLaughlan nach draußen gezogen hatte. Es sah also so aus, als hätte es Schwierigkeiten zwischen den beiden gegeben. Konnte das dazu geführt haben, dass McLaughlan auf Doheny schoss? Der Gedanke war so grauenhaft, dass Orme sich überhaupt nicht damit auseinandersetzen wollte. Vielleicht hatte McLaughlan doch Recht, als er von Verfolgern sprach, und es war nicht auszuschließen, dass der tödliche Schuss eigentlich McLaughlan gegolten hatte. Aber wenn er sich nichts vorzuwerfen hatte, warum hatte er sich dann aus dem Staub gemacht?

Auf jeden Fall war der Killer ein sicherer Schütze. Er hatte nur einmal abgedrückt, mehr hatte es nicht gebraucht. Ein Amateur hätte wild herumgeballert, doch der Mörder hatte Doheny nur eine einzige Kugel in den Schädel gejagt. Dies vor allem sprach dafür, dass der Täter mit hoher Wahrscheinlichkeit ein Profi war. Aber Killer waren nun mal in der Regel im Gebrauch von Schusswaffen ausgebildet, dachte Orme.

Auch McLaughlan war ein professioneller Scharfschütze, nur dass er bei der Polizei ausgebildet worden war. Und da war noch etwas anderes. Doheny war eins siebzig, für die Verhältnisse der Metropolitan Police also relativ klein. Im Vergleich dazu war McLaughlan mit seinen eins fünfundneunzig fast ein Riese. Bei einem Größenunterschied von fünfundzwanzig Zentimetern war eine Verwechslung zwischen den beiden kaum zu erklären.

Es sah nicht gut aus.

Orme schien es lange her, dass er mit seinen Leuten McLaughlans Haus gestürmt hatte, um ihm sein Gewehr abzunehmen. Doch es waren keine zwölf Stunden vergangen, seit sie McLaughlan aufs Revier gebracht hatten und seit Claire sich entschieden hatte, fürs Erste bei ihrer Mutter in Radnage zu wohnen.

Nachdem man sie dort hingebracht hatte, war McLaughlans Haus durchsucht worden. Dabei wurden keine weiteren Waffen gefunden, aber McLaughlan hatte sich eine abgesägte Schrotflinte besorgt, als er sie brauchte, und das hieß, dass er Kontakt zu jemandem haben musste, der ihm eine Waffe beschaffen konnte. Vielleicht hatte er sich nach dem Verlassen des Reviers bei seinem Kontaktmann wieder eine besorgt?

Orme musste sich noch mit einem anderen Problem herumschlagen. Seine Vorgesetzten würden ihn bestimmt fragen, wie er in aller Welt er dazu gekommen war, McLaughlan auf freien Fuß zu setzen, nachdem man ihn nur wenige Stunden vorher mit einem ganzen Einsatzteam aufs Revier gebracht hatte.

Aber er hätte ihn gar nicht festhalten können, außer er hätte ihn wegen illegalen Waffenbesitzes angezeigt, und dann wäre es vorbei gewesen mit seiner Karriere als Polizist. Im Nachhinein konnte man immer leicht sagen, was er hätte tun müssen. Nur er hatte aus der Situation heraus zu urteilen und war dabei zu dem Schluss gekommen, dass McLaughlan weder für sich selbst noch für andere eine Gefahr darstellte.

Orme hoffte, dass seine Vorgesetzten Verständnis für seinen Wunsch aufbringen würden, einen »aus den eigenen Reihen« zu schützen, zumal McLaughlans Furcht vor einem Killer nicht ganz unbegründet war. Die Swifts waren berüchtigt für ihre Rachsucht, und es war ihnen durchaus zuzutrauen, dass sie einen Mörder auf den Beamten ansetzten, der Stuart getötet hatte – da musste man nur daran denken, was Calvin mit einer ehemaligen Freundin angestellt hatte, die heute im Rollstuhl saß, auch wenn es wie üblich keine Beweise gab. Und wo war Calvins Frau? Seit fast zehn Jahren spurlos verschwunden.

Es hatte den Anschein, als hätte jemand aus den Reihen der Polizei verraten, dass Ash Stuart verpfiffen hatte. Wer konnte da die Hand dafür ins Feuer legen, dass McLaughlan oder seine Familie nicht die Nächsten sein würden?

Und McLaughlan hatte ja niemanden bedroht. Er hatte sich ein Gewehr beschafft, weil er seine Familie beschützen wollte. Das war bestimmt nicht unverständlich, dachte Orme.

Aber es war ein Verstoß gegen das Gesetz und hätte gereicht, um ihn zu entlassen. Und wenn ich mich täusche? dachte Orme. Wenn McLaughlan vollkommen durchgeknallt ist und im Moment gerade irgendjemand mit einer AK-47 vor dem Gesicht herumfuchtelt?

Als Erstes wollte Orme ins Untersuchungsgefängnis fahren und sich noch einmal Leach vorknöpfen. Vielleicht würde er dabei etwas über den Aufenthalt der Swifts herausfinden. Unwahrscheinlich zwar, aber man wusste ja nie.

Die Polizei von Thames Valley hatte er bereits benachrichtigt, dass die Frau einer seiner Beamten zur Zeit in Radnage wohnte, dass es vielleicht zu ernsten Problemen kommen konnte und dass man am besten eine Streife vor dem Haus postieren sollte.

Wenn er mit Leach fertig war, würde er Claire aufsuchen. Er wollte ihr die Nachricht von Dohenys Ermordung persönlich überbringen und dafür sorgen, dass alle nötigen Maßnahmen für ihre Sicherheit ergriffen wurden. Jetzt war es aber schon spät. Heute konnte Orme nichts mehr tun und er brauchte dringend Schlaf. McLaughlan stand eine kalte, ungemütliche Nacht bevor, wenn er nicht bei irgendwelchen Freunden schlafen konnte. Orme fragte sich, wo er war. Er fragte sich, was er getan hatte. O Gott, dachte Orme. Lass es bitte Swift sein. Lass es nicht McLaughlan sein.

27. Kapitel

Orme wird nach dir suchen. Er weiß, dass du mit Doheny zusammen warst. Er will bestimmt wissen, warum du so plötzlich verschwunden bist, als es anfing dort von Polizisten und Sanitätern nur so zu wimmeln. Vielleicht hattest du noch eine Knarre? Vielleicht hast du Doheny damit erschossen?

Zum ersten Mal in deinem Leben merkst du, was es bedeutet, wenn man davonlaufen und sich verstecken muss, und du musst an deinen Vater denken. Irgendwie kommst du auf die Idee, dass er dir in deiner Situation helfen würde.

Das letzte Mal hast du ihn gesehen, als er gerade aus dem Gefängnis entlassen worden war. Du bist in die Gorbals gefahren, um ihn zu suchen, und hast erwartet, dass du nichts für das Viertel empfinden würdest. Aber da hast du die Erfahrung gemacht, dass niemand von sich aus entscheiden kann, wohin er gehört. Orte erheben Anspruch auf Menschen. Nicht anders herum. Und Orte wie die Gorbals fließen durch die Adern wie eine Erbkrankheit. Du bist dort geboren. Wie dein Vater und dein Bruder vor dir bist du die ersten Jahre deines Lebens in irgendeinem Hof herumgekrochen. Und so hat dich alles dort auf eine Weise angesprochen, dass du Angst hattest, nie wieder wegzukönnen. Du hast die Luft eingeatmet, die nach Fluss gerochen hat, nach rostigem Stahl und vertrauten Menschen. Und zum ersten Mal hast du verstanden, warum er nach seiner Entlassung hierher zurückgekommen ist.

Die Mietshäuser waren verschwunden, ersetzt durch zwanzigstöckige Hochhäuser. Du hattest seine Adresse, die dich zu einem der Häuser geführt hat. Du bist durch eine Stahlrahmentür getreten, deren Gitterglas zerbrochen war.

Ohne einen Blick auf den Aufzug hast du gewusst, dass er nicht funktioniert. Du bist die blanke Betontreppe bis zum zwanzigsten Stock hinaufgestiegen und stechender Uringeruch ist dir tief in die Lungen gedrungen.

Du hast an eine Wohnungstür gehämmert und er hat geöffnet. Ein Flackern der Überraschung hat seine Pupillen geweitet und wieder verengt. Es war, als wollten sie dich ausknipsen oder ausschließen. Er hat die Tür zugeschoben, und du hast den Fuß hineingezwängt, den Kopf so weit vorgebeugt, dass du seinen Schweiß riechen konntest. Dann hat er nachgegeben. Er ist wieder in die Wohnung gegangen und du bist ihm gefolgt.

Du warst das erste Mal da. Das Zimmer selbst war dir völlig fremd. Aber die Möbelstücke darin hast du alle gekannt, und es war irgendwie beunruhigend, diese vertrauten Gegenstände in einer so unvertrauten Umgebung zu sehen. Im Lauf der Jahre sind auf jeder ebenen Holzfläche, auf den Tischen und auf den Stuhllehnen heiße Tassen abgestellt worden und sie haben blasse, beige Ringe auf dem billigen Furnier hinterlassen.

An einer Wand waren Fotos von Jimmy, einige von Iris und Elsa, aber keins von dir. Es hat nur ein Bild von Tam gegeben, und du hast einige Minuten gebraucht, um ihn darauf zu erkennen. Du wolltest sagen, dass er nicht so ausgesehen hat, dass du dich nicht so an ihn erinnerst, und dann hast du erkannt, dass dich dein Gedächtnis mit der Zeit belogen hat. Es hat ein Bild von Tam entworfen, das nicht stimmte. Er hat wie Iris ausgesehen, hässlich und stark. Niemand hätte euch für Brüder gehalten.

George hat am Fenster gestanden, so weit von dir entfernt, wie es das Zimmer erlaubt hat. Er hat sich auf das Fensterbrett gestützt, im Rücken den Ausblick auf Wohnblöcke, so weit das Auge gereicht hat. Er hat gefragt, was du willst, und du hast gesagt, dass du ihm etwas sagen musst.

»Na, dann raus damit«, hat er gemeint, und du hast losgelegt. Du bist auf ihn zugegangen. Eine Armlänge von ihm entfernt bist du stehen geblieben und hast ihm mit mehreren Schlägen in den Bauch die Meinung gesagt. »Du bist der beschissenste Vater, den ein Junge überhaupt haben konnte. In der Nacht haben wir wach gelegen und gebetet, dass endlich die Bullen kommen und uns sagen, dass du tot bist – und wenn du Jarvis oder meiner Mutter auch nur ein Haar krümmst ...«

Einen schwächeren Mann hätte die Kraft hinter diesen Hieben zu Boden geworfen. Dein Vater ist nur erschrocken zurückgewichen, ohne zusammenzusacken, und als er auf dich losgegangen ist, hast du eine Ahnung davon bekommen, wie es gewesen sein musste, von Jimmy getroffen zu werden – als würde man vom Dach eines Hochhauses springen. Ein Aufprall, bei dem die inneren Organe zu Brei werden.

Es war Iris, die dich gerettet hat, Iris, die gesehen hat, dass du auf dem Boden liegst und dass dich dein Vater auf die Beine zieht, um dich wieder niederzuschlagen. Mit Fäusten wie Eisenkugeln hat sie sich auf ihn gestürzt. Sie sind von seinem Rücken und seinem Gesicht abgeprallt wie Mückenstiche. Aber er hat aufgehört.

Du wolltest die Wohnung zumindest mit einem Rest von Würde verlassen, aber du konntest nicht aufstehen und hast einfach nur um Atem ringend dagelegen, Blut auf den Händen, im Gesicht und auf dem Boden. Zum Abschluss hat er dir einen Stiefel in die Rippen gerammt mit einem gemeinen Tritt, der dir die Lunge hätte zerreißen können. »Steh auf«, hat er gesagt. Doch du hast nur Blut gespuckt und konntest nicht aufstehen.

Dich an ihn zu wenden wäre das Letzte, was du tun würdest. Du läufst durch die Straßen und suchst nach einem Eingang, in dem du dich die Nacht über verstecken kannst. Orme könnte dich sonst finden, und wenn er es nicht tut, könnte ihm Swift oder einer seiner Handlanger die Arbeit abnehmen. Die Kugel, die Doheny getötet hat, hat dir gegolten. Diesmal haben sie den Falschen erwischt. Aber nächstes Mal werden sie den Richtigen erwischen.

28. Kapitel

Am Morgen nach Dohenys Tod stattete Orme Leach einen Besuch ab. Es sah ganz danach aus, als hätte Leach seit dem letzten Mal ein wenig abgenommen, aber das war auch kaum anders zu erwarten. Untersuchungshäftlinge verloren in der Regel mehr Gewicht als normale Gefangene. Nach dem Prozess und der Verurteilung fanden sich die meisten Leute mit ihrem Schicksal ab. Sie wussten, was auf sie zukam, und saßen ihre Strafe ab. Leute in Leachs Situation dagegen machten sich Sorgen.

Orme hatte nicht die Absicht, Leachs Sorgen zu zerstreuen. »Letzten Abend ist einer meiner Männer erschossen worden.«

Einen Augenblick wirkte Leach zutiefst erschrocken, als hätte er Angst, Orme wolle ihn persönlich für den Tod eines Polizisten verantwortlich machen. Er sagte etwas, was Orme unter normalen Umständen vielleicht zum Lachen gebracht hätte: »Ich war die ganze letzte Nacht in meiner Zelle.«

»Vinny«, sagte Orme mit eisiger Stimme, »als ich dich das erste Mal vernommen habe, hast du mir erzählt, dass du Reparaturarbeiten für Calvin gemacht hast.«

»Ja, warum?«, fragte Leach.

»Ich möchte die Adresse von dem Haus wissen.«

Der Ausdruck eines verängstigten Hundes trat in Leachs Gesicht. Die Lippe halb nach oben gezogen, wimmerte er mit kläglicher Stimme: »Ich kann mich nicht erinnern.«

»Der Erschossene – Doheny – war einer unserer fähigsten Beamten, aber nicht nur das, er war auch verheiratet und Vater von mehreren Kindern. Und wenn ich herausfinde, dass die Swifts hinter diesem Mord stecken, werde ich die Geschworenen bei deinem Prozess wissen lassen, dass du der Polizei ihren Aufenthalt verheimlicht hast.«

»Ich weiß wirklich nicht, wo sie sind.«

»Du weißt die Adresse von diesem Haus.«

»Bitte, Mr. Orme, Sie wissen, dass ich es nicht verraten kann. Ich hab doch auch Kinder.«

»Und du hast vierundzwanzig Stunden«, erklärte Orme. »Wenn ich bis dahin nichts von dir höre, werde ich dafür sorgen, dass dein Name im Zusammenhang mit dem Mord an Doheny erwähnt wird, das verspreche ich dir, Vinny.« Damit überließ Orme Leach seinen Gedanken.

Zurück im Revier fand Orme einen Bericht von der Spurensicherung auf seinem Schreibtisch. Diesem entnahm er, dass Doheny von einer 9-Millimeter-Kugel aus einer automatischen Waffe und aus einer Entfernung von rund zweieinhalb Metern getötet worden war. Zudem erfuhr er, dass ein solches Geschoss aus mehreren Waffen abgefeuert werden konnte: eine Smith and Wesson Modell 10, ein Browning oder eine Heckler and Koch MP5, um nur einige zu nennen. Aber ohne dem endgültigen Untersuchungsergebnis vorgreifen zu wollen, waren sich die Experten von der Spurensicherung ziemlich sicher, dass in diesem Fall eine Glock 17 benutzt worden war.

Diese Nachricht gefiel Orme überhaupt nicht, da die Glock McLaughlans bevorzugte Waffe war. Wie viele andere im Gebrauch von Schusswaffen ausgebildete Beamten hatte er an Einsätzen mit Spezialfahrzeugen teilgenommen, deren Insassen in der Regel Smith and Wessons trugen.

Mit diesen sechsschüssigen Revolvern vom Kaliber 38 konnte ein durchschnittlicher Schütze auf eine Entfernung von fünfundzwanzig Metern genau treffen. Bei einem erstklassigen Schützen wie McLaughlan war die Treffgenauigkeit deutlich höher und dennoch hatte er sich nie mit dieser Waffe anfreunden können. Ohne bestimmten Grund. Die Smith and Wesson gehörte zu den besten Faustfeuerwaffen der Welt. Aber McLaughlan hatte sich eine Sondergenehmigung zur Verwendung der Glock geben lassen, einer Selbstladepistole mit einem siebzehnschüssigen Magazin.

Jeder nach seiner Fasson, dachte Orme, dem die Smith and Wesson lieber war. Aber er war auch kein Scharfschütze wie McLaughlan und er war kein *Todesschütze*.

In jüngerer Zeit war die Glock 17 häufiger an ausgebildete Scharfschützen ausgegeben worden, aber immer nur im Bedarfsfall und auch dann nur auf Befehl eines vorgesetzten Beamten. Und nach jedem Einsatz wurden sämtliche Waffen dem zuständigen Beamten zurückgegeben, der über ihren Verbleib zu wachen und dafür zu sorgen hatte, dass sie alle wieder im Waffentresor verwahrt wurden. Es war unwahrscheinlich, dass McLaughlan die üblichen Sicherheitsvorkehrungen umgangen hatte, zumal alle Polizisten beim Betreten und Verlassen des Reviers mit einem Metalldetektor überprüft wurden. Eine Pistole hätte den Alarm ausgelöst. Wenn McLaughlan versucht hätte, eine Waffe zu stehlen, wäre er erwischt worden, dachte Orme. Andererseits – wenn McLaughlan eine Glock von der Polizei hätte stehlen wollen, hätte er es auch irgendwie geschafft.

Aber die Mühe lohnte sich gar nicht, dachte Orme, vom

Risiko ganz zu schweigen. McLaughlan wusste doch wie jeder ausgebildete Scharfschütze, wer gerade mit illegalen Waffen handelte. Der Schwarzmarkt wimmelte nur so von Glocks. Sie waren zwar nicht gerade billig, aber der Kauf einer illegalen Waffe war viel ungefährlicher als der Versuch, eine Pistole aus dem Polizeirevier herauszuschmuggeln.

Orme mahnte sich, nicht ständig in diese Richtung zu denken. Aber er konnte nun einmal nicht sicher sein, dass Doheny von einem Killer erschossen worden war. Und noch ein anderer Gedanke nagte an ihm. Wie er es auch drehte und wendete, es wollte ihm einfach nicht in den Kopf, wie ein professioneller Killer Doheny mit McLaughlan verwechselt haben konnte. Und es war nicht zu leugnen, dass McLaughlan den Tatort nach dem Mord verlassen hatte.

Und jetzt war die Frage, wohin er verschwunden war. Nicht nach Hause. Das war klar. Als eine seiner ersten Maßnahmen nach Dohenys Tod hatte Orme McLaughlans Haus beobachten lassen. Er war nicht dort aufgetaucht, und das ließ darauf schließen, dass McLaughlan von der Beobachtung wusste.

Inzwischen hatte Orme die Überwachung wieder aufgehoben. Stattdessen hatte er seine Leute für die Suche nach McLaughlan eingeteilt.

Als Orme Claire anrief, um sie über sein Kommen zu informieren, sagte sie: »Seit gestern Abend steht ein Polizeiauto vor dem Haus.«

»Nur eine Vorsichtsmaßnahme«, erwiderte Orme.

»Wogegen?«

»Das erkläre ich Ihnen, wenn ich da bin.«

Er verließ das Revier und setzte sich in seinen Wagen. Er hatte nur Claires Adresse, aber keine genauere Vorstellung von dem Haus, in dem er sie antreffen würde. Einer seiner Männer war erschossen worden, der andere war verschwunden, da hatte er sich über solche Dinge keine Gedanken gemacht.

Wenn man ihn gefragt hätte, hätte er gesagt, dass Claires Mutter wahrscheinlich in einer Doppelhaushälfte in einem Vorort wohnte, und so war er ziemlich überrascht, als er vor einem ehemaligen Pfarrhaus anhielt. Er hatte Claire für ein Mädchen aus einer Arbeiterfamilie gehalten, das einen Polizisten geheiratet hatte. Anscheinend hatte er sich getäuscht. Das Anwesen war bestimmt ein paar Pfund wert. Jedes einzeln stehende Haus auf eigenem Grund, das nur achtzig Autominuten vom Zentrum Londons entfernt war, musste ein Vermögen wert sein.

Er parkte hinter einem Streifenwagen und redete kurz mit den Beamten, nachdem er sich ausgewiesen hatte. Sie hatten eine erste Schicht abgelöst, die hier seit letzter Nacht Dienst getan hatte. So weit sie wussten, waren auf der ruhigen Straße zum ehemaligen Pfarrhaus schon seit Stunden weder Autos noch Menschen gesehen worden. Sie wirkten gelangweilt, dachte Orme, als hätte hier schon lange nichts mehr die fast vornehme, ländliche Zurückgezogenheit der Bessersituierten gestört.

Er ging durch die Einfahrt auf das Gebäude zu, in dem einige Zimmer ursprünglich noch für Diener vorgesehen waren. Er glaubte nicht, dass es heute noch Diener gab. Er glaubte auch nicht, dass es viel Geld gab. Das Haus war groß und bezaubernd, aber auch schäbig, wenngleich dies zum größten Teil unter dem Efeu verborgen blieb, der nicht nur die Mauern, sondern auch fast das ganze Dach bedeckte.

Ein typisch englischer Garten. Es gab einige helle Flecken, auf denen sonnenliebende Pflanzen im Sommer gedeihen konnten. Ansonsten war der Garten jedoch dunkel und lag zum Teil hinter einer Mauer, die ihrerseits fast hinter Bäumen verborgen war.

Jetzt, da er das Haus gesehen hatte, überlegte er, dass er besser mehr als nur eine Streife angefordert hätte. Solch ein Anwesen zu überwachen war schwierig, denn zwei Polizisten konnten unmöglich verhindern, dass jemand ungesehen in das Grundstück eindrang. Je schneller er Claire von hier fortholte, desto besser.

Eine ältere Frau, die eine unverkennbare Ähnlichkeit mit Claire hatte, erschien in der Tür. Orme stellte sich vor und wurde in ein Wohnzimmer gebeten.

Die Einrichtung war überwiegend dunkel und schwer und mutete ihn an wie der passende Ort, um Claire mitzuteilen, dass in der vergangenen Nacht auf einer Londoner Straße, die im Vergleich zur hiesigen Umgebung fast einer anderen Zeit und Welt anzugehören schien, ein Polizist namens Doheny erschossen worden war.

Sie hätte es wohl kaum schlechter aufnehmen können, wenn es ihr Mann und nicht dessen Partner gewesen wäre. Aber, dachte Orme, sie hatte Doheny ja gut gekannt. In den letzten Jahren waren die Dohenys und die McLaughlans Freunde geworden. Und dann kamen die Fragen – Fragen, die auch Dohenys Frau gestellt hatte.

Wo war er?

Was hat er dort gemacht?

Haben Sie eine Ahnung, wer ihn erschossen hat?

Orme erzählte ihr, Doheny habe sich mit Robbie zu einem Drink verabredet, da dieser wieder auf freien Fuß gesetzt und eine Entscheidung über eine eventuelle Anzeige wegen illegalen Waffenbesitzes noch nicht getroffen worden war. »Er wollte ihn zur Vernunft bringen«, sagte Orme. »Robbie hat sich geweigert, sich von einem Psychologen testen zu lassen, und das hätte sich ungünstig auf die Untersuchung ausgewirkt. Doheny wollte ihn zu dem

Test bei dem Psychologen überreden, denn dann hätten wir sein Verhalten auf den Schock durch Swifts Tod zurückführen können.«

»Aber Sie haben gesagt, sie waren nicht in dem Pub.«

»Nach Zeugenaussagen hat Doheny Robbie plötzlich rausgebracht. Warum, wissen wir nicht.«

»Und als er rausging, ist er erschossen worden?«

Sie konnte sich die Abfolge der Ereignisse nicht vorstellen. Orme konnte es ihr nachfühlen. Er hatte selbst Schwierigkeiten damit, es sich auszumalen. »Sie sind aus dem Pub rausgegangen. Dann hat es einige Minuten gedauert, bis die Leute im Pub einen Schuss gehört haben. Sie sind rausgelaufen. Doheny war tödlich verletzt. Robbie hat einfach nur dagestanden.«

Orme fügte nicht hinzu, dass keiner der anwesenden Polizisten auf die Idee gekommen war, McLaughlan nach einer Schusswaffe zu durchsuchen. Und warum auch? Sie kannten ihn als Kollegen. Manche von ihnen hatten sich auf der Straße umgesehen, für den Fall, dass der Mörder die Waffe vor Verlassen des Tatortes weggeworfen hatte.

Wenn Claire irgendetwas Ungünstiges in Ormes letzten Satz hineingelesen hatte, sagte sie es nicht. Sie ließ sich auf ein Rosshaarsofa fallen, dessen Rückenlehne aus fein gemasertem, vom Alter dunklen Walnussholz war. Die gegenüberliegende Wand wurde fast in ihrer Gesamtheit von einem verblichenen Bild eines kastanienbraunen Wallachs eingenommen, der aus einer sonnenbeschienenen Raufe Heu fraß. Sie hielt den Blick auf das Gemälde gerichtet, als sie sprach. »Die Kugel hat Robbie gegolten.«

Orme äußerte sich nicht dazu.

»Steht deshalb ein Streifenwagen vor dem Haus – wegen Swift?«, fuhr Claire fort.

Orme wollte antworten: »Gut möglich.« Aber er hielt an sich.

»Robbie hatte also Recht. Wir sind doch beobachtet worden?«

Wieder blieb Orme stumm. Vielleicht wurden sie beobachtet. Vielleicht nicht. Wenn McLaughlan Doheny erschossen hatte, hatte Claire von Swift nichts zu befürchten, aber es konnte sein, dass sie in einer anderen Gefahr schwebte.

»Was wird er nur von mir denken?«, sagte Claire. »Wird er mir je verzeihen, dass ich Doheny gerufen und ihm das mit dem Gewehr erzählt habe, wo er uns doch nur vor Swift schützen wollte?«

Orme wusste nicht recht, wie er sie von der Vorstellung abbringen sollte, dass die einzige denkbare Gefahr von Swift ausging. Wenn sie sich weiterhin an diese Idee klammerte, würde sie später umso schwerer mit der Wahrheit zurecht kommen, falls ihr Mann Doheny getötet haben sollte. »Claire«, sagte er schließlich, »ich möchte, dass Sie mit mir nach London zurückkommen – Sie und Ocky.«

Sie blickte auf. »Warum?«

»Es ist nicht leicht, jemanden in einem so großen Haus mit einem so unüberschaubaren Garten zu schützen. Sie müssen in ein sicheres Haus.«

»Ich möchte lieber hier bleiben. Können Sie Ihre Leute nicht ins Haus setzen?«

»Es wäre einfacher für uns und besser für Sie, wenn Sie in einem Haus wären, das sich leichter bewachen lässt.«

Sie hörte ihm nicht zu. Ihr war etwas eingefallen, eine Frage, die sie Orme eigentlich sofort hätte stellen müssen, nachdem er ihr von Dohenys Tod erzählt hatte. »Wo ist Robbie?«

Orme wollte nicht zugeben, dass er es nicht wusste. Denn wenn er auch noch zugeben würde, dass alle verfügbaren Einsatzkräfte nach ihm fahndeten, würde sich Claire den Rest leicht zusammenreimen. Vielleicht war McLaughlan unschuldig, und in diesem Fall wäre es grausam, ihr unnötigen Kummer zu bereiten. Deshalb beantwortete er ihre Frage mit einer Gegenfrage. »Haben Sie von ihm gehört?«

»Nein, aber ich habe ihm auf dem Anrufbeantworter hinterlassen, wo ich bin.«

Selbst wenn sie es nicht getan hätte, dachte Orme, hätte McLaughlan ihren Aufenthaltsort bestimmt erraten. Das bestärkte ihn noch mehr in seiner Absicht, Claire von hier weg und in Sicherheit zu bringen. »Tja, also, wie schon gesagt, ich möchte, dass Sie mit mir nach London kommen – jetzt gleich, zusammen mit Ocky.«

»Ich würde lieber hier bleiben.«

Orme konnte sie nicht zwingen, ihn zu begleiten, und so antwortete er: »Mir wär's lieber, wenn Sie nicht bleiben.«

»Warum?«

Er formulierte seine Antwort sehr sorgfältig, um nicht erkennen zu lassen, dass es Probleme mit McLaughlan gab. »Wenn Doheny von einem Killer erschossen worden ist, dann lässt sich nicht ausschließen, dass dieser Killer es auch auf Sie abgesehen hat.«

Seine Sorgfalt war umsonst. Sofort hakte sie nach. »Sie haben gesagt, *wenn* Doheny von einem Killer erschossen worden ist. Was meinen Sie damit?«

Einen Moment lang sahen sie sich in die Augen. Schließlich sah Orme ein, dass ihm nichts anderes mehr übrig blieb, als ihr reinen Wein einzuschenken.

»Es besteht die Möglichkeit, dass Robbie auf Doheny geschossen hat. Im Moment können wir das nicht mit Sicherheit ausschließen. Er hat den Tatort verlassen. Wir wissen nicht, wo er ist.«

Ormes Worte trafen sie wie eine Kugel. Eine Minute lang wirkte Claire wie gelähmt. Er rechnete schon damit, sie auffangen zu müssen, wenn sie zusammenbrach, aber als sie ihre Stimme wieder gefunden hatte, sagte sie nur: »Raus.«

»Claire«, bat Orme.

»Raus!«

Ihr Schreien lockte ihre Mutter zur Tür. Mit einem weichen, gelben Staubtuch in den abgearbeiteten Händen stand sie da und blickte nervös herein, als gehörte das Haus nicht ihr, sondern jemandem, für den sie abstaubte, bügelte und wusch. »Ist alles in Ordnung?«

Claire weinte jetzt. »Wie können Sie auf den Gedanken kommen, dass er Doheny erschossen hat?«

Ihre Mutter huschte auf sie zu, als Ocky ins Zimmer lief. Ein Blick auf Claire genügte und er brach in Tränen aus.

Jetzt reicht's, dachte Orme und bellte Claires Mutter einen Befehl zu: »Passen Sie auf Ocky auf. Ich kümmere mich um Claire.«

»Ja, ich weiß nicht ...«

»Tun Sie, was ich Ihnen sage.« Nachdem sie Ocky hinausgebracht hatte, schloss Orme die Tür und wandte sich zu Claire. Erzürnt über seine Worte, hatte sie ihm den Rücken zugekehrt, und Orme fühlte sich versucht, sie daran zu erinnern, dass er sie erst gestern aus einer Situation befreit hatte, in der ihr Mann sie mit einer Waffe im Bad ihres Hauses festgehalten hatte.

Orme kam es nicht darauf an, ob sie ihn ansah oder nicht. Was zählte, war nur, dass sie ihn hörte. »Jetzt hören Sie mir mal gut zu ...«

Ocky lief in den Garten und rief nach seiner Mummy. Der Garten war viel größer als der daheim. Es gab keine Riesenpfütze, in die man hineinplatschen konnte, aber dafür konnte man um das ganze Haus herum und bis weit nach hinten zu den Bäumen laufen.

Er drückte die Lippen fest zusammen, um die Tränen zu unterdrücken. Granny hatte gesagt, dass er ein großer Junge sein und draußen spielen sollte, während sie drinnen an der Tür lauschte, um zu hören, was der Mann zu Mummy sagte. Er gab sich Mühe, ein großer Junge zu sein. Aber wenn Mummy weinte, musste er auch weinen.

Am Ende des Gartens standen Bäume und dahinter sah Ocky eine Mauer. Noch etwas anderes sah er, etwas, das ihm Angst machte ...

Eine Gestalt, die eigentlich mehr ein Schatten war, stand mit dem Rücken zur Mauer, die hinter den Bäumen verborgen lag.

»Hallo, Ocky«, sagte der Schatten. »Schau mal, was ich da für dich habe.«

Und dann hielt ihm die Gestalt ein Geschenk entgegen. Einen silbernen Luftballon.

29. Kapitel

Jarvis bemerkte, dass die Entdeckung eines menschlichen Kopfes auf dem Gelände einer bekannten englischen Privatschule für Schlagzeilen auf den ersten Seiten sorgte, während die Ermordung eines Polizeibeamten nur eine Spalte auf der zweiten Seite hergab.

Er fand das gar nicht amüsant.

Wie viele Leute seines Alters erinnerte sich Jarvis noch sehr gut daran, was es für ein Schock gewesen war, als 1966 in Shepherd's Bush drei Polizisten erschossen wurden. Vor ihrer Ermordung hatte man es nicht für nötig gehalten, Polizeibeamten im Gebrauch von Schusswaffen auszubilden, und die Spezialabteilung für Scharfschützen wurde als direkte Reaktion auf den Tod der drei Beamten ins Leben gerufen.

Für Jarvis war der Mord an Doheny weit bestürzender als die Tatsache, dass Ashs elende Visage unter einer Schulmütze hervorgespäht hatte. Nur war er für die meisten Leute nicht annähernd so interessant. Zeitungen verkauften sich durch Sensationsnachrichten und Ashs abgetrenntes Haupt fesselte die Vorstellungskraft einer von Parteienstreit, Steuerpolitik und der kläglichen Leistung des englischen Hockeyteams gegen Sri Lanka gelangweilten Nation.

Die besseren Zeitungen bezogen sich in ihrer Berichterstattung vor allem auf die Äußerung der Polizei, dass die Spurensicherung bislang noch nicht ermittelt hatte, wie der Kopf an seinen Fundort gelangt war. Einige Schüler des Internats waren die Söhne Prominenter. Entführung galt als ziemlich unwahrscheinlich – man war schließlich nicht in Italien, sondern in England –, aber dennoch bestand die Möglichkeit und deshalb hatte die Schule auch schon vor dem schrecklichen Fund strengste Sicherheitsvorkehrungen getroffen.

Von den Korridoren bis zu den Schlafsälen wurde jeder Quadratmeter von Sicherheitskameras überwacht. Selbst die Duschen und Toiletten wurden beobachtet, ebenso wie die Wohnungen der Lehrer, der Schulhof und die Spielfelder. Da die Bänder vor der Wiederbenutzung drei Monate lang aufbewahrt wurden, konnte die Polizei mit einiger Sicherheit ausschließen, dass jemand das Schulgelände mit einem Kopf unter dem Arm betreten hatte. So bemerkte ein hochrangiger Polizeibeamter: »Es ist, als wäre der Kopf vom Himmel heruntergefallen und in den Bäumen gelandet.«

Nur dass er gar nicht in den Bäumen gelandet war. Zwei Jungen hatten ihn am Fuß einer importierten kanadischen

Kiefer gefunden und ihn mehrere Tage lang jedem Schüler vorgeführt, der bereit war, für dieses Privileg fünf Pfund zu bezahlen.

Ungeachtet der strengen Sicherheitsvorkehrungen an der Schule, war es den Boulevardzeitungen gelungen, die betreffenden Jungen ausfindig zu machen. Der eine hieß Devereaux und versuchte einem Journalisten weiszumachen, dass das leuchtende Grün seiner Augen von einer Strahlentherapie herrührte. Dann bezichtigte er den anderen, der Figgis hieß, den Kopf an einem Ast der Kiefer befestigt zu haben.

Figgis revanchierte sich mit der Behauptung, dass Devereaux den Kopf mit einem Hitlerbärtchen verziert hätte. Doch keiner der beiden wollte zugeben, wer ihm die Zigarette zwischen die Lippen geklemmt hatte.

Der Kopf war ebenso wie Figgis und Devereaux aus der Schule entfernt worden. Ersterer wartete auf die offizielle Bestätigung der Identität, während Letztere auf eine Entscheidung über ihre Zukunft an der Schule warteten.

Jarvis interessierte sich weniger für die Frage, wie der Kopf auf das Gelände des Internats gelangt war, als dafür, was die Jungen damit gemacht hatten, denn für ihn bestand plötzlich eine abstrakte, aber entfernt plausible Verbindung zwischen dem, was Ash zugestoßen war, und dem Verschwinden von Tam McLaughlan.

Seit damals waren über dreißig Jahre vergangen, und die Frage, was Tam zugestoßen war, hatte Jarvis in dieser Zeit manchmal geradezu gequält. Er hatte jede denkbare Möglichkeit aus jeder denkbaren Warte durchgespielt, aber eine Möglichkeit, die ihm förmlich ins Gesicht sprang, war ihm irgendwie entgangen.

Bis jetzt.

Weder Figgis noch Devereaux hatten einen schlechten Charakter. Sie hatten etwas gemacht, was tausende von männlichen Jugendlichen an ihrer Stelle gemacht hätten. Sie hatten ihre makabere Entdeckung – anfangs zumindest – für sich behalten. Sie waren immer wieder zu dem Kopf zurückgekehrt, um zu sehen, wie er sich entwickelte und ob die Vögel ihm bereits Zunge und Augen ausgehackt hatten.

Letztlich konnten sie aber nicht der Versuchung widerstehen, ihren Fund vorzuführen, und so zeigten sie ihn anderen. Dabei ließen sie aber keinen Zweifel daran, dass der Kopf ihnen gehörte. Schließlich hatten sie ihn ja entdeckt. Deshalb konnten sie darüber entscheiden, wer ihn gegen Entrichtung welcher Gebühr sehen durfte.

Die Tatsache, dass fast jeder Schüler des Internats dafür bezahlt hatte, den Kopf zu sehen, stieß Jarvis auf etwas, was er schon längst hätte erkennen müssen: Die meisten Jungen waren von solchen Dingen weniger entsetzt als fasziniert.

Er dachte an die Industriebrache, auf der man Crackerjacks Leiche gefunden hatte, und plötzlich fiel es ihm wie Schuppen von den Augen: Konnte es nicht sein, dass Tam und Robbie wussten, wo ihr Vater seinen toten Komplizen abgelegt hatte? Konnte es nicht sein, dass sie nicht wegen George nach Glasgow gefahren waren, sondern um herauszufinden, wie die Leiche aussah, nachdem sie ein paar Wochen in einem Graben gelegen hatte? Konnte es nicht sein, dass Tam dort etwas zugestoßen war?

Das erklärte noch immer nicht, warum Robbie nicht erzählen wollte, was passiert war, aber Robbie war ein kompliziertes Kind gewesen. Es war nicht zu durchschauen, was im Kopf eines so sensiblen und verschlossenen Jungen vorging.

Mitunter war Jarvis nahe daran gewesen, ihn zu einem Kinderpsychiater zu schicken, aber damals waren noch andere Zeiten. Die bloße Andeutung, dass jemand vielleicht einen Psychologen oder einen anderen Fachmann für Geisteskrankheiten oder traumatische Störungen brauchte, reichte, um den Betreffenden samt seiner Familie ein Leben lang als labil zu brandmarken. Daher wollte Elsa nichts davon hören, und es blieb Jarvis überlassen, Robbie zu helfen.

Es gelang ihm nicht. Er wusste, dass er gescheitert war. Sicherlich gab es kleinere Erfolge, aber meistens konnte er nicht zur Wurzel von Robbies Problem vordringen. Und worin dieses Problem auch bestand, es war etwas Ernsthaftes, das wusste er.

Elsa wandte sich oft an Jarvis um Rat, wenn ihr die Sache über den Kopf wuchs. So war es auch nach ihrer Trennung gewesen. Obwohl zwischen ihnen längst alles aus war, rief sie ihn einige Wochen nach der Entdeckung von Crackerjacks Leiche zu Hause an und bat ihn schluchzend um Hilfe. »Mike, ich brauche dich wegen Robbie. Bitte, Mike, häng nicht auf.«

Jetzt ist es so weit, dachte Jarvis. Er hält es nicht mehr aus. Er wird uns sagen, was passiert ist. »Was ist los?«

Er war auf auf ein Dutzend möglicher Antworten gefasst, aber keine davon hatte Ähnlichkeit mit dem, was Elsa sagte: »Ich krieg ihn nicht aus dem Keller raus.«

Jarvis wollte fragen, was Robbie denn überhaupt dort unten machte und was sie damit meinte, dass sie ihn nicht herauskriegte, aber die Verbindung wurde unterbrochen. Da er nicht sicher war, was in Elsas Haus vorging, fuhr er hin, um es herauszufinden. Sein Verstand rief ihm zu, er solle es nicht tun und sie zurückrufen, um ihr zu sagen, dass es Vereine und Selbsthilfegruppen zur Betreuung der Frauen und Kinder von Strafgefangenen gab. Aber sie hatte so verzweifelt geklungen, dass er es einfach nicht übers Herz brachte. *Du bist ein Narr*, sagte ihm sein Verstand, *es ist doch nicht dein Problem.*

Als er ankam, öffnete sie sofort die Tür – kein Warten

auf der Treppe mehr, während sie an den Schlössern herumfummelte. Da George im Gefängnis war, war nicht mehr zu befürchten, dass er einfach nur den Schlüssel ins Schloss stecken und jederzeit hereinspazieren konnte. Jarvis begrüßte Elsa mit einem Nicken und sie führte ihn in ein Zimmer im Erdgeschoss. »Red mit ihm, Mike. Auf dich wird er hören. Sag ihm, er soll aus dem Keller heraufkommen.«

Ein unangenehmer Geruch herrschte im Haus – das hatte es vorher nie gegeben. Wahrscheinlich hatte sie seit Wochen nicht mehr geputzt, dachte Jarvis, und dann fiel ihm noch etwas auf: Einige Möbelstücke fehlten. Ein Sessel. Ein Tisch. Eine Lampe. Nur ein paar Sachen, aber genug, dass er es bemerkte. »Wo sind denn die ganzen Möbel hingekommen?«

Sie machte eine wegwerfende Handbewegung, wie um auszudrücken, dass sie momentan andere Sorgen hatte. »Red mit ihm«, bat sie. »Schau, dass du ihn da rausbringst.«

Jarvis ließ die Sache mit den Möbeln erst einmal auf sich beruhen und ging in die Diele. Die Kellertür war von innen verriegelt und er klopfte. »Robbie, willst du nicht aufmachen?«, rief er.

Er hörte ein Scharren, als würde eine Maus unter der Fußleiste verschwinden. Aber die Tür blieb verschlossen und Jarvis sagte: »Wenn du nicht aufmachst, dann ...«

Dann was? dachte er. Er konnte wohl kaum damit drohen, die Tür einzuschlagen. Und selbst wenn er es versucht hätte, hätte er es wohl kaum geschafft. George hatte sie absichtlich sehr stabil gebaut, um im Notfall mehr Zeit zur Flucht zu haben. Jarvis hätte eine hydraulische Ramme gebraucht, um sie aus den Angeln zu heben, und er hatte nicht einmal einen Hammer zur Hand.

»Robbie«, sagte er, »entweder du machst jetzt auf, oder ich hau wieder ab. Du kannst es dir aussuchen.«

Hinter der Tür blieb es völlig still und Jarvis fügte hinzu: »Also gut, wie du meinst.«

Er wandte sich zum Gehen und Elsa rief: »Bitte, Mike!«

»Nicht mein Problem«, antwortete Jarvis.

Der Riegel wurde zurückgeschoben.

Kurz wehte ihn der Gedanke an, einfach weiterzugehen, weil es das einzig Vernünftige war. Aber er drehte sich um und sah Robbie im Kellereingang stehen.

Seit er ihn kannte, hatte ihn Jarvis noch nie in einem solchen Zustand gesehen. Er war dreckig, und es war zu erkennen, dass sich der Schmutz über mehrere Tage angesammelt hatte. »Es ist nicht meine Schuld«, sagte Elsa, um seiner Bemerkung zuvorzukommen. »Er lässt mich nicht an sich heran.« Sie stürzte auf Robbie zu. »Du stinkst.« Zu Jarvis gewandt, fügte sie hinzu: »Er stinkt doch, Mike, oder? Sag ihm, dass er stinkt.«

Robbie hatte getan, was er von ihm verlangt hatte, und Jarvis brachte es nicht über sich, einfach wieder zu gehen. Er trat auf den Jungen zu und beugte sich vor, die Hände auf die Knie gestützt. Er bemühte sich, ihn mit sanfter Stimme anzusprechen. »Was hast du denn da drin gemacht?«

Zum zweiten Mal an diesem Nachmittag erhielt Jarvis eine unerwartete Antwort.

»Ich hab mich vor Jimmy versteckt.«

Den hastig hervorgestoßenen Worten folgte eine Flut von Tränen. Nun gab es auch für Elsa kein Halten mehr, und Jarvis tat das Einzige, was ihm in dieser Situation einfiel. Er verfrachtete beide ins Wohnzimmer und ging in die Küche, um Wasser aufzusetzen. So hatte er wenigstens Zeit zum Nachdenken.

Er fand eine Büchse Tee der Marke Typhoo – komisch, dass einem solche Details auch noch nach vielen Jahren im Gedächtnis hafteten –, aber die Zuckerdose war leer, und als er im Küchenschrank nach einer Tüte zum Nachfüllen schaute, fand er darin nichts als eine Packung Reis und einen halben Laib Brot.

Er öffnete den Kühlschrank. Keine Milch, keine Butter, keine Grundnahrungsmittel, nur ein Stück Corned Beef in Pergamentpapier.

Er schloss die Kühlschranktür und ging hinüber ins Wohnzimmer. Er fand Robbie auf dem Teppich und Elsa auf der Couch. Keiner von beiden blickte auf, als er sagte, dass er nur mal schnell über die Straße ging, um ein paar Sachen einzukaufen.

Fünf Minuten später kam er mit genügend Lebensmitteln für die nächsten paar Tage zurück und damit meinte er seine Schuldigkeit getan zu haben. Er hätte ruhigen Gewissens gehen können, aber Robbies Antwort von vorhin ließ ihn nicht los.

Ich hab mich vor Jimmy versteckt.

Er setzte sich auf den Teppich neben ihn und fragte: »Warum hast du dich vor Jimmy versteckt?«

»Er jagt mich«, sagte Robbie und Jarvis begriff. Ein geliebter Verwandter konnte sich nach seinem Tod in der Fantasie eines Kindes zu einem Ghul verwandeln. Und wie viel schlimmer musste es für ein Kind sein, wenn es den Verstorbenen schon zu Lebzeiten gefürchtet hatte?

Ohne Elsa anzusehen, sagte Jarvis: »Hast du irgendwelche Fotos von Jimmy?«

»Was für Fotos?«

Jarvis war gezwungen, es auszusprechen. »Aus der Zeit, bevor er seine Hände verloren hat.«

Sie ging zu einer Schublade und zog eine Plastiktüte voller Fotografien heraus, die mit nichts geschützt und zum Teil geknickt waren.

Jarvis sah sie durch, und es war keine angenehme Erfahrung für ihn, einen noch jüngeren, stärkeren und besser aussehenden George auf den Bildern zu erkennen. George mit Elsa, bevor sie geheiratet hatten. George mit Tam und Robbie kurz nach ihrer Geburt. George im Boot. George im Auto. George in den Highlands von Schottland mit Elsa in einem blauen Kleid. Nur ein Bild von George in seiner Zelle in Barlinnie gab es nicht. *Nicht mehr so stattlich, der gute George. Und auch nicht mehr so großspurig.*

Als er das Gesuchte gefunden hatte, sagte er zu Robbie: »Komm her.«

Robbie stand auf und setzte sich mit angezogenen Beinen auf die Couch. Jarvis zeigte ihm ein Foto, auf dem Robbie mit seinem Onkel Jimmy zu sehen war.

Robbie war ein kleiner Junge gewesen, gerade so alt, dass er auf Jimmys Schultern sitzen konnte, ohne das Gleichgewicht zu verlieren. Aber Jimmy war kein Risiko eingegangen und hatte ihn mit seinen riesigen Pranken festgehalten.

»Manchmal«, erklärte Jarvis, »passieren den Menschen Sachen, mit denen sie nicht fertig werden. Das verändert sie. Und dann kommt man nur noch schwer mit ihnen zurecht.« Er reichte Robbie das Foto. »Man hat dir immer gesagt, du sollst die Finger von Drogen lassen, weil sie gefährlich sind.«

Robbie hielt den Blick auf die Fotografie gerichtet und nickte.

»Und deine Familie weiß besser als die meisten anderen, zu welchem Elend Drogen führen können. Dein Onkel Jimmy hat sich auf sehr schlimme Leute eingelassen, Robbie.«

»Ich weiß. Dad hat es erzählt.«

»Er hat eine Dummheit gemacht. Er hat ihnen was gestohlen.« Jarvis schilderte Dinge, die der Junge bereits wusste, aber er hatte das Gefühl, dass es nicht schaden konnte, die Tatsachen noch einmal offen anzusprechen.

»Er hat es gemacht, weil er gemeint hat, sie können ihm nichts anhaben.«

»Weil er ein berühmter Boxer war?«

»So ungefähr«, sagte Jarvis. Er wollte nicht sagen, was die Dealer mit Jimmy gemacht hatten, nachdem sie ihn sich geschnappt hatten. Robbie wusste ganz genau, was sie gemacht hatten. Jarvis hätte es lieber dabei belassen, aber Robbie schien ein Bedürfnis zu haben, die Dinge beim Namen zu nennen, um darüber hinwegzukommen.

»Sie haben ihm mit einer Kettensäge die Hände abgeschnitten«, sagte Robbie. Elsa erschauerte. Robbie hob den Blick. »Da konnte er nicht mehr boxen.«

»Robbie ...« begann Jarvis.

Ein hysterischer Ton lag in der Stimme des Jungen. »Und darum ist er verrückt geworden. Er konnte nicht mehr boxen.«

Jarvis nahm das Foto und betrachtete es genauer. Es gab viele Gemeinsamkeiten zwischen Jimmy und George. Beide hatten sie nie auch nur den geringsten Respekt vor staatlichen Behörden gehabt, aber das war von den Söhnen eines Mannes, der im Arbeitslager gestorben war, wohl kaum anders zu erwarten. Anscheinend glaubten sie beide, sie stünden über dem Gesetz, und beide waren so außergewöhnlich stark, dass sie sich fast für unangreifbar, für unsterblich hielten.

Aber letztlich waren beide nicht unangreifbar gewesen und Jimmy war sogar ermordet worden, möglicherweise von denselben Leuten, die ihm die Hände abgesägt hatten.

Jeder kleinere Drogenhändler im Land hatte die Botschaft verstanden: Ihr könnt euch anlegen mit wem ihr wollt, aber nicht mit den Libanesen.

Jimmy war mit Aderpressen an den Armen durch das Hafenviertel geirrt, als man ihn fand. Sie wollten ihn nicht töten. Sie wollten etwas klarstellen.

»Er hat dich geliebt«, sagte Jarvis und gab Robbie das Foto. »Behalt es. Und immer wenn du glaubst, dass er als Geist wieder zurückkommt, schaust du es dir an und fragst dich, ob du einem Neffen, den du liebst, so etwas antun würdest.«

Es klang logisch und vernünftig. Jarvis hoffte, dass es funktionieren würde.

Er erhob sich, um zu gehen, und Elsa stand ebenfalls auf. Als er schon auf dem Weg zur Tür war, fragte sie: »Mike, kannst du das Schiff nehmen?«

Einem Moment lang hatte Jarvis nicht die geringste Ahnung, wovon sie sprach. Dann fiel es ihm ein. Es war schon so lang her, dass er mit Streichhölzern und Kleber in der Tür erschienen war, und seit Tam bei der Reparatur des zerschlagenen Modellschiffs ein kleines Wunder vollbracht hatte, stand es nur noch als Staubfänger auf einem Tisch.

Er fragte, warum er es mitnehmen sollte, und sie antwortete, dass sie auszogen und dass sie sich nicht richtig darum kümmern konnte.

Jarvis sagte sich, dass es ihn nichts anging, wenn Elsa umzog, aber die Neugier war stärker, und er fragte, wo sie hinzogen.

Sie erzählte ihm, dass sie die Wohnung wegen Mietschulden räumen mussten. Das Sozialamt hatte ihnen ein Dach über dem Kopf versprochen, aber fürs Erste hatte man sie nur in einer Pension unterbringen können. Der Name der Unterkunft, den sie kurz erwähnte, gehörte einem von mehreren Etablissements, die nach Jarvis' Kenntnis gelegentlich mit der Polizei zu tun hatten. Für Studenten lag sie in zu großer Entfernung von den Londoner Colleges und der Besitzer machte seinen Reibach mit einer ungesunden Mischung aus Problemfamilien, Drogensüchtigen und Alkoholikern.

Jarvis verstand jetzt, warum die ganzen Möbel verschwunden waren. Elsa hatte die Stücke nach und nach verkauft. Außerdem konnte man, wenn man vom Sozialamt eine provisorische Unterkunft zugewiesen bekam, in der Regel nur ein paar persönliche Habseligkeiten mitnehmen. In einem möblierten Zimmer gab es keinen Platz für die eigene Einrichtung.

Normalerweise hätte er das Modellschiff ohne Zögern genommen, aber er betrachtete seine Beziehung zu Elsa als beendet, und er wollte nichts in seinem Besitz haben, was sie als Vorwand benutzen konnte, um später wieder mit ihm Kontakt aufzunehmen. Allerdings war ihm auch klar, dass das Schiff zerbrochen oder gestohlen werden konnte, und schließlich besaß es einen Wert, der sich mit Geld nicht ermessen ließ. Tam hatte es selbst gebaut, und wenn seine Vermutung zutraf, dass Tam tot war, dann war es neben ein paar alten Fotos so ziemlich der einzige Gegenstand, der Elsa noch an ihn erinnerte. Was sie auch getan hatte, er wollte nicht, dass ihr das Schiff verloren ging, und sagte: »Ich hole eine Schachtel.«

Er legte das Schiff in den Karton, den er aus dem Laden besorgt hatte, und verpackte es mit zusammengeknülltem Zeitungspapier.

Elsa wanderte langsam die Treppe hinauf. Sie wirkte auf einmal wie betäubt, als wüsste sie nicht mehr genau, wo sie war. Nachdem er das Schiff in Zeitungspapier verstaut und den Karton zugeklebt hatte, ging er ihr nach, um nach ihr zu sehen.

Im Schlafzimmer und in Robbies Zimmer gab es keine Betten mehr, und auch die Korbtruhe und eine Musiktruhe, die aus für Jarvis unerfindlichen Gründen immer im hintersten Zimmer gestanden hatte, waren verschwunden. »Wo sind die ganzen Sachen?«, fragte er.

»Wir müssen die Wohung bis morgen räumen.«

Also würden sie die letzte Nacht auf dem Boden schlafen, dachte Jarvis. Alles in allem hatte George in seiner Zelle mehr Komfort als seine Frau und sein Sohn hier.

Jarvis ging wieder hinunter und Elsa folgte ihm. Sie stand in der Küche und sah sich die Lebensmittel an, die er gekauft hatte. »Es ist nicht viel«, sagte Jarvis, »aber es reicht euch auf jeden Fall für heute Abend und morgen fürs Frühstück.« Er fügte nicht hinzu: »Und dann müsst ihr allein klarkommen«, aber die Worte hingen im Raum und sie erfasste sie sofort.

»Ich habe nicht gewollt, dass es so kommt. Es ist doch nicht meine Schuld.«

Irgendwann vor längerer Zeit hatte Jarvis geglaubt, dass sie höchstes Lob dafür verdiente, wie sie ihre Söhne unter den gegebenen Umständen großgezogen hatte. Aber damals hatte er sie noch nicht so gut gekannt. Sie hatte gelegen, wie sie sich gebettet hatte. Aber sie hatte auch dann nicht das Bett gewechselt, als ihre Jungen darunter litten. Plötzlich platzte ihm der Kragen. »Doch«, sagte er, »es ist deine Schuld.«

Sie sah ihn an wie ein kleines, beleidigtes Kind und so behandelte er sie auch. »Elsa«, fragte er, »was hast du mit der Sozialhilfe gemacht?«

»Damit kommt man nicht weit.«

»Und was soll Robbie essen?«

»Ich kann nicht zaubern, Mike.«

Auf einmal spürte er in ihrer Gesellschaft nur noch Überdruss. Sie streckte die Hand nach ihm aus, wie er es fast erwartet hatte, und er reagierte darauf mit der Erklärung, dass er den Anblick, der sich ihm dargeboten hatte, nachdem Whalleys Leute die Tür eingeschlagen hatten, sein Leben lang nicht vergessen würde. Er hatte mit einer mürrischen Entschuldigung gerechnet, aber Elsa hatte sich am Tag von Georges Verhaftung nicht entschuldigt und sie entschuldigte sich auch jetzt nicht. »George ist mein

Mann«, sagte sie nur. Jarvis stürmte an ihr vorbei und holte das Modellschiff aus dem hinteren Zimmer.

Er trug es in die Diele und wollte nur noch weg, um die von ihr ausgehende Anziehung abzuschütteln und auch um die Frage in Robbies Augen nicht zu sehen. *Kommst du wieder?* Aber eine Sache musste er noch loswerden. »George hat von uns gewusst.«

Sie stritt es nicht ab.

»Wer hat es ihm gesagt?«

Sie konnte ihm nicht in die Augen sehen.

»Das dachte ich mir«, stellte Jarvis fest. »Warum hast du es ihm gesagt?«

»Aus Angst, dass er es herausfindet.«

»Du hast Angst gehabt, dass er es herausfindet, und deswegen hast du es ihm gleich selbst gesagt? Merkwürdige Logik.«

»Ich hab ihm gesagt, dass ich mich mit dir eingelassen habe, weil du derjenige warst, der ihn gejagt hat. Ich hab ihm versprochen, ihm alles zu verraten, was du machst.«

»Und hast du es gemacht?«, fragte Jarvis.

»Nein!«

»Und wie fühlst du dich als Frau von jemandem, der dich mal eben von einem anderen besteigen lässt, damit er nicht verhaftet wird?«

Keine Antwort.

»Ich weiß gar nicht mehr, was ich noch zu dir sagen soll.«

Immer noch keine Antwort.

»Elsa, schau dich doch an.«

Auch darauf blieb sie die Antwort schuldig und plötzlich bestürmte Jarvis sie wie ein Terrier. »Wie du aussiehst! Schau dich doch um, in welchem Zustand das Haus ist. Und Robbie – wie stellst du dir eigentlich seine Zukunft vor?«

Mit Robbie im Schlepptau folgte sie ihm aus dem Haus,

als Jarvis die Schachtel zum Auto trug. Er verstaute sie auf dem Rücksitz, ohne dass Elsa oder Robbie ihm halfen. Sie sahen ihm nur zu, Elsa in stillem Zorn, Robbie sichtlich eingeschnappt. Also stieg Jarvis ein, ließ das Auto an, legte den Gang ein ...

... und schaltete zurück in den Leerlauf.

Der Motor lief und er saß nur da. Am liebsten wäre er weggefahren. Aber er schaffte es nicht.

Es wäre besser gewesen, einfach wegzufahren. Das wusste er jetzt. Aber im Nachhinein weiß man solche Sachen immer besser, dachte Jarvis. Damals hatte er keine Ahnung, dass er gerade die letzte Chance auf echtes Glück verschenkte, die er noch hatte, dass er hätte aufs Gas steigen müssen, um vielleicht noch eine Frau kennen zu lernen, mit der er die ersehnten Kinder, den verdienten Frieden und ein Zuhause haben konnte, das ihm immer verwehrt geblieben war. Aber er öffnete die hintere Tür zum Gehsteig und rief Robbie zu: »Steig ein.«

Robbie kletterte hinein und machte sich ganz klein, um neben der Schachtel Platz zu finden. Elsa folgte ihm nicht und Jarvis schaute sie herausfordernd an. »Und was ist mit dir?«

Sie würdigte ihn keines Blickes, aber sie hatte Robbie nicht aufgehalten und sie würde nicht so dumm sein, die einzige Hilfe auszuschlagen, die ihr angeboten wurde. »Ich sag es nicht noch einmal.«

Sie stieg neben ihm ein. Was blieb ihr auch anderes übrig? Jarvis brachte sie in die Wohnung, in der er damals lebte. Er wollte sich einreden, dass er es für Robbie machte, aber das war genauso gelogen wie die Erklärung, dass er es machte, weil er sie einfach nicht in einem Haus ohne Heizung und ohne Möbel sich selbst überlassen wollte.

Er sagte sich, dass er alt genug war, um ihr zu verzeihen, dass die Chancen für seine Beziehung zu Elsa viel besser standen, da George nicht mehr ständig im Hintergrund lauerte, sondern im Gefängnis saß. Doch als sie unter seinem Dach war, legte er die Bedingungen fest. Er würde ihnen in den nächsten Monaten eine anständige Unterkunft bezahlen und in der Zwischenzeit um seine Versetzung bitten. Nach Sussex, Cardiff oder Yorkshire – an irgendeinen Ort, wo bestimmt niemand wusste, dass sie die Frau eines verurteilten Gewaltverbrechers war. Sie würden als Mann und Frau zusammenleben. Sie würde sich Mrs. Jarvis nennen. Sie würde die Scheidung einreichen, und wenn sie vollzogen war, würden sie heiraten. Wenn George damit einverstanden war, würde Jarvis Robbie offiziell adoptieren. Auf jeden Fall durfte Georges Name in seiner Gegenwart nicht erwähnt werden. Das waren seine Bedingungen. Sie konnte sie annehmen oder nicht. Er akzeptierte keine Diskussionen.

»Es liegt ganz bei dir«, sagte Jarvis. »Also, wie lautet deine Entscheidung?«

Sie nickte ergeben wie ein kleines Mädchen. Es war ein schnelles, nervöses Nicken, als wäre sie froh, so leicht davongekommen zu sein. »Sag es«, befahl Jarvis, und Elsa nickte wieder, die Lippen fest verschlossen, die Augen weit aufgerissen. »Sag es!«, wiederholte Jarvis. »Sag, dass du einverstanden bist.«

»Ich bin einverstanden«, murmelte sie. Es war nicht gerade eine begeisterte Absichtserklärung, aber Jarvis glaubte, dass sie es ehrlich meinte.

Nur in einem entfernten Winkel seines Bewusstseins hörte er George McLaughlan, der ihn mit stählernem Griff am Arm packte und sagte: »Halt sie mir warm, Mike.«

30. Kapitel

Die Segeltuchtasche, in der die Dokumentenmappe lag, war an den Rändern ein wenig ausgefranst. Margaret Hastie wollte sie schon seit längerer Zeit ersetzen. Als Frau eines bekannten Rechtsanwaltes musste sie genau darauf achten, wie sie sprach, wie sie sich benahm und wie sie sich kleidete – und eine Frau konnte nicht als gut gekleidet gelten, wenn ihre Accessoires aus dem Leim gingen.

Aber im Moment war es nicht nur die Segeltuchtasche, die aus dem Leim ging. Sie hatte eine Verabredung zum Mittagessen mit Edward verpasst und er würde eine Erklärung verlangen.

Er würde wissen wollen, warum sie ihn so lange auf die Dokumente hatte warten lassen, um die er sie gebeten hatte. Sie nahm sich vor zu sagen, dass sie den Nachmittag gebraucht hatte, um ihre Gedanken zu ordnen, nachdem sie mit ihrem Verlobungsring zu einem Juwelier gegangen war, um ihn für die Versicherung schätzen zu lassen.

Der Juwelier hatte den Stein begutachtet, der in einer Fassung aus achtzehnkarätigem Gold ruhte, und hatte ihr den Ring mit einem bedauernden Lächeln zurückgegeben. »Da lohnt sich eine Versicherung nicht.«

Margaret Hastie spürte ein deutliches Schwanken des Bodens unter den Füßen, als ihr der Juwelier erklärte, dass es sich bei dem Stein um einen kubisch geschliffenen Zirkon handelte. »Sehr hübsch«, sagte er. »Sehr naturgetreu – aber leider fast gar nichts wert. Ich versichere Ihnen ...«

Sie verließ den Laden in der Überzeugung, dass sich der Juwelier geirrt hatte. Und dann wurde sie wütend, aber nicht auf Edward. Der Juwelier wollte ihr doch Geld für den Ring bieten. Nachdem er ihr erklärt hatte, dass er praktisch nichts wert war, wollte er ihn ihr bestimmt für ein Butterbrot abschwatzen. Schließlich hatte er auch gesagt, dass der Metallwert der Weißgoldfassung ungefähr achtzig Pfund ausmachte und dass er ihr gern eine Bescheinigung darüber ausstellen würde, wenn Sie es wünschte, obgleich er nach wie vor der Meinung war, dass sich das bei einem so minderwertigen Schmuckstück kaum lohnte.

Völlig sprachlos vor Schreck hatte sie den Laden einfach verlassen und sich den Ring wieder auf den Finger gezwängt, als wäre er ihr beinah gestohlen worden. Danach machte sie sich auf den Weg zu dem Restaurant, das Edward vorgeschlagen hatte, stieg aber eine Station zu früh aus der U-Bahn und gelangte irgendwie in den Regent's Park.

Sie setzte sich auf eine Bank und drehte den Ring an ihrem Finger, während der Zorn in ihr aufstieg und wieder abflaute, bis er ganz verraucht war.

Eine Frau blieb stehen und fragte, ob alles in Ordnung sei. Sie gab Margaret ein Tempo und wich nicht von ihrer Seite, als sie sich mit dem Taschentuch über Gesicht und Kinn wischte und schließlich noch die Bluse abtupfte. »Mir geht's gut«, sagte sie. »Mir geht's gut.« Schließlich verschwand die Frau wieder.

Margaret blieb. Sie saß im Regent's Park, bis die zwei Stunden, die ihr laut Gleitzeit über Mittag zur Verfügung standen, längst verstrichen waren. Es war schon später Nachmittag. Die anderen im Büro hofften bestimmt schon, dass es bald halb fünf war, da das Wochenende in ihrer Abteilung traditionell etwas früher begann. Wahrscheinlich fragten sie sich, wo sie hingegangen war. Oder sie fragten sich vielmehr, warum sie am Nachmittag nicht mehr ins Büro gekommen war.

Das olivgrüne Gras im Regent's Park hatte einen stumpfen Ton, denn der bewölkte Himmel hatte ihm die Leuchtkraft genommen, die es manchmal im Sommer besaß. Von einem Busch, der im Frühling rote Blüten zeigte, war nur ein Dickicht kahler Zweige übrig. Der Busch verstellte ihr den Blick auf einen Weg, von dem sich plötzlich ein Mann Anfang dreißig mit seinem Kollegen näherte. Sie trugen Anzüge und sie hielt sie zuerst für Banker. Aber es waren keine Banker.

Der Ältere der beiden trat auf sie zu. »Margaret Hastie?« Es wunderte sie nicht einmal, dass er ihren Namen kannte. Er streckte die Hand aus – nicht um ihre zu schütteln, sondern um sie um ihre Tasche zu bitten. Sie reichte sie ihm, und sie stand auf, als er die Tasche öffnete und die Dokumentenmappe herauszog.

»Wie haben Sie es herausgefunden?«, fragte sie.

»Sie stehen schon seit einiger Zeit unter Beobachtung«, antwortete er. Sie nickte nur wie zur Bestätigung und sagte: »Ich weiß es erst, seit heute der Ring geschätzt worden ist.«

Er hatte keine Ahnung, wovon sie sprach.

»Macht nichts«, meinte sie und folgte ihnen aus dem Park bis in ein wartendes Auto. Es war ein dunkler, schnittiger Wagen, wie sie sie sonst vor allem aus James-Bond-Filmen kannte. Da fließen also unsere Steuern hin, dachte sie und sagte: »Ich erzähle Ihnen alles. Ich hab nichts davon, wenn ich ihn decke.«

Der jüngere der beiden – der sich bei ihr entschuldigt hatte, als er sie mit Handschellen an sich band – tätschelte ihr lächelnd die Hand. Seine Haut war kühl und samtig weich. »Wir sind sehr froh, dass Sie es so sehen. Das macht es uns allen sehr viel leichter.«

31. Kapitel

McLaughlan hatte die Nacht im Garten eines Hauses verbracht, das offensichtlich leer stand. Die Lichter wurden von einem Timer ein- und ausgeschaltet. Er hatte das Haus eine Weile beobachtet, bevor er den Garten betrat und sich in einem Zierteich Dohenys Blut vom Gesicht, von den Händen und von den Kleidern wusch.

Zwei Kois glitten auf ihn zu, angelockt vom süßen Blutgeruch.

Er schlief im Garten direkt bei der Mauer, die ihn von der Straße trennte. Das war sicherer, als in einem Eingang zu nächtigen. Wenn ihn nicht zufällig die Besitzer des Hauses oder ein Nachbar sahen, würde er unbemerkt bleiben. Am Morgen stand er auf, bevor es richtig hell war, und schlenderte die Hauptstraße eines Vororts hinunter. Dort kaufte er eine Morgenzeitung von einem Straßenverkäufer, der ihn von oben bis unten musterte, als käme er ihm bekannt vor. Wieder beschlich ihn ein deutliches Gefühl, wie es für seinen Vater gewesen sein musste, immer über die Schulter zu schauen und selbst den flüchtigsten Blick eines Fremden als Bedrohung zu empfinden. Er wusste, dass er mit seiner Körpergröße auffiel. Jeder vorüberfahrende Streifenwagen konnte ihn aufgreifen. Aber er musste dieses Risiko eingehen, es blieb ihm gar keine andere Wahl. Er konnte nicht den Rest seines Lebens in den Gärten fremder Leute verbringen.

Er ging mit der Zeitung in einen Park und setzte sich zum Lesen auf eine Bank. Als erstes sah er die Überschrift, die sich auf die Entdeckung von Ashs abgetrenntem Kopf bezog. Die Spurensicherung hatte bestätigt, dass es sich um den Schädel von Gerald Ash handelte, und unter normalen Umständen wäre das eine faszinierende Morgenlektüre für McLaughlan gewesen. Doch wie die Dinge lagen, brachte er es nicht einmal fertig, den Artikel genauer zu lesen. Er überflog die wesentlichen Details und suchte dann nach Meldungen über Dohenys Ermordung, bis er auf folgende Sätze stieß: »Die Polizei fahndet nach einem Mann, der wenige Minuten vor dem Mord mit dem Opfer gesprochen hat und den Tatort nach Eintreffen der Sanitäter verlassen hat. Der Mann ist zirka 1,95 Meter groß und trägt ...«

Mehr brauchte McLaughlan nicht zu wissen. So wie er es befürchtet hatte, verdächtigte man ihn, Doheny erschossen zu haben. Und so unverständlich war das ja auch nicht, da ihm seine eigenen Kollegen nur wenige Stunden vorher eine Waffe abgenommen und ihn aufs Revier gebracht hatten. Auf jeden Fall war ihm jetzt klar, dass ihn sein Instinkt gestern Abend nicht getrogen hatte. Er konnte sich nicht an Orme wenden. Orme würde ihm keinen Glauben schenken.

Den ganzen Tag lief er durch Vororte, von denen er wusste, dass sie ruhig waren und dass dort weniger Streifenwagen unterwegs waren als in anderen Gegenden von London. Am späten Nachmittag trat er in ein Café und trank einen Kaffee, der seinen Herzschlag bis zur Decke hochjagte. Es war warm dort, warm wie es in dem Imbisslokal am Glasgower Hauptbahnhof gewesen war. Wie damals hatte er wenig Geld bei sich und nur dünne Kleidung an und die in der Morgenzeitung angekündigte Kälte senkte sich auf die dunkler werdenden Straßen Londons herab.

Er saß am Fenster und schaute hinaus. Als ein Streifenwagen vorbeifuhr, senkte er den Blick. Der Wagen blieb nicht stehen, und er hätte sich entspannen können, wenn er in diesem Moment nicht etwas gesehen hätte, was ihm den Magen umdrehte. Ein Junge mit einem silbernen Luftballon ging an dem Café vorüber. Er war älter als das Kind, das in den Überfall hineingeraten war. Der Junge hier war neun oder zehn, aber der Ballon war der gleiche.

Komisch, wie verbreitet diese Ballons auf einmal waren.

Er trank seinen Kaffee aus und verließ das Café. Kaum war er auf die Straße getreten, als ihm schon die Kälte durch die Kleider fuhr.

In der letzten Nacht war es kalt gewesen. Heute würde die Temperatur auf lebensbedrohliche Minusgrade fallen. Noch eine Nacht im Garten würde er nicht verkraften und auch zu den üblichen Treffpunkten der Obdachlosen durfte er sich nicht wagen: Die Herbergen, die Asyle, die Orte, die regelmäßig von der Polizei kontrolliert wurden. Er musste einen Zufluchtsort finden oder jemanden, der ihm helfen konnte, und er dachte daran, Kontakt zu Claire aufzunehmen, entschied sich aber dagegen. Nicht nur, weil die Gefahr bestand, dass der Anruf mitgehört wurde, sondern auch, weil Claire in den letzten Tagen eine Menge mitgemacht hatte. Was er ihr auch sagte, sie würde nicht wissen, was sie glauben sollte.

Er wählte die Richtung, aus der der Junge gekommen war, um den Ballon nicht vor Augen zu haben. Er hätte es nicht ertragen, ihn über den Köpfen der Leute schweben zu sehen.

32. Kapitel

Auf den geparkten Autos unten auf der Straße bildete sich Reif. Der Himmel war kühl und dunkelblau und keine Wolke hielt warme Luft zwischen dem Gehsteig und den Sternen fest. Es wird bitterkalt werden heute Nacht, dachte Jarvis.

Er zog die Vorhänge zu und drehte die Zentralheizung auf. Dann setzte er sich, um sich das letzte Nachmittagsrennen in Aintree anzuschauen. Die Pferde schienen zu schrumpfen, als die gestreiften Wolldecken von den Sätteln gerupft wurden, und die Jockeys zogen die Zügel an, um auf dem rutschigen Geläuf nicht den Halt zu verlieren.

Jarvis sah sich gern Pferderennen an, auch wenn er nur selten wettete. Und das war auch gut so, dachte er, denn jeder Gaul, auf den er setzte, hinkte unweigerlich als Letzter ins Ziel. Er war dafür berüchtigt, dass er den Chancen klarer Favoriten den Todesstoß versetzte. Das ging sogar so weit, dass Hunter – ein Wettnarr, wie er im Buche stand – einmal vor versammelter Mannschaft gepredigt hatte: »Wenn wir Jarvis einmal mit dem Gesicht nach unten im Graben finden, braucht ihr euch gar nicht bei irgendwelchen Ganoven hier in der Stadt umschauen. Ihr müsst einfach nur jeden Trainer in Lambourn anrufen, und ihr werdet bald wissen, wer ihn auf dem Gewissen hat.«

Hunter, dachte Jarvis. Es war wirklich zum Lachen. Vor Gericht hatte er einen unbekümmerten Elan an den Tag gelegt, der der Presse Anlass zu der Vermutung gab, dass er vielleicht nicht ganz richtig tickte. Nach seiner Entlassung aus dem Gefängnis hatte er ein Buch über einige berüchtigte Verbrecher geschrieben, denen er in der Vergangenheit begegnet war. Es hatte sich erstaunlich gut verkauft. Jarvis besaß eine Erstausgabe mit einer persönlichen Widmung von Hunter: »Für einen alten Narren von einem alten Gauner«.

In dem Buch wurde George als einer der Männer geschildert, die auf dem Bahnsteig des Glasgower Hauptbahnhofs standen, als das Gerücht von der Ankunft der Krays umging.

Nach der Legende wollten die Krays ihre Ansprüche nördlich der Grenze anmelden, aber sie waren nicht auf einen Empfang durch Männer wie George gefasst. Sie hatten das Begrüßungskomitee gesehen und waren nicht einmal ausgestiegen. Schließlich hatte sie der Zug wieder zurück nach London gekarrt, wo sie dann auch blieben.

Kluge Entscheidung, dachte Jarvis. Niemand stieg gern aus einem Zug aus, um Leuten wie George McLaughlan gegenüberzutreten. Und Glasgow war voll von Männern seines Schlags: große, kräftige, brutale Typen, die schon vor ein paar tausend Jahren über den Hadrianswall geklettert waren, um die Römer zu vertrimmen.

Das Rennen war in vollem Gange, und der kastanienbraune junge Hengst, der es Jarvis besonders angetan hatte, bog nach links, als der Rest des Feldes in eine Rechtskurve ging. Nachdem ihn sein Linksdrall um die Aussicht auf den Siegeslorbeer gebracht hatte, entledigte sich der Hengst gleich noch seines Reiters, kam schlendernd zum Stehen und machte sich über das Gras her. Der gerechte Lohn für eine Spitzenleistung, dachte Jarvis und war so amüsiert über seinen Witz, dass er erst nach einer Weile das Läuten an der Tür hörte.

Um diese Zeit bekam er nur selten Besuch und so war er erst einmal misstrauisch. Er kannte alle Tricks, mit denen sich Ganoven Zutritt zur Wohnung älterer Leute verschafften.

Er schaute durch den Spion, aber sein Besucher hatte ihm den Rücken zugekehrt. Jarvis überprüfte kurz die Sicherheitskette, und der Mann drehte sich zu ihm um, als die Tür aufging.

»Mike«, sagte McLaughlan, und Jarvis dachte im ersten Augenblick, dass mit Elsa etwas nicht in Ordnung war.

Was konnte ihn sonst nach so vielen Jahren hierher führen? Vielleicht war Elsa krank?

»Kann ich reinkommen – nur kurz. Ich muss mit dir reden ...«

Jarvis öffnete die Tür, und McLaughlan trat in eine Wohnung, die er seit Jahren nicht mehr gesehen hatte. Etwas andere Ausstattung vielleicht, aber im Grunde noch immer der billige, freundliche, behagliche Ort aus seiner Erinnerung. Damals hatte ihn Jarvis höflich gebeten, ihn in Zukunft nicht mehr zu besuchen. »Nichts für ungut«, hatte er erklärt, »aber ich möchte einfach mit meiner ganzen Vergangenheit brechen – und dazu gehörst auch du.«

Und da stehe ich jetzt, dachte McLaughlan, als lebendiges Wahrzeichen einer Vergangenheit, die er am liebsten vergessen würde.

Er setzte sich, während Jarvis den Fernseher ausschaltete. Er wusste nicht, was er sagen sollte. Was sagte man zu jemandem, der nach so vielen Jahren in der Tür erschien, vor allem wenn man ihn beim letzten Mal unmissverständlich aufgefordert hatte, nicht wiederzukommen?

Unter anderen Umständen hätte er Robbie vielleicht zuerst zu seinem guten Aussehen beglückwünschen können, ehe er ihn nach dem Grund seines Kommens fragte. Aber diese Art, das Gespräch zu eröffnen, fand er in diesem Fall eher unangemessen, weil Robbie alles andere als gut aussah. Anscheinend hatte er sich seit Tagen nicht mehr rasiert, und seine Kleider machten den Eindruck, als hätte er darin geschlafen. Er roch nach Straßen und Cafés, nach Autos und verschmutzter Luft. Und er schien wenig zum Reden geneigt, nachdem Jarvis ihn eingelassen hatte. Er saß einfach nur da und sah ziemlich erledigt aus.

»Was zu trinken?«, fragte Jarvis.

»Tee«, sagte McLaughlan. »Tee wäre jetzt wirklich super.«

Jarvis ging in die Küche in der Erwartung, dass Robbie ihm folgen würde, aber er tat es nicht. Ein- oder zweimal sah er nach ihm, während er darauf wartete, dass das Wasser kochte. Robbie saß einfach nur da, als könnte ihn nichts und niemand von dem behaglichen Ort fortbewegen, den er endlich gefunden hatte.

»Magst du vielleicht was essen?«, fragte Jarvis und McLaughlan nickte. »Einen besonderen Wunsch? Was Gebratenes? Suppe?«

McLaughlan schüttelte den Kopf.

Was Gebratenes, entschied Jarvis. Das hatte Robbie immer geschmeckt.

Es ändert sich nicht viel, dachte Jarvis, als er den Speck und die Eier aus einem stets wohlgefüllten Kühlschrank nahm. Robbie zu ernähren war ein Teil seines Lebens gewesen. Es kam ihm ganz natürlich vor, etwas für ihn zu kochen, obwohl er erst wenige Minuten vorher aus dem Nichts aufgetaucht war. Robbie und Essen – das war für Jarvis von Anfang an eine feste Assoziation gewesen.

Als der Speck in der Pfanne briet, steckte Jarvis den Kopf durch die Tür und fragte: »Wie geht's Elsa?«

Robbie saß noch immer reglos und starrte auf einen leeren Bildschirm. »Keine Ahnung.«

Jarvis fragte sich, was das bedeutete. Vielleicht hatte es Streit zwischen den beiden gegeben. Zumindest konnte er davon ausgehen, dass Elsa noch lebte. Natürlich ist sie inzwischen alt, dachte Jarvis. Ich würde sie nicht mehr erkennen.

Aber das stimmte gar nicht. Er würde Elsa überall erkennen, wie alt sie auch sein mochte. Wenn man eine Frau liebte, so wie er sie geliebt hatte, würde man sie sofort erkennen, auch wenn man ihr erst nach vielen Jahren wieder begegnete.

Die Sache war nur, dass er ihr gar nicht begegnen wollte. Nicht einmal die Frage nach ihr war ihm leicht über die Lippen gekommen. Nun, jetzt hatte er gefragt und mit Robbies einsilbiger Antwort hatten sich alle weiteren Erkundigungen und Gespräche zu diesem Thema erledigt. Damit war er aus dem Schneider. Robbies Besuch konnte er verkraften, vorausgesetzt, er fing nicht von der Vergangenheit an. Wenn er nur was zu essen und vielleicht ein paar Pfund wollte, schön, dann konnte er ihm aushelfen. Wenn er etwas anderes wollte, wie zum Beispiel eine Erklärung dafür, dass Jarvis ihn und Elsa ohne ersichtlichen Grund verlassen hatte, dann konnte er ihm nicht damit dienen.

Aber Robbies bloße Anwesenheit reichte schon, um schmerzliche Erinnerungen ans Licht zu zerren. Er grübelte schon seit Jahren über die Vergangenheit nach. Nicht erst seit eben. Jedes Mal, wenn er zu einer Beerdigung ging, wenn er von einem Überfall las oder einen Polizeiwagen sah, musste er zurückdenken an die Zeit, als Elsa ein Teil seines Lebens war.

Natürlich hatte er erwartet, dass sich Elsa an ihre Seite der Vereinbarung halten würde, so wie er auch erwartet hatte, dass Georges Haftstrafe zu einer deutlichen Verbesserung ihrer Beziehung führen würde. Und in mancher Hinsicht erfüllten sich diese Hoffnungen auch. Nach dem Umzug nahm Elsa Jarvis' Namen an und sie erwähnte auch George mit keinem Wort mehr. Aber manchmal verfiel sie in ein Schweigen, das sich über mehrere Stunden hinziehen konnte.

»Woran denkst du, Elsa?«

»An nichts Bestimmtes.«

In ihrem Schweigen spürte er Georges Gegenwart so deutlich, als wäre er persönlich ins Zimmer eingedrungen. Aber schlimmer noch war es, wenn er mit Elsa schlief und wieder einmal feststellen musste, dass sie nicht bei ihm war, sondern anderswo. Dann wurden ihre Bewegungen mechanisch und der Akt wurde zur Routine.

»Du liebst mich doch, Elsa?«

»Warum fragst du?«

Und dann gab es noch diese gelegentliche Abwesenheit von zu Hause, die Fahrten nach Glasgow übers Wochenende, unter dem Vorwand, dass es Iris nicht so gut ging. »Ich muss mich wieder ein paar Tage um Iris kümmern. Sie braucht ein bisschen Hilfe.«

Manchmal blieb Robbie daheim. Manchmal nahm sie ihn mit. Und wenn es so war, kam Robbie mit allen Anzeichen eines von Schuldgefühlen geplagten Jungen zurück.

»Kann ich dir was besorgen?«

»Ich hab dir die Minzbonbons mitgebracht, die du so gern magst.«

Jarvis war nie in ihn gedrungen, um eine Bestätigung seines Verdachts zu bekommen, dass Elsa einzig und allein wegen George nach Glasgow gereist war. Wo sie die Mitteilungen über die Besuchserlaubnis abholte, wusste er nicht. Vielleicht wurden sie an dieselbe Adresse geschickt wie Georges Briefe? Er hatte nie einen Brief von George an Elsa gefunden. Er hatte keinerlei Beweis dafür, dass sie Briefe von ihm erhielt oder an ihn sandte. Aber manchmal braucht man keine Beweise, dachte Jarvis. Manchmal weiß man es einfach.

Er hatte darauf gehofft, dass Elsas Liebe zu George allmählich vergehen würde. Fünfzehn Jahre waren eine lange Zeit für die Liebe zu jemandem, der nicht da war, und Jarvis machte ihr das Leben angenehm. Zum ersten Mal überhaupt hatte sie ein anständiges Zuhause und einen Mann, der ein anständiges Gehalt verdiente. Das musste ihr doch etwas bedeuten. Das musste ihr doch mehr bedeuten als George!

»Ich muss sicher sein, dass du zu mir stehst, Elsa. Ich muss sicher sein, dass du nicht nur deswegen zu mir gezogen bist, weil du sonst nirgends hinkonntest.«

»Was soll ich tun, um es dir zu beweisen?«

»Reich die Scheidung ein.«

»Das kann ich nicht, Mike – nicht, solange George im Gefängnis sitzt.«

»Du hast es versprochen.«

»Ich hatte es mir nicht richtig überlegt, als ich es dir versprochen habe. Aber jetzt verspreche ich dir, dass ich es mache, sobald er rauskommt.«

Er wollte so sehr, dass es stimmte. Und wenn man etwas fest genug will, dann glaubt man es schließlich auch. Also redete sich Jarvis ein, dass ihr Zögern einem verfehlten Mitleid entsprang, bis er eines Tages in einer Blechdose herumwühlte. Er hatte sie noch heute vor Augen – eine große, rote Dose, die einmal Shortbread enthalten hatte. Die Butterkekse waren längst verspeist und jetzt befand sich ein Sammelsurium von Geburtsurkunden, Taufscheinen und Sterbeurkunden sowie ein Schriftstück darin, auf dem stand, dass Tam in der St. Mungo's-Kirche zur Erstkommunion gegangen war. Unter den Urkunden lagen Knöpfe, Sicherheitsnadeln und eine Rolle Tesafilm, nach der er eigentlich gesucht hatte.

Wie viele Male hatte er die Dose im Lauf der Jahre wohl geöffnet? Er hatte keine Ahnung. Er wusste nur, dass er die Urkunden herausgezogen hatte. Und plötzlich erkannte er, dass etwas von größter Wichtigkeit fehlte.

Zwölf Jahre lang hatte die Dose auf einem Regal in der Küche gestanden. Wenn er es nur früher gemerkt hätte. Aber er hatte nichts gemerkt. Zwölf Jahre lang hatte er sich vorgemacht, dass die Wohnung in Brighton mit dem Dachgarten, die nur fünf Gehminuten vom Meer entfernt lag, Elsas Leben erfüllte, so wie sie allmählich seines erfüllt hatte.

In diesen Jahren war Robbie groß geworden. Er war zweiundzwanzig und lebte noch immer zu Hause. Jarvis hatte erwartet, dass er ausziehen würde. Aber letztlich zog Jarvis vor ihm aus. Wer hätte gedacht, dass ich gehen würde? Wer hätte gedacht, dass ich eines Tages ohne ein Wort der Erklärung das Haus verlassen würde?

Eigentlich war es ihm immer kindisch vorgekommen, einfach so zu verschwinden. Er hatte geglaubt, dass innerlich gefestigte Männer, die stolz darauf waren, ihre Gefühle äußern und eine Beziehung leben zu können, nicht ohne ein Wort der Erklärung davonliefen. Sie warfen sich nicht einfach die Jacke über und sahen sich noch einmal kurz um, um dann für immer ihre Familie und ihre Arbeit aufzugeben.

Er verstand jetzt, wieso manche Männer einfach abhauten. *Ich geh bloß mal schnell Zigaretten holen.* Und das war's dann.

Er war nach London zurückgezogen, wo ihn vertraute Straßen, vertraute Ganoven und der einzige Ort der Welt erwarteten, an dem er sich heimisch fühlte.

Robbie fand ihn schließlich nach einigen Monaten der Suche. »Warum hast du uns verlassen?«

»Es hat nichts mit dir zu tun, Robbie. Aber – nimm's mir nicht übel, wenn ich das sage – ich möchte einfach die Vergangenheit hinter mir lassen.«

»Sie ist halb wahnsinnig vor Sorgen, weil sie nicht weiß, wo du bist.«

»Nein, das glaube ich nicht – sie wird sich schon zurechtfinden. George kommt ja bald raus.«

»Sie wird nie zu ihm zurückgehen.«

»Ach, meinst du? Na, da täusch dich mal nicht.«

Jarvis sollte Recht behalten. Natürlich ging Elsa zu George zurück, so wie sie es immer vorgehabt hatte. Nach Georges Entlassung aus Barlinnie zogen sie zu Iris. Das

Mietshaus, in dem sie ihre Söhne großgezogen hatte, war niedergerissen worden – zuerst von dem Orkan und später von den Glasgower Städteplanern. Anstelle des alten Hauses wurde ein Hochhaus errichtet.

Manchmal hatte sich Jarvis vorgestellt, wie Elsa zum Fenster hinausstarrte. Was sie da sah, glich wohl eher einer Mondlandschaft als einer Wohnlandschaft. Kein Gras. Nur Gruben und eingetrocknete Fahrspuren, aus denen Hochhäuser ragten wie altertümliche Monolithe. Er fragte sich, ob sie bei diesem Anblick je an die Gartenwohnung in Brighton zurückdachte. Und wenn ja, bedauerte sie, dass es so gekommen war? Wenn ja, bedauerte sie, dass sie ihn oder sich selbst zwölf lange Jahre lang belogen hatte?

Wahrscheinlich mich, dachte Jarvis.

In den folgenden Jahren kam sein Leben wieder in relativ geordnete Bahnen. Er ließ sich vorzeitig pensionieren und nahm eine Stelle als Wachmann in einem Casino im West End an. Es ging ihm ganz passabel. Und ab und zu dachte er sogar ans Heiraten. Aber nach Elsa fand er einfach keine Frau mehr, der er ganz vertrauen wollte. Und das, dachte Jarvis, ist das Ergebnis: keine Fotos von Enkeln, von vergangenen Familienfeiern, von schönen gemeinsamen Stunden. Du warst ein verdammter Narr, dachte er. Und dafür hast du die Quittung bekommen.

Er trug die Eier mit Speck zu Robbie hinüber, der den Teller aufs Knie stellte und das Essen hinunterschlang, als hätte er seit Wochen nichts mehr zu sich genommen. Komisch, dachte Jarvis, auch das hatte sich nicht geändert. An dem Tag, an dem Elsa die Kleider der Leiche identifizieren sollte, hatte er im Supermarkt etwas zu essen gekauft und Robbie war wie ein Verhungernder über die Sachen hergefallen. Wahrscheinlich hatte er damals wie heute Hunger gehabt. Das war auch etwas, was Jarvis nie verstanden hatte. Elsa konnte anscheinend wochenlang ohne richtige Nahrung auskommen. Sie war einfach eine Frau, die nicht viel aß. Es fiel ihr gar nicht auf, wenn sie eine Mahlzeit ausfallen ließ oder nur einmal am Tag etwas zwischen die Zähne bekam. Solange sie ihre Zigaretten und am Abend ihr Glas Wein hatte, war sie glücklich. »Na, das scheint dir ja geschmeckt zu haben«, meinte Jarvis schließlich und nahm den Teller.

»Mike«, sagte McLaughlan. »Ich bin in ernsten Schwierigkeiten.«

Er hatte Jarvis' Sachen gegessen und seine Gastfreundschaft in Anspruch genommen. Dennoch kostete es ihn Mühe, die Ereignisse zu schildern, die ihn zuletzt hierher geführt hatten. Am besten war es wohl, wenn er ihm zunächst erklärte, dass er seit ihrer letzten Begegnung Polizist geworden war. Jarvis starrte ihn ungläubig an und McLaughlan zeigte ihm seine Marke.

»Ich fasse es nicht«, sagte Jarvis. »Wie bist du dazu gekommen, zur Polizei zu gehen?«

Gute Frage, dachte McLaughlan. Er hatte sich selbst oft überlegt, was ihn dazu bewegt hatte. Viele hätten vielleicht gedacht, dass er es seinem Vater zeigen oder beweisen wollte, dass er ganz anders war. Aber so war es nicht. Er war sich nicht einmal sicher, ob er es Jarvis verständlich machen konnte, aber es hatte damit zu tun, dass Jimmy einige Monate vor seiner Ermordung aus Glasgow angereist und an der Haustür erschienen war, weil er eine Unterkunft für ein paar Nächte brauchte.

McLaughlan öffnete ihm die Tür und als er Jimmy vor sich sah, rief er nach seiner Mutter und versuchte die Tür zu schließen.

Jimmy drückte die Schulter gegen die Tür und warf ihn zu Boden. Und dann stürmte er in den Gang und presste ihn gegen die Wand. Widerlich stinkender Atem kam aus seinem Mund, als er sagte: »Was ist denn, Robbie? Bist du nicht froh, dass dein Onkel Jimmy gekommen ist?«

Urplötzlich erschien Jarvis und hielt Jimmy seine Marke vors Gesicht. »Verschwinde, Jimmy, sonst sorg ich dafür, dass du ein paar Tage Kost und Logis auf der Tower-Bridge-Wache kriegst.«

Jimmy hatte begriffen. Langsam wich er zurück und Jarvis verriegelte Türen und Fenster vor ihm.

Die Marke war McLaughlan wie ein Wundermittel vorgekommen. Wenn man mit ihr Jimmy vertreiben konnte, dann musste sie übernatürliche Macht besitzen. Schon da stand sein Entschluss fest, dass er Polizist werden würde, auch wenn er später lügen musste, um aufgenommen zu werden. Es gab keine Polizeieinheit im ganzen Lande, die den Sohn eines Verbrechers einstellen würde. Also war er zur Polizei von Sussex gegangen, der der Name McLaughlan nichts sagte. Keiner der dortigen Beamten hatte je das Vergnügen gehabt, die Tür ihres Hauses einschlagen, mit der Faust ein Modellschiff zerschmettern, seinen Vater mit vorgehaltener Pistole hinauszuschleifen und seiner weinenden Mutter das freundliche Angebot machen zu können, »es ihr zu besorgen«, um sie ein wenig aufzuheitern. Keiner von ihnen wusste, was es für ein Gefühl für ihn war, zur Vereidigung vor dem Richter zu stehen, vor dem er ganz leicht auch unter völlig anderen Umständen hätte landen können. Sein ganzes Leben war er auf einem langen Grat gewandert, immer den Abgrund vor Augen.

»Woher hast du Empfehlungen bekommen?«

»Eine von der Schule, die andere vom dortigen Pfadfinderführer«, erwiderte McLaughlan.

Und kein landesweiter Computer hatte seinen Namen ausgespuckt und die Personalabteilung darüber informiert, dass er der Sohn von George McLaughlan war.

»Gut, und was sind das für Schwierigkeiten?«, fragte Jarvis. McLaughlan erklärte es ihm in knappen Worten.
Wahrscheinlich haben die Swifts Ash ermordet.
Wahrscheinlich hat der Informant, der ihnen Ashs Namen verraten hat, auch meinen Namen verraten.
Ich bin beobachtet worden, aber sie haben mir nicht geglaubt.
Und dann ist Doheny erschossen worden.
Nachdem er ihn zu Ende angehört hatte, lehnte sich Jarvis zurück, und McLaughlan erwartete einen Schwall von Fragen, der aber nicht kam.

Du kommst hierher, dachte Jarvis, mitten aus meiner Vergangenheit, und erzählst mir, dass du in dein früheres Haus eingebrochen bist. Du hast die Frau dort in Angst und Schrecken versetzt und du hast deine Frau und dein Kind in Angst und Schrecken versetzt. Deine Kollegen haben dich festgenommen wie einen Kriminellen und dein Freund und Partner ist vor deinen Augen erschossen worden. Das alles erzählst du mir und erwartest, dass ich dir irgendwie helfen kann. Aber ich kann nichts für dich tun, Robbie. Du bist in der Welt der Erwachsenen, in der sich die Menschen der Wahrheit stellen müssen.

»Was soll ich deiner Meinung nach machen?«, fragte McLaughlan und Jarvis dachte: Weißt du was, Robbie? Es überrascht mich überhaupt nicht, dass es so gekommen ist. Niemand kann sich bis in alle Ewigkeit vor seiner Vergangenheit verstecken – früher oder später musste die Wahrheit ans Licht kommen. Er nahm seine Brieftasche hervor und zog zwei Drittel ihres Inhalts heraus. »Hier – nimm das«, sagte er.

»Fünfzig Pfund? Nein.«

»Du kannst es mir später zurückzahlen. Damit gewinnst du Zeit, kannst ein Bett für die Nacht bezahlen und dir was zu essen kaufen.«

»Was soll ich deiner Meinung nach tun?«, fragte McLaughlan noch einmal.

Sag mir lieber, was mit Tam passiert ist, dachte Jarvis. Ich habe ein Recht darauf, es zu erfahren. Ich war wie ein Vater zu dir. Ich hab dir Kleider, Essen und ein Dach über dem Kopf gegeben. Ich habe dich geliebt, habe dich großgezogen und dich behandelt wie mein eigen Fleisch und Blut. Und du hast mich nur angelogen. Du hast gewusst, was in der Dose gefehlt hat, aber du hast kein Wort gesagt. Du hast gewusst, was mit Tam geschehen ist. Aber du hast geschwiegen. Du hast gewusst, was in mir vorgegangen ist, als ich euch verlassen habe, hast gewusst, dass ich innerlich nach deiner Hilfe geschrien habe, dass ich nur eine kleine Gegenleistung für das erwartet habe, was ich für dich getan hatte. Aber du bist weggegangen und hast dich zwanzig Jahre lang immer weiter entfernt, Robbie. Und jetzt bist du wieder da, weil du Hilfe brauchst.

»Du solltest dich bei Orme melden«, sagte Jarvis. »Stell dich, sag ihm, wer dein Vater ist und woher du die Schrotflinte hattest, dann hat er die Chance, dir zu helfen.«

»Das kann ich nicht.«

»Wie du meinst.« Während er die fünfzig Pfund einsteckte, eröffnete Jarvis ihm etwas, was er eigentlich schon wusste, aber noch nicht wahrhaben wollte: »Mit deiner Karriere bei der Polizei ist es aus, Robbie.«

Und dann verließ er die Wohnung.

McLaughlan wollte noch duschen, bevor er ging, aber Jarvis riet ihm davon ab, mit gutem Grund. Er erinnerte ihn an etwas, was er noch nicht bedacht hatte. Wenn er unschuldig war, wie er behauptete, würde die Spurensicherung nichts an seinen Kleidern, in seinem Haar und auf seinem Haar finden, was auf ihn als den Mörder von Doheny deutete, denn ein Schuss hinterließ nicht nur beim Opfer, sondern auch beim Schützen Spuren.

Er trug immer noch die Kleidung vom gestrigen Abend. Sobald er sich stellte, würde man ihn ausziehen und seine Sachen zur Untersuchung schicken. Die Experten der Spurensicherung würden Blutspritzer auf seiner Haut und seiner Kleidung finden, auch die winzigen, die für das menschliche Auge nicht mehr erkennbar waren. Aus der Verteilung dieser Blutspritzer würden sie entnehmen, wo er gestanden hatte, als Doheny erschossen wurde. Unter Berücksichtigung des Winkels, aus dem der Schuss auf Doheny abgegeben worden war, würden sie erkennen, dass McLaughlan nicht der Mörder sein konnte.

»Stell dich«, hatte Jarvis gesagt und McLaughlan hatte erwidert: »Ich muss erst noch nachdenken.«

Jetzt hatte er nachgedacht und wusste, dass Jarvis Recht hatte. Er sollte sich stellen. Es war, wie Jarvis gesagt hatte: Man würde ihn ausziehen und die Klamotten ins Labor schicken. Und irgendwann würde einer seiner Kollegen zu seinem Haus fahren und ihm frische Kleider holen. Aber bis dahin würde er eine Art Krankenhauskittel tragen – und dann würde eine Reihe von gnadenlosen Verhören durch Orme folgen.

Es war immer gut, wenn ein Vernommener psychologisch irgendwie im Nachteil war. Das konnte man zum Beispiel erreichen, indem man ihm seine Kleidung abnahm, so dass er sich schutzlos und lächerlich fühlte. McLaughlan hatte keine Lust auf solch eine Behandlung. Er würde nach Hause gehen, sich ein paar Klamotten holen und sich dann stellen.

Er nahm ein Taxi und ließ den Fahrer am Ende der Straße anhalten, nachdem sie das Haus passiert hatten. Es schien völlig dunkel, und das bedeutete, dass Claire noch nicht zurückgekommen war. Er hatte nicht die Absicht, es von vorn zu betreten, für den Fall, dass es beobachtet wurde.

Er bezahlte den Taxifahrer und ging in eine Nebengasse, die das Haus auf der Rückseite von den angrenzenden Grundstücken trennte. Früher war es eine Durchgangsstraße gewesen, aber die Anwohner hatten beim Londoner Stadtrat die Errichtung eines Metalltores durchgesetzt, das oben mit scharfen Spitzen bedeckt war. Irgendjemand hatte den Schlüssel. McLaughlan hatte keine Ahnung wer.

Er kletterte über das Tor und erhielt dabei einen kurzen Überblick über die Nachbargärten. Alles schien ruhig. Vor allem sein eigener Garten, über dessen Tor er ebenfalls steigen musste, um hineinzugelangen.

Er kam an der Rückseite des Hauses an und brach durch ein Fenster im ersten Stock in einen mit allem möglichen Zeug gefüllten Abstellraum ein.

Die Tür öffnete sich auf den Treppenabsatz. War es wirklich erst gestern gewesen, dass man ihn mit dem Gesicht nach unten auf den Boden gedrückt hatte? War es wirklich erst gestern gewesen, dass ihn der Ausdruck der Furcht im Gesicht seiner Frau beschämte? Er wollte doch nur die Menschen beschützen, die ihm am meisten auf der Welt bedeuteten. Was würden sie denken, wenn sie ihn jetzt als Einbrecher die Treppe hinuntergehen sähen, über die er, die Hände auf dem Rücken, von seinen Kollegen abgeführt worden war?

Seine Augen gewöhnten sich allmählich an die Dunkelheit. Irgendetwas stimmte nicht – er konnte nicht erkennen, was. In der Familie hatte es immer geheißen, dass George einen Fremden in seinem Haus riechen konnte. Es war so eine Art Urinstinkt – die Fähigkeit, die Gegenwart eines Feindes zu spüren. Irgendjemand war in das Haus eingedrungen.

Vielleicht Ormes Leute, die bestimmt nach weiteren Waffen gesucht hatten.

Nein, dachte McLaughlan. Was ich spüre, sind nicht Ormes Leute.

An der Tür zeichnete sich etwas ab. Es lag auf der Fussmatte. Ein grosser, unförmiger Umschlag. Er bückte sich und hob ihn auf. Keine Briefmarken. Persönlich zugestellt, und sein Name stand darauf in einer Handschrift, die er nicht kannte. Eins war jedoch klar: Der Umschlag war viel zu gross für den Briefschlitz. Der Zusteller hatte das Haus betreten und ihm den Umschlag auf der Fussmatte hinterlassen.

Das Wissen, dass der Mann vielleicht noch hier war, schärfte seine Sinne. Er nahm den Umschlag mit ins Wohnzimmer und hörte plötzlich hinter sich einen sanften Aufprall. Er fuhr herum und schlug zu, und die Katze miaute protestierend, als er mit der Faust ihren Schwanz streifte. Sie rannte unter das Sofa und beäugte ihn mit einer Mischung aus Überraschung und leichter Verachtung.

Er durchsuchte alle Zimmer des Hauses erst einmal, dann ein zweites Mal. Niemand war da. Er zog die Jalousien nach unten – nicht einfach, wenn man nicht vor das Fenster treten wollte. Als sie unten waren, ging er das Risiko ein, das Licht einzuschalten. Als erstes erblickte er den Umschlag.

Er sah ihn sich genauer an, fand aber nichts Ungewöhnliches. Es war ein braunes A4-Kuvert. Er setzte sich auf das Sofa, schob den Daumen unter die Klappe und riss es auf.

Etwas Vertrautes lugte hervor, etwas, von dem er nicht glauben wollte, dass es da war. Er zog es ganz heraus und breitete es auf dem Schoss aus. Ein T-Shirt und die kurzen Hosen eines Kindes.

Zuerst starrte McLaughlan die Sachen einfach nur verständnislos an. Und dann dämmerte ihm langsam, was das Ganze zu bedeuten hatte, und er brach zusammen. Er hielt sich die Kleidungsstücke ans Gesicht und schrie hinein. Erst als das Telefon zu läuten begann, ließ er sie fallen.

Es hörte auf, dann fing es wieder an. Hörte auf, fing wieder an. Schließlich glitt er von der Couch und kroch über den Boden, weil man von draußen seine Silhouette durch die Jalousien hätte sehen können. Und es war jemand draußen. Das wusste er jetzt. Jemand mit einem Handy, der ihm eine Minute Zeit gelassen hatte, um den Umschlag zu öffnen, bevor er ihn anrief. Er nahm den Hörer ab.

»Das hat gedauert«, sagte Calvin.

»Was willst du?«, fragte McLaughlan.

Ein mokanter Ton lag in Calvins Stimme, die Andeutung, dass McLaughlan vielleicht ein wenig auf der Leitung stand. »Was ich will, Robbie? Na, was werd ich schon wollen?«

»Sag's mir«, flüsterte McLaughlan.

»Ich will *dich*.«

33. *Kapitel*

Die Frau in dem Stuhl vor Ormes Schreibtisch war wahrscheinlich eine der bestaussehenden Frauen, in deren unmittelbarer Nähe er sich je befunden hatte. Aus der Ferne kannte er sie natürlich. Frauen, die mit kleinen Hündchen an bunten Leinen um Knightsbridge herumspazierten, die Absätze hoch und die Beine so endlos lang wie ihre Vormittage. Damen, die erst zu Mittag speisten und dann Anzeige gegen Männer erstatteten, die auf der Suche nach Waffen in ihr Haus eingedrungen waren.

»Warum erstatten Sie erst drei Tage später Anzeige?«

»Er ist doch Polizist. Ich war mir nicht sicher, ob man mir glauben würde.«

Da war etwas dran, dachte Orme. Schließlich gab es außer ein paar verschobenen Ziegeln keine Beweise dafür, dass in dem Keller etwas Ungehöriges vorgefallen war. Und sie selbst hatte nicht den geringsten Kratzer, zumindest nicht äußerlich, obwohl sie beim Sprechen zitterte. Aber das war nicht der einzige Grund, weshalb Orme geneigt war, ihr Glauben zu schenken. Inzwischen traute er McLaughlan so ziemlich alles zu.

Es bestand kein Zweifel, dass er das Haus dieser Frau unter einem falschen Vorwand betreten hatte. Es bestand außerdem kein Zweifel daran, dass er von der versteckten Schrotflinte im Keller gewusst hatte. Daher lag es auf der Hand, dass er eine Verbindung zur Unterwelt hatte, und das brachte eine Seite an McLaughlan zum Vorschein, von deren Existenz Orme nicht das Geringste geahnt hatte. Er hatte Kontakte. Er hatte das Wissen eines Insiders.

Wenn diese Frau nur einen Tag früher gekommen wäre, dachte er. Wenn sie es getan hätte, hätte er McLaughlan auf dem Revier behalten und das hätte Doheny vielleicht das Leben gerettet. Auch Claire hätte er früher aufgesucht und sie und Ocky würden sich inzwischen in einem sicheren Haus befinden. So aber hatte Orme die entsetzlichsten vierundzwanzig Stunden seiner Karriere hinter sich, in denen er zuerst Dohenys Frau und dann auch noch Claire trösten musste, die mittlerweile davon überzeugt war, dass sie Ocky nie wieder sehen würde.

Orme hatte sie kaum aufrichten können. Er war sich selbst nicht sicher, was den Jungen anging.

Nachdem er ihr klargemacht hatte, dass sie in ein sicheres Haus ziehen musste, öffnete er die Wohnzimmertür und traf im Gang auf Claires schuldbewusste Mutter.

»Wo ist Ocky?«

»Im Garten.«

Zusammen liefen sie in den Garten und Claire rief nach Ocky, während Orme wie festgenagelt auf den Stufen der Hintertür stand. Sie hatte noch nicht gesehen, was er gesehen hatte, oder zumindest war ihr die Tragweite des Gesehenen noch nicht aufgegangen.

Er raste durch den Garten, drückte sich durch die Bäume und griff nach oben. An einen der Äste war ein silberner Luftballon gebunden, und als Claire ihn sah, sagte sie nur: »Wo kommt der denn her?«

Und dann wurde ihr allmählich bewusst, was der Ballon bedeutete. Wie eine Irre rannte sie durch den Garten und schrie nach einem Kind, das bestimmt schon meilenweit von ihnen entfernt war. Orme lief zum Funkgerät, gab eine Fahndungsmeldung durch.

Dann nahm er Claire zusammen mit ihrer Mutter mit aufs Revier. Von dort wurden sie in ein sicheres Haus gebracht und zuletzt sagte Claire noch etwas zu ihm: »Ich weiß nicht, was los ist, aber ich kenne Robbie und ich weiß, dass Sie sich täuschen – er hat Doheny nicht erschossen.«

»Das habe ich nie behauptet.«

»Aber Sie haben zugegeben, dass Sie die Möglichkeit in Betracht ziehen.«

»Das ist meine Aufgabe«, antwortete Orme. »Ich werde dafür bezahlt, dass ich jede Möglichkeit aus jedem nur erdenklichen Blickwinkel in Betracht ziehe.«

Er konnte nur hoffen, dass Claires Vertrauen zu McLaughlan gerechtfertigt war. Wenn ja, würde sich das erweisen, auch wenn es mit seiner Karriere bei der Polizei vorbei war. Und wenn sie Unrecht hatte, dann verdiente er sie gar nicht, und vielleicht würde er feststellen müssen, dass er sich nicht mehr auf sie stützen konnte. Sie war stärker, als Orme vermutet hatte. Manchmal hatte er sich gefragt, was einen Mann wie McLaughlan an einer so schlichten, stillen Frau reizte, und erst jetzt fiel ihm ein, dass ihre Anziehung wohl gerade in ihrer inneren Kraft lag.

Er war zum Revier zurückgekehrt und der zweite Schock des Tages hatte ihn völlig unvorbereitet getroffen. Er hatte ihn in Form dieses Geschöpfs ereilt, eines Geschöpfs aus einer Welt, die für Orme bisher nur in Hochglanzmagazinen existiert hatte. Sie war so poliert und gepflegt wie die Seiten, auf denen das ihr gemäße Wohnambiente abgebildet war, und sie roch nach exklusivem Mädcheninternat und Lack.

»Was hat er gesagt, als er Sie gepackt hat?«

»Dass er mich ficken kann, wenn ich unbedingt will, aber erst wenn ich tot bin.«

Charmant, dachte Orme. Es klang, als hätte McLaughlan komplett den Verstand verloren. Aber die Vorstellung, dass es so war, war ihm ja auch nicht mehr völlig neu. Es stand jetzt fest, dass McLaughlan ein Gewehr gestohlen hatte und dass er dabei auch Gewalt angewendet hatte. Er hatte die Frau tätlich angegriffen. Doheny war erschossen worden. Vielleicht war McLaughlan der Täter, Orme wusste es nicht. Was ihm im Moment Sorgen machte, war die Frage, ob Ocky in Gefahr war. Wenn Swift hinter seiner Entführung steckte, war er es auf jeden Fall. Kidnapping und Mord lagen eng zusammen. Wenn jedoch McLaughlan seinen Sohn entführt hatte, dann war Ocky doch in Sicherheit? Oder zumindest nicht so gefährdet. Oder?

Er redete mit dem Polizeipsychologen Levinson, dessen Dienste McLaughlan ausgeschlagen hatte. »Ist es vorstellbar, dass er seinen eigenen Sohn entführt?«

»Seine Frau hat ihm doch gesagt, sie braucht Abstand?«

Orme bejahte, fügte aber hinzu, dass Claire ihren Mann unterstützte. Levinson sagte: »Er kann im Moment nicht wissen, dass sie zu ihm steht. Vielleicht glaubt er, dass sie mit dem Gedanken spielt, ihn zu verlassen, und Männer, die befürchten, dass ihre Ehe in die Brüche geht, reagieren manchmal äußerst heftig auf die Aussicht, von ihren Kindern getrennt zu werden. Vielleicht will er an einem anderen Ort oder in einem anderen Land neu anfangen und erträgt es nicht, seinen Sohn zurückzulassen.«

»Ist das in diesem Fall wahrscheinlich?«, fragte Orme.

»Es ist immerhin möglich«, erklärte Levinson vorsichtig. Und dann fügte er mit einem Hauch von Schadenfreude hinzu: »Habe ich schon gesagt, dass Personen, die unter einem posttraumatischen Stresssyndrom leiden, in Extremfällen davon überzeugt sind, dass sie bald sterben werden?«

Orme, der so etwas Ähnliches schon aus anderen Quellen gehört hatte, erwiderte: »Auf jeden Fall hat er geglaubt, dass er auf der Abschussliste steht.«

»Das ist typisch für seinen Zustand, und gerade im Hinblick darauf ist die Nachricht, dass er vielleicht seinen Sohn entführt hat, als besorgniserregende Entwicklung zu werten.«

Orme, der vor lauter Sorgen schon halb wahnsinnig war, brauchte diese Erinnerung nicht.

»Das deutet nämlich auf eine plötzliche Verschlimmerung seines Zustands.«

»Und das heißt?«

»Das heißt, dass er gefunden werden muss, bevor sich sein Zustand noch weiter verschlimmert.«

»Warum?«

»Es hat schon Fälle gegeben, in denen Kranke – vorwiegend Männer – Selbstmord begangen und ihre ganze Familie ausgelöscht haben.«

Das war das Letzte, was Orme hören wollte. *Mein Gott, hoffentlich hat der Typ Unrecht.*

»Es lässt sich nicht mit Sicherheit sagen, warum sie so handeln, aber die eingehende Analyse der hinterlassenen Nachrichten legt den Schluss nahe, dass sie den Gedanken nicht ertragen konnten, ihre Liebsten in einer so von Schmerzen erfüllten Welt zurückzulassen.«

Orme bemühte sich, das Gehörte zu verdauen. Auch wenn es im Augenblick sehr schlecht für McLaughlan aussah, konnte Orme einfach nicht glauben, dass er Ocky etwas antun würde. Das Kind war doch sein Lebensinhalt. Aber genau darauf wollte Levinson wohl hinaus. Vielleicht war es gerade die Tatsache, dass Ocky sein Lebensinhalt war, die für den Kleinen zur Gefahr wurde.

Nein, dachte Orme. Nicht McLaughlan. Er würde seinem Kind nichts antun. Und dann schlichen sich wieder die Zweifel ein. *Vielleicht ist er durchgedreht, Leo.* Aber warum sollte er einen silbernen Luftballon an einen Baum im Garten binden? Er fragte den Psychologen, der erwiderte: »Möglicherweise wollte er Ihnen vormachen, dass der Ballon von den Swifts stammt, damit Sie glauben, sie haben den Jungen.«

Das klang logisch, dachte Orme.

Und dann fiel ihm wieder ein, dass nicht nur McLaughlan verschwunden war. Auch von den Swifts gab es keine Spur. Selbst Sherryl schien sich in Luft aufgelöst zu haben. Das Haus in Berkshire war verlassen. Jemand hatte durch die Fenster gespäht und berichtet, dass Sherryl aufgebrochen war, ohne auch nur aufzuräumen, was die Polizei bei der Durchsuchung an Schäden angerichtet hatte. Das erwähnte er auch gegenüber Levinson und fügte hinzu, dass die Swifts bestimmt nicht ohne guten Grund untergetaucht waren.

»Ich glaube, die Aussicht auf wiederholte Razzien durch die Polizei ist Grund genug«, sagte Levinson. »Wahrscheinlich warten sie nur ab.«

Levinson war überzeugt, dass McLaughlan eine tickende Zeitbombe war, eine Gefahr für sich und seine Umwelt. Orme war es nicht. Er musste es in Betracht ziehen, aber er war nicht davon überzeugt. Dazu kannte er die Swifts zu gut.

Hatten sie Ash ermordet?

Wahrscheinlich, dachte Orme.

Haben sie McLaughlan beobachtet?

Möglicherweise, dachte Orme.

Aber er konnte es nicht mit Sicherheit sagen, das war das Dumme. Und wenn man nicht sicher war, durfte man kein Risiko eingehen.

Jede Polizeistation des Landes war wegen McLaughlan gewarnt, und alle Beamten wussten, dass er vielleicht ein Kind bei sich hatte.

Er wandte sich wieder der superschicken Frau vor ihm zu. »Sie müssen große Angst ausgestanden haben.«

Ein unbestimmtes Schimmern zog über ihre Augen. »Ich dachte, ich muss sterben«, sagte sie.

Und schenkte Orme ein Lächeln, das seinen Testosteronpegel bis zum Anschlag hochjagte.

34. Kapitel

Die Gorbals deiner Kindheit sind für immer verschwunden, und trotzdem steigst du aus dem Zug und findest problemlos zu den Hochhäusern. Du musst keinen nach dem Weg fragen. Etwas in deinem Blut zieht dich zurück zu deinen Wurzeln.

Du klopfst an die Tür der Wohnung, in der Iris ihre letzten Tage verbracht hat. Keiner öffnet, aber du weißt, dass jemand da ist – die Wände sind so erbärmlich dünn, dass man die Leute denken hört.

Du trittst die Tür aus den Angeln und plötzlich taucht George auf, gefolgt von deiner Mutter. Sie hat gemeint, es ist die Polizei. Traurig, dass sie noch immer in Angst davor lebt, dass die Polizei wie eine Epidemie durch das Haus wütet. Sie möchte mit dir sprechen, aber du hast keine Zeit für Höflichkeiten und stürmst einfach in die Wohnung. Er sagt ihr, sie soll nach hinten gehen, und sie gehorcht ihm ohne Frage.

Ein jüngerer George wäre schon längst auf dich losgegangen. Aber das hier ist der ältere George. Groß und brutal wie eh und je, aber bei weitem nicht mehr so stark. Also überlegt er es sich zweimal, bevor er loskeilt, und sagt nur: »Starker Auftritt.«

Als erstes siehst du das Modellschiff. Die Streichhölzer sind mit den Jahren nachgedunkelt und die Takelage ist ein wenig beschädigt. Aber das Schiff hat einen Ehrenplatz. An der Wand hängen immer noch die Fotos von früher. Jimmy mit seinem Promoter. Jimmy mit seinem Trainer. Jimmy und George mit Elsa und Iris und anderen Familienmitgliedern. Von der Hälfte dieser Leute weißt du nicht mal den Namen. Nur dass alle Verbrecher waren. Nicht einer von ihnen war sauber. Schon als Junge hast du gewusst, dass das Gangster waren. Du kennst diese Fotos schon lange, und du erinnerst dich daran, wie du als kleines Kind nach innen gegriffen hast, wie deine winzigen Patschhände die Wände mit Marmelade verschmiert haben, um in den vertrauten Gesichtern ein Zeichen zu erkennen, dass das deine Familie ist, die Leute, zu denen du gehörst.

Du hast es nie gefunden.

George sitzt auf der Couch, die früher Iris gehört hat. Davor steht ein Kaffeetisch und darauf eine längliche Dose, die genauso zu deiner Kindheit gehört wie der Albtraum von Jimmy, der von den Toten aufersteht. Er öffnet sie, nimmt ein wenig Tabak heraus und vollführt mit einer Hand einen Trick, den Tam nie richtig gelernt hat. Er steckt sich das soeben geschaffene Meisterwerk zwischen die Lippen. Klein. Fest. Sauber.

»Du hast vielleicht Nerven.«

Rauch steigt auf wie Ektoplasma, eine blaue Fahne, die so dicht ist, dass du das Gefühl hast, du könntest sie um dich wickeln. Und der Tabakgeruch führt dich zurück in die Zeit, als du ihm ganz automatisch von deinen Problemen erzählt hast. Probleme in der Schule. Probleme auf der Straße. Probleme, die ein Zehnjähriger allein nicht lösen konnte.

Wenn es Schwierigkeiten mit jemandem gibt, hat er einmal zu dir gesagt, bring ich das in Ordnung. Und auf einmal hast du Angst – aber nicht vor ihm. Du hast Angst davor, dass er vielleicht sagen wird, er kann dir nicht helfen, die Swifts sind zu gefährlich. Denn wenn er dir nicht helfen kann, dann kann dir niemand helfen.

»Ich hab gesagt, du hast vielleicht Nerven ...«

Du sagst ihm, dass du eine Kanone brauchst.

Wenigstens hört er dir bis zum Ende zu – das musst du ihm lassen. Er hört dir zu und fragt dich dann, warum du mit deinen Problemen nicht zu Orme läufst. Du erklärst es ihm und er schweigt. Dann erzählt er dir den Scheiß, den du schon von anderen Verbrechern gehört hast: dass die ach so gesetzestreuen Bürger sehr schnell anfangen, das Gesetz zu brechen, wenn sie merken, dass es sie ihm Stich lässt. Warum sollte er dir helfen, wo du ihm doch immer nur mit Verachtung begegnet bist?

Du ziehst die Kleidungsstücke heraus und erklärst ihm, dass du eine Abmachung mit den Swifts hast – dein Leben gegen das von Ocky. Zeit und Ort sind bereits vereinbart. Die Swifts werden dich abholen und dann werden sie Ocky unversehrt freilassen.

Du hast dich darauf eingelassen, weil du keine andere Wahl hattest, aber du willst nicht auf dich allein gestellt sein. Wenn die Swifts oder seine Komplizen auftauchen, möchtest du dich wehren, eine Geisel nehmen, jemandem eine Knarre an die Schläfe drücken, einen von ihnen zwingen, dir Ockys Versteck zu verraten.

»Du hast nie auch nur einen Finger für uns krumm gemacht. Jetzt hast du die Chance – die einzige Chance –, dass du wenigstens einen Teil gutmachst.«

Er kann dich vielleicht nicht ausstehen, aber die Swifts haben sich seinen Enkel geschnappt und das weckt einen Urinstinkt in ihm. Trotzdem stellt er dir eine Bedingung. »Sagst du mir, was mit Tam passiert ist?«

Du schlägst ein. Eine halbe Stunde später hast du eine Knarre, ein Auto und einen Aufpasser.

Du bist unterwegs zu deinem Rendezvous mit den Swifts.

Er kennt jede Straße von Glasgow nach London. Schon oft hat er die Grenze überquert, zu Fuß oder mit einem Wagen, mit oder ohne Scheinwerfer, und immer in der Erwartung, dass aus dem Nichts ein ziviles Polizeifahrzeug auftauchen, ihn überholen und ihn zum Halten zwingen könnte.

Er hat keine Lust darauf, aus dem Auto zu steigen, um sich mit dem Gesicht nach unten und ausgebreiteten Riesenhänden auf den Asphalt zu legen. Er hat keine Lust darauf, angehalten zu werden, und seine Garantie dafür ist ein unscheinbares Auto, das mit größter Achtsamkeit gesteuert wird. Also lässt du ihn fahren, aber du bittest ihn, aufs Gas zu steigen, und er antwortet nur: »Wozu die Eile?«

Wozu die Eile – wenn nur ein langsamer, qualvoller Tod

und am Ende vielleicht eine Kugel auf dich warten, nachdem du den Punkt erreicht hast, an dem du nicht mehr begreifst, was diese Leute mit dir anstellen? Wenn du nichts mehr begreifst und keine Schmerzen mehr empfindest, wird es sie langweilen. Erst dann werden sie dich umbringen.

Du sagst ihm, dass du dich damit abgefunden hast. Du hast eine Abmachung mit den Swifts. Dein Leben gegen das von Ocky. Und Swift wird sich an die Vereinbarung halten, wenn du keinen Scheiß baust. Alles andere würde Ockys Leben in Gefahr bringen. Nur wenige Verbrecher sind bereit, einem Kind etwas anzutun. Aber die Swifts haben kein Gewissen. Sie werden sich mit größtem Vergnügen zurückziehen, wenn sie Schwierigkeiten wittern. Und wenn Ockys Leiche gefunden wird, wird es keine Beweise geben, dass er je in der Hand der Swifts war. Dein Wort allein genügt nicht, um zu beweisen, dass dich Calvin zu Hause angerufen hat. Für ein Urteil braucht es handfeste Beweise. Und die Swifts sind wahre Meister darin, nirgends handfeste Beweise zu hinterlassen.

Du musst schlafen. Bald wirst du für immer schlafen. Du möchtest nicht daran denken, wo Ocky sein könnte und was er vielleicht durchmacht. Und du möchtest hellwach sein für das wichtigste Ereignis deines Lebens.

Deinen Tod.

35. Kapitel

Die Nachricht, dass eine leitende Verwaltungsangestellte von Scotland Yard streng vertrauliche Informationen an den Lieblingsanwalt der Medien weitergegeben hatte, schwappte durch die Metropolitan Police wie Fleckfieber. Orme schwindelte angesichts der Tragweite dieser Entdeckung.

Er wusste noch nicht, ob davon auch Polizeieinsätze unter seinem Befehl betroffen waren. Aber er hoffte darauf, dass diese Sache letztlich die Erklärung dafür liefern würde, wie Calvin Swift in den Besitz von Informationen darüber gekommen war, dass Ash seinen Sohn an die Polizei verraten hatte. Er würde es zweifellos bald erfahren. Fürs Erste wartete jedoch Dringenderes auf ihn. Leach hatte ihn um einen Besuch gebeten, und Orme fuhr in der Hoffnung in das Gefängnis, dass ihm Leach einen Hinweis auf den Aufenthaltsort der Swifts geben konnte.

Als er ankam, zitterte Leach wie ein Parkinson-Kranker, aber wenn Orme erwartet hatte, etwas über den Verbleib der Swifts zu erfahren, so sah er sich getäuscht. »Ich sag Ihnen doch, ich weiß nicht, wo das Haus war.«

»Und warum wolltest du mich sprechen? Du verschwendest meine Zeit.«

»Es ist noch was anderes, was ich Ihnen nicht gesagt habe. Wenn ich es Ihnen verrate, erzählen Sie denen dann auch nicht, dass ich Ihnen nicht sagen wollte, wo die Swifts sind?«

»Erst mal raus mit der Sprache, dann sehen wir weiter«, beschied ihn Orme. Leach hatte keine andere Wahl und kapitulierte.

»Als wir damals zu diesem Landhaus von Calvin gefahren sind, sind wir vor der Waterloo-Station abgeholt worden.«

»Wer ist ›wir‹?«, fragte Orme.

»Ich und Carl.«

Orme nickte.

»Uns sind die Augen verbunden worden und wir mussten uns hinten im Lieferwagen hinlegen. Wir sind hingefahren worden, damit wir die Arbeit machen. Dann sind wir wieder mit verbundenen Augen zur Waterloo-Station gekarrt worden. Da sind wir dann ausgestiegen.«

»Wie lang hat die Fahrt gedauert?«

»Ungefähr zwei Stunden«, sagte Leach.

Zwei Stunden, dachte Orme.

Für Orme stand fest, dass Calvin sich nicht die Mühe machen würde, Leute abzuholen und sie stundenlang durch die Gegend zu kutschieren, nur damit sie ein undichtes Rohr reparierten. Es musste einen besonderen Grund geben, warum er sich Leach ausgesucht hatte. Und dieser Grund hatte wohl auch etwas mit Leachs Angst zu tun. »Was war das für eine Arbeit?«

Die Last seiner Furcht schien Leach förmlich niederzudrücken. »Ich bin so eine Art Fachmann auf einem bestimmten Gebiet.«

»Und was ist das für ein Gebiet?«

»Toiletten«, erklärte Leach.

»Was?«

»Also Abwasserbeseitigung. Das hab ich früher als Job gemacht, bevor ...«

Bevor er sich auf Autodiebstähle und später auf Banküberfälle verlegt hat, dachte Orme. »Und weiter?«

»Calvin wollte ein modernes Abwassersystem einbauen lassen.«

»War das alte nicht mehr in Ordnung?«

Leach schüttelte den Kopf bei der Erinnerung an den Gegenstand, den er aus den Tiefen der Jauchegrube geholt hatte. »Das Abwasser ist in einen Klärbehälter geflossen«, sagte er. »Calvin wollte den Behälter sauber machen lassen.«

»Das ist doch ganz einfach«, warf Orme ein. »Man ruft eine Firma an. Die schickt dann einen Lastwagen, mit dem man den Inhalt aus dem Tank pumpt, und dann wird das Zeug weggefahren. Für so etwas muss man doch nicht extra jemanden aus London ankarren.«

Als hätte er Ormes Einwand vorausgeahnt, sagte Leach: »Es war etwas in dem Tank – etwas, was er entfernen musste, bevor er von einer Firma geleert werden konnte. Er hat mich gezwungen, reinzusteigen und mit der Hand in der Scheiße rumzuwühlen«, erklärte Leach. Orme, der Leach inzwischen recht gut kannte, erkannte die untrüglichen Zeichen. Gleich würde er wieder in Tränen ausbrechen.

Leach brach in Tränen aus. »Sie war es«, sagte er. »Barbara.«

»Ihre Leiche?«

Leach schluckte. »Nicht ihre Leiche – ihr Kopf. Ihr Schädel, meine ich.«

»Woher willst du wissen, dass sie es war?«

Leach schluchzte. »Er hat den Schädel genommen und in die Luft gehalten und gesagt: ›Stuarts Mutter hat immer gemeint, dass er viel mehr Ähnlichkeit mit ihr hat als mit mir. Aber wenn sie sich heute sehen könnte, würde sie das wohl kaum sagen, oder?‹«

Wenn Calvin damit gerechnet hatte, dass seine Bemerkung mit Lachen quittiert würde, hatte er sich wahrscheinlich getäuscht. Schon die Erinnerung schien Leach in Todesangst zu versetzen, aber vielleicht hatte er sich ja ein Lächeln abgerungen, um am Leben zu bleiben.

Orme konnte sich gut vorstellen, dass Calvin den Schädel seiner Frau in die Luft gehalten hatte, so wie er sich vorstellen konnte, dass er Ashs Kopf durch die Gegend geschwungen und dazu herumgeblödelt hatte: »Morgen steht dann bestimmt in der Zeitung: ›Führendes Internat bekommt neues Haupt.‹ …« Das war genau seine Art von simplem Schlächterhumor.

Orme konzentrierte sich darauf, ein paar grundlegende

Fakten herauszufinden. »Du sagst, ihr habt zwei Stunden von der Waterloo-Station aus gebraucht?«

»So ungefähr«, sagte Leach.

Das Anwesen musste also irgendwo in den Countys um London herum liegen. Orme hatte die Hoffnung aufgegeben, dass Leach ihm sagen würde, wo das Haus lag. Vielleicht wusste er es wirklich nicht. Irgendwie sah es ganz danach aus.

»Vinny«, sagte er, »es ist möglich, dass Calvin ein Kind entführt hat. Der Junge ist vier Jahre alt«, sagte Orme. »Ich muss ihn einfach finden.«

Leach blieb stumm.

»Wenn du also weißt, wo dieses verdammte Haus ist, musst du es mir sagen, Vinny. Sag es mir!«

Orme stand kurz davor, Leach zu packen und ihn zu schütteln, doch der ließ nur eine Träne über eine runde, pockennarbige Wange rinnen. »Mr. Orme«, sagte er, »ich habe selbst Kinder. Ich bin vielleicht ein Ganove und tauge nicht viel als Ehemann, aber ich liebe Kinder. Ich würde bestimmt niemand decken, der einen kleinen Jungen entführt hat. Wenn ich wüsste, wo die Swift-Brüder sind, würde ich es Ihnen verraten. Aber ich weiß es nicht – ich schwöre Ihnen, dass ich es nicht weiß.«

Orme gab es auf. Anscheinend sagte Leach die Wahrheit. »Was hat Leach mit dem Schädel gemacht?«, fragte er.

Leach hatte keine Ahnung. Den finden wir schon, dachte Orme. Aber zuerst mussten sie das Anwesen finden, zu dem Calvin Leach gefahren hatte. Die Chance, es bald zu finden, war gering. Eine zweistündige Fahrt von London aus, und Leach hatte keinen blassen Schimmer, in welche Richtung es gegangen war. Sussex, Essex, Oxfordshire, Berkshire, Hampshire, Wiltshire – jedes dieser Countys kam in Frage.

»Ich habe Ihnen alles gesagt, was ich weiß«, erklärte Leach.

Als Orme das Gefängnis verließ, dachte er an McLaughlan. Wo war er? War Ocky bei ihm? Sollte Orme hoffen, dass es so war oder nicht? Wo lag die Wahrheit?

36. Kapitel

Es war vier Uhr morgens und dunkel. McLaughlan hatte auf der Fahrt viel geschlafen und George, der die ganze Nacht am Steuer gesessen hatte, war müde.

Auf der Fahrt durch die Nacht war nur wenig gesprochen worden und bestimmte Themen hatten sie völlig vermieden – wie zum Beispiel die Auseinandersetzung bei ihrer letzten Begegnung. Jarvis war mit keinem Wort erwähnt worden, und McLaughlan hatte nichts davon verlauten lassen, dass er ihn vom Bahnhof aus angerufen hatte, bevor er in den Nachtzug nach Glasgow gestiegen war.

Er hatte Jarvis in aller Kürze mitgeteilt, was er vorhatte. Jarvis äußerte Bedenken und riet ihm nach wie vor, sich zu stellen, aber McLaughlan war entschlossen, die Sache auf diese Weise zu regeln. Er ließ Jarvis schwören, dass er nicht nach ihrem Telefongespräch Orme verständigen würde. Jarvis versprach es und fragte: »Wenn ich nichts sagen soll und nichts tun soll, warum hast du mich dann überhaupt angerufen?«

McLaughlan gestand, was ihm auf dem Herzen lag. »Ich möchte dir noch was sagen, etwas, was ich schon vor langer Zeit hätte sagen sollen. Du sollst wissen, dass du gut zu mir warst. Und dafür möchte ich dir danken.«

Noch während er den Hörer in der Hand hielt, fragte

er sich, warum Menschen gerade in Zeiten persönlicher Gefahr das Bedürfnis zu solchen Bekenntnissen hatten. Vielleicht war es die tödliche Bedrohung, die sie dazu bewegte, ihre wahren Gefühle preiszugeben. Und manchmal erkannten sie ihre wahren Gefühle wohl erst in solchen Situationen. Er wusste es nicht, aber wenn er gemeint hatte, Jarvis würde sich mit seinem Dank begnügen, sah er sich getäuscht. Jarvis wollte mehr. »So kommst du mir nicht davon. Ich will wissen, was mit Tam passiert ist.«

McLaughlan hatte aufgehängt. Und jetzt bedauerte er, dass er Jarvis überhaupt angerufen hatte. Er hatte Angst, dass der es sich anders überlegen und Orme doch informieren könnte, und er stellte sich vor, dass es in der ländlichen Gegend um sie herum nur so von Polizisten wimmeln würde.

Wenn dies der Fall war, würde er nichts davon merken. Aber die Swifts würden es merken. Bestimmt ließen sie die Gegend aus allen Richtungen überwachen. Und sobald die Swifts die Zivilfahrzeuge sahen, die voll gestopft waren mit Leuten, die zehn Kilometer gegen den Wind als Polizisten erkennbar waren, würden sie sich zurückziehen. Und Calvin hatte McLaughlan gewarnt, dass er keine zweite Chance bekommen würde. »Keine krummen Touren, sonst bring ich ihn um, das schwör ich dir, auch wenn er erst vier ist.«

McLaughlan erinnerte sich wieder an das Mädchen im Rollstuhl, die jeden anlächelte, an dem sie in der Old King's Road vorbeikam. Sie war außergewöhnlich hübsch gewesen, als Calvin sie aufgabelte – siebzehn und zu unerfahren, um zu merken, wo sie da hineingeriet. Umso schneller war sie dann erwachsen geworden, als sie sich trennen wollte und feststellen musste, dass das nicht ganz so einfach war. *Mich hat noch keine verlassen, Schätzchen.*

Sie hatte um Polizeischutz gebeten und ihn auch erhalten. Genutzt hatte es ihr wenig. Nur wenige Verbrecher besaßen so viel Geduld wie Calvin. Ihr leeres Lächeln und ihr leerer Blick ließen sie noch jünger, noch unschuldiger erscheinen. Und ihre Mutter würde sie den Rest ihres Lebens in einem Rollstuhl durch die Gegend schieben. Ocky würde auf der Stelle getötet werden, wenn er Glück hatte. McLaughlan bezweifelte, dass die Swifts ihn genauso gnädig behandeln würden.

Wenn jemand in seiner Situation behauptete, keine Angst zu haben, dann log er bestimmt. Aber die Angst war nichts Schlechtes. Wer Angst hatte, versuchte zu überleben. Es war etwas völlig anderes, den Helden zu spielen, wenn man gar nicht zum Nachdenken kam, als auf eine unmittelbare Bedrohung für sich selbst oder nahestehende Menschen zu reagieren. In Krisensituationen handelten manche Leute instinktiv – sie überwältigten bewaffnete Räuber, stürzten sich in Flüsse, liefen in brennende Häuser und opferten manchmal sogar ihr Leben, bevor sie überhaupt erkannten, dass es in Gefahr war. Solche Menschen wurden dann als außerordentlich tapfer bezeichnet und wohl auch zu Recht. Aber die meisten Leute würden sich solche Heldenstücke wohl zweimal überlegen, wenn sie genügend Zeit hatten, ihre Überlebenschancen zu bedenken. Niemand wollte sterben, nicht einmal Väter, die dazu bereit waren, ihr Kind zu retten. McLaughlan hätte gern eine Wahl gehabt, aber er hatte sie nicht. Die Swifts hielten Ocky gefangen und hatten damit alle Trümpfe in der Hand.

Calvin hatte ihn genau instruiert. McLaughlan sollte in eine besonders ländliche Gegend von Berkshire fahren, wo er der ausführlichen Wegbeschreibung folgte und schließlich auf eine Landstraße gelangte, die in einer Sackgasse endete. »Rechts ist ein Tor«, hatte Calvin gesagt, »das auf ein Feld führt. Da stellst du dich genau in die Mitte, bis ich dich hole.«

Die Scheinwerfer des Autos fielen auf ein Gittertor. George stellte den Motor und die Lichter ab. Er und McLaughlan stiegen aus, kletterten über das Tor und gingen auf das Feld. Das Gras war kurz und der Boden vom jüngsten Frost hart gefroren.

George, der eine halbautomatische Waffe trug, blieb mit dem Rücken zu einer Hecke stehen. Währenddessen steuerte McLaughlan nach Swifts Anweisungen auf die Mitte des Feldes zu. Von dort aus konnte er nur noch wenig mehr als die Grenzen des Feldes erkennen. Vereinzelte Wolken ließen kaum Licht vom Himmel fallen und von seiner Position aus konnte er nichts am Horizont sehen.

Schlau von Calvin, dachte er. Wer allein auf einem Feld steht und nicht einmal die Umgebung kennt, für den ist es noch schwerer, sich zu verteidigen. Er fühlte sich isoliert und abgeschnitten an diesem nach allen Seiten offenen Ort, und jeder Instinkt in ihm sträubte sich dagegen, dort zu bleiben.

Er lauschte auf ein herankommendes Motorengeräusch. Was er hörte, war ein Hubschrauber. Er blickte auf und sah die Lichter. Sie verliehen ihm Konturen und Größe, und er erkannte sofort, dass es ein riesiger Helikopter war – wahrscheinlich aus ausrangierten Militärbeständen.

Er landete nur wenige Meter von ihm entfernt und McLaughlan wurde vom Luftdruck der Rotorblätter fast weggerissen. Sie wurden langsamer, drehten sich aber weiter. Beim geringsten Anzeichen eines Problems konnte der Hubschrauber sofort abheben. Die Swifts gingen kein Risiko ein, dachte McLaughlan.

Es war nicht auszumachen, woher der Helikopter stammte. Wie das BMX-Rad, das Dohenys Mörder gefahren hatte, war er komplett schwarz. Kein Nummerncode und kein Kennzeichen, die eine Ermittlung des Besitzers oder der Herkunft ermöglicht hätten. Kein Markenzeichen. Nichts, was einen Rückschluss auf die Swifts erlaubte.

Er musste all seinen Mut aufbringen, um einzusteigen, und als er durch die Tür trat, wurde er sofort gepackt.

Er wehrte sich nicht, als man ihm die Hände fesselte, doch er erstarrte, als man ihm eine Kapuze überzog. Es war wie ein kalter, grauer Schock, als ihm der Stoff die Sicht raubte. Aber das war nichts im Vergleich zu seinem Gefühl, als ein Seil über die Kapuze geschoben und der Knoten wie bei der klassischen Henkersschlinge hinter dem linken Ohr festgezurrt wurde.

Plötzlich erkannte McLaughlan, was sie mit ihm vorhatten, und er erkannte auch, wie Ashs Kopf auf das Gelände der Privatschule gelangt war. Vielleicht würde auch sein Kopf in den nächsten fünf Minuten an einem Ort aufschlagen, an dem die Swifts nicht suchen konnten, weil eine Landung zu riskant war, und seine Leiche würde auf der Strecke zum Flughafen Heathrow an einer Autobahnbrücke hängen.

Die Drehung der Rotorblätter beschleunigte sich und der Helikopter hob ab. Er spürte, wie er aus dem Schatten der Bäume hervorkam, und ein Gedanke kroch in sein Bewusstsein: *Robbie McLaughlan, heute Nacht wirst du sterben.*

Auf dem Feld zu stehen und dem davonfliegenden Hubschrauber nachzusehen, gab George ein Gefühl der Hilflosigkeit. Und wenn er etwas nicht gewohnt war, dann war es dieses Gefühl.

Ihm war klar, dass er und Robbie sich mit bestimmten Annahmen eine schwere Blöße gegeben hatten. Sie hatten unterstellt, dass Swift oder seine Abgesandten mit dem Auto kommen würden. Darin hatten sie sich geirrt. Sie hatten unterstellt, dass das Fahrzeug oder die Leute darin zu irgendeinem Zeitpunkt eine Angriffsfläche bieten würden. Auch darin hatten sie sich geirrt.

Die Lichter des Helikopters verschwanden in der Ferne. Bald würde er ihn ganz aus den Augen verlieren, aber er blickte ihm so lange nach wie möglich, weil ihm jetzt nichts anders mehr übrig blieb, als die Polizei zu verständigen, und die würde natürlich wissen wollen, in welcher Richtung der Hubschrauber davongeflogen war.

Schließlich versperrten ihm die Wolken die Sicht und er hätte kehrtmachen und zum Auto zurückgehen können.

Aber etwas hielt ihn davon ab. Etwas, das sich hart in seine Schläfe bohrte.

In seiner ganzen Laufbahn hatte ihm noch niemand eine Knarre an den Kopf gehalten, doch jetzt war es so weit. »George«, sagte eine Stimme, und er spürte, wie sich die Knarre von seiner Schläfe löste.

George McLaughlan war wie gelähmt. »Jarvis?« Jarvis hatte ihn am Tor gesehen und ihn für einen von Swifts Komplizen gehalten. »Was machst du denn hier?«

»Das Gleiche wie du«, sagte Jarvis. »Ich will verhindern, dass die Swifts deinen Sohn umbringen.«

Es war nicht leicht, ihn im Dunkeln einzuschätzen, aber Jarvis hatte den Eindruck, dass George immer noch ein Kleiderschrank von einem Mann war. Wenn es sein musste, konnte er es immer noch mit mehreren von Whalleys Leuten aufnehmen, dachte Jarvis grimmig.

George steckte seine Waffe weg, was Jarvis jedoch kaum beruhigte, denn er traute ihm ohne weiteres zu, dass er es sich doch noch anders überlegte und abdrückte. George hatte ihn nie wegen Elsa zur Rede gestellt und Jarvis wusste nicht warum. Und er würde ihn bestimmt nicht fragen. Stattdessen erklärte Jarvis ihm in aller Kürze, dass ihn Robbie vom Bahnhof aus angerufen, ihm Zeit und Ort des

Treffens mit den Swifts mitgeteilt und noch hinzugefügt hatte: »Du musst aufpassen und Orme verständigen, falls sie uns hinters Licht führen und uns beide umlegen.«

Nach dem Gespräch mit Robbie war die Versuchung für Jarvis groß gewesen, Leonard Orme anzurufen. Er kannte ihn zwar nicht, aber aus dem Wenigen, was ihm Robbie erzählt hatte, hatte Jarvis geschlossen, dass Orme ein fairer und vernünftiger Mann war.

Er hatte Orme nicht angerufen. Nicht weil er es versprochen hatte, sondern weil er wusste, dass ihm Robbie niemals verzeihen würde, wenn Orme mit Polizeikräften aufkreuzte und Ocky deswegen zu Schaden kam. Er würde es sich selbst nicht verzeihen.

Das alles schilderte er, während sie das Feld verließen und in Georges Wagen stiegen. Sie setzten zurück, weil der Weg zu eng zum Wenden war, und fuhren in die Richtung, die Jarvis angegeben hatte.

»Wie soll man jemanden retten, wenn man nicht weiß, wo er ist?«, fragte George.

Da hatte er nicht so Unrecht, dachte Jarvis. Aber er verfügte über Informationen, die weder George noch Robbie noch wahrscheinlich der Polizei zugänglich waren. »Erinnerst du dich an Hunter?«, fragte er.

George, der am Steuer saß, nickte.

»Nach seiner Entlassung aus dem Gefängnis hat er ein Buch geschrieben.«

»Jeder nach seiner Fasson«, erklärte George. »Ich hab lieber mit meinem gelernten Handwerk weitergemacht.«

»Natürlich«, sagte Jarvis. »Aber nicht jeder ist in der glücklichen Lage, dass er nach der Entlassung seine alte Laufbahn da wieder aufnehmen kann, wo er sie unterbrechen musste, und deswegen hat Hunter ein Buch über einige berüchtigte Verbrecher geschrieben, denen er als Bulle begegnet ist.«

»Hab ich auch ein Kapitel gekriegt?«, fragte George.

»Nein, aber du wirst immerhin erwähnt«, antwortete Jarvis. »Und um zur Sache zu kommen, auch die Swifts werden erwähnt, wenn auch nur am Rande.«

»Das überrascht mich«, sagte George. »Ich hätte gedacht, mit denen kann man ein ganzes Buch füllen.«

»Wahrscheinlich wird bald jemand eins über sie schreiben. Aber Hunter hat sein Buch vor fast dreißig Jahren verfasst. Damals waren die Swifts noch nicht einmal Mitte zwanzig. Ihren Namen haben sie sich erst später gemacht. Aber sie haben schon einiges verdient, und zwar als Laufburschen für eine bekannte East-End-Bande.«

»Unsere gemeinsamen Freunde?«, meinte George.

»Deine vielleicht«, entgegnete Jarvis.

»Komm zur Sache«, sagte George.

»Wie gesagt, Hunter erwähnt sie nur am Rande. Es gab nicht viel über sie zu sagen, sie waren nur Laufburschen. Er erwähnt sie eigentlich nur, um zu zeigen, wie viel Geld junge Burschen wie sie mit dieser Art von Arbeit für diese Art von Arbeitgebern verdienen konnten.«

»Bin gespannt.«

»Genug, um sich einen alten Bauernhof in Berkshire zu kaufen.«

»Wo?«

»Das stand nicht in dem Buch«, antwortete Jarvis.

»Und was nutzt uns der Scheiß dann?«

»Ich habe Hunter angerufen«, erklärte Jarvis, ließ aber unerwähnt, was Hunter gesagt hatte, als er seine Stimme hörte. »Sagen Sie mir nicht, Sie haben immer noch mit den McLaughlans zu tun. Ich habe gedacht, Sie hätten Ihre Lektion gelernt.«

Jarvis fuhr fort: »Ich hab ihn gefragt, was er über die Swifts weiß. Und wie sich herausgestellt hat, weiß er eine ganze Menge.«

»Wundert mich nicht bei Hunter.«

»Ich hab ihm das Problem kurz geschildert und ihn gefragt, ob er etwas von einem Haus weiß, das ihnen gehört, ohne dass es allgemein bekannt ist. Er hat gesagt, dass er sich ein paar interessante Sachen notiert hatte, auf die er im Lauf der Jahre aufmerksam geworden war. Er hatte die Aufzeichnungen aber nicht zur Hand. Er musste mich zurückrufen.«

Jarvis hatte sich vorgestellt, wie Hunter in Akten herumstöberte, oben im Speicher eines Hauses, das eher bescheiden war im Vergleich zu der Residenz, die er vor seiner Verurteilung sein Eigen genannt hatte. »Nach einer Stunde hat er zurückgerufen. Nach seinen Aufzeichnungen sind sie immer noch Besitzer des Bauernhofes, in dem Calvin und Barbara gelebt haben. Newbury ist in der Nähe, so dass sich Ray als Teil der lokalen Rennpferdszene fühlen konnte. Ich glaube, er wollte sogar Ställe und eine Galopprennbahn bauen. Dann ist Barbara spurlos verschwunden und Calvin wurde wegen bewaffneten Raubüberfalls eingebuchtet. Der Bauernhof hat eine Weile leer gestanden. Und dann wurde er verkauft – allerdings meint Hunter, dass er nie verkauft worden ist.«

»Und warum sollten sie so tun, als hätten sie ihn verkauft?«

»Ach komm, George, du weißt besser als ich, dass es für Leute wie dich nützlich ist, Orte zu haben, wo sie Zuflucht finden und sich verstecken können, Orte, die nicht mit ihnen in Verbindung gebracht werden.«

»War schon ein guter Bulle, Hunter – hat immer gewusst, was die Leute vorhatten und wo sie gerade gewohnt haben. Wirklich erstaunlich, der Mann.«

Jarvis bezweifelte, dass die Metropolitan Police eine ebenso gute Meinung von Hunter hatte wie George, erwähnte es aber nicht.

»Hat er dir die Adresse genannt?«, fragte George.

Jarvis nahm ein Stück Papier aus der Tasche. Er gab sie George, der eine Landkarte herauszog und sie Jarvis auf den Schoß schob. »Such sie.«

»Nicht nötig«, sagte Jarvis. »Ich weiß genau, wo es ist. Jetzt nach links.«

McLaughlan stand mit dem Rücken zur kalten Nachtluft. Das Seil um seinen Hals war an einen Metallbügel über seinem Kopf gebunden. Wenn er durch die offene Tür fiel, würde ihm der Sturz das Genick brechen.

So ist das also, dachte McLaughlan. So geht das also. Er stellte sich vor, wie er aussehen würde, wenn er am Hals von einem fliegenden Hubschrauber herabbaumelte.

Jetzt gingen sie auf ihn los, fielen mit rhythmischen Schlägen und Tritten auf jede Stelle seines Körpers über ihn her. Er spürte, wie er an den Schultern gepackt und zur Tür gestoßen wurde.

Obwohl seine Hände gefesselt waren, wehrte sich McLaughlan mit dem Kopf, den Schultern, allem, damit sie ihn nicht zu fassen bekamen.

Er wusste, dass er riesige Kräfte besaß, aber er wusste auch, dass er diesen Kampf nicht gewinnen konnte. Sie drängten ihn zur Tür, und so stark er auch war, er hatte keine Chance gegen ihre Übermacht. Noch ein brutaler Stoß und einen Augenblick lang hing er wie schwebend am äußersten Rand …

… dann fiel er. Nicht schnell, sondern langsam, so schien es McLaughlan, als er darauf wartete, dass das Seil seine Aufgabe erfüllte.

37. Kapitel

Die Swifts hatten sich bestimmt nicht länger als nötig in der Luft befunden. Sie waren niedrig geflogen und zweifellos ohne Genehmigung. Und sie waren erstaunlich nahe bei ihrem Haus geblieben, denn die Fahrt von dem Feld zu dem Bauernhof hatte weniger als eine Stunde gedauert. Daher konnte der Hubschrauber für den Flug höchstens ein paar Minuten gebraucht haben.

Sie versteckten das Auto zwischen Bäumen am Ende eines Feldwegs und dann marschierten George und Jarvis querfeldein auf den Bauernhof zu.

Jarvis war schweißgebadet, nachdem sie über Tore geklettert und Äcker durchquert hatten. Als er sah, mit welcher Leichtigkeit George den schweren Weg bewältigte, fühlte sich Jarvis noch älter, als er war. Nichts ändert sich, dachte Jarvis. Hier gehen wir als zwei als alte Männer nebeneinander, und noch immer komme ich mir in seiner Gegenwart körperlich minderwertig vor.

Ab und zu schritt George etwas langsamer aus, damit Jarvis verschnaufen konnte, und während einer Pause fragte Jarvis: »Wieso bist du mir eigentlich nie auf die Pelle gerückt? Die ganze Zeit hast du nichts gemacht – warum?«

George antwortete mit einer Gegenfrage, die Jarvis lieber nicht beantworten wollte. »Sie hat gesagt, du bist ohne ein Wort gegangen?«

Jarvis schwieg.

»Komm schon, Mike. Ich hab dich in Ruhe gelassen. Da kannst du mir wenigstens sagen, warum du sie verlassen hast.«

Jarvis dachte an die Blechdose. Er hatte nach einer Rolle Tesa gesucht, und um sie zu finden, hatte er die Geburtsurkunden von Tam und Robbie herausgezogen. Er hatte sie bestimmt schon zehnmal oder öfter gesehen. Nur diesmal warf er einen Blick darauf und ihm fiel etwas auf. Wie nicht anders zu erwarten, wurde George als Vater genannt und dementsprechend hießen sie mit Nachnamen McLaughlan. Doch Elsas Name war mit Richards angegeben, und plötzlich wurde ihm klar, dass Tam und Robbie vor ihrer Heirat zur Welt gekommen waren. Sie hatte es nie erwähnt, aber das war nichts Überraschendes. Damals galt es noch als Schande, ein uneheliches Kind zur Welt zu bringen, und deshalb hatte sie es wohl auch nicht hinausposaunt.

Dann begann er in der Dose nach etwas anderem zu suchen, nach etwas, was er noch nie gesucht hatte. Und er erinnerte sich nur zu gut an den Moment, in dem er ihr Eintreten gespürt hatte. Er musste nicht einmal aufsehen, um zu wissen, dass sie ihn von der Tür aus beobachtete.

»Was suchst du?«

Er hätte sagen können, einen Knopf, eine Nadel, den Tesa. Stattdessen sagte er ihr die Wahrheit. Er gab ihr die beiden Geburtsurkunden. »Du hast mir nie erzählt, dass die Jungen unehelich geboren sind.«

Was für ein altmodischer Ausdruck, dachte Jarvis. *Unehelich geboren.* Er fühlte sich wie eine vertrocknete alte Jungfer, als er ihn gebrauchte. Auch Elsas Reaktion war altmodisch. Errötend stammelte sie: »Ich war mir nicht sicher, wie du es aufnehmen würdest.«

»Es hätte mir nichts ausgemacht«, erklärte Jarvis. »Und es hätte sogar vieles leichter gemacht.«

»Warum sagst du das?«

»Wir hätten heiraten können. Wir hätten nicht auf Georges Entlassung warten müssen, damit du ohne Schuldgefühle die Scheidung einreichen kannst.«

Sie errötete noch tiefer.

»Aber wie die Dinge liegen«, fuhr er fort, »müssen wir wohl noch warten, oder?«

Sie gab ihm die Urkunden zurück. »Das haben wir doch längst besprochen. Warum wärmst du das jetzt wieder auf?«

Aber Jarvis war noch nicht fertig. »Wo ist deine Urkunde, Elsa?«

»Was willst du denn mit meiner Geburtsurkunde?«

»Nicht deine Geburtsurkunde. Deine Heiratsurkunde. Wo ist sie?«

»Da drin.«

»Nein«, sagte Jarvis. »Da ist sie nicht.«

»Sie muss da sein.« Sie nahm die Dose, und er sah ihr zu, wie sie ihm eine Komödie vorspielte und nach etwas suchte, was nicht existierte. Er legte die Hand auf ihre, damit sie nicht weiter sinn- und zwecklos Fadenstücke und Zwirnpackungen durchwühlte, und sagte: »Hör auf damit.«

Er wusste noch, wie er es gesagt hatte. »Mike ...«, setzte sie an, aber er ging bereits aus der Küche. Sie folgte ihm in die Diele und sah, dass er den Mantel anzog. Sie schrie ihm nach, als er die Wohnung verließ. »Mike!«

Panik hatte in ihrer Stimme gelegen, aber es war nicht die Panik einer Frau, die Angst hatte, den geliebten Mann zu verlieren. Die Panik entsprang einer Vision unbezahlter Rechnungen und eines drohenden Umzugs in eine kleinere Wohnung in einer ärmeren Gegend. »Mike!«

»Ich hab sie gebeten, mich zu heiraten«, sagte Jarvis. »Und nicht nur einmal, sondern zwanzig Mal. Ihre Antwort war immer die gleiche.«

Jarvis verstummte und sah George an. In einer Pranke hielt er seine Pistole. In der anderen hielt er ein wenig Tabak und ein Zigarettenpapier. Mit flinken Fingern drehte er sich eine Zigarette. Jarvis war fasziniert und dachte, dass man solche Tricks nur im Gefängnis lernte. George hatte ihn wohl schon in jungen Jahren gelernt und ihn ein Leben lang perfektioniert. Er steckte sich die Zigarette in den Mund und rauchte sie, solange sie vom Bauernhaus aus noch nicht gesehen werden konnten. »Du warst noch nicht fertig«, sagte George.

»Sie hat gesagt, dass sie die Scheidung erst einreichen kann, wenn du aus dem Knast entlassen worden bist. Ich habe ihr geglaubt. Ich war bereit zu warten. Ich hatte ja keine andere Wahl. Und dann habe ich eines Tages in die Dose geschaut.«

George nickte. Er wusste, welche Dose Jarvis meinte.

»Da ist mir klar geworden, dass ihr nicht verheiratet wart, als die Kinder auf die Welt gekommen sind. Das hat mich neugierig gemacht und ich habe nach einer Heiratsurkunde gesucht.«

»Da hättest du lang suchen können«, warf George ein.

»Das hab ich gemerkt«, fuhr Jarvis fort. »Und ich habe etwas gemerkt, was ich schon Jahre vorher hätte merken müssen.«

»Und was war das?«, fragte George.

»Ich habe gemerkt, dass es nie eine Rolle spielen wird, was du *mit* ihr machst und was ich *für* sie mache, und dass sie immer zu dir gehören wird.«

George sagte: »Du hast mich doch gerade gefragt, warum ich dir nie auf die Pelle gerückt bin.«

Jarvis nickte.

»Ich hab immer gewusst, dass du keine Konkurrenz für mich bist.«

Er kauerte in einem kleinen Raum in vollkommener Dunkelheit. Aber auf Dunkelheit war McLaughlan besser eingestellt als die meisten anderen Menschen. Als Kind hatte er manchmal tagelang im Keller gehaust und in der Nacht war es dort absolut finster gewesen – keine Straßenbeleuchtung, kein Mond, keine Scheinwerfer von vorüberfahrenden Autos.

Die Kellermauern waren aus Ziegel gewesen so wie die Mauern des Raums, in dem er sich jetzt befand. Vertraute Dinge, dachte er, nur dass der Keller groß genug war, um darin herumzugehen, während diese Kammer hier höchstens drei auf drei Meter hatte.

Er konnte nicht aufrecht stehen und deshalb hockte er auf den Fersen, die Hände immer noch auf den Rücken gebunden. Er berührte die Decke mit dem Gesicht. Sie war aus Metall. Er drückte. Sie bewegte sich nicht. Er glaubte, verrostetes Eisen zu spüren, aber wenn das stimmte, musste die Decke mit etwas beschwert sein. Er konnte sich nicht erklären, wo er war und wie er hierher gekommen war. Er erinnerte sich nur noch daran, dass er gestürzt war und geglaubt hatte, alles sei vorbei.

Als er das Bewusstsein wiedererlangte, lag er auf dem Rücken. Die Kapuze war ihm vom Kopf gezogen worden, doch das Seil hing ihm noch immer um den Hals wie eine Nabelschnur. Calvin zog daran, um ihn auf die Füße zu zerren, und dann sah McLaughlan, dass er sich auf einem Feld neben einem Haus befand. Ein kurzes Stück weiter stand der Hubschrauber und daneben unterhielt sich Ray mit zwei Männern.

Es fiel ihm schwer, klar zu sehen. Calvin war ein verschwommener Schatten, nur seine Worte waren deutlich zu hören. »Hast geglaubt, dass wir dich aufhängen, was?«

McLaughlan war zu desorientiert, um zu begreifen, was sie mit ihm gemacht hatten.

»Noch nicht, McLaughlan. Wir haben noch was mit dir vor.«

Auf all das konnte er sich einstellen, konnte es sich erklären und sich Gegenmaßnahmen überlegen. Aber womit er nicht zurechtkam war das Schluchzen ganz in seiner

Nähe. Es waren das herzzereißende, verzweifelte Weinen eines Kindes, das kein Ende nehmen wollte.

Er kannte dieses Weinen. Er wusste, dass es Ocky war. Er brüllte und stieß mit dem Kopf gegen die Metalldecke. Das Weinen schien noch lauter zu werden.

George hörte das Weinen eines kleinen Kindes lang vor Jarvis. George hatte schon immer die Instinktsicherheit eines Tieres besessen.

Jarvis stolperte ihm nach und wäre wahrscheinlich zuletzt sogar in den Bauernhof gestolpert, wenn ihn George nicht aufgehalten hätte. Er hob die Hand und Jarvis blieb wie angewurzelt stehen.

George hatte ein Kinderweinen gehört. Jetzt hörte es Jarvis auch. Es kam von einem Feld neben dem Haus.

Der Boden sah aus, als wäre schon seit Jahren nichts mehr darauf angepflanzt worden. Jarvis sah einen kleinen Hügel, der wie eine Grabstätte aus dem Bronzezeitalter auf ihn wirkte. Aber wenn es eine Grabstätte war, dann befremdete ihn, wie den Toten die Ehre erwiesen wurde.

Neben dem Hügel lag ein Kassettenrekorder. Ein Band lief und spielte das untröstliche Weinen eines kleinen Kindes ab.

»Saukerle«, sagte Jarvis.

Sie gingen zum Rekorder, und Jarvis beugte sich vor, um ihn abzustellen, aber George hinderte ihn daran. »Vielleicht können sie es vom Haus aus hören. Dann sind sie gewarnt, wenn wir es ausschalten.«

Wie stark der Instinkt war, ein weinendes Kind zu trösten, dachte Jarvis. Aber George hatte natürlich Recht und er ließ das Gerät laufen.

George tastete über das Gras, das den Hügel bedeckte. Jarvis folgte seinem Beispiel und spürte, dass es im Gegensatz zu dem Gras zu ihren Füßen weich war. George packte ein Stück und zog. Ein quadratisches Stück Rasen löste sich sauber heraus.

Jarvis begann nun ebenfalls, den Rasen vom Hügel zu heben. Darunter lagen mehrere verrostete Eisenplatten, von denen sie eine beiseite schoben.

Sie spähten in einen Klärbehälter. »Robbie«, sagte George und im gleichen Augenblick sah Jarvis jemanden, der aus der Dunkelheit heraustrat und gegen die Pistole in Georges Hand schlug.

George ließ die Waffe fallen und wirbelte herum. Ray Swift stand mit einem Baseballschläger hinter ihnen. Er versuchte, sie im Auge zu behalten und gleichzeitig zu erkennen, wohin die Pistole gefallen war.

George entriss ihm den Schläger und warf ihn außer Reichweite. Ray taxierte ihn und grinste dann, als er erkannte, dass er einen Mann vor sich hatte, der gut fünfzehn Jahre älter war als er. »Komm schon«, sagte Ray. »Zeig, was du kannst.«

George ließ sich nicht lange bitten und ging vor Ray in Stellung. Rays Faust schoss auf sein Gesicht zu. George wich zur Seite und Ray holte erneut aus.

Diesmal glitt der Haken über Georges Kinn, als wäre seine Haut eingeölt, und Ray schrie mehr aus Überraschung als aus Angst: »Du Scheißer!« Ray war sich seiner Sache so sicher, dass er sich mit hektischen und schlecht getimten Schlägen auf seinen Gegner stürzte.

George nahm die Arme nach oben und wischte Rays wütende Attacken beiseite wie Mückenstiche. Jarvis hatte den Eindruck, George könnte Ray jederzeit an den Handgelenken packen und ihm mit der flachen Hand ein paar ordentliche Ohrfeigen verpassen. Ein Kinderspiel. Etwas zur Freude eines Jungen, den die Kraft und die Überlegenheit seines Vaters begeisterte.

Doch dann schien es George zu langweilig oder zu

dumm zu werden oder beides. Oder vielleicht hatte er den Zorn, der ihn gepackt hatte, als ihm Robbie von Ockys Entführung erzählt hatte, bisher nur zurückgehalten. Auf jeden Fall führte er plötzlich einen schweren Schlag gegen Ray, und Jarvis hatte das deutliche Gefühl, dass die Luft um ihn herum erzitterte.

Als er die Wucht dieses Hiebes sah und hörte, wie er auf einen Kieferknochen traf, der zu Bruch ging wie Porzellan, musste Jarvis an Jimmy denken. Er hatte ihn in London bei einem Amateurkampf gesehen, und obwohl er damals noch jung war, war es offensichtlich, dass Jimmy eine große Laufbahn bevorstand.

Ray schwankte und seine Knie begannen zu zittern. Jarvis hatte Filmaufnahmen von Leuten gesehen, die genauso reagiert hatten, unmittelbar nachdem man sie in den Kopf geschossen hatte. Es konnte nur noch wenige Augenblicke dauern, bis Ray zusammenbrach. Aber Ray dachte gar nicht daran. Taumelnd stand er da, während Jarvis in den Klärbehälter sprang und Robbies Fesseln löste.

Als er die Hände frei hatte, tastete McLaughlan auf dem Boden des Tanks nach der Pistole. Er hob sie auf und dann kletterten er und Jarvis hinaus.

Ray war immer noch auf den Beinen. Zu seinem eigenen Besten hoffte Jarvis, dass er seinen Stolz hinunterschlucken und dem bestimmt fast überwältigenden Drang nachgeben würde, sich fallen zu lassen und sich zusammenzurollen. Wenn er das machte, würde ihm nichts passieren, dachte Jarvis. George würde ihn vielleicht noch ein wenig hin und her zerren wie ein Grizzlybär, ihn aber ansonsten in Ruhe lassen. Doch wenn er weiterkämpfte, würde ihn George zu Tode prügeln.

Ray hatte keine Ahnung, dass ihm eine Demutsbekundung das Leben gerettet hätte, und er riss sich zusammen. Nachdem er mehrmals geblinzelt hatte, nahm er die Fäuste wieder nach oben. Sofort packte ihn George am Genick und drosch mit der anderen Hand auf ihn ein. Der Anblick schien Jarvis von fast urzeitlicher Brutalität. Es war eine gnadenlose Abreibung, wie sie ein Boxer einem Gegner erteilte, wenn es ihm nicht um den Sieg, sondern um Rache ging. Die Swifts hatten Georges Enkel entführt. Sie hatten versucht, seinen Sohn zu ermorden. Und obendrein hatte dieser Vertreter der Swift-Sippe auch noch die Frechheit besessen, ihm mit einem Baseballschläger eins überzuziehen. George war weniger erzürnt als zutiefst beleidigt. Das einzig Positive für Ray daran war, dass er überhaupt nicht mehr mitbekam, was mit ihm passierte. Er stand aufrecht, weil ihn George am Hals festhielt. Aber er war bereits ohnmächtig, als ihm George einen letzten, tödlichen Schlag versetzte.

Ob er ihn wirklich umbringen wollte, konnte Jarvis nicht sagen. Er sah nur, dass die Wucht des Aufpralls Ray Swift das Genick brach. George ließ ihn los, und er fiel mit einem Geräusch zu Boden, das sich anhörte wie das Knacken eines zerbrechenden Astes. Nur dass das Knacken von einem Schuss kam, den Calvin abgegeben hatte.

Jarvis und McLaughlan warfen sich zu Boden. George hatte keine Zeit mehr zum Reagieren und brach offensichtlich getroffen zusammen.

Als Calvin auf sie anlegte, erschoss ihn McLaughlan. Einfach so, dachte Jarvis. Kein dramatischer Kampf. Keine Zeit zum Nachdenken. Vor einer halben Minute hatte Ray George aufgefordert, zu zeigen, was er konnte. In einer halben Minute hatten zwei Männer den Tod gefunden und ein dritter lag wahrscheinlich im Sterben.

Sherryl lief aus dem Haus, als McLaughlan aufsprang und Calvin die Schrotflinte entriss. Dann rannte er zu George, der im Bauch getroffen worden war und sich vor Schmerzen wand. »Hol Ocky«, ächzte er.

McLaughlan fing Sherryl ab und bedrohte sie mit der Schrotflinte. »Verarsch mich nicht, wo ist er?«

Sherryl blickte an ihm vorbei zu den Leichen von Ray und Calvin. Sie öffnete den Mund, brachte aber keinen Ton heraus. McLaughlan warf Jarvis die Schrotflinte zu. »Trau ihr nicht über den Weg«, sagte er und Jarvis antwortete ebenfalls mit einer Warnung: »Vergiss nicht, dass vielleicht noch Leute drin sind.«

Sherryl lief zu ihrem Vater und zu ihrem Onkel und dann begann sie zu schreien, als wollte sie sie durch ihre Rufe wieder zum Leben erwecken.

Jarvis fühlte mit ihr und hätte versucht, sie zu trösten. Aber er sagte sich, dass ihn Robbie bestimmt nicht ohne Grund vor ihr gewarnt hatte, und hielt Abstand zu ihr. Er eilte zu George und sah, dass er aus dem Bauch blutete. Er ist erledigt, dachte Jarvis und blickte nach vorn zu Robbie, der gerade die Haustür erreicht hatte. Sherryl hatte sie offen stehen lassen. Alle Zimmer waren erleuchtet. Er sah, wie Robbie vorsichtig in die Küche trat.

Plötzlich hörte er das Weinen eines kleinen Kindes und merkte, dass der Rekorder noch immer nicht ausgeschaltet war. Das Band hatte sich automatisch zurückgespult und wieder von vorn begonnen.

McLaughlan brauchte nur wenige Momente, um sicher zu sein, dass das Haus leer war. Die Männer, die mitgeholfen hatten, ihn im Hubschrauber zusammenzuschlagen, waren nach erledigter Arbeit verschwunden, für die sie bestimmt gut und in bar bezahlt worden waren.

Er schlich die Treppe hinauf und gelangte zu einer verschlossenen Tür. Er trat sie ein und schaltete das Licht an. Eine kleine Gestalt lag auf dem Bett, das Gesicht unter der Decke vergraben.

McLaughlan zog die Decke weg und Ocky starrte zu

ihm auf. In seinen Augen lag weniger Angst als Verwirrung. »Daddy.«

McLaughlan nahm ihn auf den Arm und drückte ihn an sich. Dann brachte er ihn hinaus zu Jarvis.

George lag auf dem Rücken im Gras. Der Kassettenrekorder war abgeschaltet, aber immer noch war Schluchzen zu hören. Nur kam es jetzt von Sherryl und nicht vom Band.

McLaughlan sah sich die Verletzung seines Vaters an. Er war kein Experte, aber er wusste, dass jede Schusswunde im Bauch bedrohlich war. Manche starben schnell. Manche starben langsam. Wer nicht an Blutverlust oder Schock starb, der starb normalerweise an Wundbrand. »Wir müssen dich ins Krankenhaus bringen.«

»Nein«, sagte George. »Kein Krankenhaus.«

Jarvis wollte ihn zur Vernunft bringen, aber George gab nicht nach. »Ich hab den Kerl umgebracht, darauf steht lebenslänglich. Und noch mal in den Knast, das pack ich nicht. Bringt mich nach Hause«, sagte George. »Bringt mich zurück nach Glasgow.«

McLaughlan stand auf.

»Du hältst dein Wort?«, fragte George. »Du sagst mir, was mit Tam passiert ist?«

Ocky wimmerte leise und McLaughlan gab ihn an Jarvis weiter. Zu Fuß war es für George zu weit bis zum Auto, und McLaughlan holte es, nachdem ihm Jarvis kurz den Weg beschrieben hatte. Dann half er seinem Vater hinein und legte ihn auf den Rücksitz, so gut es ging, aber George fand bei seiner Größe nur schmerzhaft zusammengekrümmt Platz.

Jarvis stieg auf der Beifahrerseite ein und nahm Ocky auf den Schoß. »Sollten wir ihn nicht doch in ein Krankenhaus bringen …«

»Nein«, sagte George. »Kein Krankenhaus. Keine Polizei. Kein Knast. Ich hab die Schnauze voll.«

McLaughlan fuhr den Feldweg im Rückwärtsgang zurück. Einen Augenblick lang wurde Sherryl von den Scheinwerfern erfasst. Sie beugte sich über die Leiche ihres Vaters und Jarvis kam plötzlich wieder zu Sinnen.

»Wir können doch nicht einfach wegfahren …«

»Doch.«

»Wir müssen Orme verständigen und eine Aussage machen.« George lag im Fond des Wagens. Er stöhnte, als sich das Auto in Bewegung setzte. »Wir müssen ihn in ein Krankenhaus bringen.«

»Du hast ihn doch gehört«, erklärte McLaughlan. »Kein Krankenhaus. Keine Polizei. Keine Anklage und Verurteilung wegen Mord.«

»Aber wir dürfen nicht einfach wegfahren, das verstößt gegen das Gesetz.«

McLaughlan hielt an. »Niemand hindert dich«, sagte er. »Wenn du aussteigen und zurücklaufen willst, nur zu.«

»Und was ist mit dir?«

»Ich fahre nach Glasgow«, sagte McLaughlan. »Ich bring ihn nach Hause. Ich bringe ihn zu der Stelle, an der Tam …«

Er beendete seinen Satz nicht, aber das war auch nicht nötig. Jarvis war überzeugt. Seit dreißig Jahren nagte das Geheimnis von Tams Verschwinden an ihm. Das war vielleicht die einzige Chance für ihn, herauszufinden, was damals geschehen war. Sherryl konnte weiterweinen und Orme musste eben warten. »In Ordnung«, sagte er. »In Ordnung.«

George fiel immer wieder in Ohnmacht, hatte dazwischen aber klare Momente. Jarvis sprach kaum ein Wort. Mc-

Laughlan sagte noch weniger. Ocky klammerte sich an Jarvis und schlief ein.

Einmal schreckte George hoch und Jarvis hörte ihn rufen: »Jimmy!« Er versuchte sich zu ihm umzudrehen, ohne Ocky zu wecken.

George war kaum bei Bewusstsein. Längere Zeit redete er wirres Zeug, das keinen Sinn ergab. Aber plötzlich sagte er etwas, das sehr wohl einen Sinn ergab. Jarvis fuhr herum und Ocky wachte auf. »Was war das, George? Was hast du gerade gesagt?«

Jarvis hatte keine Ahnung, ob George noch wusste, wer er war und wo er war. Vielleicht war ihm gar nicht klar, was er gesagt hatte. Dennoch liefen seine Worte auf ein Geständnis hinaus, und Jarvis musste daran denken, dass Whalley vor dreißig Jahren vor einem Rätsel gestanden hatte. Auch mehrere Monate nach Jimmys Tod wusste er nur, dass Jimmy die Sporthalle entweder gemeinsam mit seinem Mörder betreten oder diesem später selbst die Tür aufgemacht hatte.

Nach dem Bericht des Pathologen wies Jimmys Leiche keine Spuren auf, die auf einen Kampf gedeutet hätten. Desgleichen deutete nichts darauf hin, dass er an den von Jarvis so bezeichneten Christine-Keeler-Stuhl gefesselt worden war. All dies legte den Schluss nahe, dass Jimmy entweder aus freien Stücken auf dem Stuhl gesessen hatte oder mit vorgehaltener Waffe dazu gezwungen worden war.

Er hatte mit dem Gesicht in Richtung des Glasschranks mit den Trophäen, Fotos und Zeitungsausschnitten gesessen. Dann war er in den Hinterkopf geschossen worden und vom Stuhl gefallen. Nichts war gestohlen worden, und es tauchte nicht die geringste Spur auf, die einen Hinweis auf die Identität oder das Motiv des Mörders geliefert hätte. »Wie gesagt«, hatte Whalley erklärt, »für mich schaut es aus wie ein Rachemord – wie er vielleicht an einem Spitzel begangen wird. Was meinen Sie?«

Jarvis hatte keine Meinung gehabt.

Bis jetzt.

»Was hast du gesagt, George?«

Und George wiederholte, was Jarvis vorher nur undeutlich gehört hatte. »Er wollte, dass er als Letztes die Zeitungsausschnitte sieht.«

Fast genauso hatte sich Whalley damals ausgedrückt. »George«, drängte Jarvis, »wovon redest du?«

»Er wollte nich mehr so leben«, sagte George. »Er wollte sterben wie ein Mann, nich wie ein Waschlappen mit einer Schachtel Pillen. Er hat gesagt, ich soll ihn erschießen, aber nich daheim. Das wollte er Iris nich antun.«

Er sank wieder ihn Ohnmacht.

Jarvis sah Robbie an.

McLaughlan hielt den Blick auf die Straße gerichtet und schwieg.

38. Kapitel

Orme hatte schon oft bereut, wenn er Anweisung gegeben hatte, ihn bei jeder neuen Entwicklung in einem bestimmten Fall zu verständigen, auch wenn man ihn mitten in der Nacht wecken musste. Oft hatte so etwas dazu geführt, dass sich seine Frau das Kissen über den Kopf zog und er sich mit einem Anruf herumschlagen musste, der ihn erst aus dem Schlaf und dann aus dem Bett riss.

Bei der Nachricht, die Polizeiwache von Thames Valley habe die Metropolitan Police darüber benachrichtigt, dass Calvin und Ray Swift ermordet worden waren, wurde er schlagartig hellwach. »Wie bitte?«

Seine Frau murmelte schlaftrunken: »Leonard?«

Orme legte einen Finger auf die Lippen und sie fragte nicht weiter. Der Beamte am anderen Ende der Leitung berichtete, dass Sherryl Swift in völlig aufgelöstem Zustand die Polizei angerufen und ausgesagt hatte, ihr Vater sei zu Tode geprügelt und Calvin sei erschossen worden. Die Polizei von Thames Valley hatte ihre Angaben überprüft und sogleich die Metropolitan Police verständigt, weil die Opfer bekannte Londoner Verbrecher waren.

»Was ist nach Sherryls Aussage passiert?«, fragte Orme. Wenn sein Gesprächspartner mitbekommen hatte, dass Orme nicht viel von Sherryls Aufrichtigkeit hielt, so ließ er es sich nicht anmerken.

»Sie sagt, Ray habe ein Geräusch gehört und sei hinausgegangen, um nachzuschauen. Er sei ziemlich lang weggeblieben, und dann sei auch Calvin hinausggegangen, um nach ihm zu sehen. Sekunden später habe Sherryl einen Schuss gehört. Sie habe zum Fenster hinausgeschaut und ein wegfahrendes Auto gesehen. Dann sei sie runtergelaufen und habe die Leichen von Ray und Calvin gefunden.«

»Und sie hat keine Ahnung, wer die beiden umgebracht hat?«

»Zumindest sagt sie nichts.«

Sie wird ihre Gründe haben, dachte Orme. »Sie haben gesagt, sie habe vom Fenster aus gesehen, wie ein Auto weggefahren sei.«

»Wir haben die Fahndung eingeleitet.«

»Hat sie das Auto beschrieben?«, fragte Orme.

»Viel besser – sie hat sich sogar das Kennzeichen gemerkt.«

Schnell geschaltet, dachte Orme.

»Zehn zu eins, dass das Auto gestohlen ist, aber der Killer hat es zufällig einem Verbrecher geklaut – George McLaughlan heißt er. Ein Glasgower Junge von der alten

Schule, zu seiner Zeit ein echtes Schwergewicht. Schwere Körperverletzung, bewaffneter Raubüberfall ...«

McLaughlan! dachte Orme. Er traute seinen Ohren nicht. Sie mussten miteinander verwandt sein. Und wenn dieser George McLaughlan wegen bewaffneten Raubüberfalls gesessen hatte, dann hatte er vielleicht auch mit den Swifts zu tun. Möglicherweise waren George und McLaughlan schon seit langem in die Machenschaften der Swifts verwickelt.

Auf einmal sah er das Ganze vor sich. Die Swifts und die McLaughlans hatten Geschäfte miteinander betrieben. Dann verschlechterten sich die Geschäftsbeziehungen aus irgendeinem Grund. Ash gab Robbie McLaughlan den Hinweis auf einen bevorstehenden Überfall. McLaughlan erschoss Stuart und Calvin wollte sich rächen. McLaughlan bekam die Panik und besorgte sich eine Kanone, um sich zu schützen.

Vielleicht hatte McLaughlan seinen Sohn selbst entführt, um ein neues Leben anzufangen, oder vielleicht hatten ihn die Swifts gekidnappt und McLaughlan hatte sie verfolgt. Offensichtlich wusste er, wo er sie zu suchen hatte – das heißt, er wusste mehr als Orme. Es kam zum Kampf. Er ermordete sie. Und jetzt war er auf der Flucht.

Orme erhielt die Auskunft, dass der Wagen Richtung Norden fuhr. Er wurde aus größerer Entfernung von einem zivilen Polizeifahrzeug beschattet, dessen Fahrer strenge Anweisung hatte, sich den Verfolgten nicht zu nähern und sie auf keinen Fall anzuhalten, weil sich außer McLaughlan allem Anschein nach noch zwei Männer und ein Kind in dem Fahrzeug befanden.

Ocky, dachte Orme. Die Frage war, hatte ihn McLaughlan aus den Händen der Swifts befreit oder hatte er Ocky die ganze Zeit bei sich gehabt? Was die beiden Mitfahrer anging, so konnte Orme nicht einmal raten, wer sie waren.

Die Polizei von Thames Valley erwartete von ihm eine Entscheidung über das weitere Vorgehen, und Orme war zutiefst dankbar dafür, in einem Fall wie diesem auf feste Regeln zurückgreifen zu können. Er erteilte den einzig möglichen Befehl.

»Folgen Sie dem Fahrzeug weiter, aber denken Sie daran, dass McLaughlan Polizeibeamter ist – er wird nach Verfolgern Ausschau halten. Wenn Sie glauben, dass er Sie gesehen hat, bleiben Sie zurück. Es ist besser, seine Spur zu verlieren, als das Kind in Gefahr zu bringen. Wir folgen ihm bis zu seinem Zielort. Dann ziehen wir jemanden hinzu, um mit ihm zu verhandeln und ihn dazu zu überreden, Ocky gehen zu lassen. Wenn es danach aussieht, dass er nach Glasgow will, organisieren Sie mir bitte einen Hubschrauber, der mich hinfliegt, und fordern Sie bei Strathclyde bewaffnete Verstärkung an.«

39. Kapitel

Der Ort hatte sich nicht sehr verändert, dachte Jarvis. Der gleiche Fluss. Der gleiche Gestank. Der gleiche Müll im Kanal. Das gleiche Schild an den Schleusen, das Kindern den Zugang verbot. Dreißig Jahre waren vergangen, und niemand hatte es geschafft, auf dem Areal etwas zu bauen. Kein Geld wahrscheinlich.

Sie gingen am Flussufer entlang und Ocky folgte ihnen. Jarvis und McLaughlan mussten George stützen, und die Blutung wurde wieder stärker, als er sich bewegte. Jarvis fragte: »Bist du sicher mit dem Krankenhaus?«

»Will nich noch mal in den Knast, Mike. Hör schon auf, okay?«

Er stellte sich vor, dass er überlebte, nur um dann eine lebenslange Haftstrafe absitzen zu müssen, dachte Jarvis. Und die würde er auch kriegen. Jeder halbwegs kompetente Staatsanwalt würde den Pathologen als Gutachter in den Zeugenstand rufen, und der würde aussagen, dass man angesichts der Schwere von Ray Swifts Verletzungen davon ausgehen musste, dass er sich ab einem bestimmten Zeitpunkt nicht mehr verteidigen konnte. *Und das lässt mit größter Wahrscheinlichkeit darauf schließen, dass der Angeklagte George McLaughlan ihn absichtlich getötet hat, Euer Ehren.*

Sie torkelten einen knappen Kilometer am Fluss entlang und George fiel das Gehen immer schwerer.

Er setzte ihn am Ufer des Clyde an einer Stelle nieder, wo der Fluss seine anmutige Biegung begann. Von hier aus, dachte Jarvis, strömte er noch zwanzig Kilometer bis zur Stadt. Auf diesem Weg wurde er breiter, tiefer und stärker – eine imposante Wasserstraße. »Was für ein Fluss«, sagte er.

McLaughlan zog die Jacke aus und bedeckte seinen Vater damit. Es war rau hier und man war praktisch ungeschützt. Und der Wind, der die Wasseroberfläche peitschte, kam direkt vom Meer.

Ocky fror. Wärme und Geborgenheit suchend, klammerte er sich an Jarvis, der ihn unter seinen Mantel nahm. Unbehagen beschlich ihn bei der Vorstellung, was der Kleine in den letzten Tagen durchgemacht hatte. Aber er war noch jung, dachte Jarvis. Viel von dem, was passiert war, hatte er bestimmt gar nicht verstanden, und mit ein bisschen Glück würde er das meiste nach einiger Zeit vergessen.

George, der kaum bei Bewusstsein war, sagte etwas Unverständliches. McLaughlan beugte sich zu ihm nieder und hörte ihn flüstern: »Crackerjack.«

Jarvis hatte schon öfter gehört, dass Sterbende manchmal die Geister von Leuten sahen, denen sie im Leben am nächsten gestanden hatten, und er fragte sich, ob es bei George auch so war. Doch dann merkte er, dass George nur unsicher war. Er wollte wissen, ob dies der Ort war, an dem er Crackerjacks Leiche abgelegt hatte, und wenn ja, warum sie ihn hierher gebracht hatten.

McLaughlan erinnerte seinen Vater an ihre Abmachung. Er hatte ihm versprochen, ihn zu dem Ort zu bringen, wo er Tam zum letzten Mal gesehen hatte. Das war der Ort.

Jarvis fragte, warum er und Tam hierher gekommen waren, und McLaughlan erwiderte, dass sie nach Crackerjacks Leiche sehen wollten.

»Woher habt ihr gewusst, wo sie ist?« fragte Jarvis und McLaughlan erinnerte sich an den Augenblick, als er und Tam oben an der Kellertreppe gestanden hatten. Elsa war fast wahnsinnig vor Angst und glaubte, dass in jedem Moment die Polizei kommen konnte. George hatte versucht, sie zu beruhigen, und ihr versprochen, die Leiche gleich nach Einbruch der Dunkelheit fortzuschaffen.

Schließlich antwortete McLaughlan auf Jarvis' Frage: »Wir haben zufällig gehört, wo er sie hinbringen wollte.«

»Und warum wolltet ihr sie später sehen?«

»Aus Neugier«, sagte McLaughan. »Wir wollten nachschauen, wie sie aussieht.«

Sie wussten nicht genau, wo die Leiche lag, aber sie kannten die Gegend gut und es war nicht schwer für sie zu erraten, wo die Leiche sein könnte. Sie fanden den Toten in einem Graben und waren entsetzt darüber, wie weit die Verwesung fortgeschritten war. Er hatte ungefähr zwei Monate hier gelegen und er war nicht mehr als Crackerjack zu erkennen. Von dem Anblick bekam McLaughlan Albträume, die schlimmer waren als alles, was er von Jimmy träumte. »Die Leiche hat gestunken«, sagte er. »Man hätte meinen können, dass der Geruch allein schon die Leute anlocken würde, aber hierher haben sich eben noch nie viele Spaziergänger mit ihren Hunden verirrt. Wir hatten also die Leiche gefunden, aber dann wussten wir nicht so recht, was wir als Nächstes tun sollten. Tam wollte noch ein bisschen bleiben. Aber ich wollte gehen – ich hatte Angst, dass wir den Zug verpassen – also sind wir auf dem Treidelpfad zurückgelaufen. Die Böschung war ziemlich rutschig. Tam ist zu nahe an den Rand gekommen und hineingefallen.«

McLaughlan unterbrach sich. Als würde er eine Bemerkung über das Wetter machen, fügte er schließlich hinzu: »Er ist ertrunken.«

Er starrte hinaus über den Fluss und Jarvis folgte seinem Beispiel. Wer hier hineinfiel, konnte nur unter größten Mühen und mit viel Glück wieder herauskommen, das war klar. Schnell und tief und von reißenden Strömungen durchzogen, war der Clyde ein Killer. Der Fluss hatte Tam verschluckt und ihn in den Tod gerissen.

Aber weshalb hat er ihn nicht an den Toren der Stadt wieder ausgespuckt?

»Warum in Gottes Namen hast du niemandem was davon erzählt?«, fragte Jarvis.

»Wie denn?«, sagte McLaughlan. »Wie hätte ich erklären sollen, dass wir wussten, wo Crackerjacks Leiche war, ohne zuzugeben, dass wir von unserem Vater gehört hatten, wo er ihn ablegen wollte? Ich wollte nicht daran schuld sein, dass er für den Überfall drankam. Ich wollte nicht die Polizei zu ihm führen.«

»Aber warum wolltest du ihn unbedingt schützen?«, fragte Jarvis und McLaughlan erinnerte ihn an einen von Robert Maxwells Söhnen, als er antwortete: »Er war mein Vater. Ich habe ihn geliebt.«

Er war dein Vater, dachte Jarvis. Und natürlich hast du

ihn geliebt. Er erinnerte sich an den Augenblick, als Robbie neben Iris mitansehen musste, wie George mit vorgehaltener Waffe zum Polizeiwagen geführt wurde. »Sie nehmen meinen Dad mit.«

»Als er im Gefängnis war, wollte ich die Wahrheit sagen, aber Elsa hat sich an die Vorstellung geklammert, dass Tam noch lebt. Wie hätte ich ihr sagen sollen, dass er schon längst tot war und dass ich es die ganze Zeit gewusst hatte? Ich war doch erst zehn. Ich war vollkommen überfordert. Und dann sind die Jahre vergangen und es ist nicht besser geworden, sondern immer nur schlimmer. Sie hat behauptet, dass Tam nach Australien gegangen ist und dass er eines Tages wiederkommen wird. Ich hatte Angst, dass sie durchdreht, wenn ich es ihr sage.«

Mein Gott, dachte Jarvis. Warum habe ich nichts davon gemerkt? Ich dachte, dass ich ihn so gut kenne. Wie wenig wir von den Menschen wissen, denen wir uns am nächsten glauben.

Am Rand seines Gesichtsfeldes nahm er eine winzige Bewegung wahr und drehte sich um. Was er sah, überraschte ihn. Er hätte es nicht für möglich gehalten, dass sich in einem solchen Gelände jemand verstecken und anschleichen konnte, ohne bemerkt zu werden, aber er hatte sich getäuscht. Die Gräben zu beiden Seiten des Bahndamms boten Deckung, in der sich Polizisten bis auf wenige Meter genähert hatten.

Einer von ihnen rief: »Polizei. Treten Sie von der Waffe weg.«

McLaughlan, dem der Ruf gegolten hatte, bewegte sich nicht.

»Robbie«, sagte Jarvis, aber statt einer Antwort sank McLaughlan auf die Fersen. Sehr langsam und unbedrohlich, aber die bloße Tatsache, dass die Waffe zu seinen Füßen lag, erhöhte die Spannung. Jarvis konnte die Finger auf den Abzügen der automatischen Pistolen förmlich spüren. Es war kein angenehmes Gefühl, von einem Dutzend Schützen ins Visier genommen zu werden.

Die Polizei kennt die Wahrheit noch nicht, dachte Jarvis. Wenn ich ihnen sage, dass Swift Ocky in seiner Hand hatte und dass sie Robbie zum Haus gelockt haben, um ihn zu ermorden, werden sie begreifen, wie das alles zusammenpasst. Es wird ihnen klar werden, dass Swift einen Killer engagiert hat, der aus Versehen Doheny erschossen hat, und dass Robbie sich nur deshalb eine Waffe beschafft hat, um sich und seine Familie zu schützen.

Aber seine Stelle bei der Polizei wird er nicht behalten. Er hatte beim Eintritt in den Dienst nicht gelogen, was seine Familienverhältnisse anging, aber er hatte sie verschwiegen, und das war in gewisser Hinsicht genauso schlimm. Und es war nicht zu beschönigen, dass er sich unter einem falschen Vorwand Zugang zu seinem früheren Haus verschafft und dass er die dort wohnende Frau vielleicht sogar tätlich angegriffen hatte. Außerdem hatte er nach dem Mord an Doheny den Tatort verlassen und die Flucht vor der Polizei ergriffen.

Jarvis kannte Orme nur aus Robbies Schilderungen, aber er glaubte zu wissen, dass er McLaughlan helfen würde, soweit es in seinen Kräften stand, aber er würde gewiss nicht für ihn lügen. Im besten Falle konnte Robbie darauf hoffen, dass keine Anklage erhoben wurde, aber vielleicht würde ihn das letztlich gar nicht mehr besonders kümmern. Vielleicht, dachte Jarvis, würde er jetzt, nachdem er die Last seines Geheimnisses abgeschüttelt hatte, die Kraft für einen Neuanfang finden.

Er hoffte es. Und er hoffte auch, dass ihm Robbie die Gelegenheit geben würde, Ocky kennen zu lernen, denn einen anderen Enkel würde Jarvis wohl nicht mehr bekommen.

Noch immer kauerte McLaughlan nahe beim Wasser. Er zog an dem groben, fast olivgrünen Gras, das in Büscheln auf der Uferböschung wuchs und hörte die Stimme seiner Erinnerung:

Du kennst niemand anderen, der seinen jüngeren Bruder überallhin mitnimmt, so wie er es getan hat, aber du warst damals zu jung, um zu erkennen, wie gut er zu dir war. Für dich war es selbstverständlich.

Iris hat ihn einmal gefragt, ob es ihm etwas ausmacht, dich überall mitzuschleppen, aber er hat nur gesagt, dass er dich gern dabeihat. Und in all den Jahren seither bist du keinem mehr begegnet, der dich wirklich bei sich haben will so wie er. Aber das erwartest du auch von niemandem. So eine Leichtigkeit gibt es nur einmal im Leben. Nur mit einem Menschen. Und für dich war er dieser Mensch.

Es war seine Idee, nach Crackerjacks Leiche zu suchen, und in diesem einen Fall hat er es am Anfang für besser gehalten, dich zu Hause zu lassen. Aber du hast nicht locker gelassen, bis er endlich nachgegeben und dich mitgenommen hat.

Er hat dir eingeschärft, keinem ein Sterbenswörtchen zu verraten, und ihr habt gesagt, dass ihr nach Glasgow wollt, um euren Dad zu finden. Dabei habt ihr überhaupt nicht nach ihm gesucht. Und selbst wenn, hättet ihr ihn nicht aufgetrieben. Aber mit Crackerjack habt ihr kein Problem gehabt. Ihr habt euch dort ausgekannt wie in eurer Westentasche, und ihn zu finden war ganz leicht für euch.

Es war das erste Mal, dass du einen Toten gesehen hast, und das hat dir Angst gemacht. Die Leiche war schon seit Wochen da und hat überhaupt nicht nach dem Mann ausgesehen, den ihr gekannt habt. Du hast mit einem Stock sein Gesicht geritzt und seine Wange ist aufgerissen wie die

Haut einer überreifen Frucht. Du bist weggelaufen, aber Tam hat dich zum Bleiben überredet.

Er hat Crackerjack gemocht. Ab und zu hat Crackerjack ihm fünf Pfund zukommen lassen. Er hat ihm Witze erzählt und ihm Bier zu trinken gegeben. Crackerjack hat ihm das Gefühl gegeben, ein Mann zu sein, und vor allem hat er ihm das Gefühl gegeben, jemand zu sein. Und als Sohn eines Verbrechers hat er sich über jeden gefreut, der ihm Achtung entgegengebracht hat – denn genau daran fehlt es den Bullen, die mit der Faust ein Modellschiff zertrümmern, das er in monatelanger Arbeit gebaut hat. Er war nur der Sohn eines Verbrechers. Was spielt es für eine Rolle, wenn sie sein Schiff zu Klump schlagen? Wer hätte es ihnen verbieten sollen?

Er hat gesagt, ihr solltet Crackerjack begraben, das würde seiner Frau und seinen Kindern gefallen, also habt ihr ein wenig herumgebuddelt, aber ihr hattet nur ein Stück Dose zum Graben. Es hat nicht richtig funktioniert und ihr habt es weggeworfen. Aber er hat sein Kruzifix über Crackerjack baumeln lassen und ihr habt ein Gebet für seine Seele gesprochen. Er ist einmal bei einer Beerdigung gewesen und hat gewusst, was man sagen muss: »Vater unser im Himmel ... Er war nicht ganz schlecht. Er war gut zu seiner Frau und zu seinen Kindern. Er hat nicht immer alles richtig hingekriegt. Aber er hat es probiert. Amen.«

Dann seid ihr zurück zum Treidelpfad gegangen und es war Ebbe. Es war fast, als hätte der Sturm den Fluss aus seinem Bett gesaugt.

Der Schlamm war schwarz und klebrig wie Teer. Du bist stehen geblieben, um Steine hineinzuwerfen, und er hat sich umgedreht, um dir zu sagen, dass ihr den Zug nicht verpassen dürft. Als nächstes hast du ihn rutschen sehen – aber er ist nicht gefallen, sondern mit ausgestreckt rudern-

den Armen nach unten geglitten wie ein Anfänger auf Schlittschuhen.

Als er auf dem Schlamm aufgetroffen ist, ist er sofort eingesunken, aber nicht tief. Noch nicht. Zuerst nur bis zu den Knien. Und dann ist er bis zu den Schenkeln eingesunken – nicht gleichmäßig, sondern ruckartig, als würde etwas von unten an ihm zerren.

Er hat gelacht. Dieses Lachen wirst du nie vergessen. Es war ein hohes, nervöses Lachen. Du hast ihn noch nie so lachen hören und er hat nur gesagt: »Scheiße!«

Du hast nichts gesagt. Du warst zu überrascht. Mehr war es am Anfang nicht – kein Schock, keine Angst. Etwas Ungewöhnliches war passiert und ihr wart überrascht. Aber ihr würdet das schon regeln. Und später darüber lachen. Ihr würdet euch sauber machen, nach Hause fahren und vielleicht erst später merken ...

Er hat dir zugerufen: »Ich komm schon raus – dauert nur eine Minute«, aber nach einer Minute war er bis zur Brust eingesunken.

Der Ausdruck auf seinem Gesicht hat dir solche Angst gemacht, dass du nicht mehr stehen konntest. Du hast dich an die Böschung gesetzt und zu heulen angefangen, und er hat gesagt, du sollst Hilfe holen. Aber es war noch ein Kilometer bis zur Straße. Du hast gewusst, dass er sterben würde, bevor du zurückkommst. Und du wolltest bleiben. Es waren die letzten Minuten im Leben deines Bruders. Du wolltest, dass sie ewig dauern. Und die ganze Zeit hast du ihn angeschrien, dass er bitte etwas tun soll, irgendwas, um rauszukommen.

Auf einmal ist er nicht mehr eingesunken, als hätte er das Flussbett erreicht. Vielleicht würde es so bleiben, bis du Hilfe geholt hast. Ungefähr zwanzig Sekunden hat sich nichts gerührt. Und dann ist er plötzlich eingesunken, bis ihm der Schlamm am Hals gestanden hat. Da hat er es ge-

wusst. Und du hast auch gewusst, dass ihn nichts mehr retten konnte. Der Schlamm hat gestunken wie Scheiße, aber seine Angst war stärker und hat dich in Wellen erreicht.

Du bist die Böschung hinuntergekrochen, möglichst nahe an ihn heran. Er hat geschrien, du sollst aufhören, aber du hast gemeint, du musst nur noch ein kleines Stückchen näher hin und ihm die Hand hinstrecken – dann kann er sie erreichen. Einmal hätte er es fast geschafft. Das war fast das Schlimmste daran. Nur ein paar Zentimeter. Und dann hatte er eine Idee. Er hat sich das Kreuz vom Hals gerissen und dir das eine Ende zugeworfen. Du hast es genommen. Die Kette war wie eine Brücke von seiner Hand zu deiner. Du hast gemeint, jetzt kannst du ihn retten.

Heute kannst du gar nicht mehr glauben, dass du gedacht hast, sie wird sein Gewicht halten und du darfst sie nicht loslassen, bis jemand kommt und ihn herauszieht. Aber wenn man verzweifelt ist, hat man keine Zeit für Logik, und du hast an der Kette gezogen, als könntest du ihn herausziehen. Sie ist gerissen wie ein dünner Baumwollfaden.

Er hat gesagt, du sollst dir nichts denken, es ist nicht deine Schuld, und dann war der Schlamm an seinem Mund und er hat sich nicht mehr bewegt. Er hat das Gesicht zum Himmel gedreht und du hast nichts mehr von ihm gesehen als eine Maske auf dem Schlamm. Sie ist eingesunken und hat einen Abdruck hinterlassen, als hätte sich sein Gesicht für immer in den Schlamm eingeprägt. Du hast gesehen, wie der Abdruck verschwunden ist. Und dann bist du weggelaufen.

McLaughlan kauerte noch immer am Ufer, die Waffe zu seinen Füßen. Dass er sie nicht in der Hand hatte, beruhigte Orme kaum. Er wusste, wie schnell ein geübter Schütze eine Pistole packen konnte, und er wusste, welchen Schaden er damit anrichten konnte, bevor man ihn getötet oder unschädlich gemacht hatte. Vielleicht musste er McLaughlan erschießen. Wenn ihm keine andere Wahl blieb. Aber zuerst musste er versuchen, mit ihm zu reden.

Er sprach im gleichen Tonfall wie mit Stuart Swift, als er ihn dazu bewegen wollte, das Kind gehen zu lassen. »Robbie, seien Sie vernünftig.«

McLaughlan stand langsam auf, entfernte sich von der Waffe und dann vom Fluss. Er streckte die Hände nach Ocky aus.

Orme und seine Männer senkten die Waffen, als Jarvis und McLaughlan auf sie zugingen. Dann folgten sie gemeinsam dem Weg zu den wartenden Autos.

»So ein Buch, das einem tagsüber nicht aus dem Kopf geht.« *Stephen King*

Aus dem Amerikanischen von Wolfgang Müller
496 Seiten, gebunden mit Schutzumschlag
ISBN 3-8284-0036-1

Als nach zwölf Jahren Abwesenheit Ellens und
Scottys Neffe Neal bei ihnen auftaucht, fühlen
sie sich an die Schatten der Vergangenheit erinnert, die
sie lieber vergessen hätten. Scotty ist indirekt schuld
am Tod von Neals Vater, aber Neal scheint ihm nichts
nachzutragen. Ellen ist sogar ausgesprochen
fasziniert von Neals Charme. Doch plötzlich beginnen
die Menschen um sie herum zu sterben ...

Zeit zum Lesen ...

Ehre und Freundschaft, Machtgier und Tod

Aus dem Amerikanischen von Friedrich Mader
544 Seiten, gebunden mit Schutzumschlag
ISBN 3-8284-0035-3

Korruption und Machtkämpfe beherrschen ein amerikanisches Elite-College. Ein Studienanfänger stirbt unter mysteriösen Umständen. Das Ansehen der Studentenverbindung Sigma gerät ins Wanken ...

»Grishams *Firma* als Studentenverbindung, die über Leichen geht. Ein Muss!« *The Boston Globe*

»Ein packendes und glaubwürdiges Thriller-Debüt.« *Brigitte*

Zeit zum Lesen ...